ZHONGGUO XIAOSHUO
100 QIANG

中国小说100强(1978—2022)

宇宙里的昆城

钟求是 著

北京联合出版公司
Beijing United Publishing Co.,Ltd.

图书在版编目（CIP）数据

宇宙里的昆城 / 钟求是著. -- 北京 : 北京联合出版公司, 2023.9
（中国小说100强）
ISBN 978-7-5596-7088-5

Ⅰ.①宇… Ⅱ.①钟… Ⅲ.①长篇小说－中国－当代 Ⅳ.①I247.5

中国国家版本馆CIP数据核字(2023)第117935号

宇宙里的昆城

作　　者：	钟求是
出 品 人：	赵红仕
出版监制：	张晓冬　范晓潮
责任编辑：	王　巍
特约编辑：	和庚方　刘沐雨
封面设计：	武　一

北京联合出版公司出版
（北京市西城区德外大街83号楼9层　100088）
北京兴星伟业印刷有限公司印刷　新华书店经销
字数209千字　650毫米×920毫米　1/16　21印张
2023年9月第1版　2023年9月第1次印刷
ISBN 978-7-5596-7088-5
定价：68.00元

版权所有，侵权必究
未经书面许可，不得以任何方式转载、复制、翻印本书部分或全部内容。
本书若有质量问题，请与本公司图书销售中心联系调换。
电话：010-65868687

中国小说100强（1978—2022）丛书

编委会

丛书总策划

张　明　　著名出版人
张　英　　资深媒体人

编委主任

吴义勤　　中国作协副主席
　　　　　中国小说学会会长

编　委

吴义勤　　中国作协副主席、中国小说学会会长
宗仁发　　《作家》杂志主编
谢有顺　　中山大学教授、中国小说学会副会长
顾建平　　《小说选刊》副主编
张　英　　资深媒体人
文　欢　　作家、出版人

总　序

"中国小说100强"（1978—2022）是资深出版人张明先生和腾讯读书知名记者张英先生共同策划发起的一套大型文学丛书。他们邀请我和宗仁发、谢有顺、顾建平、文欢一起组成编委会，并特邀徐晨亮参与，经过认真研讨和多轮投票最终评定了100人的入选小说家目录。由于编委们大多都是长期在中国文学现场与中国文学一路同行的一线编辑、出版家、评论家和文学记者，可以说都是最专业的文学读者，因此，本套书对专业性的追求是理所当然的，编委们的个人趣味、审美爱好虽有不同，但对作家和文学本身的尊重、对小说艺术的尊重、对文学史和阅读史的尊重，决定了丛书编选的原则、方向和基本逻辑。

从文学史的角度来说，1978年以后开启的新时期文学是中国当代文学的黄金时代，不仅涌现了一批至今享誉世界的优秀作家，而且创造了许多脍炙人口的文学经典，并某种程度上改写了20世纪中国文学史的版图。而在中国新时期文学的经典家族中，小说和小说家无疑是艺术成就最高、影响力最大的部分。"中国小说100强"（1978—2022）就是试图将这个时期的具有经典性的小说家和中国小说的经典之作完整、系统地筛选和呈现出来，并以此构成对新时期文学史的某种回顾与重读、观察与评判。呈现在读者面前的这套丛书是对1978—2022年间中国当代小说发展历程的一次全面、系统的整体性回顾与检阅，是中国当代文学经典化的重要成果，从特定的角度集中展示了中国新时期文学在小说创作方面的巨大成就。需要说明的是，与1978—2022年新时期文学繁荣兴盛的局面相比，100位作家和100本书还远远不能涵盖中国当代小说的全貌，很多堪称经典的小说也许因为各种原因并未能进入。莫言、苏童、余华等作家本来都在编委投票评定的名单里，但因为他们已与某些出版社签下了专有出版合同，不允许其他出版社另出小说集，因而只能因不可抗原因而割爱，遗珠之憾实难避免，而且文学的审美本身也是多元的，我们的判断、评价、选择也许与有些读者的认知和判断是冲突的，但我们绝无把自己的标准强加于别人的意思。我们呈现的只是我们观察中国这个时期当代小说的一个角度、一种标准，我们坚持文学性、学术性、专业性、民间性，注重作家个体的生活体验、叙事能力和艺术功力，我们突破代际局限，老、中、青小说家都平等对待，王蒙、冯骥才、梁晓声、铁凝、阿来等名家名作蔚为大观，徐则臣、阿乙、弋舟、鲁敏、林森等新人新作也是目不暇接，我们特别关注文学的新生力量，尤其是近10年作品多次获国家大奖、市场人气爆棚的新生代小说家，我们秉持包容、开放、多元的审美立场，无论是专注用现实题材传达个人迥异驳杂人生经验、用心用情书写和表现时代精神的现实主义作家，还是执着于艺术探索和个体风格的实验性作家，在丛书里都是一视同仁。我们坚信我们是忠实于自己的艺术理想、艺术原则和艺术良心的，但我们并不认为自己的角度和标准是唯一的，我们期待并尊重各种各样的观察角度和文学判断。

当然，编选和出版"中国小说100强"（1978—2022）这套大型丛书，除了上述对文学史、小说史成就的整体呈现这一追求之外，我们还有更深远、更宏大的学术目标，那就是全力推进中国当代文学"经典化"的历程和"全民阅读·书香中国"建设。

从1949年发端的中国当代文学已经有了70多年的发展历程，但对这70多年文学的评价一直存在巨大的分歧，"极端的否定"与"极端的肯定"常常让我们看不到当代文学的真相。有人认为中国当代文学达到了前所未有的高度和水平。王蒙先生在法兰克福书展上就说：中国当代文学现在是有史以来最繁荣的时期。余秋雨、刘再复甚至认为中国当代文学的成就远远超过了现代文学。也有人极端否定中国当代文学，认为中国当代文学都是垃圾。他们认为现代文学要远远超过当代文学，中国当代文学连与现代文学比较的资格都没有。比如说，相对于鲁（迅）、郭（沫若）、茅（盾）、巴（金）、老（舍）、曹（禺）这样大师级的人物，中国当代作家都是渺小的侏儒，根本不能相提并论，两者比较就是对大师的亵渎。应该说，与对中国当代文学的肯定之声相比，对当代文学的否定和轻视显然更成气候、更为普遍也更有市场。尽管否定者各自的角度和出发点不同，但中国当代作家、作品与中外文学大师、文学经典之间不可比拟的巨大距离却是唱衰中国当代文学者的主要论据。这种判断通常沿着两个逻辑展开：一是对中外文学大师精神价值、道德价值和人格价值的夸大与拔高，对文学大师的不证自明的宗教化、神性化的崇拜。二是对文学经典的神秘化、神圣化、绝对化、空洞化的理解与阐释。在此，我们看到了一个非常有趣的悖论：当谈论经典作家和文学大师时我们总是仰视而崇拜，他们的局限我们要么视而不见要么宽容原谅，但当我们谈论身边作家和身边作品时，我们总是专注于其弱点和局限，反而对其优点视而不见。问题还不在于这种姿态本身的厚此薄彼与伦理偏见，而是这种姿态背后所蕴含的"当代虚无主义"。这种"虚无主义"的最大后果就是对当代作家作品"经典化"的阻滞，对当代文学经典化历程的阻隔与拖延。一方面，我们视当下作家作品为"无物"，拒绝对其进行"经典化"的工作，另一方面又以早就完全"经典化"了的大师和经典来作为贬低当下泥沙俱下的文学现实的依据。这种不在同一个层面上的比较，不仅毫无意义，而且只能使得文学评价上的不公正以及各种偏激的怪论愈演愈烈。

其实，说中国当代文学如何不堪或如何优秀都没有说服力。关键是要进行"经典化"的工作，只有"经典化"的工作完成了才有可能比较客观地对当代的作家作品形成文学史的判断。对当代的"经典化"不是对过往经典、大师的否定，也不是对当代文学唱赞歌，而是要建立一个既立足文学史又与时俱进并与当代文学发展同步的认识评价体系和筛选体系。当然，我们也要承认，"经典化"问题是一个非常复杂的问题，并不是凭热情和冲动一下子就能完成的，但我们至少应该完成认识论上的"转变"并真正启动这样一个"过程"。

现在媒体上流行一些对于中国当代文学经典化冷嘲热讽的稀奇古怪的言论，其核心一是否定中国当代文学有经典、有大师，其二是否定批评界、学术界有关"经典化"的主张，认为在一个无经典的时代，"经典"是怎么"化"也"化"不出来的，"经典化"是一个实实在在的"伪命题"。其实，对于文学，每个人有不同的判断、不同的理解这很正常，每一种观点也都值得尊重。但是，在"经典"和"经典化"这个问题上，我却不能不说，上述观点存在对"经典"和"经典化"的双重误解，因而具有严重的误导性和危害性。

首先，就"经典"而言，否定中国当代文学早就不是什么新鲜事，对当代文学的虚无主义态度在很多人那里早已根深蒂固。我不想争论这背后的是与非，也不想分析这种观点背后的社会基础与人性基础。我只想指出，这种观点单从学理层面上看就已陷入了三个巨大误区：

第一个误区，是对经典的神圣化和神秘化的误区。很多人把经典想象为一个绝对的、神圣的、遥远的文学存在，觉得文学经典就是一个绝对的、乌托邦化的、十全十美的、所有人都喜欢的东西。这其实是为了阻隔当代文学和"经典"这个词发生关系。因为经典既然是绝对的、神圣的、乌托邦的、十全十美的，那我们今天哪一部作品会有这样的特性呢？如果回顾一下人类文学史，有这样特性的作品好像也没有。事实上，没有一部作品可以十全十美，也没有一部作品能让所有人喜欢。在这个问题上，我们应该明确的是，"经典"不是十全十美、无可挑剔的代名词，在人类文学史上似乎并不存在毫无缺点并能被任何人所认同的"经典"。因此，对每一个时代来说，"经典"并不是指那些高不可攀的神圣的、神秘的存在，只不过是那些比较优秀、能被比较多的人喜爱的作品而已。从这个意义上说，当今中国文坛谈论"经典"时那种神圣化、莫测高深的乌托邦姿态，不过是遮蔽和否定当代文学的一种不自觉的方式，他们假定了一种遥远、神秘、绝对、完美的"经典形象"，并以对此一本正经的信仰、崇拜和无限拔高，建立了一整套关于中国当代文学的伦理话语体系与道德话语体系，从而充满正义感地宣判着中国当代文学的死刑。

第二个误区，是经典会自动呈现的误区。很多人会说，是金子总是会发光的。但对文学来说，文学经典的产生有着特殊性，即，它不是一个"标签"，它一定是在阅读的意义上才会产生意义和价值的，也只有在阅读的意义上才能够实现价值，没有被阅读的作品没有被发现的作品就没有价值，就不会发光。而且经典的价值本身也不是固定不变的。如果一个作品的价值一开始就是固定不变的，那这个作品的价值就一定是有限的。经典一定会在不同的时代面对不同的读者呈现出完全不同的价值。这也是所谓文学永恒性的来源。也就是说，文学的永恒性不是指它的某一个意义、某一个价值的永恒，而是指它具有意义、价值的永恒再生性，它可以不断地延伸价值，可以不断地被创造、不断地被发现，这才是经典价值的根本。所以说，经典不但不会自动呈现，而且一定要在读者的阅读或者阐释、评价中才会呈现其价值。

第三个误区，是经典命名权的误区。很多人把经典的命名视为一种特殊权力。这有两个层面的问题：一，是现代人还是后代人具有命名权；二，是权威还是普通人具有命名权。说一个时代的作品是经典，是当代人说了算还是后代人说了算？从理论上来说当然是后代人说了算。我们宁愿把一切交给时间。但是，时间本身是不可信的，它不是客观的，是意识形态化的。某种意义上，时间确会消除文学的很多污染包括意识形态的污染，时间会让我们更清楚地看清模糊的、被掩盖的真相，但是时间同时也会使文学的现场感和鲜活性受到磨损与侵蚀，甚至时间本身也难逃意识形态的污染。此外，如果把一切交给时间，还有一个前提，那就是对后代的读者要有足够的信任，要相信他们能够完成对我们这个时代文学的经典化使命。但我们对后代的读者，其实是没有信心的。我们今天已经陷入了严重的阅读危机，我们怎么能寄希望后代人有更大的阅读热情呢？幻想后代的人用考古的方式对我们这个时代的文学进行经典命名，这现实吗？我不相信后人对我们身处时代"考古"式的阐释会比我们亲历的"经验"更可靠，也不相信，后人对我们身处时代文学的理解会比我们亲历者更准确。我觉得，一部被后代命名为"经典"的作品，在它所处的时代也一定会是被认可为"经典"的作品，我不相信，在当代默默无闻的作品在后代会被"考古"挖掘为"经典"。也许有人会举张爱玲、钱钟书、沈从文的例子，但我要说的是，他们的文学价值早在他们生活的时代就已被认可了，只不过很长时间由于意识形态的原因我们的文学史不谈及他们罢了。此外，在经典命名的问题上，我们还要回答的是当代作家究竟为谁写作的问题。当代作家是为同代人写作还是为后代人写作？幻想同代人不阅读、不接受的作品后代人会接受，这本身就是非常乌托邦的。更何况，当代作家所表现的经验以及对世界的认识，是当代人更能理解还是后代人更能理解？当然是当代人更能理解当代作家所表达的生活和经验，更能够产生共鸣。因此，从这个角度来说，当代人对一个时代经典的命名显然比后代人更重要。第二个层面，就是普通人、普通读者和权威的关系。理论上，我们都相信文学权威对一个时代文学经典命名的重要性，权威当然更有价值。但我们又不能够迷信文学权威。如果把一个时代文学经典的命名权仅仅交给几个权威，那也是非常危险的。这个危险表现在什么地方呢？就是几个人的错误会放大为整个时代的错误，几个人的偏见会放大为整个时代的偏见。我们有很多这样的文学史教训。在这个问题上，我们既要相信权威又不能迷信权威，我们要追求文学经典评价的民主化、民主性。对一个时代文学的判断应该是全体阅读者共同参与的民主化的过程，各种文学声音都应该能够有效地发出。这个时代的文学阅读，最理想的状态应该是一种互补性的阅读。为什么叫"互补性的阅读"？因为一个批评家再敬业，再劳动模范，一个人也读不过来所有的作品。举个例子：现在我们一年有5000部以上的长篇小说，一个批评家如果很敬业，每天在家读二十四小时，他能读多少部？一天读一部，一年也只能读三百部。但他一个人读不完，不等于我们整个时代的读者都读不完。这就需要互补性阅读。所有的读者互补性地读完所有作品。在所有作品都被阅读过的情况下，所有的声音都能发出来的情况下，各种声音的碰撞、妥协、对话，就会形成对这个时代文学比较客观、科学的判断。因此，文学的经典不是由某一个"权威"命名的，而是由一个时代所有的阅读者共同命名的，可以说，每一个阅读者都是一个命名者，他都有对经典进行命名的使命、责任和"权力"。而作为一个文学研究者或一个文学出版者，参与当代文学的进程，参与当代文学经典的筛选、淘洗和确立过程，更是一种义不容辞的责任和使命。说到底，"经典"是主观的，"经典"的确立是一个持续不断的"过程"，"经典"的价值是逐步呈现的，对于一部经典作品来说，它的当代认可、当代评价是不可或缺的。尽管这种认可和评价也许有偏颇，但是没有这种认可和评价，它就无法从浩如烟海的文本世界中突围而出，它就会永久地被埋没。从这个意义上说，在当代任何一部能够被阅读、谈论的文本都是幸运的，这是它变成"经典"的必要洗礼和必然路径。

总之，我们所提倡的"经典化"不是要简单地呈现一种结果，不是要简单地对一个时代的文学作品排座次，不是要武断地指出某部作品是"经典"，某部作品不是"经典"，不是要颁发一个"谁是经典"的荣誉证书，而是要进入一个发现文学价值、感受文学价值、呈现文学价值的过程。所谓"经典化"的"化"实际上就是文学价值影响人的精神生活的过程，就是通过文学阅读发现和呈现文学价值的过程。可以说，文学的经典化过程，既是一个历史化的过程，更是一个当代化的过程。文学的经典化时时刻刻都在进行着，它需要当代人的积极参与和实践。因此，哪怕你是一个对当代文学的虚无主义者，你可以不承认当代文学有经典，但只要你还承认有文学，你还需要和相信文学，还承认当代文学对人的精神生活具有影响力，你就不应该否定当代文学经典化的重要性。没有这个"经典化"，当代文学就不会进入和影响当代人的生活，就失去了存在的意义。每一个人，哪怕你是权威，你也不能以自己的好恶剥夺他人阅读文学和享受文学的权利。

从这个意义上说，当代文学的经典化当然是一个真命题而不是一个伪命题。在一个资讯泛滥的时代，给读者以经典的指引是文学界、出版界共同的责任，而这也是我们编辑出版这套书的意义所在。

最后，感谢张明和张英先生为本套书付出的辛劳，感谢北京立丰天文化传播有限公司、北京金圣典文化有限公司的资金支持，感谢全体编委和北京联合出版公司各位编辑，感谢所有对本套丛书的出版给予大力支持的作家和他们的家人。

是为序。

吴义勤
2022年冬于北京

目 录
Contents

宇宙里的昆城____1

他人的房间____64

两个人的电影____115

谢雨的大学____173

未完成的夏天____220

愿望清单____269

宇宙里的昆城

一、需要一说的缘起

我知道,是时候了,是讲出这个真实故事的时候了。

两年前的一天,一位旅居美国的中学女同学回国期间,想购回在老家昆城的一所旧宅,一时却没法得手。无奈之中,她求助于我。为了办成此事,我从杭州回了两次昆城,拿着面子费掉不少口舌。

撇开房子交易事务,我在此过程中捉到了一块文学大料。这件事切入点挺窄,但穿过窄门,或许能见到大的世相。之所以这么说,是因为此事有时间和空间的跨度,又关涉从昆城走出去的两位赴美留学者。中美,留学,爱情,婚变,隐秘,失败,这些词语含在嘴里嚼一嚼,能让人生出激动。

随后一年多中,我一直惦记着这件事,除了做一些科普功课,也主动与美国的两位同学进行联络——没错,是收集故事式的联络。我很想找机会跟他们相处几日,以便更深入地聊话。但他们已经离婚,偶尔回国,也是各自行动且行迹匆忙。好不容易见了面,他和她也不会轻易开放自己的内心秘区。好在我们当年的同学关系比较扎实，也好在我有足够的诚心和耐心。

对我来说，这真是一次特别的经历，因为其中的人和事有着超出日常经验的异样。每当事情获得进展时，我心里难以避免地受到震动，甚至会显出一种不老练的兴奋。

时间过得快，现在已是初秋了。好几个晚上，我安静地坐在客厅沙发上，回想着脑子里存放的一件件事。这些事按时间衔接在一起，差不多已组合成完整的故事形状。我得承认，这里边有着真切的生活演出，远比小说的周密虚构更加文学。也正因为这样，我准备放弃精致的讲述——是的，只有朴素的语言才配得上这个故事。

夜深的时候，我走出房间来到阳台上。城市的天空竟布着几颗星子，孤独而高远。我举头望着，思想不免飘游。不知怎么，我觉得天地突然变大，地球上的人与宇宙连在了一起。

二、我与两位同学的交往片段

在展开故事之前，我先说出两位主角的名号，男士叫张午界，女士为徐从岚。在中学时代，他们的名字和我写在一个班的花名册上。

那会儿的高中还是两年制，我们是1978年秋天入校，1980年夏天毕业。此时高考恢复不久，社会上攒了许多届学生，都奋勇地想挤进大学，但大学的胃口还比较小，招不了太多的人。所以要说拼高考，那年头比眼下惨烈多了。一个班级一般只有几个同学冲顶，其余人都得牺牲，一将功成众人枯。

不过开始的时候战火未燃，也没分文科理科，我和张午界徐从岚都坐在一个教室里。在班上，若论志向，好汉不少，若说成绩，好汉不多。张午界成绩坚挺且不缺志向，在班上成了天花板式的存在，但同时他也是个异类，因为又狂又傻。

先举一个例子吧，那会儿我们大部分同学都住校，晚上在教室里夜读。在教学楼走廊拐角有一间很小的屋子，里边搁着两张桌子，白天供老师们小憩，夜读时则被两三个学生占领，因为这里比较安静。这天晚饭后，两位同学抢先进驻了小屋子，不过其中一位同学是著名汗脚王，脚丫子从解放鞋里拔出来，臭味几乎在空气中炸开。另一位同学是个胖子，不一会儿就捏着鼻子蹿出门，在走廊里大声喘气。很快，好几位同学围过来听他诉苦。他说，你们谁进去待够十分钟，明天午饭我免费提供。重赏之下必有勇夫，一个同学抖起精神进去，五分钟后甩门冲出，还做呕吐状。另一个同学往两只鼻孔塞了什么东西，然后一脸悲壮地迈步入门，坚持到八九分钟时，终于抢身而出，直接蹲在了地上。这时张午界拍马上阵了，他耸一耸肩膀，拿着作业本安静进屋。五分钟过去，十分钟过去，有人再看一眼手表，十五分钟也已过去。胖子同学说，他会不会挺不住晕倒啦？大家吃一惊赶紧推开门，只见张午界稳稳地坐在那里写作业——在那非常的一刻钟里，他做了一道复杂的物理题。

这个例子若道出他的傻，那还得讲一件事体现他的狂。记得一个周末晚上，我和他待在一起想放点松，就去爬城南的九凰山。当年电视还是个新鲜东西，九凰山顶刚建了电视台基站，昆城年轻人都愿意去见识一下。那天傍晚我们爬了一个多小时到达山顶，围着基站走了一圈，又隔着玻璃窗看了一会儿黑白电视——好像是罗马尼亚的一部故事片。下山的时候天已大黑，好在空中有不少星子，我们低着头沿着石阶慢慢往下走。正困难地走着，眼前猛地亮了一下，接着上空响起一阵轰隆声，原来闪电打雷了。我们躲无可躲，只好坐在台阶上。我不明白地问，天上有这么多的星星，怎么还闪电打雷啦？张午界说，这是因为那片雷电云比较远，不在我们的头上。我说，比较远是多远呢？这时闪电和打雷又先后袭来，电光中我能看到张午界一脸的认真。雷声过后，张午界说，光速是每秒30万公里，音速是每秒340米，刚才雷电相差九秒钟，因为光速太快可以忽略不计，所以那片云离这儿大约3060米。我有点蒙，只好指着头顶上的星星说，它们有多远呢？张午界仰着脑袋慢慢地说，它们每一颗的远近都是艰难的计算题，多给一些时间，我也许都能做出来。

　　天上星星的距离哪能是中学生的作业题，但张午界的口气就是这么大。所以那个晚上的对话我印象深刻，光速音速什么的数字现在还能记着，不过我对他"多给一些时间"就能计算星子的说法不以为然。"一些时间"是多久呢？几天或者几个月？事后证明，"一些时间"是指几年几十年，甚至是一个虚词。

　　当然啦，接下来我已没法惦记这种小事，因为学校里分了文科班和理科班，我和张午界不在一个教室了。随后一年里，我们各自忙着对付高考。那是一段昏天暗地的日子，每个人都提着劲儿，脑子里全是凶猛的试题，即使星期天也不敢睡个懒觉。连最懵懂的家长也知道，高考是一件大事，考上大学要放红榜，名字贴到十字街口最醒目的墙上。

　　天气最热的时候，高考结束了。红榜放出来后，围观的人站满了整个街头。在昆城，我们中学声名显赫，但上榜的人也不多。兴奋之余，便是填志愿表、等通知书。初秋的时候，我去了北京，张午界则前往合肥，他读的是五年制的中国科技大学物理系。对了，那年我十六岁，张午界十七岁。

大学期间，世界噼噼啪啪地打开，小镇的生活被我们丢在了脑后。我和张午界都有些忙，也有些懒，相互只写过两三封信，联络渐渐淡了。这种淡不是关系的淡，而是消息的淡。

时间说慢也慢，说快也快，一不留神大学就收尾了。毕业后我回到温州工作，张午界留校过渡两年，听说又转去香港中文大学读硕士。大约在一九九〇年的五月末，我突然收到一份婚礼请柬，打开一看，上面写着张午界和徐从岚的名字。说实在的，我眉毛一跳吃了一惊。

我们那个年代的中学，男女同学之间基本上不搭话的。何况我们年纪都比较小，递情书、地下恋之类的事很少发生。在我的印象中，张午界从没有跟徐从岚沾在一起的迹象。而徐从岚当年没有中榜，复读两年考上了杭州商学院。之后他们是如何贴上的，又是如何发展的，当时我一头雾水。但我也相信，一对中学同学能好在一起，一定原先埋伏着情意，又一定在之后写了许多封情信。那时我们明目张胆的浪漫，一般只放在纸上。

一周后，我参加了那个婚礼。按昆城当年习俗，婚礼在中午举办，而且宴席一般不入酒店的。张午界家在镇子坡南街上，是一座宅屋，院子不小，里头还有一棵老桂树。这宅屋应该是祖传下来的，张午界从小在这里长大，自然挺有感情。那天的婚宴就在院子内外摆了十多桌，场面不算大，但算得上热闹。我不见张午界已好几年了，他穿着西装，个子不高可身体挺拔，看上去相当精神。徐从岚呢高中毕业后第一次见到她，十年不遇变得鲜亮，穿上了婚纱，简直像苹果一样诱人。当然啦，也可能是此时眼界未开，反正觉得他们挺洋气也挺般配的。那天中学同学来了不少，在院子里制造了一阵一阵的笑闹声。

一脸高兴的还有双方的家人。张午界的父亲是昆城邮局的一位职员，母亲为小学教师，就在离家不远的县小教语文。他还有一个弟弟，身子比较壮实，已经参加工作了。徐从岚则是昆城西门人，父亲是工厂工人，母亲好像是电影院的售票员。他们的开心，不仅是为着婚礼，更是因为新郎新娘已有了好的前景。

前景的确不错呀。徐从岚大学毕业后分配在杭州一家国营商业公司上班，本来已稳住日子，但这时她不计后果地请了长假，实际是准备辞职了。两个人的发展去向已经明朗，张午界即将赴美留学，徐从岚也在办理F2签证，会很快前去陪读。

所以那天的婚礼是出国前的一种仪式。这种身份认证似的仪式是双方家人所需要的，尤其是在出远门前。不过对同学们而言，不仅是婚礼，还得是送别，有些"此地一为别，孤蓬万里征"的意思。酒席间，回忆的话和展望的话交替出现，一筐一筐的。白酒和啤酒也是交替上桌，一箱一箱的。张午界酒量比较薄，但那天丢了束缚，喝得相当奋勇，最后舌头拐着弯儿，昆城话讲得有点像英语了。散席的时候，徐从岚悄悄对我说，午界睡一觉就好了，你们几位晚上过来继续聚。那时候的昆城，宴席就是这么野豪，白天闹腾过了，晚上也不能冷落，一般会召唤几个好友再守一守喜气。我从温州过来赴宴，当晚也不打算回去，没有犹豫就答应了。

当天晚上，七八个要好的同学又凑到一起，坐在院子里的一张酒桌前。我的酒量比张午界还弱一些，喝一点就上脸，再喝一点就容易招来胃的造反。好在此时上方有月亮，又没了白天的喧闹，适合小饮聊天。同学们慢慢吃着，一边说一些闲话。我问张午界将来具体的打算，他说现在想具体也具体不了，反正先花几年时间把博士拿下，从岚出去也会继续读书，在美国只要拿着高学位，以后的日子就不会失控。从张午界收敛的口气中，我能捕捉到他的踌躇满志，毕竟他去的是著名的加州大学伯克利分校，又是全额奖学金。更重要的是，我能感觉到他有一股在专业上奔跑的欲望，也就是当年在山上要计算天上星星的那股劲儿。不过即使去摘天上星子，返过身子还得回到地面。我对张午界说，以后呀不管跑得多远跑得多久，你还得惦记昆城惦记这个院子，因为这一辈子你和从岚严重失控的夜晚，是从这里开始的。同学们哈哈大笑起来。笑声中徐从岚走了过来，轻声宣布一件事，让我们移步树下去见证一下。

呵呵，在这个新婚之夜，原来他们俩决定干点有趣的事儿——想想也是，一对即将出国的留学生婚礼，总得跟小镇上普通的婚礼有所区别吧。大家随着俩人来到桂树下，那里不知啥时已经挖了个小深坑。张午界拿了旁边的一只陶瓮，搁在深坑的底部。伴着同学们的做证目光，张午界和徐从岚各自将一个荷包放入陶瓮中。两个荷包里各有一张纸，分别写着一段相互保密的文字。这是他们心里的秘语，先存放在时间里，相约五十年后打开。

这的确是个好玩的游戏，有点浪漫又有点别致。随后张午界用铲子取了一铲土送到坑里，将铲子交给徐从岚。徐从岚认真铲了一下，把铲子交给旁边的同学。大家一边说着嬉笑的话，一边轮流铲土把坑埋上。有点可惜的是，旁边没有一只相机记录一下。

说实在的，月色中的这个插曲虽然有趣，当时大家并没觉得有额外的意义。毕竟只是一个游戏嘛，将土埋好后，事情似乎就过去了。同学们继续回到餐桌上喝酒聊天，赚钱门路呀昆城未来呀美国生活呀什么的。那个晚上大家坐到很晚，几乎忘了洞房还在等着新郎新娘。

这个婚礼之后，张午界徐从岚先后去了美国，我跟他们又少了联系。那时候没有手机，联络不方便，我和张午界只是有过几次邮件往来。时间恍惚岁月不居，再见到他们，已是十多年后了。

2002年深秋，"9·11事件"发生的第二年，我赴美国参加一个文学活动，顺便四处走走。到了西海岸，计划在旧金山逗留两三天。跟张午界一联系，原来相距很近，心中顿时一喜，就约定见个面。那时他们住在奥克兰，跟旧金山仅一水之隔，跨过一座大桥就到了。

我在一个中篇小说里写到过旧金山著名的大桥，但那是金门大桥，不是去奥克兰的这座。这座海湾大桥也挺著名，跨度很长，上下两层通着汽车。记得那是个阴淡的下午，路过大桥时能看见有点无精打采的海面。过了桥不多一会儿，就在第十九街边上的公交站头见到了张午界。他站在那儿等着我。

默算一下，此时离上次婚礼已有十二年了。我们的脸上虽然放着岁月，但一眼都能认出对方。张午界看上去有些疲累，不过马上被久别重逢的高兴覆盖了。奥克兰城区不大，他开车七八分钟便把我拉到了家。徐从岚在门口迎接我，她的身边多了一个六七岁的儿子。

他们家不是美国常见的那种独门别墅，而是一套大约一百多平方米的condo，翻译过来叫公寓房。因为离学校（对了，就是加州大学伯克利分校）不远，在几年前买了下来。房子在六楼，看上去倒也不错，有壁炉有书架还有真皮沙发，有点古色古香的。徐从岚烧了几个中国菜来款待我，当然还上了一瓶葡萄酒。这么些年过去，我和张午界的酒量都没有长进，喝了两杯便开始上脸。

不过有了酒喝着，说话会顺溜些，我们先聊了房子。徐从岚说，房子是1999年买的，当时房价有些下滑，租房不如买房，就凑钱加贷款买了。这两年房价往上爬，心里正暗暗高兴，不料"9·11"来了，房市又落了潮。我又提起孩子，说儿子挺可爱的，该上小学了吧？

徐从岚说，刚上小学一年级，之前是外婆奶奶轮流着来美国照顾小孩，虽然辛苦些，倒也没出什么差错。

说过了房子和孩子，然后进入工作的话题。徐从岚到美国后打过一些零工，后来继续读书拿到会计学硕士，现在一家贸易公司做财务助理。张午界呢花五年时间读完博士，又做了一年博士后，之后留校做助教。按学校规定，助教做满五年后就会失去资助。幸运的是，在第五年即将结束时，他拿到一份非终身制的副教授合同。这么听着，他们俩似乎还挺顺的，没什么太大的意外。中国的不少优秀留学生，应该就是这样一路走过来的。

但接下来我才知道，他们俩的生活状态并不够好——正是因为张午界的专业方向，使得他和许多留学生有了区别。

张午界此时迷上了弦理论，具体地说，是迷上了弦理论新演变出来的 M 理论。当然，这种物理学上的玄妙东西我不懂，只能听张午界的解释。张午界说现代物理有两大支柱，即广义相对论和量子力学，但它们居然是不相容的。找到一种可以统一它们的理论，是许多物理学家拼尽全力的目标。现在，一缕颇有魅力的曙光出现了，这就是弦理论。弦理论认为世间万物均由一根振动的弦组成，无论是最小的基本粒子还是最大的宇宙天体，都得在这根弦的跟前低头称臣。也就是说，这个理论若能成立，就能弄明白宇宙的起源问题。瞧瞧，这是多大气派的学说呀。但问题是，要证明这个理论是对的，得找到基本粒子，但基本粒子太小太小了，小得无法用咱们的文字语言来表达。

张午界说，要找到基本粒子，得靠加速器和对撞机联手，也就是在加速机的推动下，用带电粒子进行对撞，产生新的基本粒子，而且这种试验最好排除任何元素的干扰。举个例子说，得在一条很长很长的地下隧道里，两台力大无穷的对撞机飞速地迎头相撞，轰的一声，才可能溅出基本粒子的身影。在那一刹那，大约也是宇宙大爆炸时的一小块景象。

张午界说的理论一时听不明白，可这个例子我听懂了。当时我就想，呀呀，这玩意儿太有意思了。

但问题在于，要进行这样的对撞试验，要花很多很多的美元。即使自己拥有印钞机，美国政府也不愿意拿出这么多的钱。而此时，弦理论又进行了新一轮革命，M 理论闪亮登场，非常让人着迷。

张午界的担忧是，如果美国政府不支持搞对撞机，M 理论就会失去证明自己的机会。从小的说，这会导致 M 理论在物理界站立不稳，并带来该专业经费资助的减少，容易让他的教职脱手而去。往大里说，人类能捕捉到宇宙诞生的细节，那该多好呀，张午界作为往这个方向用力的物理学者，显然有些心急。

其实聊一会儿我已经知道，在美国搞弦理论研究的——这里指的是大概念的弦理论，包含了 M 理论——有一个庞大的阵营，里边有不少著名物理学家，张午界在其中只是一个追随者。但他的忧心是真切的，痴心也做不了假。那次拜访他家，在我脑子里留下一个重要的印记就是他隐隐忧郁的神情。这种神情又让我联想到当年他在山上遥望星星的模样。现在有句话叫"归来仍是少年"，我觉得他的身上还残留着少年的影子。

归来仍是少年，其实说的不是年龄，而是指还保留着内心的干净和向外的好奇。在张午界隐隐忧郁的神情里，干净和好奇这两者都没失去。不过呢，他的干净带着一点笨拙，他的好奇带着一点迷茫。对，就是这样。这是我当初的短暂感觉，不一定准确，却一直停留在了时间里。

说一直停留，是因为在后来很长的岁月里，我没再见到张午界。

那次晤面之后，我们的联系并没有变得更多——世界说小又很大，而大家在日子里都忙着自己的事情。我也从温州来到杭州办一份文学杂志，整天想的都是稿子的事。直到迈入智能手机时代，我和张午界才多了些短信来往。有一天为一个什么事搭话，张午界突然告诉我，他离婚了。我吃了一惊，连忙问怎么回事。张午界没有解释什么，说分开了也好，两个人都轻松些。我再追问，他就没回复了。为此我在脑子里想象了好一会儿，也没想出什么头绪来。由于时间和空间的缘故，张午界其实已不是我熟悉的人。是的，对我来说，他成了地球上另一频道的人，是一种遥远的存在。

事情的变化点出现在前年的十月。这一天我收到一条短信，对方说自己是徐从岚。我恍惚了几秒钟，才明白过来——时隔多年，徐从岚竟然冷不丁地出现了。

徐从岚说此次回国已在老家昆城待了半月，现经过杭州准备返美，希望能见个面。我心里挺高兴的，很快约定当天晚上在楼外楼一起用餐。到了傍晚，我提前抵达，选了一张靠窗的小桌子。没多久，徐从岚来了——一身雅致的休闲装，脸上淡妆里多了一些皱线。因为久别，两个人都有些感慨。我们边吃边聊，大都是我问她答。我先问她儿子怎么样了？她说他大学刚毕业，在旧金山一家计算机公司做实习生，情况还好。我又问张午界近况如何，他有回国吗？她说好久没见啦，不知道近况。我说分开了他还是儿子的父亲，怎么会没有消息？她答道，只听说他每年会回一趟国，参加一些城市马拉松赛。我吃了一惊，呀，他跑马拉松？她说跑了不少年啦，开始是几公里健身跑，慢慢添了距离，先跑进半马，又跑进全马。我问他的专业进展怎么样，徐从岚沉默一会儿，摇摇头说不知道，反正我们分开时他正在低谷期。我还要再问，见她低头不语的样子，就改了话头，问她这次回国的情况。她这才抬起脑袋，说有件事想请你帮忙。

分别这么多年，她还能想到求助于我，这是老同学的情感底子在托着。我这么寻思着，一边等她开口。她说求是，你还记得当年我和张午界婚礼日的那个晚上吗？我愣一下，点点头。那个晚上太不一样了，无法让人忘记。院子里的树下陶瓮内，装着五十年封存期的爱情秘语呢，只是当时谁也没去想这婚姻会不会被现实打脸。

徐从岚眼睛暗了一下，说可惜那个宅子没有啦。我"咦"了一声，说昆城这些年的确在拆拆建建，可坡南街是保留了的，那房子怎么就没有了呢？徐从岚耸一耸肩说明几句，我这才知道坡南街老宅是被张午界弟弟卖掉了。卖掉旧屋搬进新房，这是人家的选择，当然不能算错。但对徐从岚来说，这竟是一个心结。

徐从岚说，我在城西有一间父母留下来的老房子，上半年被拆迁了，补回来一笔款子，我想再添上一些钱，把张午界的那个老宅买回来——这次回国，主要就是为了这个事。我不解地问，你跟张午界早分开了，干吗还要替他赎回来？徐从岚说，不是替他是替自己，我愿意在老家保留一处房子，与其在拆迁后弄一套新房，还不如拿回这个有感觉的旧宅。我明白了，点点头说，你在那个旧宅其实没住过几天，你的感觉主要奔着那老树底下的纸上文字。她轻笑一下说，你是那个晚上的见证者，这也是我找你帮忙的重要理由。我说，这么一讲压力不小呀……我能帮什么忙呢？她说，我打听过了，那老宅的现在主人是位公务员，没打算卖掉房子，通过中介店员打电话试探，一下子被顶了回来。她停一停又说，我在昆城已没有可以相托的朋友，父母年纪大啦跑不了这种事，所以挺沮丧的。到了杭州突然想起你来，你是作家神通广大……我笑了，作家怎么可能神通广大！她说别谦虚了，你在昆城一定有不少朋友。我说，我有几个朋友，可他们都不是买卖房子的。她说，求是你的意思是不想帮这个忙吗？我说，我的意思是肯定要帮这个忙，但不敢打包票。她笑起来说，在外边待久了，我已不习惯你这种绕来绕去的表达。我说，让不想卖房子的人卖掉房子，这可能比写一个小说还难，我试试吧。

这件比写小说还难的事，真让我给办成了。

我托了朋友，自己也前后去昆城两趟，曲曲折折把人家说通了。当然主要还是徐从岚愿意多出一些钱，一个钱字，能让一个人的房子态度发生质变。主人何为言少钱，添加一点开心颜嘛，其中的交易细节就没必要多说了。

我想说的是，因为办这件事，那一天我有机会重新站在了张午界老宅的院子里，站在了那棵桂树下。地面平整如常，慢慢踱几步，似乎能感应到脚底下藏着的爱情初心。我脑子里挡不住地蹿出几个问号，这些问号关乎张午界徐从岚的婚姻变故和专业起伏什么的，捏在一起其实是一个问号，即时间让他们到底有着怎样的改变？作为一个写作者，我知道这个问号不仅通向他们的生活，也通向他们的内心。

就是从这时起，我长出一个念头——应该去深度了解他们，尤其是张午界。很快，这个念头越长越高。

我做的第一步自然从徐从岚入手。前些日子为了房子的事，俩人时不时地在微信里聊话，但现在我琢磨一遍，形成一个判断：要做这种了解，在微信里展开不是上策，因为容易直白简单，谈得不会太透，还不如用邮件交流。把问题列好发去，她愿不愿意回答、做怎样的回答，得让人家有些思考时间，这才是妥当的。

三、我与徐从岚有了邮件往来

1

从岚：

问好！

在微信上我讲了，我将给你写一封邮件。你心里肯定会纳闷，干嘛不在微信里说话，非得煞有介事地转到邮件上。呵呵，这么做不为别的，我只想聊得深入一些细致一些。多年前在奥克兰，我吃了你一顿好饭，谈话却浅了。去年在杭州，光顾着说房子，也丢了细聊的机会。

我知道，你购买房子是为了守护，守护心里认为可贵的东西。细想一下，这种行为挺让人心动的。从这里想过去，我断定你和午界的身上存着不少故事。作为一个作家，我当然想以采访的名义获取这些故事，但我又反对自己这么做，因为咱们更是有情感底子的同学。是的，我很愿意以同学的身份走近你们，推开横在时间里的隔门。我的意思是说，作为一个教室里的少年同窗，走到眼下这个年龄，是值得一起回望一下岁月的。如果这样的说法还是牵强，那我只有以好奇为借口了。你应该还记得，我从小好奇心旺盛，嘿嘿，这一点到现在仍没有改变。

为了方便深聊，我已列出了几个问题，但现在转念一想，还是先不给你。你有个允许的态度，我再发去吧。

钟求是
2019.03.10

2

求是：你好！

迟复了，抱歉！你的信函像是一页虚账，写了一些花巧词语，中心想法还是要做作家式的打探，所以这两天我比较犹豫。想到把自己的私事拿出来示人，心里不免有些阻碍。咱们毕竟不在一起很久了，我不能因为你是同学、近来又帮了忙，就随便答应。这是真话。不过今天下班坐地铁回家，路上打了个盹，我梦见许多年前的中学教室。虽然只有几分钟，但还是让我心里既高兴又忧伤。也许你说得对，到了这个年龄，是可以一块儿回忆一些事情的。

好吧，没什么大不了的，我会试着回答你的问题。

徐从岚于旧金山
2019.03.13

3

从岚：

你的回复让我愉快！这两天我自己跟自己打赌，猜你会不会答应，猜了几次不分胜负，现在你给出了结果。

我的问题有点正式，但尽量精简些，主要为：

1. 上世纪九十年代初赴美留学，不是一件简单轻松的事。你

们最初是如何站稳脚跟的？除了学习，打过工吗？（上次在奥克兰你们简单说过几句，我想知道多一些）

2. 能说一说你在美国的生活曲折和工作近况吗？漂了这么久，有无漂出一点寂寞感，或者说有无惦念老家了？买下昆城那所宅子，会促进你回来小住吗？

3. 午界的读博经历可以介绍一下吗？奥克兰见面和后来的偶尔联络，我能感觉到他对工作的忧郁，情况到底怎么样？他为什么会喜欢跑马拉松？

4. 你和午界的婚姻曾经那么好，后来遇到了什么问题？你们分手的核心原因是什么？（这不算打探，而是关心）

5. 午界研究的量子物理，我不懂仍觉得有趣。因为不懂我只能问，他现在干得还好吧？

有闲了回答，可以不着急。

求是

2019.03.14

4

求是：

因为你的提问，我有了回忆和梳理的机会。不过我并不擅长这种做题般的回答，如果说得不好，或者过于简略，那不是我不认真对待。好在年轻时我跟许多人一样也喜欢过文学，不至于中文表达词不达意。

按问题的顺序，回复如下：

A. 张午界是1990年9月到达美国的，在加州大学伯克利分校读博士。七个月后,我以陪读的身份也来到这里。我们先住在租金便宜的学生公寓里。我的计划是把F2签证转为F1签证,也读个学位。午界因为在香港读的硕士,英语已经过关。我的英语还不行,得花一段时间补上。另外午界虽然有全额奖学金,但维持两个人的生活远远不够,所以我把一天的时间分为两份,一份用来补习英语,一份去餐馆打工。我很辛苦。

我在一家中国餐馆洗过盘子,一天三小时。每次去的时候,碗池里的盘子堆成一座小山,似乎永远洗不完。才洗了三五天,我的手便脱皮了。我在一家越南中餐馆拆过鸡,就是把一只整鸡拆分成鸡翅、鸡腿、鸡胸脯。虽然是冻鸡,但我的两只手整天血淋淋的。我还在台湾人开的馆子里包过饺子,包一个饺子三分钱,开始包得慢,后来熟练了包得快,手指却时不时的会抽一下筋。当然我也在厅堂里端过盘子,工资很低,每小时只有两美元,收入主要靠顾客的小费。如果运气好,小费会多些。有一次一位黑人男子来吃饭,要了八美元的菜,吃完后留下十美元的小费。我奇怪地向他表示感谢,他说我刚找到一份工作。但这样的高兴时刻太少了,而且那位华人老板也很差劲。他在遇到美国节日时,对我们说,咱们中国人不过洋节。等到中国春节时,他又说这是在美国,过什么中国节日。那时候真憋屈。

由于赚钱不容易,就不敢多花钱,有一次我牙疼,忍着不去医院,因为我的医疗保险不包括牙齿。忍了两天实在受不了,便对午界说,不管花多少钱也要去一趟医院。午界开车将我送去,一路我捂着脸哼哼唧唧的。到了医院一听挂号费,我转身就走,午界拦也拦不住。说也奇怪,回去路上我的牙似乎好了许多。现在想起来,幸好那时候我们年轻,身体扛得住苦累。

B. 我差不多花一年时间学好了英语，又攒下一些钱，然后才去大学读书。为了便于以后找工作，我选择了财会专业。两年后，我拿到硕士学位，不久便进入一家华人小公司上班。因是起步阶段，工资不算高，但我没有不满意。又过一段时间，午界博士毕业，先留校做一年博士后，很快又拿到了助教位置。这样安定下来之后，儿子也跟着来了。那时我母亲和午界母亲的身体还硬朗，便轮换着过来带孩子。为了住得舒适些，我们在市内买了公寓房，就是你上次来过的那套房子。房子不算很大，但有好几个房间，足够一家人住了。所以那会儿我们的日子最为平稳。午界放暑假时，我会请上几天假，一家人开着车子外出旅游。我们沿着海岸线南下，经过圣巴巴拉到达洛杉矶，然后一拐弯驶向拉斯维加斯。我们也曾经一路向西，来到盐湖城，再到达丹佛。路途上的风景让孩子新奇，也让我和午界快乐。我们在证明我们也可以拥有轻松。

但这种轻松并不是经常属于我们，生活中沉重的东西渐渐增多了。后来我和午界分开，我和孩子搬到了旧金山市内。在美国，单身家庭太多了，我没有因此感到害怕。时间往前过觉得很慢，回头一看又过得快，似乎一转眼儿子上高中了，又一转眼上大学了。他上的是美国东北部的康奈尔大学，学校不错但距离遥远，一年只能见上一二次面。这样我便有了独自一人的许多时间，是的，寂寞和失落常常缠住我。昆城就是在这时回来了，不断在我的念想中出现。它的模样，我是说它许多年前的模样，像黑白老照片似的清晰起来。有时我靠在床头一闭眼，那儿的一条河一座山几条老街，还有老街上人来人往的镜头，会漂洋过海来到我的跟前。有一天我在书上看到一句话，说少儿时代的日子是一生记忆的底色，以后的记忆只是在底色上涂涂抹抹。我认为说得对，至少一大半对。

当然啦，你帮我买下坡南街的那所老宅，我挺欣慰。那棵桂树下的故事确实是我惦记昆城的部分理由。我不知道自己什么时候会回去小住，但我很愿意有着这样的场景：在好天气的傍晚，自己在那棵树下安静地坐着。对了，不要有蚊子。

C. 讲到张午界读书和工作了。我得承认，午界是个不一样的人，天然对时空物理有着特别的热情。许多留学生的勤奋是为了顺利拿到文凭，他的勤奋是因为真的喜欢。读博的时候，他把很多时间花在了实验室，常常带几块面包进去，出来时已是夜深灯淡。我记得至少有两个圣诞节，他没有跟我一起而去了实验室。他对我说，这是洋节，咱们中国人可以不去理它。他的态度，此时跟剥削打工者的餐馆老板倒是一样了。因为学习上下了力，他的各门课拿的都是A，博士资格考试的成绩刷新了物理学院的纪录。但不好的一面是，他显然是孤单的，在生活层面几乎没有朋友，只有指导教授对他不错。做完博士后那年，他得到指导教授的帮助，留在学校当助理教授。过了五年，他还算幸运，又获得一份副教授的合同。

问题是，这副教授的聘任只有两年，聘期结束如果转不成终身合同就得走人。这终身合同的获得，跟午界的学术成绩有关，更跟政府的经费资助有关。从第二个学期起，午界已经开始担忧了。你上次来奥克兰，正是他步入焦虑的时候。之后没有多久，他的焦虑加重了，并渐渐失去好的睡眠。从世俗角度说，超弦理论寻找的是比较虚幻的东西，很大一个作用是满足人类的好奇心，一时却没有实用性。这就决定了其追随者择业面是很窄的，只能在大学或研究所里找栖身之处。

午界的忧心是有根据的，聘期时间一到，他真的失掉了教职。无奈之下，他不断向别的大学投送求职申请信，希望获得延续原有研究的职位。但该研究领域在各个大学都滑入了低谷，他好不容易才得到一份为时半年的短期研究工作。半年之后，他又来到另一所大学加入一个为期一年的研究项目。在那些年里，他不停转场，从一个大学变到另一个大学，从一个城市换到另一个城市。他的专业探求也因此在漂流，无法到达期望的深度。这时候的他，真是身心俱累，脱困不得呀。记得一个新年后的日子，天上几乎马上下雪，午界把一只皮箱、一纸箱书和一些生活用品塞入车子后备箱，然后跟我和儿子告别。苍白的天空下，他那辆黑色福特车孤零零地向南而去——他要长途穿过雪中荒原，赶到亚利桑那大学。那会儿，我很难过。

D. 对着同学评点我和午界的婚姻不是一件舒服的事，但我可以讲一讲。读中学时，你应该没看出来，我与午界已互有好感，只是那时尚未开化，没往情事上想。大学三年级，我主动写信联络他，开始了平稳渐进的恋爱。从恋爱到婚礼，历时近六年，可谓基础扎实（如果想知道细节，以后可向午界打探，我在这里不会满足你的好奇心）。到美国后，我不敢丝毫偷懒，先读两年书拿到硕士，随后找到一份不算差的工作。我的计划是自己守住家庭，他在专业上拓路。作为一位来自东方的女人，我不认为自己的想法是错的，尤其在孩子出生之后。问题在于前面提到过的，午界的专业方向不是计算机不是金融也不是管理，而是与现实生活无法接通的原子和天空。原子和天空这两样东西都不好对付，他往前拓路很难，可能一辈子也走不了几步。我没法不替他着急。

这样的不好，会慢慢渗透到日子里。在做助教时，他基本上中午去学校实验室，一直干到午夜才回家，进门后将剩饭剩菜热一下凑合着吃了，然后倒头便睡，醒来时我早已上班去啦。我们住在一起睡在一起，却常常见不上面。后来他在各个大学流浪，一去就是三月半年的，只有急事才能匆忙赶回来。可是什么叫急事呢？家里龙头坏了不叫急事，孩子想爸爸了不叫急事，我一个人孤守空房也不叫急事。我郁闷，但找不到让他回家的理由。当然也有一些时段，他求职不成老待在家里。本是相聚的日子，他的脾气却变得不好，一点儿小事就冲我发火。夜里他入不了眠，会生气地推醒我，说隔壁家呼噜声太吵。天呐，那是很吵的呼噜声吗？只有一直一直睡不着才是听见那一丝声响的原因。

显然，午界的专业自信受到了打击，并折射到生活中来。午界意识到自己的问题，有一天跟我提出了分手。他的理由是自己的这种状态，对我的生活和孩子的成长都带来不利。我没有同意，因为俩人分开了，我的日子和儿子的成长也不会变得更好。自此以后，我们进入了安静无趣的相处，他不再发脾气，也不多说话。有一天，他为了不打扰我的睡觉，把枕头搬到了另一个房间。但我知道，他与我相隔将越来越远，而不仅仅是一个房间跟另一个房间的距离。半年后，他再次提出分手，我不反对了。他离开的时候，仍然只有那辆福特车相伴，车子后备箱里装着一只皮箱和一些生活用品，装书的纸箱由一只变成了两只。

打出这些文字，我心里还是变得难过。在这个世界上，他曾是与我最有缘分的人。

E. 午界的专业情况，我没能力给予介绍。他成年累月的付出，我无法用几句话就能说得清楚。你若真想有所了解，可以先看一二本关于量子物理的通俗读本，然后直接去询问午界。我大致能判断,你从我这里获取一轮信息后,用力点便会移到午界身上。午界不是个喜欢被干扰的人,但我不能反对你出于写作目的而做的努力。

徐从岚于旧金山
2019.03.18

5

从岚:

你的答复我读了两遍。说真的,我心里一晃一晃地有触动感。你们的经历比我想象的更波折。

阅读时我还感了叹,一位在美国从事财务管理的女士,仍然有着很好的中文表达。这至少证明,昆城中学早年文科生的文字底子厚实(对了,你说自己年轻时曾是文学爱好者,看来喜欢文学是一件很划算的事)。

另外,你漏答了一个问题,我还得追问一句:午界什么时候开始喜欢长跑的?一个老泡在实验室的人,怎么会跑进了马拉松?嘿嘿,别烦我。你未答,我的好奇便未解。

求是
2019.03.19

6

求是:

现在我有一个感受,使用邮件比微信聊天费时又不轻巧,但容易在键盘上敲出有思考的文字。

有句英文谚语"It is better for the doer to undo what he has done"即解铃还须系铃人的意思。你对午界的问号，肯定不会止于实验室和马拉松，这些只有他本人才能给予回答。而且毫无疑问，午界对待实验室跟对待马拉松一样，不会轻易停下脚步。也就是说，午界还不是一个属于句号的人，你对他的问号可能会不断产生，直至将来。

所以，你应该抓紧与他直接联系。我与他分开后，平常很少联络，但知道他经常回国参加马拉松赛，譬如上海的国际半马。你可以试一试这个机会。我上次说他不喜欢被干扰，也不准确。老同学见面相聊，他不会不高兴的。

祝好运！

徐从岚于旧金山
2019.03.20

四、我与张午界在上海咖啡馆谈了话

打开午界的微信页，离上次对话已经一年多了。他说了一句"除夕快乐，新年吉祥"，我回了一张烟花开放图，又跟了三个字"过年好！"。在那种热闹的日子里，这样的联络露一下头就被淹没了。

把对话框拉到头部，第一次联络是2015年4月——午界回国去了一趟昆城，其间想起我来，就挂上了微信。当时我问他能不能见个面，他说马上离开昆城了，等下次机会吧。四年间，除了偶尔节日问个好，最例外一次是 2017 年 6 月 2 日深夜，他发了一句话：嗨，求是你好！我回复：哟，午界，回国啦？他写：没呢，刚才在校园里看到一个中国留学生，有点像年轻时候的你。我马上发了露牙大笑的图。他问：最近在忙什么呢？我写：现在是中国时间 1 点半，在看一部碟片电影呢；平时编刊物、写小说，算是有点忙的。他写：1 点半了呀，抱歉抱歉。又写：半夜还看电影，日子过得 comfortable。我快速百度一下译文，回了一只咧嘴笑脸。

这就是微信上的全部内容。再往前便是简单的短信语句，早因为手机的更换而丢失了。至于在微信朋友圈，我从没见到午界发的文字图片，譬如业内文章或者长跑图片。以我的估计，他不会在这样的地方逗留。

我要跟午界微信搭话了，时间是 2019 年 3 月 23 日与 24 日之间的午夜。这个点儿是美国西海岸的周六上午——也许从周末懒觉中醒来，是最适合远程聊天的。

我先发去一句"嗨，午界你好"，然后放下手机看了一会儿书。过一刻钟，手机"嘟"了一声，抓起一瞧，真是午界的回复：你好求是，好久没联系了，有点突然。我赶紧写：突然是不对的，应该经常说说话才好。午界问：你好像有事？我写：也没啥事儿，听说你要参加上海国际马拉松，确认一下。午界写：哟，你怎么知道的？我找了一句虚晃一枪的话：你回国内参加马拉松赛，已不是秘密。又跟上一只捂嘴偷笑的表情。午界回道：好吧，可以告诉你，我一周前被通知抽到了参赛名额。我写：嘿嘿，有点巧了，看来我问得及时。

其实也不是巧合，此前我上网查过上海国际半马的赛事情况。不过午界能亲口予以确认，我心里就落了实。在那个深夜，我和午界一来一往聊了半小时的话。午界告诉我，为了这次回国，他在三个月前便开始做计划，除了参加比赛，还要去合肥和北京做一些专业拜访活动。我顺势建议，拜访活动把杭州也加上呗。午界认真地说，杭州不在计划之内。我说，计划是可以调整的。午界说，不行呀，我没有时间。我说，那我去上海站在路边给你加油，总归要见上一面。午界打出问号：Why？你不会只是想叙旧吧？我送上闭一只眼的调皮表情，说：我想再听你说说宇宙大爆炸。午界似乎迷惑一下，回复：Language game。我查一下百度，中文意思是语言游戏。

因为要与午界见面访谈，我在随后日子里看了几本量子物理的科普书。说实在的，我这颗文科生的脑袋磕到科学文字，容易发生头晕。好在只是闲翻，看不懂就跳过去，有意思的多停留一会儿。譬如薛定谔在一只盒子里做猫的实验，爱因斯坦和玻尔没完没了的论争对决等等，我就觉得挺好玩儿。我还看到一些大而有趣的句子，譬如"如果把我关在果壳里，我仍然是无限空间之王"，"不要惧怕死亡，灵魂是一种量子态，都会回到宇宙中的某个地方去"。

2019年4月21日上午，我站在了上海浦东一条街道的路旁，成千上万标着号码的选手从我跟前跑过。我的眼睛不可能捉得住午界——在人流的移动中，除了大致分明白男女，每张脸都是缺少辨识度的。旁边有一个饮水站，时不时有跑者停顿一下取走一瓶水。只有这一刻，才能看得清跑者脸上的鼻眼和汗水。但即使停下取水的身影里有午界，我估计也认不准他，毕竟许多年未见面了。

比赛结束的时候，我给午界发了微信：我上午站在路边，看见你们跑过去啦。又补上一句：我拍了好几次掌。

当天晚上，午界结束了与一位上海同行的餐叙后，赶过来同我见面。地点在外滩附近滇池路上的一家咖啡馆,是我在手机上随意找的。

我早一些到达,在二楼边侧的一张小桌前坐下。这家咖啡馆带点儿欧式复古风,气息雅静,挺适合朋友聊话的。八点钟刚过,午界到了——他从楼梯走上来,出现在我面前。我们没有生分,拥抱一下搭几句话便对接上了。在之后的暖场时间里,我们一边各自说了些生活近况,一边也打量和适应着对方。我注意到午界身形还是早年那样的精瘦,只是笑起来时,嘴角两旁多了两道纹线。重要的是,他脸上混杂着一些朗气和一些沮丧——朗气浮在皮肤上,大概是运动长跑的结果;沮丧收在眼睛里,应该是内心渗出来的。好在一说话,他的眼眸中还是隐隐有亮光的。

话题可以进入我预设的轨道了。我花十多分钟说了自己的访谈想法,午界没有反对。或者说,他之前对我已有预料,备好了不反对的态度。不过他沉吟一下说,弹琴前得定个调子,现在你是一位同学还是一位作家呢?我笑了说,都行吧,可以两者兼而有之,反正今晚我是个认真的倾听者。

为了准确记述午界的物理用语和专业表达,我决定保留访谈的原貌。以下是我与午界的对话内容(根据录音整理):

张午界(以下简称张):求是呀,跟你聊聊我的专业,以后让人们了解这方面的大动态,我还是挺乐意的,但有一个条件,你不能把我直接写进小说。我是个物理学者,不愿意自己变成一个虚构的容易走形的人物。

钟求是(以下简称钟):这个事儿我考虑过的。午界,我答应你,不直接写进小说。写作有好几种方式,虚构的非虚构的。

张:那开始吧,我知道你为今天的见面做了不少准备,你可以先提些问题，让我对谈话的方向有个数。

钟：咱们的谈话应该自由一些，你的生活经历你的物理研究，都是我感兴趣的。这么多年你在专业课题上一直进行着长跑，这种长跑又有些神秘，路边的人看着就觉得挺特别……

张：OK，我就从时空物理学的神秘性说起吧。神秘的产生是因为不了解，而我又没办法做到在短时间里让你深入了解。我只能尽量通俗化，先说一个你不陌生的例子——宇宙大爆炸。

钟：呵，宇宙大爆炸，我等着这个词的出现。

张：宇宙茫茫，有无数个形形色色的星系。我们的地球在其中是如此的渺小，却在一个短暂的时间段内孕育了生命，这是个miracle（奇迹）。我们的生命又自成一个体系，不仅拥有思考的大脑，也拥有观望的眼睛，这又是个miracle。每个静朗的夜晚，你只要愿意，就可以仰起脑袋远望天空。天空里有什么？星光！对，是星光将地球与宇宙联在了一起。上帝在创造天地时便看见了光。他说要有光，于是就有了光。这是一种智慧。

钟：我插句话，你现在信奉基督教吗？

张：No，我不信奉。我是无神论者，但我相信神秘的智慧，因为这种智慧能够借助某种秘径接通科学。好，接着说科学的光吧。从宇宙尺度讲，光的速度是很慢的，为每秒30万公里。太阳的光到达地球用时8分钟，就是说，我们抬头望见太阳时，看到的其实是八分钟前它的样子。如此回溯推理，我们看到的星系越远，回望的时间点也越早。随着技术手段的演进，我们看到了7千年前的星系、250万年前的星系、3亿年前的星系、34亿年前的星系，直至看到134亿年前的星系。这个漂亮而狂暴的星系被命名为GN-Z11，是我们目前能捕捉到的最遥远的星体。它发出的光如此古老，已接近时间产生之初。在宇宙大爆炸之前，是没有时间概念的，而宇宙大爆炸是在138亿年前。

钟：哦哦，这些时间数字让人吃惊。我更吃惊的是，人类的视线居然已经跑出去那么远……这是怎么做到的？

张：因为有哈勃望远镜。哈勃望远镜刚上天的时候是近视眼，拍下的图片比较模糊，后来再送去一副眼镜，于是目光变清晰了也看得更远了。哈勃望远镜还证明了1929年就横空出世的哈勃定律：所有的星系都彼此远离，宇宙处在不断地膨胀之中。在那之前，连爱因斯坦都认为宇宙是静态的，而哈勃的发现，从侧面证实了宇宙确实来自于一场大爆炸，big bang。

钟：既然太空望远镜能看见134亿年前的星系，那能不能再使使劲，往前看到138亿年前大爆炸时的亮光？

张：不能！即使后来有了更强大的韦伯望远镜，还是不能。根据大爆炸理论，宇宙起源于一个很小很小的奇点，所有的时间和空间都集结于这个点，然后在极短的时间里爆开。这极短的时间我无法用语言向你讲明白，用数学表示是10的负33次方秒。But there is a problem（但是有一个问题），问题在于，此阶段因为电子的屏障作用，光子不能自由运动，整个宇宙几乎是不透明的。在一段时间之后，才逐渐生成可观测的云星结构。也就是说，人类的望远镜即使再改进，让目光穿过134亿年前而即将抵达138亿年前时，恰恰也会遇到最初的那团混沌，因而无法目击大爆炸的瞬间景象。

钟：噢，这太可惜了！如果能见到那个瞬间景象，想一想都让人热血起爆。

张：Yes，那是个伟大的时间点！它一定远远超过你最疯狂的想象。面对这个时间点,壮丽、惊天、暴奇,人类的这些形容词显得太无力也太无趣了。同样重要的是,人类不仅有眼睛还有大脑,我们能够从那个瞬间景象中发展出来,探究宇宙诞生前世界的样子,追捕时间和空间的真相,思考宇宙的走向包括地球的命运。是的,the fate of the earth(地球的命运)。

钟:……午界,我得喝一口咖啡,你也喝一口。

张:我觉得我在上课了,上一堂时空物理科普课。

钟:既然像上课,我举手提一个问题。人类没有此眼福,那么宇宙大爆炸的画面只能出现在虚构想象中,成了一种永远的假说?噢,对了,这得接上那年在奥克兰你所说的……

张:你的记忆力不错……所以现在需要换一个思维频道,先介绍一个人——Edward Witten,爱德华·威滕。你得记着这个名字。

钟:爱德华·威滕……他是物理学家?

张:他原来是文科生,学历史和语言学的。大学毕业后,他想玩玩政治,就进入民主党人乔治·麦戈文的竞选班子,参加1972年的总统大选。由于搭档副手的拖累,那一年麦戈文败给了尼克松。这么折腾一回后,威滕失去从政的兴趣,重返普林斯顿大学继续读书,这次选择的是物理学和数学。威滕智商极高,既有灵光闪现的直觉力,又有把物理和数学结合一起的能力,于是经过一段时间的拼杀积累,终于成为教父般的人物。简要地说,他在上世纪九十年代中期找到了一种开创性的物理方法,这个方法被称之为M理论。M理论的出场太亮眼了,霸道而有魅力,它甚至被认为可能是宇宙的终极理论。

钟:你这么一说,让我对M理论这个名词又刷新了一次,但我其实还是蒙的,譬如……我弄不懂弦理论和 M 理论的区别。

张:好吧,我讲一下弦理论演进的过程。第一个弦理论叫玻色理论,因为错误太大,很快被 pass(淘汰)了。随后超对称性的概念加入进来,形成了超弦理论。但超对称性的进入有五种方式,相应的也就有五种超弦理论。这五种超弦理论谁也不服谁,都认为自己是正确的,可正确的理论只能有一种。这种局面让物理学家们很头疼,不知前路在哪里。M 理论让人震惊,是因为它提出了全新的观点,认为之前的五种理论只不过是对一件事的五种看法而已,就像一个人被五个角度拍了照片。这样,它就把那五种理论串在了一起,独立成了一个大理论。

钟:那这个 M 理论的厉害之处在哪里呢? M 又是什么意思呢?

张:这么说吧,现在世界上被发现的力共有四种,电磁力、引力、强力、弱力。爱因斯坦后半生有一个理想,就是想把电磁力和引力合在一起,但没有成功。杨振宁撇开引力,把其他三种力给统一了,所以成为顶尖牛人。现在,威滕的 M 理论要把四种力都囊括进来,成为大一统的理论。理论太大了,就容易玄,所以这个 M 的含义是不确定的,可以是 magic(魔力)、mystery(神秘),也可以是 mother(母亲)或者 matrix(矩阵)。我这样讲述不知你能不能明白?

钟:说实在的,我还在似懂非懂的层面,但我能感觉到你对 M 理论的推崇。

张:推崇?好吧,我同意用这个词。说起来是一种缘分,威滕第一次讲述 M 理论的时候,我刚好在现场。那是在南加州大学召开的一次研讨会,1995 年的春季。当时我博士快要毕业了,导师推荐我去旁听这个会。南加大在洛杉矶,离伯克利有六百公里,这让我有点犹豫,但最后还是开着车子去了。在那个简约但级别很高的会场里,我是为数不多的学生之一。那会儿威滕才四十多岁,戴着黑框眼镜,眉毛挺浓,头发也还茂密。他是研讨会的主要发言者,讲了一个多小时。听着听着,我的脑子一会儿轻一会儿重,反正一片纷乱。我知道自己被震到了。回去的路上,我在车子里放着音乐,其中有一句歌词飘出来:In that case, you can change you(既然这样,你改变你吧)。是的,我觉得可以改变或者调整自己。

钟:你说的改变……指的是什么?

张:把研究方向从天体时空转向量子力学,重点当然是超弦理论。在之后的许多年里,我从来没有放弃努力,让自己保留在用对撞机追踪基本粒子的前沿研究体系里。与其他人相比,我有我的优势,就是能用时空物理对量子力学进行穿插。

钟:午界,我有一个理解,你研究超弦理论,就是希望在对撞机撞出基本粒子时,捕捉住那一瞬间,见证宇宙大爆炸的景象。这也是你上次描述的,十几年过去了,我仍然忘不掉。

张:我很高兴你有这样的判断。是的,既然人类望远镜不能看见大爆炸的瞬间,那如果能在对撞机上产生相似的景象,哪怕只是一个迷你版的场景,仍然让人无限向往。请注意,我用的词是无限向往,infinite yearning。

钟:无限向往在这里表达的是一种难度,或者说是一种困境中的等待。我知道,你为此吃了不少苦。

张:谈到这个问题,得铺垫一下背景。物理理论想真正站住脚,都是需要实验来证明的。M理论尽管光鲜诱人,却只是在口头上。它设想中的超对称粒子到底有没有呢？如果有，是什么样子呢？刚才提到了，这需要一台强大的对撞机来证明。1987年，美国率先提出搞SSC（超导超级对撞机），当时美苏争霸，里根一听能显示国力，二话不说批准了这个项目。但在美国捣鼓这种工程很费时间，过了六年连安放对撞机的隧道都没挖好，钱已经花了二十亿美元，而整个项目的预算已升到百亿美元。美国国会几轮听证后不高兴了，叫停SSC。这是一个不小的打击，美国超弦界一片哀叫。所幸的是，这时欧洲的LHC（大型强子对撞机）获得立项，虽然规模小一些，但若能撞出超对称粒子，也能满足M理论的求证需求。超弦界在兴奋中等呀等呀一直等到2015年，LHC达到运行能量的设计峰值，仍未能发现渴望中的粒子。

钟：我还是有点不明白，美国拥有如此庞大的财力，对前沿科技又一直舍得投入，为什么就是瞧不上对撞机呢？

张：人类对科学的要求，总是希望能落到实处。资本更是这样，寻求的是看得见的产出。牛顿万有引力，推开了踏进机械工业革命的gate（大门）。麦克斯韦的电磁力，接通了迈入电气时代的route（路径）。爱因斯坦叼着烟斗，用狭义相对论引出一个简单方程式，然后引爆了原子弹。量子力学一堆牛人共同用力，才有了现在的电脑互联网。可M理论呢，因为没法证实，在美国政府看来只是一场豪华的物理游戏。即使对撞机撞出宇宙的诞生景象，那也只是让人们睁大眼睛收获一阵心跳。相比之下，财政经费可去的项目太多了，每一个都看得见摸得着。

钟：噢，这样的大背景对你们搞超弦的确实不利，上次在你脸上见到的担忧让我印象深刻。

张：你那次来美国是2002年吧？那时是我受困的开始……你

知道的，我在加大伯克利做副教授，但已预感到将会失去这个职位。那两年我的研究刚刚往有效的方向展开，很不希望自己的状态被打断。我的担心一点点积攒，攒成了焦虑。焦虑又一点点积攒，攒成了失眠。是的，那会儿失眠症找上了我。

钟：你的失眠症……挺严重吗？

张：严重！到了夜里，脑子明明是昏沉的，但一碰到枕头立即会变得清醒。那种清醒是冷的，似乎脑袋里有条缝，冬天的空气不断漏进来。更具体一点儿，在黑夜中，我的脑子有时候空白得像一张纸，有时候又塞满了各种粒子、参数、星团和长长的隧道，混乱无序又控制不住。Sorry，那种糟糕的情况我不能说得太多。不，我已经说得过了。

钟：这种状况持续了多少时间？

张：状况有轻有重，重度失眠差不多持续了两三年。

钟：那后来是怎么好起来的呢？

张：跑步。跑步是对失眠很好的干预，当然开始我没有想到。

钟：哦哦……

张：在一个睡不着觉的夜里，我脑袋发涨，就起床下楼慢慢跑步。跑了一会儿回来洗过澡，仍难以入眠，但觉得脑子轻松了一些。以后我把夜跑当成一件排除焦虑的事情，几乎每天都要去做。先是八百米、一千米，再两千米、三千米。一年以后，我已经能跑十几公里了。这时我得寸进尺做了计划，开始尝试跑二十一公里的半马。再过半年，如果不计较速度，我已能轻松跑下半马了。有时跑顺了，还能跑完全马的距离。当然在这个时间段里，睡觉也不知不觉改善了不少。

钟：听长跑者说，跑步会上瘾的，有时跑着跑着身子会有一种飘起来的快感。这种感觉你有吗？

张：这么说吧，一段长的跑程会有一个疲劳点，使劲跑过去之后，氧气供给达到平衡，身体就进入了轻松阶段。这种放空的感觉确实不错，让人上瘾的理由就在这里。但我的内心重点不一样，原因在于我是 night run（夜跑）。每次在夜色中跑着，我的上方是星空，那些星星的名字我都知道。我一路安静地跑着，却不再孤单，因为我觉得它们一直相伴着自己。

钟：呵，这有诗意……原来长跑中也可以有诗意。

张：诗意是你们作家喜欢的词儿……我说的是有星空陪着，寂寞的确会减少一些。

钟：那参加马拉松赛也是为了减少寂寞吗？你真的每年都要回国参加这种长跑活动？

张：不是每年但也差不多吧。我不是专业或半专业运动员，也不是闲得发霉的中产者，回来参加马拉松赛成本有点大对吧？你心里一定有这个问号。

钟：嘿嘿，是有这个问号。

张：我回来参加这种长跑当然不是为了拿比赛成绩，而是自己送给自己的回国 excuse（借口）。我需要这个 excuse 推动自己回国。

钟：我有点明白了。你这次回来当然不是为了在上海跑出一身汗，再吃几顿地道中国菜……

张：这次回来，我要去合肥拜望我的几位中科大同行，然后去北京雁栖湖国科大参加杨振宁先生的一个讲座。4月29日，他将在那里发表对当代物理学的一些看法，当然也会谈到超大对撞机。关于超弦理论和对撞机，中国物理界已经争论了不短时间。

现在的中国,是国际超弦界的关注中心——这才是我经常回国的主要原因。

钟:中国成了中心……这挺有意思的。为什么会这样?

张:欧洲 LHC 对撞机尽了最大力也未能发现超对称粒子,这对 M 理论是个打击。超弦界认为,这是因为 LHC 的隧道只有二十七公里,形成的撞力不够。只有建成能级大几倍的对撞机,才有可能抓捕期望中的粒子。但建造巨型对撞机太费钱了,估算至少需要 200 亿美元。美国不肯拿这个钱,欧洲也不可能了,剩下的只有中国啦。

钟:原来看上中国的钱了。200 亿美元,得是怎样的项目呀?

张:这个项目第一期叫 CEPC(环形正负电子对撞机),环形隧道的周长将达到 100 公里,比北京的五环路还长。如果做成了,还有第二期 SPPC(超级质子对撞机)。说形象一点儿,这个项目就是物理界的三峡工程。

钟:三峡工程当时也很有争议,最后上马了。这个对撞机项目上马可能性大吗?

张:三峡工程的成果是电力,可以让现实中的许多人受益。对撞机项目的成果看不见摸不着,要去推动确实很有难度。为了促成此事,国际超弦界不断组团来中国游说。我记得是 2014 年 2 月,威滕率队在清华大学搞了一次讲座,动静不小。2016 年 8 月,国际弦理论大会也是在清华开的,主要目的仍是造势。这两个活动我都参加了,借着两次马拉松赛回的国。

钟:噢,这样的造势有效果吗?既然有争论,赞成和反对项目上马的力量对比怎么样呢?

张:说实在的,现在虽未见分晓,但赞成派处于弱势。我说两个你知道的名字：霍金赞成，杨振宁反对。

钟：那你的想法呢？

张：我是个小人物，但也有自己的选择。我的选择当然是希望上马这个项目。我尊重也理解杨振宁先生的意见，他认为这个项目花钱太大，会挤占中国其他科技项目，他还认为对撞机在三五十年内对人类的生活不会有帮助。我认为他说得都对，他的意见是理性的。但有一个声音老在内心提醒我：三十年或者五十年以后呢？当人类的实用需求和物质追求告一段落之后，那时是不是需要一种更广阔的精神满足，譬如对宇宙的进一步认识？

钟：嘿嘿，原谅我说一句，三五十年以后的确是个遥远的时间，很多事情难以预见。既然难以预见，现在上马这种项目是不是有点……乌托邦？

张：霍金已经去世了，杨振宁也近百岁高龄。五十年后别说他们，就是我也早已灰飞烟灭。就这个项目而言，即使能侥幸上马，第一期和第二期工程建造完毕也得二十年，加上不断递进的试验时间，出结果应该是三十年之后了。我就是天天长跑练身体，基本也不可能跑到那个见证奇迹的时间点。but，但科学从来都是一个evolution（演进）过程，而当代物理正处于暗淡时期，这又是一个可能的亮点，为什么不尽早去探试呢？用一个你可理解的说法，在认知宇宙起源这种终极问题上，我们还处在一间封闭的密室里，眼前一片黑暗，但我们已经快抓到钥匙了。只有抓到这把钥匙，便能打开一扇窗户，见到外面的光亮景象。我们是最接近这把钥匙的人，即使等不到目击光亮的那一天，也不可能放弃寻找钥匙这个过程。

钟：嗯嗯，我有些懂了。

张：你刚才说到乌托邦这个词，我再说一句，人类为什么不可以有点乌托邦呢？一个人又为什么不可以有点乌托邦呢？过去或者现在，人类的视野太窄小了，把宏大的未知东西都视为乌托邦。未来呢？未来肯定不能这样！

钟：午界，你的话差不多把我说激动了！现在我老觉得，你的嘴巴里不时会掉出奇异的说法。

张：你的奇异感来自宇宙本身，不是我。你知道的，在生活中我不是个有趣的人。

钟：好吧，这会儿就暂时撇开宇宙，聊聊你自己的事儿，譬如这些天我一直在想，你当初干上物理是个人选择还是所谓的命运安排？

张：当初？要说那么远吗？那我先问你，你干了文学是个人选择还是命运安排？

钟：呵呵，先说我呀。我在一篇文章里曾经讲过，我写小说是因为一张借书证。当年我拿着那张借书证把昆城图书馆的小说全看完了，文学的基因就不知不觉注入到我身上了。

张：一张借书证帮了你，这说明个人的选择就包含着命运安排……你还记得咱们中学的地图墙吗？在教学楼的走廊里。

钟：记得呢，那墙上排过去一溜儿地图，好像有温州地图、浙江地图、中国地图、世界地图。这样的布置当时觉得挺有意思的。

张：好多次我站在地图跟前琢磨着昆城，昆城在温州地图上是明显的县城，在浙江地图上只是一个小点，在中国地图上就消失了。而在世界地图上，我要靠想象才能确定昆城的存在。后来我就傻傻地想，要是有一张太阳系地图，进而有一张银河系地图，那么昆城在上面是怎样的存在。

钟：哈，一个昆城少年的遐想。这算是你对宇宙感兴趣的起点吗？

张：我不知道这算不算起点，但当时我明白，昆城当然是存在的，所以也可计算昆城到达每一个星球的距离。问题是，遥远的星球如何看待昆城？对它们来说，昆城存不存在有意义吗？

钟：嘿嘿，从很大的尺度去琢磨事儿，就容易进入意义的虚无。

张：这是大的空间维度。再从大的时间维度看，人类再怎么自我 magnificent（雄壮），也只是地球上的一轮文明。这轮文明的生存，属于宇宙时间里的一个小小缝隙。

钟：这不是你当年想的吧？一个中学生不会琢磨到这个份上。

张：当然是后来的想法，但人的思想是一条长河，从最初的地方流淌过来的。又有一天呀，我换了思考方向，从大的维度转到小的角度，心想如果人类是一轮缝隙般的文明，那么一个人的生命长度更属于无需计量的小单位。在这样小单位的时间里，我把目光投向地球之外，去捕捉宇宙里的许多东西，这种以小博大，本身是否就具备了意义呢？

钟：我说一句重话啊，这样的思考听上去有点高尚，但换一个词儿，是不是也有点天真呢？我们毕竟生活在一个世俗的社会里。

张：是的，高尚与天真的距离，有时候是模糊的。但有一点我不模糊，自己是个 The weak in life（生活脆弱者），无法在世俗的日子里活得自在。既然只有几十年的时间，那我就选择做个不一样的人，天真一些或者自认为高尚一些。我说这些，可能有点说飘了，其实我不习惯这样。

钟：不飘的，我很高兴你能谈到这些。从杭州跑过来跟你聊天，真是一个正确的决定。对了，我再邀请一次，这次你设法挤出点时间来杭州走一走吧。西湖不吸引你吗？咱们可以在西湖边接着聊。

张：到时看看吧，我觉得排不出这个时间。

钟：还有一件事我可以不说，但不说好像也不对……你家的坡南房子已经卖了，最近又被从岚买了回去。这个你知道吧？

张：（喝咖啡，沉默半分钟）从岚买下那所房子有她的理由，我不能不尊重她的想法。

钟：那……一个人的日子，你现在过得好吗？还有你的工作，眼下漂到哪儿就职了？

张：求是，你的口气慢慢变成了正式采访。

钟：呵呵，对你呀，我就是想多了解一些。

张：在专业研究之外，我的日子很单调，无非是睡觉、看书，偶尔开车旅行一趟，有时也看一两部电影。一个单身物理男的生活，一定是不复杂的。

钟：不错嘛，你的生活里还是有旅行有电影。

张：我的旅行一般跟专业会议有关，看的电影一般则是太空梦幻型的。至于工作就职，仍然是漂流状态。前几年在丹麦的哥本哈根大学干过一段时间，那里的玻尔研究所是个很好的地方。现在的落脚点是加大圣巴巴拉，我可以在这里做到今年底。是的，漂流似乎是我这辈子的一个宿命。

钟：那我再问一嘴，在这么长的漂流日子里，你有什么要说的感受？

张：感受？又往飘的东西上说呀。

钟：可说扎实一些的，譬如一件印象特别深刻的事儿。

张：印象深刻……行吧，说一件往事。你看电影爱在家里放碟片，我呢喜欢坐到电影院里。有一年冬季在洛杉矶旁边的小城pasadena（帕萨迪纳），我进电影院看一部太空冒险旅行的片子。那部电影挺爆的，看的人不少。放映过程中，我旁边一对年轻情侣时不时的低声嘀咕，主要是小伙子在讲话。我有点不高兴，提醒了一次。过一会儿，那小伙子又开始发声，在女友耳边说一串话，好像是电影情节什么的。我恼火了，轻声呵斥他。小伙子要顶嘴反击，被女友拉住，这样总算安静了。

钟：他们在电影院里这样谈恋爱，是够烦人的。

张：电影结束了，大家站起来往外走。那小伙子转过身瞪了我一眼，说她喜欢知道宇宙里的事情，现在好不容易等来这个电影，给她讲一讲有什么不对吗？我这时才发现姑娘走路的样子有些异常，原来她看不见。是的，她是blind person（盲人），男友本来在给她讲电影。

钟：哦哦，这让人想不到……

张：那个晚上我没有马上开车回住处，而是在街上慢慢地走。天气挺冷，街灯暗淡，我把脖子缩到大衣领子里，脚步真的有些孤单。我脑子里像是冒出许多想法，又像是很空。有这样的感觉，是因为我心里挺难过，那种茫然的难过。

钟：我理解。爱情、盲人、太空，这是可以延伸出不少想法的……

张：That's all（讲完了），不说了。

钟：我最后问一句，你以后呢？以后有什么计划？

张：到了这个年纪，有点漂不动了。我想找一个满意的栖身之处，可靠并且长久。

钟：可靠并且长久，这是什么说法？是找一个地方买一所房子吗？

张：这是另外一个话题了，你就别追着问啦。我说得够多了，我不能什么都跟你聊。

钟：哈哈，好的，我得知足。

五、午界与我躺在西湖夜色里

不久后的5月5日，午界到底来了一趟杭州。

都说时间是挤出来的，他做到了——从北京回到上海准备返美，在登机前有个空当。头一天下午匆匆而来，下一天上午急急而去。

那天他从上海坐高铁过来，到达时已近傍晚。我到火车东站接他，一边等着一边为自己的邀请兑现而心喜。这时我还不知道，他此次来杭州的动力不是仅仅源于我。

因为将大行李存在了上海，午界出来时斜背一只小挎包，看上去挺利索的。我迎住他，一起坐了车去延安路一家宾馆。住下后已过饭点儿，我问午界想吃什么，海鲜吗？他说别海鲜了，就杭州菜吧。我想一想，就领着去了知味观。

到知味观坐下后，才发觉没有来对地方，因为这里吃客多有些闹。这也勾出午界的感想，他说杭州的变化真大，繁华的模样一点儿不输美国。我问他多久没来杭州了。他说有些年了，上次来的时候你应该没调到杭州。我说那至少得十年了，这十年杭州一直在扩张，有点趾高气扬的样子。他笑一笑说，杭州是我的情起之地哟，那会儿比较安静不张扬。他这么一说，我才记起徐从岚当年是在杭州读的大学。

我带了一瓶五粮液，往两只杯子倒上，慢慢喝了起来。午界说刚才在高铁上快阅了我一个短篇小说，心里挺有感触。我想得几句好话，就问他有什么感触。他说，写小说可以一个人干活，只要带着脑子，但做物理实验需要许多条件。是这个感想呀，我就说写小说肯定也不容易。然后我讲了中国文学的一些态势，再提到中国社会的物质主义和世风浮躁。他说不仅中国，西方社会也是这样，贪心膨胀欲望无限。他又说地球已四十多亿岁，经历了多轮生物主控的世界，仅恐龙主持地球就有两亿多年，而人类出现才几百万年，但按眼下的科技突进和无序比拼，不用太久就能攒够自我摧毁的力量。我说这是杞人忧天吧？他说忧天才好，可惜现在人类不知天高地厚。

在那个吃饭的场合，他跟我一聊就聊到了这些。估计旁边的人听到耳朵里，还以为我们喝醉了呢。其实我们才喝了不多的白酒——是的，两个人谁也没涨酒量，三五小杯下去，脸上都有了红光。

这知味观离西湖近，吃完了饭，午界提议到湖边走走。我们就散步至湖边一直往北走，到了六公园往左一拐便是断桥。在断桥不远处有不少椅子，我们择了一张坐下。眼前是开阔的湖水，在夜色中轻轻波动。午界脸上好像又出现了感触，安静着不说话。我说，是想起从岚了吧？刚才你说杭州是情起之地哟。午界点点头，又静一下，讲起了三十三年前来杭州与从岚见面的事。

那个时候，他们俩已经通了好一段时间的信，情感若隐若显的还没有挑明。有一个暑假，午界从香港回来到了杭州，说有人让他捎了一件东西给从岚。俩人见了面，逛到这白堤断桥的湖边，从岚问谁让捎的、捎的什么东西，午界红了脸说我让我自己捎的。从岚瞧着他，说小礼品我也会喜欢的。午界又红着脸说，不是小礼品是大礼品。从岚问，什么大礼品？午界说，一个大拥抱，你……你要吗？从岚静了几秒钟，说我要。午界就一步上去抱住了她。那个年代呀送出一个拥抱不是小事情，大约相当于求爱了。午界又说，那天因为兴奋，我脸上沾了一点脏没发现，从岚就掏出手绢在水里沾湿，然后站在跟前给我擦脸，那是一种快乐中加入凉爽的感觉，真的很特别，至今也没有忘掉。

我说，哈哈，午界，你年轻时也会玩浪漫嘛。午界说，我这算吗？那时候你们这种文学青年才浪漫呢。我说，快乐中加入凉爽，这就是文学的语言。午界微笑一下。

我干脆顺着话势往前问，午界你干吗跟从岚分开呀？是不是你小子在外边有了新浪漫？午界没有马上接话，停一停才说，我这种搞理论物理的哪有玩花哨情感的能力，在美国这么多年，除了有一次旅行到拉斯维加斯进了赌场瞧一眼稀奇，其他那种俱乐部呀夜店舞厅呀从没去过。午界又说，以深度交往去计量，我的朋友很少，异性朋友几乎没有。我问，那么是从岚的错吗？午界说，当然还是我的错，开始一些年我老待在实验室里，后来又得了失眠症，身心不振，这样在生活上在精神上都照顾不到她。

午界用手推一下自己的鼻子。他说，我并没有意识到这种冷落对从岚的伤害，直到有一天，她突然问了一句话。午界说到这里刹住了，沉默一下。我问，倒是什么话呀？午界说，她问，咱们多少时间没做爱了？当时我有点发愣，答不上话，从岚说，103天。

午界讲完这句话，自嘲似的一笑，嘴边的纹线跳了出来。我只好说，这从岚不愧是学会计的，数字记得明白。午界说，也就是在那天，自己定了主意要离婚。

我不吭声了。这些年午界一直在漂流，看来漂流的不仅是工作，还有内心的情感。不过细想一下，又觉得他既然肯将这些话无障碍地讲出来，说明把情感的事放下了。在午界的心中，也许已经把专业和生活做了清算，他放不下的还是对撞机呀粒子呀大爆炸呀这些东西。

我正这么想着，午界深吸一口气，说了一句英语。我说，我的英语可不好哟。午界说，我是说咱们聊些别的吧。

果然，话题要转换了。随后时间里，午界讲述了这次到北京听杨振宁先生讲座的情况。因为不懂专业，我听得有些迷糊，但有两句话是清楚的。午界说，杨先生身体还好，思维不乱。午界说，杨先生没改变自己的观点，他认为 The party is over，高能物理盛宴已过。午界转述这句话的时候，脸上有一种复杂的神情，一方面他知道杨振宁的判断是理性的，一方面心里又特别的不甘。在那一刻，他眼睛里又浮出了沮丧，即使在夜色中也藏不住。

我心里有了难过。怎么说呢，大爆炸那么大，小粒子那么小，这两者全是看不见的，能看见的是我们周围的生活。现在的午界呀，既应付不好看得见的生活，也对付不了看不见的世界。这的确是一种受困。

还有一点，我不懂天文也不懂物理，但以小说家的思维进行质疑，要是宇宙大爆炸的理论错了呢？为了见午界，我翻查过百度，知道上世纪几十年里科学家一直认为宇宙在引力作用下不断收缩，但有一天借助太空望远镜，突然发现宇宙膨胀还在不断加速。驱动宇宙扩张的是一种不知道的神秘力量，因为不知道，只好把这种力量叫暗能量。你瞧瞧，也就几十年的时间，过去的理论就似乎被颠覆了。那么再过几十年呢，会不会有新的发现证明大爆炸学说也有误？如果这样，午界的坚持算不算是一种虚无？

这种思考角度也许是幼稚甚至是可笑的，但无知者无畏，我把自己的想法说给了午界。他嗯嗯了两声，没认为这是无知之谈。随后他说了一些话，意思是大爆炸宇宙论经过许多验证，已成为物理界的主流共识，这一点不需要再去争辩。不过用朴实的思想去判断，人类对大世界的认识确实只是一种微光，再经过数十年的智慧加速，这种微光变成一道电闪亮光也并非不可能。那时候，许多已站稳的论点会被推倒或被修理。

说过这几句话，他变得有些沉默。这种沉默在我看来是一种担心，担心什么呢？也许不是担心大爆炸理论有误，而是担心将来有钱了，超强对撞机可以建成，但却撞不出期待的粒子。这是不是一种更大的残酷？

那天晚上就是这样，我们坐在湖边椅子上一直聊，聊了早年恋事，也聊了专业困局——当然，核心话题都是关于他的。说着说着，发现已到了深夜。五月的西湖泡着春意，在夜色里也是好的，我们都不愿意回去。后来午界大概坐累了，起身走到路边草坪上躺下。我说在美国可以躺公园，但这里是西湖。午界又说了一句英文，自己翻译道：有时候规矩是用来踩踏的。这样我也走过去躺下来——我们并排躺着，两只脑袋相距一尺多远。此时天空少了月亮，但有不多的几颗星子。

四周因为没了游人，显得相当安静。这种场景里，人的内心会有点空。午界突然问，晚上剩下的酒呢？呵，晚餐的五粮液还剩了大半瓶，在我背包里搁着哩。我取出来拧开瓶盖，往盖子里倒满递给他，他抬起脑袋一口干了。我又倒满一盖子，让自己喝了。两个酒量薄弱的男人，也没有菜支持，就这样仰躺着你一口我一口喝起了酒，有点像无厘头的中学生。喝了几个来回，我想到了昆城，就提起坡南街那宅院里的老树。我问，当年你埋在树下的到底是什么话呀？午界似乎恍惚了一下，然后说不能讲不能讲，才过去二十九年，还是不能提前揭晓。我说，那房子现在属于从岚了，你不觉得挺有趣的吗？他说，这样也好，从岚在老家有了根儿。

我不禁想到，午界父母都已故去，老房子又住不上，他回去的推力就弱了。我说，下次回来多留点时间，我陪你去昆城。他静默一下说，下次也不知什么时候了。我说，现在时空方便了，咱们同学可不能一二十年才见一次。他说，时空？你用了时空这个词？我说，是呀，无论是时间还是空间，整个世界都打通了。他说了一句英语，又说了一句英语。我说什么意思吗？他慢慢地说，在平行时空里，我们彼此不知。他又说，有时候相遇是一种再见。

哈哈，在夜空下，在草地上，他的话有点醉飘也有点哲学。我丢了瓶子，不再倒酒给他。几分钟的安静之后，我听到了轻微的打鼾声，他竟然睡着了。我没有忍住，慢慢坐起来在旁边瞧着他。我瞧到了什么？泪珠，停在眼窝里的两粒泪珠。我以为自己看错了，把眼睛凑近一点，只见那两粒泪珠在微微颤动。

要过不少天我才会明白，午界这次的杭州之行对我意味着什么。

在我的认知里，生命应该是有秩序的，死亡应该是有命定的，而秩序和命定由许多种力共同建造。但午界以一己之力，建造了自己生命和死亡的新轨道。他的行为太特别了，我没法点评，或者说没资格去点评。我只能悄悄对自己说，他是勇敢的。

同时我不能不去想，自己提前起了兴趣去接近他、探究他，这是一种巧，还是一种缘？万物生于有，有生于无，我多么愿意将此视为冥冥之中的一次召唤。

记得初闻消息的那一天，我刚好出差在外。在宾馆的房间里，我根本无法入睡。我静静坐在床头，几只蚊子却"嗡嗡嗡"地飞来蹿去。夜已经变深，一点钟，两点钟。我点开手机播放音乐，一段空灵而悲壮的钢琴曲开始响起，那么绝望又那么蓬勃。乐曲中蚊子们似乎受到冲力，散开逃走了。我的脑子又一次滑出去，回想着与午界在一起的各种场景，回味着他信书中的那些文字。

六、张午界致亲友的一封信

（中英文各一份，内容相同）

敬爱的亲友们：

这是一个非常艰难的决定，但相信你们能够尊重并支持我。

一年前，我与美国南部的一家生命延续研究所签约，同意将本人的完整身体交给该研究所主持的人体冷冻项目，时间自今年十月起始，保存期五十年。由于我的健康指数突破了美国联邦法律对此类实验的相关规定，双方的合作在一段时间内将处于保密状态，因此无法提供更具体的地址和细节。感谢D教授和团队所有成员，他们的优质技术和专业态度让我建立起相当的信心。

此前，我已经注意到生物医学领域近年的重大突破，即通过对慢慢变老的细胞重新编程，使人的身体功能恢复年轻状态。这种"返老还童"的前景让人产生遐想，但我认为自己赶不上了。两相比较，我选择了在安睡中静默等待的方式。是的，此种方式现时不够"新潮"，但更符合我的想象。

我没有选择在更大的岁数进入"冬眠",是因为希望在将来解冻之时能够复活较好的思考力,继续参与和见证时空物理的前沿研究。这是我敢于冒险的唯一目标。

回顾现有的求知一生,我从中国东部的一座小城出发,初学合肥,续读香港,深造伯克利,尔后漂流多个专业实验室。支持我努力往前走的是内心的好奇,这份好奇帮助我跨过开阔的太平洋,也度过困难的时间段。现在,我不能放弃这梦想般的好奇。

二十一世纪的今天,物理学虽然十分艰难,但终于又一次走到大时代的前沿。这比一百多年前经典物理一统天下的场景更具想象的空间:当年的牛顿力学和麦克斯韦电磁论做到了彼此相容,但总归是两个不同形式的理论,它们的结合只是一种联邦。这次不同,天才而飘逸的 M 理论也许能用同一个方程去描述宇宙间的所有现象,对各个领域进行有效的带领,最终完成一场伟大的大统一。如果能够实现,这在人类探寻史上将是第一次,从而开创一个气势磅礴的物理帝国时代。抵达这一终点线可能只是需要时间,三十年、五十年,或许七十年。

世界各国经济的增长速度应该可与这次科学行动相配,尤其是中国。我相信北京 CEPC 项目在若干年后应会重启,我也相信类似的对撞机项目在美国或欧洲终将再度发力。财富的积累能够促进精神的需求,精神的需求能够让物理预言的求证变得理直气壮。

当然,To be or not to be(生存还是毁灭),这是一个不能回避的问题。在准备实施"冬眠"的第一天起,死亡就在我的考虑范围之内。五十年后,我也许能醒来,也许不能醒来。如果永远睡去,我不会感到遗憾。在这个世界进化中,人类从来不是主人,也从来做不到永生。与非同一般的冒险目标相比，我的生命缩短是值得的。

我为这次冷冻整个过程支付了一定的费用，同时委托研究所保管少许的存款，以备将来醒后之用。假如不能复活，这一小笔钱则做尸体处理的费用。此外，我还余下不多的一笔现金，已决定赠予前妻和儿子（相关手续已托律师办妥）。

我爱我的儿子，过去、现在和将来都是。我也真正爱过我的前妻，你是这个世界上现在仍然让我惦记的女人。我曾与D教授商量，希望将前妻和儿子的照片同时放入冷冻罐，在五十年中与我相伴。但这个建议被D教授否定了，因为现有的冷冻技术还不允许这样做。这是一个小的缺憾。

最后，我再次表达自己的期待。我渴望在五十年后醒转之时，能够见到超强对撞机产生的膨胀能量团，灵魂似的粒子组成了宇宙大爆炸的瞬间景观。这像是一次朝圣之旅，让我们回到宇宙黎明之前的时代。我们的想象可以与那些最古老的光一起，从138亿年前时间之初出发，经过最早诞生的GN-Z11星系，再经过依次诞生的无数星云，然后来到46亿年前诞生的地球。地球这颗明亮可爱的星体，在许多年前又终于诞生了人类。人类是渺小的，但因为有了自主意识而变得伟大。现在，我们站在大地上仰望星空，已经明白自己的个体与大宇宙息息相关。不错，这不是宗教的创世神话，这是一种科学证明。

再次感谢你们的理解！这是一份修改了至少五次的书信，见字便是告别！

张午界
2019.09.20

七、一篇来自美国的新闻报道（译文）

一次人体冷冻：越线还是立新

【新环球网译自美国《科技先锋报》消息】2019年10月3日，据一位匿名人士透露，亚利桑那州一家生命延续研究所日前接纳一名华裔物理学家进行人体冷冻实验，双方签有合同。该物理学家今年五十六岁，而且多年坚持长跑，健康指数良好，没有绝症病况。他希望在五十年后被唤醒，继续从事自己的专业研究。

人体冷冻这一概念最早出现在1962年《永生的前景》一书中，作者为同样是物理学家的罗伯特·埃廷格。人体冷冻技术尽管已取得巨大进步，但目前仍处于医学试验阶段，具体方法是在人死亡后，对其身体进行抽血和多项小手术，再放入零下196度的液氮箱中。在将来某个时间，当医疗技术达到期望的水平，该身体便可以被解冻复活。据悉，人体冷冻术被《自然》杂志评为十大超越人类极限的未来前端技术之一。

1967年，一位名为贝德福德的男士响应此项实验，成为实施人体冷冻的第一人。至今，全球已有超过3000人签署了死后冷冻协议，其中一部分人已经正式履行，不过这些人的行为均在法律允许的范围内。美国联邦法律规定，只有被判定为临床死亡的人方可接受人体冷冻服务。此次这位身体健康的物理学家加入该项实验，应视为是对现有法律条文的越线，但也可能成为突破人们伦理认知的一次新尝试。

八、我与从岚坐在院子树下聊话

2020年春节之后的一段时间，因为新冠疫情我被困在了家里，每天翻翻书看看电影，有时还伴着音乐做一些出汗动作，日子过得轻松而憋屈。有一天晚上为了取刊物校样，我开车去了一趟单位。街上灯光暗淡，行人稀少，有一种无法验证的不安全感。我暗叹了一声，人类的生活真是脆弱呀，一个小小的病毒，让整个城市一下子收起了自由。

就是在这时，手机"嘟"了一声，微信上出现了从岚的文字。她说自己回昆城了，这些天住在坡南街房子里。我赶紧把车子停在路边，用手指与她交流了好一会儿。她说自己计划回国待二十天，陪陪老人，顺便把昆城好吃的吃一遍，没想到这疫情没头没脑的就来了，看这架势，中国飞美国的航班短期内不会恢复。我安慰她，这样也好，你可以心安理得在老家多住一些日子，也让这房子派上用场。我表示，等这阵疫情消停了，马上去昆城看她。我又特意说了一句，我很想跟你再聊一聊，听你说说午界。从岚似乎沉默了一下，没有拒绝。

2020年3月中旬，疫情管理刚松开，我不让自己犹豫，拣一个周末就去了昆城。那天中午，我与从岚一起吃了简餐，然后泡一壶茶，坐到院子的桂树下。桂树叶子茂盛，挡住了阳光。我说，咱们晒着太阳聊天才好。从岚说，别着急呀，太阳往西挪去一些，阳光就全过来了。

那个有些暖意的下午,在午界从小长大的院子里,我和从岚进行了聊话式的访谈。以下为这次对话的内容(根据录音整理):

钟求是(以下简称钟):算一下,你这一回在这儿住两个月了吧?

徐从岚(以下简称徐):没错儿,快两个月啦。说实话呀,被疫情困在老家,心里倒没怎么懊恼。这条坡南街现在有些意思的,没事的时候走一走,多少可以捡回一点小时候的记忆。

钟:嗯嗯,好在昆城情况宽松些,还可以外出散步。

徐:一散步呀,眼睛里全是光鲜陌生的东西,昆城建设进度太快了,过去的小城模样基本丢掉了……除了这条坡南街。

钟:那咱们就从这里开聊吧,你先说说美国小城和中国小城的区别。

徐:求是,你的采访算是正式开始啦?

钟:呵呵,我说过的,不算正式采访。咱们只是聊天,怎么聊都行。

徐:那好吧,就从美国小城开始说起。那年你去过我们奥克兰的家,那房子呀离午界上班的大学挺近,开车也就十多分钟。大学所在的小城就叫伯克利,一个挺好玩的地方。上世纪六七十年代,各种新潮东西包括嬉皮士文化就是从这里起步的。平常镇子上呀总是阳光充足,不少野路子的歌手或者舞蹈者会在街头表演献艺,气氛相当自由开放。你如果有机会在那街上走一圈,会遇到一些看上去挺有文化的无家可归者,也会遇到几个服装奇异或行为特别的青年学生。有一天,我就看到一位白人小伙子站在路边椅子上,双手举着一块木牌子,上面写着:抗议八国联军烧毁中国圆明园！我想他可能是历史系或者艺术系学生，刚刚上完课心里生气吧……

钟：哟，这么听着，这伯克利是有点另类。

徐：我说这些是想指出一个事实：在这么轻松自由的地方，午界待了不少年，但他的性情一点儿没变。拿几个严肃的中文词放在他身上，应该是认真、古板，再加上孤单。他整天待在实验室里，完了就是赶紧回家睡觉，从不给自己留点儿社交时间什么的。那几年呀我倒希望他下班别急着回家，在镇子上找个热闹场所放肆一回，或者钻进某个酒吧跟朋友喝上一杯。可实际上，他没有能说上几句交心话的朋友，他也不可能踏进灯光晃动的舞场歌厅。

钟：你们出国早，那会儿在美国的中国留学生都很拼的。我是说，午界是用自己的方式在打拼。

徐：我知道你这话的意思，可活络的中国留学生也不少。我拿到会计硕士后，先入职一家贸易公司，那老板就是当年的自费留学生。他原来在国内干过外贸的活儿，后来到美国读了个硕士便开始到处打工，当产品推销员。他的嘴皮子又溜又甜，半小时能说完两小时的话，还能取得对方的信任。不久他自创公司剑走偏锋，去做南非的生意。南非当时呀因为搞种族隔离被国际社会经济制裁，但私底下许多国家又与它玩间接贸易。我那老板利用这个做贸易代理，淘到了第一桶金。这么一个例子，你就能判断他这个人脑子不错。

钟：午界的脑子更不错，但你不能要求午界也去开公司做生意，把嘴皮子练得又溜又甜……

徐：一段时间过去，求是你现在挺向着午界的嘛。

钟：嘿嘿，我今天只带着耳朵，主要听你的事实讲述。

徐：好，我讲午界的两件事吧。先说说他对 boss 也就是导师的背叛……

钟：背叛？他……背叛导师？

徐：我记得是午界马上博士毕业的那年春天，他接下导师给的一份差事，去洛杉矶南加州大学参加一个研讨会……

钟：这个研讨会我知道，一次著名的超弦理论专题会议。

徐：是的，这次会议上午界见到了物理界重要人物爱德华·威滕，听他讲述了 M 理论。这几乎是一个转折点，回来后午界不怎么说话，其实是在兴奋中做沉默的思考。很快他做出了决定，研究方向逐渐转向量子力学中的超弦理论。这就造成一个问题，与自己导师岔开了路径。他的导师是时空物理的厉害人物，在引力波探测上很有成绩。但引力波是爱因斯坦预言的一种传递现象，属于传统物理理论，跟超弦理论属于两个阵营。导师接到南加大的会议邀请，自己不去而派学生去，基本上也是因为这个原因。在这样的情形下，作为相随数年的弟子，得有一个轻重权衡，可午界不管不顾的，与导师渐行渐远。

钟：这样呀，午界是够狠的。我想起一句话：吾爱吾师，吾更爱真理。亚里士多德说的。

徐：问题是真理不明呀，难道时空物理和引力波就没有前途？其实吧导师对午界挺好的，认为他有往前走的潜力，也给了不少机会。他留校做助理教授，后来得到副教授职务，都少不了导师的助力。但后来导师一看情况越来越不对，就不肯帮扶了。那会儿午界担心失去教职，大的背景是政府资助减少，具体缘由呀则是与导师的关系疏远。记得有一次导师来家里吃饭……对了，导师喜欢吃中国菜,我们偶尔会请他过来一起用餐。每次来的时候,我会做一个地道的昆城菜,就是"酒蛋"——在锅里把油烧热,倒进蛋液搅几下,再加入黄酒和红糖,特别简单也特别补身子。导师格外爱吃这道菜,所以那天我又做了。导师用勺子慢慢将"酒蛋"吃完,然后站起身专门拥抱我一下,轻声说,以后恐怕吃不到你这道菜了。当时我不明白这话什么意思,不久就知道了,他准备要"丢开"午界啦。

钟:唉,事情到了这一步,午界心理压力没法儿不大。

徐:这第二件事呀是午界的一次自杀……

钟:自杀?他还玩了一次自杀?

徐:发生在午界身上的事你别太惊讶,他确实自杀了一回。那是在他失眠症最严重、下一份工作又没找到的时候……因为工作没有着落,他整日待在家里却不能安心休息,每天夜里翻来覆去睡不着,到了早上又累得不行,脸上难看得像刷了一层灰。当然也试过安神药,一种两种三种,都没啥大用。

钟:午界去看过医生吗?这种情况该去看心理医生的。

徐:去看心理医生了,医生说 Mr.Zhang,我没法帮你,事实上没人能帮你,因为这种情况是你自找的。医生又说,以后要是睡不着,最好的方法是不要理它,如果要理它,就是对你的肌肉说 relax、relax(放松、放松)。午界知道医生的用意,就决定试一试,到了晚上早早上床,安静地躺着,让 relax 这个词在身上每个部位轻轻走过。可是第二天上午,我看到午界的脸似乎变瘦了,眼里布着血丝,眼角则多了几条褶子……说实在的,我很心疼。

钟:哦哦……午界。

徐:那会儿为了不打扰对方,我们已经分床睡了。一天夜里大约三四点钟,我起来去洗手间,忽然发现阳台上站着午界。我吃了一惊,赶紧上去问怎么啦。午界不吭声,目光看着我又不像在看我。我大声追问你在干什么,他才笑一下说,我在计算。原来他正在计算跳楼的数据!我们家在六楼,他要估算落体高度、冲击强度和地上受力面积、身体着地部位等等,得出快速死亡的概率。后来我问午界,死亡概率是多少?他说85%左右,因为自己比较瘦缺少脂肪,可能增加到88%。他又说,因为这糟糕的12%,终于没有做出决定。

钟:这听上去有点幽默,午界不是在开玩笑吧?

徐:不是开玩笑,我看得出来,他确实有过死的念头。幸运的是,在生活中他啥也不讲究,可以接受孤单和不体面,但不能接受摔成残废卧在床上。他知道自己做不成霍金。

钟:一个人有过死的念头,生活会变得不一样。午界有过这样的经历,未必不是好的事情,他的人生态度也许会变得更加坚决。

徐:嗯,也许是这么回事。午界摆脱失眠症,靠的是消耗体力法,也就是不断地跑步,但细想一下,肯定跟这次准死亡有关——都死过一回啦,还怕睡不着觉吗?午界选择人体冷冻,可能也跟曾经的死亡尝试有关。至少对死亡这件事,他已经不再那么害怕了。

钟:唔……从岚,你事先知道午界人体冷冻的打算吗?

徐:这种事呀午界不会事先告诉我的,但我对他的行动有一种预感。这是真的。我老估摸着他会做一件出格的事,以表达自己在专业上的不甘心。只是我没料到,他竟然干出这样稀奇的事——这种稀奇简直像一次长跑,跑着跑着跑进了斗兽场。当然了，别人听到这个消息只是吃惊，而我在吃惊之后则是伤心和茫然。我不知道自己应该怎样对待这件事，我花了不少时间也没调整好自己的心情。

钟：除了伤心和茫然，你心里有怨言吗？

徐：这个怨言的怨是指怨恨吗？No，午界是个让人怨恨不起来的人，即使在我心里不满意的时候，即使我和他分开的时候。不过有一点得承认，跟他在一起时间长了，我是有些累。这种累是生活态度的落差造成的——我活在平常的世俗里，双脚踩在地上，他却有点飘在空中。我们离开对方不是彼此厌倦，而是希望减少这种累。

钟：可在日子里，谁没有累呢。去年在杭州，午界回忆起了你们的初恋，还挺动情的。看得出来，他在乎你，在乎你们过去的情感。当时我就觉得，你们分开真的挺可惜的。

徐：但你也得明白，既然他离开了我，说明我没有排在他生命中最重要的位置。是的，不是最重要的位置。

钟：作为一个女人，你这么想也没错。可午界在那封信中说，你是这个世界上现在仍然让他惦记的女人。当时看到这句话我心里一动。

徐：谢谢你记住了这句话。要知道，这句话也适用于我对他，他是这个世界上会让我一直惦记的男人。如果再加一个词，那他是这个世界上让我一直惦记并且让我一直伤感的男人。但无论是惦记还是伤感，都是因为有了距离，分开之后空间和时间产生的距离。

钟：说到这种距离，我有一个问题，你和午界最后一次见面是什么时候？他在人体冷冻前有没有跟你道别？

徐：最后一次见面是去年9月2日在旧金山。儿子在公司上了一年班觉得没意思，又考回康奈尔大学继续读硕士，马上秋季开学啦，午界约了儿子和我一起用餐。

钟：儿子读书在美国东部，这一年上班是在旧金山吗？

徐：是的，儿子这一年在旧金山跟我住在一起。午界则住在洛杉矶，平时他们父子见不上面。这回午界从洛杉矶过来，赶在儿子飞东部前聚一次。我以为他是为了儿子考上研究生庆贺一下，其实呢是一次告别。是的，一次真正的告别。

钟：午界经常对付不好生活，看来这一回终于做了生活导演，导演了与你们的最后见面。

徐：见面是在旧金山一家挺有名的中餐馆。那天午界穿着一件白衬衫，脸上刚刮过胡子，虽然还是消瘦，但看上去挺精神的。我们坐在一个小隔间里，桌上放着几样中国菜，像是一次平常的家庭聚餐。开吃前，午界拿出一只手表送给儿子，算是对他升读研究生的祝贺。儿子无所谓，说我不戴手表的，手机上又不是没时间。午界说上课不能老看手机，要习惯手上有只表。午界又说，一只手机用一二年就会丢掉，手表不一样，可以戴三十年五十年，没准儿越戴越有情感。这么一说，儿子就把手表套在手腕上……噢，是汉密尔顿黑色表盘，戴在儿子手上挺好看的。

钟：午界送给儿子的不仅是一只手表，更是一段长长的时间。

徐：是这个意思，但当时儿子和我还不能领会。我只是觉得一些日子不见，他怎么已经培养起了细心。刚这么想着，午界又有了新的动作。他一个示意，让服务员端上一只备好的蛋糕。蛋糕不大但挺精致，奶白色圆面铺着一朵水果做的鲜花，搁在桌子上很漂亮。我心里纳闷，眼睛瞧着午界。午界咧嘴一笑说，今天是你的生日，也得庆祝一下。我吃一惊说，是我吗？今天是我的生日？午界说是的，9月2日，我记着呢。我瞥一眼儿子，儿子耸一下肩，表示自己摸不着头脑。我静一静脑子，忽然悟过来了。我的生日是农历九月初二，往年生日要么不过，要过就过这个农历日子。求是你懂了吧？九月初二跟9月2日差着一个多月，这粗心男人把我生日提前得太离谱了。

钟：呵呵，从岚，午界能记着给你过生日，说明已经很用心了。

徐：当时我也这么想，就没有拒绝那小小的仪式。午界在蛋糕上插了蜡烛点燃，又唱起《happy birthday to you》，儿子也合拍地跟了上来。我不能不高兴哩，闭上眼睛许了愿，然后伸出脖子吹灭蜡烛。这个中餐馆也很有人情味儿，不仅免费上了一道鸡蛋长寿面，好几位服务员还轮流过来向我说生日快乐。反正那场面挺温馨的，有一种将错就错的真切感。我吃着蛋糕，心里似乎也产生了奶油味儿的欣慰。得有两三次吧，我用目光向午界表示了感谢。

钟：这种感觉真的挺好……嘿嘿，说有情调也不为过。

徐：用餐结束的时候，我们站起身分手。午界先拥抱儿子，接着拥抱了我。他在我耳边轻轻说，我知道你生日是哪天，我就想让你高兴一回 in advance（提前）。我不知说什么好，就用手拍拍他的后背。这个男人呀，做幽默的事都是认真的。

钟：你当时没察觉到他任何异样吗？

徐：没有。因为认定他记错了生日日子，我就觉得他有点笨拙。分别拥抱时，因为他的耳边那句话，我又有一点伤感。如果那会儿我冷静平常一些，也许能看出一点他的不一样。

钟：这一别得整整五十年，确实让人唏嘘。

徐：对我来说，这一别便是永远。如果五十年后奇迹真能发生，见到他的是儿子，是比他更年长的儿子。

钟：那种父子相见的场景，你期待吗？对不起，这样问也许不好。

徐：那种场景我不会去期待，也不愿去想象。有时稍微想一想，心里就会特别难受。难受的时候呀，我就觉得午界有点像一个人，小说中的一个人。

钟：谁？挺像谁？

徐：堂吉诃德。

钟：哦哦……

徐：他举着长矛，不顾一切地向着自己的梦想奔去，甩掉了周围很多的人。但这种行为落在别人眼中，也许只是一个笑话。说得正式一些，他望向天空执着了许多年，也许恰恰是被人类正常生活所淘汰的过程。

钟：不对，从岚你不能这么想！支撑堂吉诃德行为的是幻想，而支撑午界行为的是好奇。以前跟你说过，我是个很有好奇心的人。看了午界那封信，我忽然明白他有着更大的好奇心。我好奇的是人，他好奇的是宇宙，而人只是宇宙中小小的存在。如果这句话不妥，也可以这么说，虽然人在宇宙中的存在也是个奇迹，但他还想去发现更大的奇迹。真的不能否认，这是一件勇敢的事。

徐：求是你讲得很好，你这样理解午界，我觉得自己说了一下午也值了。不过我的内心又告诉自己，我多么希望他是个勇敢的人，又是个平常的人。我多么希望他每天正常回家，吃过饭陪我一起散散步聊聊话，在我每年生日的时候送我一只蛋糕，一直到老……

钟：现在我大概能猜出你存在这树下的时光留言了。

徐：呃，你说。

钟：一定与爱相关——关于日常里的爱，关于时间里的爱。

徐：那午界的呢？

钟：他的留言应该跟物理有关，跟星空有关。即使在婚礼时刻，他也不会忘了对专业的遐思……这只是一种猜想，你觉得对吗？

徐：我不知道……我当然不知道你的猜想对不对。如果知道了，守着这棵树呀就少了不少意思。不过我想在你这位作家跟前，也说几句有点文学的话。

钟：行呀，你说。

徐：到了这个年纪，应该活得有点明白了，但我还是茫然哩。我过去老觉得在人的生命世界中，爱是最大的星座。现在才发现，比爱更大的星座是孤独。孤独这个词你可以喜欢它或者不喜欢它，但不管怎么样，孤独会陪着我们走过很长的路。

钟：你讲得也挺好……从岚你这不是茫然。

徐：我等着，等着自己喜欢上孤独这个词。这样午界一个人躺在那边，我一个人坐在这里，感觉会好一些。

钟：噢，从岚，你流泪了……

徐：对不起，让我喝口茶。

钟：我不能再缠着你说话了……这个下午真好，让我听懂了你，也明白了更多的午界。对了，关于午界，我还想知道一点。

徐：你说吧。

钟：那篇关于人体冷冻的新闻报道，说一位华裔物理学家……那么午界已入美国籍了吗？去年跟午界见面，我忘了问这个。

徐：那篇报道的说法是错的。午界呀拿的是绿卡，没有加入美国籍，这个我可以肯定。

钟：噢，这么说午界一直是中国人？

徐：对的，午界一直是中国人，也一直是咱们昆城人。

九、一则不能省去的补记

就是那天傍晚，我以朋友聚餐为借口，推掉从岚的留饭，从宅院里出来。已经聊了一下午，我想一个人待一会儿。

走在坡南街上，我脚步冲动，却没有目标。此时我脑子里装着从岚的话，也装着午界的种种往事，晃晃荡荡的，都快溢出来了。我不知道怎么安顿如此心情的自己。

正这么踌躇着，我左右张望几眼，看见了路旁的一家小酒馆。我拨过身子走了进去。馆厅不大，吃客也不多。我在一张小桌前坐下，点了几样菜，又要了一大杯散装的本地白酒。

我端起白酒杯子，使劲喝了一口。这种酒带着一股狠劲儿，有点冲嗓子，但我此时竟没有怯意。三四口下去，脸便有点热，我不准备劝止自己，又饮了三四口。不多时，肚子里形成了反差的内容：喝下去的是酒水，浮上来的是苍茫。

在苍茫感的帮助下，这一年多里的许多场景依次到来，在我脑子里一一展开。即使思想有些酒晃，我也坚定地认为，此时午界离我很远，又离我很近。他身上精神层面的东西，被收留在了我的时间里。在时间的流淌中，我与他同在。

走出酒馆时夜色已降,街灯淡淡地亮着,照见旁边的一条溪流。溪流之上有一座木桥,桥栏处坐着几位闲聊的男女,清脆的声音显示他们是一群谈资丰富的年轻者。我踱过去也坐在桥栏上,让微红的脸面凉一凉。空气中有几丝轻风,似有似无的。往上望去,天空布着一些星子——毕竟是在小镇,瞧着还挺醒目的。正举着脑袋,眼前忽然一亮,一道闪电在天边蹿过,随后一阵雷声响起。春天的夜晚,闪电打雷并不稀罕,稀罕的是此刻天空亮着星子。

果然,旁边有一位清秀女子表达了好奇:"嗨,有意思,天上有这么多的星星,怎么还闪电打雷啦?"这个问题有点难度系数,没有人应答,于是我主动接住了话头:"这是因为那片雷电云比较远,不在我们的头上。"暗色中那位清秀女子的目光投向我:"比较远是多远呢?"此时又有闪电和雷声先后到达,我认真着脸算了算,说:"刚才雷电相差八秒钟,光速是每秒 30 万公里,因为太快了可以忽略不计,音速是每秒 340 米,所以那云片离这儿大约 2720 米。"周旁好几位年轻男女站起身凑过来,眼睛盯着我。一位小伙子说:"哟,是位牛人哩。"另一位小伙子说:"不仅是牛人,说不定还是高级牛人。"那位清秀女子又把胳膊指向天空:"那你说说,天上的这些星星各有多远呢?"我抬起脑袋瞧着他们,慢慢地说:"它们每一颗的远近都是艰难的计算题,我做不出来,只有张午界可以。他才是高级牛人!"

一群声音差不多同时响起:"张午界是谁?"

我没做回答,却举着脖子动一动嘴巴——我以为自己打出一个酒嗝,不想呼出的是一声长叹。是的,我必须难过,因为他们什么都不知道。

他人的房间

一

冬日的午后阳光薄薄的，一点儿不闹。即使是腊月二十七，这个小区也瞧不出准备过年的张扬样子。郭家希拖着一只有点老去的行李箱，坐电梯上了九楼，敲开江溢新房子的木门。

江溢和妻子用饱满的笑容欢迎他，他们两岁的儿子则用好奇的目光研究他。寒暄几句后，江溢便引着他看房间，主卧次卧书房客厅餐厅。转过脚步，两个人来到了小客房，这里有一张收起便是沙发的小床。江溢说："往后几天，你就睡在这儿吧。"郭家希点点头。

随后，他们的身子移到阳台上。从这里往下看，能看到一大片草坪和一小片喷泉。江溢没有点评草坪喷泉，而是派给郭家希一支烟，说："按夫人的意见，我在家里尽量少抽烟，要抽就到屋外抽几口。"郭家希说："行，我也会记着嫂夫人的指示。"江溢说："除夕初一是年尾年头，把各个屋子的灯全部打开，弄出点热闹来。"郭家希说："没问题，你不心疼电费我就让灯光一直亮着。"江溢又说："我买了些福字,过一两天你贴每个房间的门上,不许偷懒噢。"郭家希说:"老江,这些操作都是你温州老妈亲自指点的吧?"江溢吐出一口烟,咧嘴笑了。

半小时后,江溢觉得嘱托妥当了,便携着妻儿和行李出门下楼。他将开着那辆银色奥迪驶出杭城一路向南,在四个小时后抵达温州,刚好赶上父母准备的晚餐。当然啦,这只是一家人集体快活的开始,在接下来的几天里,他们还要在一起吃许多顿的大鱼大肉。

现在,整个房子静下来了。郭家希一个人又把各个房间巡视一遍,然后给自己倒一杯水,在客厅沙发上坐下。眼前的一切都是新净的,包括空气中的一丝异味也是新鲜的,形成了一种陌生的气派。按照口头计划安排,他将独自在这套新房子里待上八九天,直到初五下午江溢和妻儿返回交接。

对郭家希来说,进入如此安排好像有点突兀或荒诞,因为在两天之前,事情还不是这样的轨道。当时他恰在出租房里生闷气,不知道要否买一张高铁票回昆城过年。这些日子小菲跟他玩冷漠,把彼此的心情都玩冷了。他回去面对焦虑的父母,显然无法回答丢过来的关于恋爱成家一类的问题。一个三十出头的单身男生,别指望拥有和平的春节日子。正这么纠结着,手机铃声响起,屏幕上跳出江溢的名字。江溢是他的大学同室兼温州同乡,但平时联系不算热络。他有点稀奇,问对方这时候打电话是什么情况。江溢说:"有困难找 classmate(同学),我打了一圈,想知道哪位同学留在杭州过年。"郭家希说:"你过年能有什么困难?是麻将三缺一还是喝酒太孤单?"江溢嘿嘿地笑,说:"你不会把这个年交给杭州吧?"郭家希说:"我不知道,还没定呢。"江溢声音一振,在电话里说了一堆话。原来他前不久刚搬入新居,按老家温州的习俗,迁居后的第一个年得在新房子里过,这样才能积攒人气，让以后的日子沾着红火。而他又特别想回温州过年，老家那边亲友扎堆、海鲜汹涌，在脑子里想象一下就能让人激动。郭家希说："你激动就回去呗，反正这房子在杭州，不享受温州的风俗习惯。"江溢说："我妈不乐意呀，她又想让我回去又不想让新房子空着。挣扎了几天，我拿出一个办法，就是找个人替我在这儿守年。"郭家希说："守年这种事儿也可以让人替代？"江溢说："没什么不可以的，只要新房子里扎着人亮着灯就行。当然啦，找的人得合适，要比较的靠谱。"郭家希说："你觉得我是合适的人？"江溢说："Of course.（当然。）"郭家希说："我还是想回去，我老家那边也亲友扎堆、海鲜汹涌。"郭家希的小镇昆城离江溢的温州市区差着五十公里，但离海边只有六七公里。江溢嘿嘿笑了两声，说："如果你真想回去，不会耐着性子听我讲这么多废话。"郭家希说："我就是不回去，也愿意待在出租房里，你那豪宅我可住不习惯。"江溢说："靠，你要是不回去，我不相信你不帮这个忙！"又说："我冰箱里塞着一堆东西，你只要花点小力气，就可以大吃大喝。"又说："也算不上什么豪宅，你当作找个宾馆度假呗。八九天时间，刷刷手机睡睡懒觉很快就过去了。"江溢还想说什么，被郭家希截住："你先暂停你的嘴巴，给我半天的考虑时间。"

不用半天，一小时后郭家希便给江溢打去电话："好吧，就算找家宾馆免费度假，不过除了冰箱多存些吃的，你还得给我备点儿酒。"

傍晚时分，郭家希给自己做第一顿晚餐。他先查看一下冰箱，有冷冻的带鱼块、排骨块、豆腐块等，冷藏的有鸡蛋、虾干、熟牛肉等，格板上还放着一只肥胖的大白菜。打开旁边的橱门，则瞧见了一袋大米和几筒面条。情况比较扎实，没什么让人不放心的。他想一想，决定做一碗虾干鸡蛋面。作为寄居生活的开篇之餐，应该简单扼要，不能弄得一有资源就挥霍的样子。

他转身干了起来。锅灶是锃亮的，碗碟是漂亮的，让人有点怯意，不过用起来基本称手。一刻钟后，面条做好了。又过一刻钟，面条全进了嘴巴，连汤水都没剩下。他摸一下肚子，摸到了满意。

收拾好厨间，窗外已暗下来了，但看一眼手表，晚上的时间还有太多。他推一推眼镜，决定去楼下的小区院子走一走。

坐电梯下楼，先见到一片草坪，草坪上有几只铜质的动物造型。绕着草坪走大半圈，过渡到一块休闲区，地上铺着平整的木板，两旁设有小憩的撑伞和桌椅。往前穿进一条树木小径，向左向右移步一段路，眼睛忽然开朗，原来是又一片空旷地。这里有一个安静的游泳池，池内贴着蓝色瓷片，于是一池水也是蓝的。郭家希站在那里举着目光转一圈身子，估算出该小区大约有十几幢房子，江溢这幢楼矗在中央位置，算是楼王了。从窗口的灯光看，入住的人不多也不少。江溢说过，小区交房刚八个月，许多住家并不着急，待过了年拣个春日才会搬进来。

郭家希踱到池边休息区，在一张藤椅上坐下。冬日的夜晚有些冷，不过因为院子里收不到风，这种冷不冻身子。郭家希掏出手机划了几下，找到小菲的微信。算一下时间，离上次搭话已一天又十小时，这一截时段足够她收尾公司的活儿、从杭州返回嘉兴老家了。不过他还是没把握，因为现在的小菲已不愿意把生活细节分享给他，他写了几个字摁出：到家了吧？停一停，又补上一行字：我现在住进别人的房子了，要待到初六。

坐了一会儿，没等到小菲的回复。对他的文字反应迟钝，这已是她眼下的常态。他刚要站起身，铃声抢先响起，却是妈妈的电话。昨天他已让父母知道这个春节报社要加班，自己没法回去过年了。所以此时一接上话，妈妈就着急地告诉他已备好一大包年货，可今天竟找不到快递公司接单啦。他赶紧安慰妈妈，自己住在大学同学家，有吃有喝亏不了嘴巴。妈妈说："你……没跟小菲在一起？"郭家希说："没呢，她回嘉兴过年了。"妈妈迟疑一下说："这个年一过，你和小菲都添了一岁。"郭家希笑了说："你和爸不也添了一岁吗？"妈妈说："我们添一岁没关系，你们往上添就让人堵心了。"郭家希说："马上过年了，不提堵心这两个字啦。"妈妈说："我知道房子的事是个坎儿，但不能一时没房子就不成家了，当年我和你爸结婚也是租房子的……"郭家希说："打住打住……妈，这些话你先留着，下次打个包跟年货一块儿寄过来。"妈妈气了说："又这样了，我一认真你就贫嘴。"郭家希嘿嘿笑着挂了电话——这种话题实在太无趣了，他只能躲开。

其实他和小菲关系的转冷，妈妈隐约是知道的。他不明说，妈妈也就不便细问。日子沉浮，唯有自知。事实上，他没有明着告诉妈妈的事还有不少，譬如丢了工作。

八个月前，他从报社辞职了。辞职的直接导火线，是3.15前夕的一篇打假报道。那天上午，半秃头的部主任递给他一篇已成文的稿件，嘱他做些补充采访。他一看内容，是抖露一家电商平台售卖假冒洋酒的，就提起精神向监管部门和法律专家讨取意见，把抨击部分弄结实了。第二天将稿子呈送主任交差，不料主任花十分钟看完文字，又嘱他打个电话给那家电商平台的主办公司，告之这篇新闻报道马上见报的消息。他不太明白，犹豫一下还是照办了。到了3.15，打假的稿子没有出来。又过几天，主任过来拍拍他的肩膀，说那家公司同意在报纸上投放一年的广告，让他做一份双方合作的合同。

细算起来，他已在这家都市报干了六年加三个月。纸媒的退潮，他年年在经历；工资的递减，他月月在体验。可以说，不利的消息时时埋伏在报社的大楼里。但不管怎样，他还暗撑着对这份职业的自尊。当初报社召唤人，他就是携着一脑子热爱使劲挤进来的。现在，最后留存的尊意也被拿走了，他还有什么可恋栈的。经过一些日子的内心苦斗，他写了两份文字，一份是假扮潇洒的辞职书，一份是投到网上的求职简历。

一周后，他去一家房地产经纪公司做所谓的新媒体总监，工资长了一些，但活儿也给得不少，从创意策划到推广营销再到数据分析，反正整天在忙碌里泡着，算是真正过上了996的生活。有时晚上下班走出公司，他看一眼街灯再看一眼天空，会觉得有些恍惚，不知道自己的日子沾着什么意义。

伴着这种疲累又茫然的心境，他在几个月里连换了三家公司。没有一份活儿让他觉得有趣，逗起哪怕二分之一的斗志。七八天前，他离开了后一家公司，然后拎着一堆食物和一瓶白酒回到出租房。吃喝一两个小时，他把自己弄醉了。沉睡一两个小时，他又醒了。在无声的灯光中，他感到了一些苍茫。他拣起手机，给小菲发了微信：你现在哪里？停一停，又摁出几个字：今天我把公司又开了。

那天晚上跟今天晚上一样，小菲迟迟没有回复。

第二天上午郭家希拖了觉，起来已经九点多。吃过迟到的早餐，开始往门上贴"福"字。江溢留下的福纸一套十张，似乎有点多，但仔细一数点，四房两厅加上卫生间储藏室，还真有九个门。他用双面胶带粘住福纸四角，在每扇门上端正贴好，剩下的一张，贴在了客厅大玻璃门上。

他拿起手机拍了两张门贴照片，送入江溢的微信，很快江溢回复一个好字,加两个感叹号。

完了他坐到沙发上,用遥控器摁开电视。临近春节的时间,霸屏的多是些慰问和春运的消息。不过转过画面,是武汉新冠病毒疫情的报道。前两天他也留意着这方面的消息,但待在出租房有一搭没一搭地看手机,不觉得那是多大的事儿。现在清晰的大尺寸屏幕,像是把远在武汉的疫情放大了。屏幕上说,新冠肺炎确诊病例已蹿至440例,而病毒源头还未找到;有大牌专家认为已出现人传人感染,并可能已开始社区传播。屏幕上又说,武汉市组团外出旅游刹住了,市内剧院的春节演出叫停了,各大学给学生们发口罩,机场车站一进门就得量体温。

有这样一拨操作,看来武汉人过不好这个年了。不过武汉有些远,也没有需要问候的朋友,倒不用挂啥心的。他站起身离开电视上的新闻播报,踱到阳台上抽一支烟。抽烟的时候,他念头一闪,决定列一张一周生活活动表。一个人在杭州过年也不能亏待自己,何况住着这样的新房子。他打开手机备忘录,记下脑子里的粗略安排:

看电影5—6部(电影院2部,电视或手机3—4部,也可随心所欲)。

大吃大喝5次(外出就餐2次,在家豪餐3次以上,将冰箱吃物干掉)。

短途游走2次(西湖边1次,良渚古城遗址1次)。

看书一本(看完手头的《篮史通鉴》上下部,不惧80万字的厚度)。

室内运动7次(每天1次约半小时,达到气喘吁吁)。

看NBA球赛7场(黑白直播吧每天1场,首选直播,回放也可）。

另：注意春节晚会、手机拜年、小菲联系等。

如此一罗列，他心里踏实了一些，觉得这段日子不会松散得把握不住了。作为计划的落实，他又马上同意自己在手机上先看一场NBA。今天有好几场兵刃相接的战役，其中一役是火箭VS掘金。作为火箭队恨铁不成钢的忠粉，他虽然有些气急败坏，可还得选择这场比赛。

二

郭家希没有想到，自己的纸上计划很快就得调整，因为形势变化实在有点快。

下一日上午，武汉封城了。封城这事儿别说经历，以前听都没听说过。问一下手机里的百度兄，只有1910年的哈尔滨因为鼠疫干过这事儿。再打开电视，疫情的消息在各个频道窜来窜去，湖北确诊人数在跑步上涨，浙江也开始闹出动静，确诊人员凑到327例。作为一直比较机灵的省份，浙江省率先启动了一个动作，叫重大突发公共卫生事件一级响应。

情况听起来相当糟糕，郭家希心里有了一些警惕，警惕中又有一些好奇。作为曾经跑过几年新闻现场的前报人，他更喜欢抓捕事件中的一些细节。细节之一：在武汉的街头，一位姑娘拎着一只行李箱在拦出租车，被拦下的出租车司机大声告诉她，火车十点钟停运，怎么也赶不上了。姑娘嘴里含着哭泣,仍不停地请求司机把自己带到火车站去。细节之二:一家杂货店里,戴着口罩的店主不知表情地坐在柜台内,一个戴着口罩的男人进来买东西,付完钱也不知表情地走了。他们的身体动作没有紧张。有意思的是,一只黑猫也始终安静地蹲在杂货店前面的地上。

两个细节表达着两种可能:也许局面有些坏,但也坏不到哪儿去;也许现在的小安定只是大混乱前的短暂景象。郭家希对武汉有点吃不准。

第二天是除夕,空气中的节庆气味壮大起来,似乎压住了疫情消息。郭家希按自己的节奏看了一场湖人对尼克斯的回放录像,这是昨天的比赛,冲着詹姆斯也得补上。随后他依着计划做了半小时的室内运动,让身上渗出一层微汗。这所谓的室内运动,是他独创的一套篮球偷艺术。当初他在报社干活儿,天天早出晚返,没有练汗的时间,学生时代球场奔跑的景象似乎越来越远。有一天他灵机一动,让自己在出租房里锻炼身体。锻炼的动作取之篮球:先是凭空运球,蹲着身子做各种运球动作,包括身后运球、胯下运球等;然后是晃动双脚过人,两步半切入篮下进球;最后是原地起跳做投篮练习,两分球跳三十个,三分球再跳三十个。一系列动作做下来,虽然手中无球,也玩得满脸豪迈,只是出租房太小,总归不够痛快。现在到了这新房子,从客厅跑到餐厅,从卧室窜到客间,手脚动作流畅多了。收尾阶段做三分球练习,因为目光中有足够的空间距离,投篮时也多了几分真实感。

半下午的时候,他从冰箱取出排骨带鱼鸡蛋白菜,洗洗烧烧做出四样菜。平常他没条件下厨,手艺自然生疏,能炮制出四个菜已经挺自喜了。把碗碟摆好,拍了一张照片给母亲发去,表示自己没有受苦。

又把所有房间的灯打开，拍了一段视频让江溢看，证明自己没有偷懒。想一想，又摁开电视，让屋子里响起兴高采烈的声音。把这些弄好准备开吃，才想起得有一瓶酒来壮色。起身打开旁边的壁柜，见到几瓶红酒和几瓶白酒，比较醒目的是躲在里侧的两瓶茅台。当然啦，茅台是压根儿不用搭理的，可以选择的是站在外边的红酒或白酒。他取了一瓶白酒，是泸州老窖。

吃喝到一半，他感到脑袋热了，打开手机镜子一照，果然脸上已红了七八分。酒红的脸面、灿亮的灯光，再加上电视里热闹的声响，的确有些过年的样子了。他把一口酒倒入嘴里，然后划开微信给几位亲近的人提前拜了年。稍停一下，又点开小菲的头像送上一张贺年的图片，再写一句话：在别人家过年，一个人的热闹。

在接下来的时间里，他坐到了电视机前。春节联欢晚会场面光鲜，节目没有特别的好，也没有特别的不好，不出意料的鸡肋。在新年钟声敲响前，他控制不住地睡着了。随后一个时段里，屏幕上的歌舞声和窗户外的鞭炮声加起来，也没有把他吵醒。

初一上午醒来，他的身子已到了客间的小床上。从沙发到小床，或者说从旧岁到新年，大概只需要梦睡中的一次行走吧。

打开手机，微信上有点拥挤，大多是口吻相似的新年贺语。小菲没有动静，连一张例行的问候图片都没有。他是乐意看到小菲回复的，哪怕一句怼他的话，譬如"过年了还好意思赖在别人的房子里"什么的。她很忙吗？再忙也是过年的忙不是上班的忙，怎么好意思不搭点儿话。

不过小菲若说出那样的嘲语，他也是不会反驳的，毕竟房子的事是自己的软肋，他在这个话题上做不到理直气壮。往回想一想，他也不是没机会买房子的。一两年前，他手里攒了一笔缩头缩脑的钱，远在老家昆城的父母也愿意卖掉现住的房子来帮助儿子，这样凑起来再加上允许的贷款，是可以买一套公寓房或Loft的。可想到父母上了岁数还要租房子住，他实在有些不忍心。犹豫了一段时间，房价不知不觉蹿上来，房贷也变脸收紧了。有同事劝他参加新房摇号，说摇到就是赚到，但他用计算器按各种可能算了几次，才知道什么叫信心崩塌。在杭州这样的城市混得好，不仅要有智商，还得有财商，但智商和财商加起来，一时也抵不上家庭输送现金的重要。都说温州人有钱，可温州人中的甲与乙是不一样的，譬如他与江溢。

跟江溢一比，他觉得自己就是一条城市里的丧家狗。他答应来此住上几天，一个重要原因便是想体味一下有家和丧家的区别。这种体味重要吗？也许不重要，也许挺重要。

初二初三这两天，武汉的形势确凿地走向了紧张。确诊病例和死亡人数的箭头在往上移动。平时拥堵的步行街丢掉了路人。外省支援医生穿着厚重的防疫服迈下火车。火神山和雷神山医院只花十天时间就要建成使用。美国方面已安排包机撤离外交官和公民。中央电视台则开始了15小时不间断的直播报道。

与此同时，温州一不留神也成为疫情的醒目配角。据说从武汉返回温州过年的经商者有好几万人，这个数字让人一听就能产生可怕的想象，于是高速路口设卡查验，街道小区开始封闭，乡间小村则自发摆上了路障，由青壮男子扛着大刀或红缨枪严肃守卫。

在这些纷杂信息的缝隙中，还嵌入一个惊骇噩耗：曾经的NBA老大科比·布莱恩特在一起直升机事件中丧生，同机坠亡的还有他十三岁的二女儿和其他七名人员。这消息太叫人难过了，而且似乎不真实。

郭家希几乎认为此是假新闻，但没过多少时间，这一点希望被进一步的报道浇灭了。

在那个中午，郭家希紧着脸在屋子里跑来跑去，运球过人，晃步上篮，原地跳投，每一个动作都带着对科比的回想。由于比平日用力更猛些，时间也更长些，他出了大汗，整只脑袋冒起气烟。待疲累上了身，他才收住脚步，一边喘气一边取来毛巾擦汗。就在这时，敲门声响起，先是两下，又跟上来三下。

郭家希以为是物业人员，开门一看，是一位五十多岁的微胖妇人，模样像是街道干部。妇人见了他，至少打量两秒钟，说："小伙子，你是这901的房主吗？"郭家希一时记不准房号，嘴巴便有些迟钝。妇人说："瞧你满头大汗的，在做啥事体？练习广场舞吗？"郭家希有点不高兴了，说："你有什么事吗？"妇人说："我是楼下801的，这几天墙顶上老是咚咚咚的响，耳朵简直受不了啦！"郭家希明白了，说："这房子看着挺厚实的，还能这么不隔音？"妇人说："房子再厚实也经不住又是音乐又是舞蹈的！"郭家希本想着怎么道歉，一听这话便一拐舌头说："我可没放音乐也没跳舞蹈，阿姨你听错了。"妇人说："不是舞蹈难道是摔跤？小伙子不许抵赖，现在你一脑袋的汗就是证据！"郭家希退守地说："好吧好吧，我道歉……我又没说声音不是我制造出来的。"妇人说："光一句道歉还不行，你得说清楚这声音是怎么制造出来的，听了几天我没听明白。"郭家希有点想笑，说："阿姨我改了就是，又不是犯罪活动，干嘛要坦白清楚呀！"妇人说："小伙子你别耍滑头，我是采了证据的。"说着划开手机找东西，摁摁戳戳的一时没找到，就打了一个简单的电话。

不一会儿，楼梯间响起一阵脚步声——对了，这里电梯像高档宾馆，每一楼层刷卡才能打开——走上来的是一位还算年轻的姑娘，应该是妇人的女儿。姑娘看一眼郭家希,接过妇人手中的手机点几下,找出一段录音开始播放:连续的脚步咚咚声,有时在一个点,有时满屋子移动,像是几个人,又像是一个人。妇人说:"小伙子你说说,你到底是怎么回事?"郭家希说:"阿姨你没听出来这是在锻炼身体?"妇人说:"这声音呀在哪个房间都躲不开,我倒想听听你怎么锻炼身体的。"郭家希说:"这是个人隐私,不告诉你可以吗?"妇人说:"小伙子你又想要滑头了。"这时旁边的姑娘接上一句:"这几天大过年的,我妈却老支着耳朵琢磨头顶的声音,你不给点解释她心里还真不踏实。"郭家希努一下嘴角,心想我空手运球、切篮投篮什么的还真没法跟你们说明白。他扫一眼一左一右的母女,问:"十多个小时前,发生了一件大事知道吗?"妇人说:"你是说武汉的事吧?我一直盯着呢。"郭家希说:"不是武汉是科比,科比死了。"妇人愣了愣。姑娘说:"科比我知道,篮球明星,长得很黑,笑起来一口白牙……他死啦?"郭家希点点头:"我在房间做些运动就是为了悼念他。"妇人说:"不对呀,小伙子,十多个小时前才死了人,难道你几天前就开始悼念啦?"郭家希一时语塞,只好让自己耸了耸肩。他的样子差点逗出姑娘脸上的笑,但她忍住了。郭家希说:"不说了不说了,阿姨,我已经知道不对,下次注意就是了。"

在一个楼里待着,要么不识脸,识了脸之后就容易遇到。

初四下午,郭家希发现藏烟不足了,便下楼出小区去买。不知是因为疫情还是过年,小街上只零零落落开张了几家店。买了几包烟后,他瞥见旁边有一家药店,便拐过去要了一包口罩。女售货员建议赶紧再买些板蓝根和酒精,说这些东西现在可是紧俏货。他不觉得对方的话有错,就一并买了下来。

拎着袋子回小区，在住楼电梯前遇到了昨天拌过嘴的姑娘，她穿着一身白色的运动服。他不能装着不认识，就点点头。姑娘看一眼他手里的袋子，说："都备上啦？反应挺快的嘛。"他说："不能在房间里跑跑跳跳了，就出去遛遛腿。"姑娘说："遛腿可以在小区里呀，刚才我就走了好几圈。"他说："在小区里或者在房间里，这本来应该是个人的选择。"姑娘抿嘴一笑说："看来你对我妈挺不满的。"他说："不敢不敢，只要你妈耳朵满意了就行。"

电梯门打开，俩人走进去。姑娘摁了8，他摁了9。姑娘侧过头说："你还别说，我妈对你倒挺有好感的。"他傻一下说："对我有好感？就因为昨天的斗嘴？"姑娘说："大概觉得你不是个狡猾的人吧……不过她看人哪有个准头！"他接上去想说什么，电梯门开了，姑娘一晃身子迈了出去。

他有点糊涂，不明白姑娘的话是什么意思。电梯升上去打开门，他愣了几秒钟才记起得走出去。

三

小区开始封闭管理了，只开放一个侧门，轻易不让出去，更轻易不让进来。每户人家被允许两天外出一人，出去了即使买一根葱回来，也得查口罩量体温，并且还要握一支可疑的笔（因为被不少人握过）登记一长溜信息。快递和外卖小哥不让进小区了，他们接触的人比较多，是危险分子。休闲区的告示栏以前谁也不会看上一眼，现在那上面时不时会贴出一张醒目的通知。

江溢终于打来电话，传达了不好的消息：一、温州作为重点疫区，人员不能随意流动了。二、杭州许多住宅小区已将从温州返回的人视为"恐怖人士"，地位仅次于武汉人。江溢沮丧地说："我回不去了，单位也告诉我先在温州待着，啥时上班等通知。"郭家希说："理直气壮地休个长假，这是好事呀，干吗还装出个不高兴。"江溢嘿嘿地笑了。一家人在一起吃吃喝喝，还有时间说些闲话，还真没啥不好的。江溢说："只好请你在我家继续守下去啦……我妈说，房子里的人气不能散掉。"停一停，江溢又说："反正是宅在家里，新房子总比出租房舒坦。"

行吧，瞧着这情势，只能再待下去了。若回出租房，开不了灶，外卖又叫不到，肚子会不高兴的。只是一个人在别人房子里宅着，心里总归有些不透畅。当然啦，不透畅的另一个原因是一时没法找工作了。按他的自我设想，过个年休整一下就投简历出去，再找家互联网或新媒体公司试试，总不能长时间断了收入吧。现在看来，公司招人会停摆一些时日。

这天下午，郭家希正有些郁闷地站在阳台上抽烟，眼睛望去捉住了楼下院子里快步走路的一个白色身影，是那位姑娘。在这个小区里，她是他认识的唯一邻居，噢，除了她妈之外。

他使劲吸了两口把烟头掐灭，然后回房间换上运动服，然后坐电梯下楼，然后开始快走。

走了半圈到游泳池边上时，他的步子追上那姑娘，那姑娘也注意到他，缓下了脚步。待两只身子凑近，她"嗨"了一声说："你也出来遛身子啦？"他说："老窝在屋子里憋得慌……你呢，每天都走几圈？"她说："也不是每天，有一搭没一搭的。"两个人边走边聊，他说："为什么不跑起来呀，可以马上出点汗？"她说："大冬天的才不要出汗呢，我走路也是觉得憋,得时不时的透透气儿。"他说:"嗯呢,全体人民同时被禁闭,这种历史景象叫咱们给赶上了。"她说:"我觉得憋可不是因为疫情,是因为我妈。"他说:"呀,你妈不是挺能说的吗?母女俩聊聊天不是可以解闷吗?"她说:"何止母女俩,我们家有两组母女俩。"他说:"什……什么意思?"她说:"哈哈,我还有位外婆呗。这两组母女俩三个人最近老坐下来促膝长谈,主题是解决家里缺少阳气的问题。"他说:"缺少氧气?疫情用语吗?"她说:"阴阳的阳,缺少阳气。"他奇怪一下,侧过脑袋瞧她。她说:"过完年我又长一岁,她们心里的慌又长一分。"他明白了,咧嘴一笑说:"你也没躲开这个呀?同情同情!"她看他一眼说:"我怎么觉着你有点幸灾乐祸的样子。"他说:"不是不是,应该是同病相怜的样子。"她说:"你不会说自己没有 girl friend 吧?"他说:"girl friend 倒是有一位,但迟迟没有进展,所以也老是被父母训话。"

两个人这么说着话儿,脚步已越来越慢,又因为之后绕着游泳池走,就变得像在池边散步了。他想到什么似的,说:"对了,我还不知道你的名字呢。"她说:"加微信,加微信。"两个人停下脚步加了微信,她给他发了"傅曼"两字,他将自己的名字回送给她。她说:"叫郭家希呀,家里的希望。"他说:"这个希望正在慢慢淡灭。"她说:"为什么这么说?"他说:"丢了工作,还没有房子……我眼下住在你楼上,可房子不是我的。"她说:"这个我知道,那一家三口在电梯里我见过几回。"他心里似乎松了口气,问:"你是做什么的?你的名字有点艺术嘛。"她说:"名字就算了,不过本小姐在一家美术杂志做财务,工作算是靠着点艺术吧。"他说:"曼,慢也。至少你没辜负名字,让你妈着急了。"她咯咯笑了,又轻下声音问:"你视力怎么样?"他说:"这话又是何种意思?"她调皮一笑,用嘴巴努向对面的楼上,说:"如果你视力好,也许能看见我家窗口站着我妈,以及我妈的妈。"他赶紧扭头去看,看不见什么。她说:"哈,我是说呀,要是我妈我外婆瞧见咱们俩站在这儿窃窃私语,没准儿挺高兴的。"他说:"我的理解能力比较差……这个话里是不是有点挑逗?"她乐了说:"要说挑逗也是我妈引起的,她今天上午又夸你了,说楼上的小伙子不错,这几天果然不弄出声响啦。"

加上微信后,两个人搭话多了起来。也没啥主题,经常东一榔头西一棒,从工作的累,到大学逸事,又到家庭内幕。郭家希问对方家里为什么缺少阳气,傅曼也不躲避,说自己十二岁时父母就分手了。郭家希追问:你妈后来没有再给你找个爸?傅曼回复:我这样的都还嫁不出去,带着个拖油瓶的女人就更不容易有人接手。有一次傅曼也打探郭家希女友的事,问在哪儿上班、长得漂亮吗?郭家希答:工作比你好一点儿,长得比你差一点儿。傅曼写:太含糊了吧,等于没有回答。郭家希回复:长得没你好看,你要的就是这个问答。傅曼给一个捂嘴偷笑的表情,又补上几个字:狡猾狡猾。

又过一天,傅曼发来一个邀请:我妈有指示,让你过来一起吃晚饭。郭家希吓了一小跳,问:什么情况?是鸿门宴吗?傅曼:今天我提起了你,她说你一个人禁在家里,怪可怜的。郭家希:不会是考察我吧?这样我会不自在的。傅曼:想得美,也就是一位老年妇女赐给你一顿饭。郭家希:第一次上门,得拎点儿见面礼吧?可我什么也没有。傅曼:是邻居吃饭又不是拜望领导,拎什么见面礼!郭家希:对我来说,你妈就是一位领导。傅曼:嘴挺贫的,那你把前几天的板蓝根和酒精拿来吧。郭家希:哈,这个主意好!

临近傍晚,郭家希拎着板蓝根和酒精下一层楼梯,敲开801的门。

傅曼和她妈同时出现在门口，做欢迎状，郭家希唤了一声阿姨。傅曼妈瞧一眼他的手，微笑着说："楼上楼下的吃个便饭，还拿什么东西呀。"郭家希赶紧将袋子举到半空，让傅曼妈接过去。

　　傅曼引着郭家希到客厅坐下。郭家希一边打量四周摆设一边等着傅曼泡茶，这时傅曼外婆出现了。她有些瘦小，迈着碎步移过来，坐到郭家希对面，说："嗯嗯，家里来客人啦。"郭家希说："外婆好，外婆好！"外婆说："嗯嗯，也没那么好，过了年我八十八啦，身上的力气越来越少了。"郭家希暗笑一声，觉得这老人有点好玩。外婆说："你今年多大啦？"郭家希说："三十一啦。"外婆算了算说："比小曼大一岁，比我小五十七岁。"郭家希："外婆，你算术很好。"外婆说："也没那么好，当年我聪明着呢，现在脑子跟不上啦。"傅曼在旁边说："当年我外婆是纺织厂会计，厂里多少台机器呀多少米布匹呀都在脑子里装着呢。"外婆腼腆一下说："嗯嗯，先不要对客人说这些事，先不要。"

　　过了片刻，傅曼妈招呼用饭。餐桌上摆着盘盘碗碗的，有热气升起。傅曼妈说："特别时期买菜不方便，只能少弄几样了。"郭家希搓一搓手说："已经很多啦，我有些日子没吃到这么丰盛的饭了。"傅曼妈说："对了，你叫郭家希是吧？"郭家希点点头。外婆说："先不问名字，嗯嗯，先吃起来。"傅曼妈说："小郭赶紧动手呀，赶紧动手。"郭家希便丢了拘谨积极地吃，筷子先伸向这个盘，马上又伸向那个盘。

　　吃一会儿，傅曼妈拣起话头说："小郭是哪儿人呀？来杭州几年啦？"傅曼说："才吃几口呀，开始查户口了。"郭家希一笑说："老家在温州一个小镇，叫昆城。在杭州待了十一年，四年大学七年工作。"傅曼妈："干的什么工作呢？"郭家希说："在报社里混几年干不下去了，就出来另找工作，眼下还没找到合适的。"实话实说，打消傅曼妈的暗中企图，这是他已备好的策略。傅曼妈说："那……为什么不回家过年呢？春节放假，又不能找工作的。"傅曼说："这位老同志，你问得有点多了。"外婆插嘴说："小曼呀，在外人跟前不能管你妈叫老同志，不好听。"傅曼说："外婆，既然把人家叫过来吃饭，就不能把人家当外人。"郭家希笑起来说："我还是回答阿姨的问题吧……回去过年太闹了，我想安静几天，刚好又可以替别人看守新房子。"傅曼妈说："这么说，楼上这房子真不是你自己的？"郭家希说："不是不是，这房子是同学的，我现在是无房户，租房子住呢。"傅曼说："这位老同志，不当面这么问不行吗？我跟你讲过这位邻居是临时的。"外婆说："不能叫老同志，小曼你为啥不听呀？你妈是老同志，那我是什么？"傅曼说："那你是老老同志呗。怎么，外婆你不服气？"外婆说："你嘴巴这么皮，嗯嗯，嫁人嫁不出去的。"傅曼妈守住自己的话题说："无房户好呀，可以参加摇号。现在杭州哪儿都在盖房子，多摇几次总能摇上的。"郭家希说："还不敢摇号，摇上了就得到处借钱，我暂时没这个计划。"傅曼说："这位邻居，我也得说你一句了……你来吃顿饭，干嘛提着劲儿在我妈跟前卖惨！"郭家希说："不卖惨不卖惨，我银行卡上的存款还真是个幼儿数字，得长大了以后才能买房。"傅曼说："哈，这么说你现在是三无产品，无房子无存款无工作。"外婆说："嗯嗯，小曼你不能这样说话，客人会不高兴的。"郭家希说："外婆，我没有不高兴，因为小曼说得基本没错儿。"

场面似乎冒出了尴尬。傅曼妈"唉呀"了一声，说："瞧我这糊涂，忘了拿酒出来。"郭家希说："我酒量不好，就不喝了。"傅曼说："难道三无之外，你还要加一个无酒量？"郭家希只好嘿嘿地笑。傅曼妈拿来一瓶白酒，又取了两只不大不小的杯子放在郭家希和傅曼跟前。这时外婆说："今天高兴，嗯嗯，我也要喝一杯。"傅曼说："咦，你高兴什么？"外婆说："这餐桌上呀，好久没男人坐上来吃饭了。"傅曼说："你们都听见了吧？这话儿哪像八十八岁的人说的，简直是八八年青春女子的口气。"大家都笑。外婆拿手拍一下傅曼："这孩子，说话就是不好听。"傅曼说："外婆，你没听懂吗？我这是夸你呢！"

在接下来的时间里，由于酒的帮助，餐桌上的气氛轻松一些。郭家希喝了两杯，傅曼酒量不差，也喝掉两杯。外婆没有胆怯，喝一口咂咂嘴，再喝一口又咂咂嘴，竟把杯中的酒真喝完了。

郭家希发现，这顿晚饭因为外婆的存在，自己的难堪减去了不少。

晚饭后回到楼上，郭家希冲了个澡，然后靠着床头与傅曼微信沟通。他告诉傅曼，无欲则刚，自己清空了任何念想，便无畏她妈的盘问。傅曼打一个嬉笑表情：我妈的盘问是有点冲。郭家希：你妈那点小心思，一开口就路人皆知了。傅曼：所以你故意搭起三无产品的人设。郭家希：不是故意是实情，我用大实话粉碎了你妈的图谋，让她大失所望。傅曼：可你的示弱表现也有副作用。郭家希：什么意思？傅曼：我妈认为你不错哦，诚实可靠，而且可以掌控。郭家希：哈，那我放心了，下次邀饭我还去。傅曼：你到底年轻呀，不懂老年妇女的套路。郭家希：唔？傅曼：你以为她失望，其实她暗喜。郭家希：不懂不懂。傅曼：我妈在试探，你有无可能做上门女婿，懂了吧？郭家希打一个吃惊表情：不会吧？傅曼：为什么不会？我妈机灵着呢，此路不通再试一路，反正要让女儿找到一个男人。郭家希：老年妇女的水真深，看来这一顿饭还是鸿门宴。傅曼：不过你别担心，有我在呢。郭家希：又不懂了。傅曼：我的婚事我做主，我又没看上你。郭家希打一个捂嘴偷笑的表情：好险呀，我松了口气。傅曼：淡定淡定，你可以向女友汇报几句今晚的历险记，允许说我的坏话。郭家希：呵，你妈那边你一定要顶住,允许说我的坏话。

放下手机,郭家希慢慢滑进被窝,眼睛看向天花板。天花板上有一只漂亮的三角吸顶灯,发着柔和的光。沉默一会儿,他又拣起手机,找到小菲的头像点开,慢慢写了一行字:好几天没回消息了,忙什么呢?我想你了!

四

武汉的确诊病例在不断上涨,数字让人不安。全国各省出征武汉的医疗队已达三位数,而且每天都在快速增加。日本民间救援物资到达武汉,上写"岂曰无衣,与子同袍"。中国科学家已快速甄别病原体,对病毒进行基因测序。在这些气派的大消息之外,也有武汉市民推出空旷街景的小视频:树枝上已钻出小绿叶,寂寞草坪上有一座贝多芬的雕像。

杭城暂无重大战事,空闲中发展出不少防守细节。有人认为除了戴口罩、勤洗手,更重要的是多喝水,这样可促进自身黏膜组织液的分泌来抵抗病毒。有人强调出小区去菜市场,得用一次性鞋套套上鞋子,因为病毒者的一口痰便是一颗定时炸弹。又有一些人士在群里讨论电梯按键的问题,手指是不能直接摁了,得用牙签或者纸巾,有创新者建议用圆珠笔戳之,另有聪明者则推荐了简易打火机,捅一下后马上点火消毒,可做到万无一失。

郭家希比较偷懒,坐电梯下楼用手机一角碰之。真有什么病毒,站到光面上也会打滑的。到了院子里,他喜欢先走进绿茵小径,瞧瞧灌木们的色泽，看看树枝们的新况，然后穿出来绕着小区遛步。

有时傅曼也会约他一起遛弯儿。下午时间，小区里几乎没有人，两个人也不多说话，一前一后地走。一般郭家希走在前面，傅曼随在后头，渐渐距离拉开，他就缓一缓步子，待她靠近一些。走了半个多小时，傅曼看一眼计步器，便叫停脚步。

这时俩人会搭些话，传递彼此一天内的远近消息。进了电梯，傅曼觉得话没聊完，就过家门而不入，跟着郭家希进屋继续聊。两个人斜靠沙发上，有一搭没一搭地把对话进行下去。如果觉得没什么可聊了，就把电视打开，换着频道听各种声音。

这种情景并不有趣，但对傅曼来说，比在家听母亲外婆念叨要好一些。有几次到了饭点，傅曼干脆也不下楼，帮着郭家希做些饭菜，一块儿坐着吃了。向母亲请假的借口，是两个人需要单独相处、增添了解的时间。这个理由有点滑头，却正中母亲的下怀。

两个人吃饭有些冷清，郭家希就用酒来助兴。他告诉傅曼，这位房主同学备有不少酒，自己这些天已干掉两瓶白酒，现在俩人合作，可以加快去库存。傅曼便笑，此时她已知道郭家希的酒量只有二三两，属于在酒场上比较弱势、勉强也可挣扎一番的水准，所以心里并不怯退。两个人吃着肉菜，时不时地端起酒杯碰一下。有了酒的援助，郭家希的脸面会很快上色，嘴巴也变得积极。傅曼问他："你这位同学看样子混得不错，是做什么的？"郭家希说："他呀在教育局做公务员，有点小权力。"傅曼说："有点小权力就可以住这种新房子？"郭家希说："靠父母呗……他父母不知做什么生意的，家底厚实。"傅曼说："果然是受援族，大多数人都这个路数，他也不例外。"郭家希说："就这个路数，他现在也貌似牛B了，有房子有儿子有面子，属于三有人士。"傅曼说："呵，有儿子得先有妻子……为什么不把妻子算上？"郭家希说:"有妻子不算大事,只要一个愿意嫁一个愿意娶。"傅曼说:"愿意嫁愿意娶,我觉得这种事挺难的,不然咱俩也不会都单着。"郭家希说:"有句话我老想着要问,你为啥不脱单?直的吧?"傅曼说:"废话!你呢?"郭家希说:"我也不能是弯的。"两个人忍不住笑了,举起酒杯碰了一下。傅曼说:"为啥不脱单?这个城市有成千上万跟咱俩一样未脱单的人,需要一一找出理由吗?"郭家希说:"这倒也是,找这种理由很无趣,即使找出来,在别人看来压根儿不是理由。"傅曼说:"对的,别人觉得你的理由就是个不讲逻辑的借口。"

郭家希脸上的酒红似乎越来越厚,思维也开始有点飘动。他说:"其实呀不是咱们不讲逻辑,是生活不讲逻辑。对生活来说,逻辑只是假模假式的纸上教条,可以爱理不理。"傅曼说:"你这话貌似有点深度,得举例说明之。"郭家希说:"譬如在大学时代,这位房东同学不是睡大觉就是打游戏,考试成绩比我差,毕业论文险些通不过,但一出校门就显得生龙活虎,很快甩开了我。"傅曼说:"要说堵心的事呀,我也举一例子。本小姐不喜欢数字不喜欢图表,但高考的时候老妈让我填财经大学,说是要传承前辈的优秀基因,我竟傻乎乎地从了。"郭家希说:"是因为你外婆做过纺织厂会计?"傅曼说:"是呀,在一个小纺织厂管管账本,那也算优秀基因?可惜本小姐的生活之路,刚开始就被自己给走歪了——现在想起来真是不合逻辑,我怎么会听了老妈的话。"郭家希说:"那你本来应该读什么专业的?"傅曼嘿嘿一笑说:"问题在于我不知道该读什么专业,好像有点喜欢文学或者教育什么的,但也无所谓。从小到大,我一直没有大的想法,是个缺少理想的人。"郭家希说:"要这么说呀,那就怨不得你妈了,首先是你自己心智未开。"傅曼说:"要这么说呀你也一样,跟同学对比只能捞到一点醋意,混得不好首先还得怪自己。"郭家希说:"靠,这就回到一个重要问题，生活负我还是我负生活？"傅曼说："哇，这个问题一下子严肃了，有点哲学味儿了。"两个人又哈哈笑了，端起杯子喝下一口。

两张嘴巴如此的你来我往，终于把话聊出了一股嗨劲儿。看一看酒瓶子，已落下去一大半。

郭家希摸摸自己的脸，摸到一手的烫，同时脑子有些晃，像是一会儿明一会儿暗。他镇定一下，觉得自己还有不少话要说，于是撑住精神，不让舌头在讲话时打滑。

在聊话过程中，郭家希脑子里还跑过一个念头。这个念头有点醉态，似乎东歪西倒的，他使使劲才能扶住。这个念头就是：傅曼是个不错的女子，有的时候有的时候，她跟以前的小菲有点像。

第二天醒来已有些迟，打开手机见到傅曼的问语：昨天晚上睡得还好吧？郭家希惺忪着眼睛回忆一下，明白昨晚喝断片了，已记不得酒局如何收尾、傅曼何时回去。平时在酒桌上，他不是个放肆的人，很少让这种情况发生在自己身上的。他心里有点羞怯，指头仍然平淡：大睡一场，醒来酒气已无。过了几分钟，傅曼回过来一句：还记得昨晚酒后干了些什么吗？郭家希吃一惊，身子在床上坐直了。他打出嬉笑表情，故意以攻为守：难道我做了什么见不得人的事？傅曼：做倒没做，但你说了见不得人的话。他赶紧使劲回想，可此时哪里想得起来，只好问：酒后的嘴巴总是调皮的，我说什么啦？傅曼：见不得人的话，我怎么能挑明！郭家希送去道歉：若冒犯了你，务请包涵，我自撑嘴巴两下。傅曼终于乐了：哈哈，不是冒犯了我，而是你说出了自己的秘密。郭家希松了口气：我这么单纯的人，能有什么秘密？傅曼：秘密大了，但我不说。郭家希：你这种套话的伎俩，我不会上当。

傅曼：好吧好吧，你什么也没说，我什么也没听见。郭家希：你真狡猾！傅曼：我就不挑明我就狡猾了，难受死你！她补上一个调皮的表情。

郭家希想象不出自己酒喝大了是什么样子，能说出怎样的言语。难道仗着酒胆对傅曼讲了挑逗甚至示爱的话？不会不会，这种可能性很小，因为自己心里还没贮藏此类想法。没有想法就不会有表达。

不过傅曼的提示也不像是故弄玄虚的戏语，自己总归说了不得体的话。好在童言无忌酒语不拘，酒后的迷糊言论是做不得数的。再说了，哪个男人没在酒桌上讲过离谱的话呢。

郭家希白天按自己的节奏观球赛看新闻，下午还刷了一部电影。可空闲的时间到底太多，待天黑下来，他又无所事事地想起傅曼的提示。既然酒语不拘，自己倒是说了什么见不得人的话？自己心里若有秘密，又是什么东西呢？

这种好奇有些无聊，可似乎也有些好玩。更重要的是，自己的隐私自己不知道，的确有些小难受。

他打开手机给傅曼发了微信：明天晚上，我再请你喝酒。傅曼回复挺快，问：什么意思？是不是有阴谋呀？郭家希：我盯着酒柜里的茅台已经很久了，不干掉一瓶心里老不踏实。傅曼：你有点放肆了，想让房主同学破财呀。郭家希：呵，劫富济贫，没有毛病！傅曼：你敢打劫，我就敢配合！

第二天傍晚傅曼上来，跟郭家希合作着做了几样菜。郭家希从酒柜里取出一瓶茅台酒，打开外壳细瞧一下，是2016的。傅曼说："你确定不用给同学打个电话？"郭家希说："No，一打电话会给人家添堵，咱们喝着也没劲了。"说着已经打开瓶盖，一股酒香窜了出来。

两只小号酒杯刚斟满，便被两只手举到了唇边，先用鼻子闻一闻，再缓缓倾入嘴中,然后哈出一口气。做完这开场仪式,饮酒的进展便顺畅起来。两个人一边无主题地说着话儿,一边让小酒杯一次次空掉。郭家希愉快地认为,相对于别的酒,茅台让自己的酒量变得更大一些。他把这个发现告诉傅曼,她咯咯笑了起来,说:"我觉得我也是。"

在酒意渐渐上头的时候,郭家希瞅个空子悄悄摁下了录音键。随后他扯出昨天上午傅曼微信里说了一半的提示,深一脚浅一脚地往预备话题里走。为了达到效果,他还奋勇地连饮了三小杯酒。他知道这种做法有些傻,但无非是醉而一试。

"今天,我要把我的秘密讲给自己听。"在迷糊之前,他这样对傅曼说。

茅台酒就是好,喝多了也不蹂躏人。深夜三时多,他醒来了,既无头疼也没口渴。但他还是起来喝一口水,呃几下嘴巴醒醒神儿,然后划开手机屏幕。

手机上的录音还在走着,手一摁停住,转成了一条长达六个多小时的文件。点开文件,跳过无关紧要的部分,来到重点地带。手机里的他舌头摇晃,跟傅曼探讨人生秘密,说着说着话题到了小菲身上。傅曼说:"这个我知道啦,你眼下手头没有女朋友。"他说:"怎么……小菲难道不是我女朋友?"傅曼说:"过去是现在不是,你们已经掰了。"他说:"我想想……我想想,好像是已经掰了。"傅曼说:"不是好像噢,她已经在手机里把你拉黑了。"他说:"这个细节……你也知道?"傅曼笑起来说:"你自己说过的,难道是假的?"他说:"不是假的……三个月前她就把我拉黑了……你说她凭什么……她为什么这样对我……为什么?"傅曼说:"你又来了,十万个为什么。"他说:"我不就是暂时没有房子吗我不就是存款不多吗我不就是一怒之下辞了工作吗我不就是辞了工作没跟她商量吗……这就是……为什么。"

原来是这事儿！原来他让傅曼知道了自己是虚假分子——女朋友已经丢开他，他却仍拿着女朋友撑面子。

郭家希关掉录音，不愿意马上再躺下，就踱到阳台上抽烟。楼下草坪围了一周微明的地埋灯，显得柔暗寂静，寂静中又有青蛙的鸣叫声一阵一阵响起。白天在院子里遛弯儿，永远不会遇到一只青蛙，只有到了夜里，才知道小区内埋伏着众多这种小动物。

他对小菲的感觉也是这样。世事无序，可以一拍即合也可以一拍两散，分开就分开了，一个人照常可以往前过，可夜深人静的时候，对了，还有酒深情起的时候，躲在他内心角落里的一种疼痛感冷不丁地会鸣叫起来。

算起来，他和小菲处了三年，过程平平缓缓，小温小暖，没有失控吵闹，也没有大撒狗粮。到了一定年龄，遇到难以绕过的现实难题，只好平和地分手。三个月前，小菲出手拉黑他时，他没有吃惊或不满，倒有一种久违的轻松感。

可是，他妈的可是，他心里终归潜伏了隐隐的痛点。

五

在狭窄又空旷的日子里待久了，会产生失重的感觉，仿佛时间缺少刻度，一个小时一个小时多得用不完。这种心境，就像一个暴发户觉得手里的钱用不完，恨不得变着法子挥霍一通。

郭家希也想挥霍掉时间，可惜法子不多。这天下午，他进了书房想找本书看。两架贴墙的书柜比较高大,但上面的书不算太多,巡视一遍,没有一本特别想看的。正有些不爽,脑袋一低看到了书柜下边的抽屉门。他来过书房好几次,没有探看别人私物的想法,现在既然起了念头,就不妨瞧上一眼。

他一下一下拉开抽屉,分别看到了文具杂物、音乐碟片、旧笔记本、荣誉证书、空白信笺和两个眼镜盒、一个望远镜。意外的东西没有出现——显然,房东同学无意在书房里存放什么隐私。

他闭上抽屉,无趣地离开书房。走到门口想一想,返身回去又打开底部抽屉,拿起了望远镜。这是一个小巧精致的望远镜,可以旅游时看风景或者剧院里看舞台,当然没事的时候,也可以瞧一瞧对面楼房窗口内的动静。

嘿嘿,现在他就没事。他走到窗户前拉开窗帘一角,将望远镜举到眼前。对面的楼房一下子拉近了,外墙颜色显得新鲜,阳台上的各种晒物变得相当清晰。但往窗口里看,由于光线的反差,看到的只是一团暗淡。

不用说,只有到了晚上,才能望见屋子里的内容。

吃过晚饭,夜色已攒得很厚。郭家希又站在书房窗边举起望远镜,这次对面窗口里因为有了灯光,也有了各种场景的呈现。一对夫妻坐在沙发上认真看电视。一位姑娘抱着一只花猫玩手机。一位老太太小着步子在房间里走来走去。一个房间静止无人,突然出现一个小男孩,手里拿着吃的东西。一个客厅站着一位穿燕尾服的胖男,两只手做着什么动作。

冬天的楼房窗口,是看不到有趣情景的。你不能指望镜头里冒出两只年轻脑袋,情真意切地打个 kiss,或者两张怒气冲冲的汗脸挨在一起,嘴里发出抨击对方的骂声。

不过稍待片刻，郭家希禁不住又拿起了望远镜。场景暂无大的变化，新的内容没有出现。要说有点意思的，是那位燕尾服胖男的表现。他仍积极地划动双臂，幅度忽大忽小，脸上表情虽不清晰，大约也是生动的。郭家希猜想了几下，认为他在做什么健身动作，一转念又觉得不对，因为锻炼身体是不可能穿正装燕尾服的。

郭家希觉得好玩，就给傅曼发了微信，说自己遇到不明白的生活谜面。不一会儿傅曼上来了，拿过望远镜看了看，判断说："好像是在做指挥，指挥一个合唱团。"郭家希说："我也想到过做指挥，可一个人在房间里比画，太离谱了吧。"傅曼说："在家里憋久了，得做点让自己高兴的事儿，管它离谱不离谱呢。"郭家希说："那你再猜一猜，他指挥的是什么歌曲呢？"傅曼说："这可没法知道，望远镜里又没带耳朵。"郭家希说："应该是《风雨同舟》《让世界充满爱》什么的吧？"傅曼说："想知道是什么歌，得上门证实才行。"郭家希说："你是说咱们也干点儿离谱的事？"傅曼说："找个高兴呗，反正闲着也是闲着。"

两个人戴上口罩出门下楼，走到对面楼房，站在对讲屏跟前摁了房号。对方很快回应允许。俩人坐电梯上去，认准了房号敲门。房门拉开一截，可看到里边站着燕尾服胖男，他的身后歌声依稀可闻，不是《风雨同舟》也不是《让世界充满爱》，似是一首英文歌曲。郭家希说："不好意思，我们是邻居……"燕尾服胖男"砰"地关上门，在里面大声说："我还以为是物业呢，这时候邻居串门干什么！不知道危险吗？"郭家希说："我们听到了音乐，想知道是什么歌曲。"里面说："都听到了还问什么歌曲，你们的耳朵如此无知！"看来这位合唱指挥脾气挺大的，傅曼说："老师老师，我们就是无知青年，请指点一下。"里面说："困在这日子里，只有爱情才能驱散孤单，我指挥的是 *right here waiting* ——《此情可待》。"

噢，是这首歌呀！郭家希和傅曼相视一笑，有了揭开谜底后的小快乐。

两个人回到家中坐在客厅里，打开手机听《此情可待》。这首歌音乐挺耳熟，此时专门找出来欣赏，便觉得格外好听。男声歌手的嗓子略带沙哑却挺有磁性，一路投放着追忆和忧伤：

…………

I wonder how we can survive this romance

（好想知道，我们如何让浪漫爱情持续下去）

But in the end if I'm with you（但如果有一天能回到你身边）

I'll take the chance（我会好好把握机会）

Oh can't you see it baby（哦，亲爱的，难道你不懂）

You've got me going crazy（你已使我发狂）

Where you go（无论你在何地）

Whatever you do（无论你做何事）

I will be right here waiting for you（我就在这里等候你）

傅曼查了查百度，说："原唱歌手叫理查德·马克斯，他妻子在外地拍电影老见不上面，有一天他动了思念，用二十分钟写成这首歌。"郭家希说："一般一首歌成功之后，总会编出一个好玩的背后故事。"傅曼说："为什么说编的？也许是真的呢？"郭家希说："那你相信有真爱吗，像歌中唱的那样？"傅曼说："也许有吧。"郭家希说："又是也许……也许是一个可疑的词。"傅曼说："因为我还没遇到，我只能等待。"郭家希说："等待什么呢？"傅曼说："等待一种心动的感觉。"郭家希说："永远遇不到这种感觉呢？"傅曼说："那就永远等下去。"郭家希说："到了三十岁没遇上心动的感觉，你能指望四十岁的时候这种感觉跑过来找你吗？"

　　这句话有点狠，傅曼不吭声了。她站起来走到玻璃门前，默默望着外边。外边一片暗色，暗色中有零星的灯。傅曼把双臂打开，身子贴向玻璃上的红色"福"字，仿佛这样便能拥有福气似的。郭家希起身走过去，也打开双臂贴在她的身上。她微微颤动一下，挺直了脖子。郭家希翘起下巴，靠在她的头发上。傅曼说："你相信真爱吗？"郭家希说："你刚才的话，其实也是我的回答。"傅曼说："你是说你也在等待？"郭家希说："也许是……无望的等待。"傅曼轻轻点一点头："嗯，到了三十岁没遇上心动的感觉，你能指望四十岁的时候这种感觉跑过来找你吗？"

　　郭家希有点伤感了，两只手慢慢放下来，滑进傅曼的腰口，环住了她的腰肢。傅曼静着身子，鼻子里却有热气窜出来，在"福"字上散开。郭家希觉得自己激动起来，身体快速有了力气。他一把扳过傅曼的身子，合在自己的身子上。他的躯体一下子接收到柔软起伏的紧贴感，她鼻子里的热气则喷到了他脸上。

　　郭家希的脑子还有些蒙，手脚已抢先行动了。他弯腰捞起傅曼的身子，快步穿过客厅撞开主卧的门，放在宽大暗黑的床上。这张床是主人的领地，铺着光滑的绸缎被子，现在只好暂时征用了。他镇定一下，摁开墙上的空调开关，又摁亮天花板的吸灯。

　　暖色的灯光里，傅曼侧卧在床上的姿势有些蜷缩。郭家希在她身后躺下，抬手搂住那弹性的肩膀。傅曼的身子抻开一些，翻转过来躺平了。郭家希的嘴巴凑过去，想压住傅曼的嘴巴。她的脑袋一别，躲开了。郭家希没有多想，试着脱她的衣服。她没有拒绝。

　　傅曼的衣服一件一件离开她的身体，丢到了床尾。当剩下三点内衣时，郭家希的手怯缩一下停住了。屋子里还没暖和起来，傅曼似乎感到了冷意，扯过被子搭在身上。郭家希转而脱自己的衣服，一件两件三件……每脱一件，他的身子则热了一分。很快，他裸露出并不结实的上身肌肉，肌肉上冒着一层热气。他掀开被子，让自己的躯体像另一条被子盖在傅曼身上。

就在这时，傅曼轻声说了一个词："condom."郭家希傻一下马上明白了，爬起身去找那玩意儿。拉开床头柜第一个抽屉，没有。拉开第二个抽屉，也没有。那么应该在旁边的立柜里吧，窜过去——打开抽屉，眼睛——扑空。有一只四方小盒子挺像的，拣起一看是日产明目液。郭家希心里骂了一声他妈的，有点恼怒又无措的样子。傅曼躺在那里看着他，忍不住轻笑起来。

郭家希说一声"你等一下"，披上衣服出门奔向次卧。过了几分钟，他欣然回来了，手里捏着一只所需之物，说："我这有出息的同学，看来狡兔二窟，轮回作战呀。"说着赶紧又掀开被子，这时他目光愣了一下，瞧见傅曼已经穿上衣服。他说："怎么啦，怕冷？"傅曼说："你躺下。"郭家希在傅曼身旁躺下。傅曼说："我改变主意了。"郭家希说："改变……主意，为什么？"傅曼说："因为我没爱上你。"郭家希不吭声了，把被子往身上拉一拉。傅曼说："你爱上我了吗？"郭家希慢慢地说："好像也没有。"

两个人静在了那里，无声地看着天花板。天花板上有一只圆盘吸灯，吸灯外围是漂亮的四方形灯池。过一会儿，傅曼说："我变来变去的，我对自己不满意。"郭家希牵动嘴角笑了一下。傅曼说："你挺沮丧的吧？"郭家希说："好像也没有。"傅曼说："那么你反而松了口气？"郭家希说："好像也不是。"傅曼说："你怎么老是好像好像的。"郭家希说："因为我吃不准自己……当然啦，很多时候我也吃不准别人。"

傅曼沉默一下，叹口气说："我爱上一个人就好啦，譬如说是你。"郭家希说："你说的，其实也是我要说的。"傅曼说："如果我爱上你，你可以做上门女婿，也可以带着我到处流浪。"郭家希说："嗯，流浪是多么好的职业，何况两个人一起流浪。"傅曼没有笑，而是动一动身子，侧过脑袋。郭家希配合似的也转过脑袋。两个人的脸这么近，眼睛也这么近。郭家希瞧着傅曼，甚至从对方眼眸里见到了自己。过了一小会儿，对方眼眸里的自己浮动起来，一晃一晃的，像是漂在水上。噢，原来傅曼眼里起了一层泪花。

郭家希不知道怎么安慰傅曼，只好把目光别开。这时他记起手里还有一只套子，就举到眼前看了看，一甩手丢到地板上。不过很快，他又探身拣起套子，搁在自己额头上。又过片刻，他取了套子撕开包装，塞到唇间吹起来。套子是深粉色的，一点点变大，大成了一只气壮的长条气球。他把气球口子打了个结，一挥拳推向空中。

粉色的气球在空中蹿了一下，努力地停留一秒钟，然后一摆一摆跌落在傅曼的脚边。

六

在电视上，世界卫生组织一位大胡子专家表示，根据流行病学规律，武汉如能在近期将每日新增确诊病例控制在两位数，则意味着真正拐点的出现。郭家希查了查数字，武汉最近一日新增病例为370例。情况在使劲好转，但拐点还不知道埋伏在哪一天。

杭州的情况也在转好，可正常上班的日子仍未到来。郭家希将个人简历投给两家公司，等来的都是无精打采的回复。在眼下的停摆时间里，不会有一份工作愿意来搭理他。

愿意搭理他的只有没话找话的傅曼。这一天傅曼在微信里问他，这几天是不是又恢复房间里的篮球训练啦？郭家希答复：我现在跟篮球的亲密关系，是看手机里的NBA球赛。傅曼：我妈说，楼上又有跑步声在作怪。郭家希：没有呀。傅曼：我妈是听她妈说的。郭家希：也许是别的楼层传去的吧……你外婆的耳朵真尖。傅曼：我外婆这两天身体欠好，头晕无力，脸色像打了底粉，喜欢整天躺在床上。郭家希：怪不得，整天躺在床上听力会变强。傅曼：我有点担心外婆。郭家希：担心什么呀，你外婆一高兴还能喝一两杯白酒。傅曼打出一个沮丧的图标：家里一整天没高兴啦，现在不敢上医院，要是平时早去了。郭家希：对的，小病小痛眼下还是在家里养着为好。

这么聊着，郭家希以为只是一次平常的搭讪。几天前"身体未遂事件"之后，两个人并没存下别扭，心里反倒坦白了些，仿佛一次身体的裸露能拉近内心的距离。傅曼时不时的会闯入他的微信，把家里的枝枝叶叶变成排闷的谈资。

不过这一回郭家希判断有误，傅曼外婆遇上的不是小病小痛，当然也就不是日子里的小枝小叶。

当天晚上九时多，郭家希收到傅曼的微信：外婆心慌胸闷，还有体温，我开车送她去医院。又一句：别发烧别发烧，还是发烧了。又一句：医院真恐怖！郭家希吃了一惊，马上回过去：需要我帮忙吗？傅曼：不用，已经在做血清和核酸检测了，现等着。又一句：一屋子发烧的人，个个像敌人。又一句：外婆要是阳性就完蛋了。郭家希赶紧逗话：想得美，这比彩票中奖还难。傅曼：不是阳性也麻烦，医生估计是心肌炎，得住院。又一句：现在住院等于关禁闭，不能陪护不能探视。又一句：我家三个女人此时心情很不好。

看来傅曼比较紧张，有仓皇之态。郭家希想给她打个电话，又不知现场情形，怕打扰了她。一时无计，只好发去搂抱的图标，以示安慰。

在不安中等了不短时间，终于接到傅曼的两条微信语音。一条说血清抗体结果出来了，是阴性，但核酸检测得大半天才能出结果，没法在医院傻等。另一条说外婆不乐意住院，而且态度坚决，医生也就不反对，给开了些药回家养着。

既然医生允许回家，外婆应该没啥大碍了。郭家希追问了一句，傅曼没有回复，估计正开着车呢。

郭家希不能让自己像个没事人儿。他算了算时间，坐电梯下到车库候着。几分钟后，一辆红色别克驶过来停在车位上，先下来的是傅曼——她戴着口罩，身披一件透明雨衣，脚上还穿了鞋套，一副警惕防备的模样。她见着郭家希，一推手掌说："你先别过来！"郭家希愣了愣，收住了脚步。

傅曼将外婆和母亲从后车门里扶出来——她们也是全副武装的样子。三个女人站在那儿，相互帮衬着脱下雨衣和鞋套，又摘下口罩，卷成貌似危险的一团，由傅曼跑去扔在垃圾桶里。这边傅曼母亲已弯身从车内取了新口罩，让三张脸再次戴上。

此时郭家希才有了献力的机会。傅曼把一个行李箱子交给他，并让他在前面开路。他赶紧积极起来，拉行李箱、推过道门、摁电梯键，还用目光接应后面的三人组。

被搀扶着的外婆看上去的确很虚弱，如果不是执拗不从，她应该是要住院的——行李箱里的备物也证明了这一点。

下一日上午郭家希没忘了微信傅曼,表示自己也惦记外婆的病情。过了好一会儿,傅曼才回复说,核酸检测是阴性,终于没跟新冠肺炎扯上关系,但情况一点儿也不好。她没有多说,似乎兴致凑不起来。

可是到了晚上,傅曼忽然来了预约文字:待外婆入睡,陪我院子里坐坐吧。郭家希马上答应了,他觉得应该让傅曼开心起来。

约摸十点钟,两个人前后下了楼,先绕着院子走一圈,然后坐到游泳池旁边的小憩区。暗色中,仍能看出傅曼脸上的疲惫和沮丧。郭家希说:"这两天很不快活吧?"傅曼点点头:"昨天在医院胆战心惊,今天在家里提心吊胆。"郭家希故意说:"怎么这么不淡定,到底年轻呀。"傅曼说:"人家就是个年轻弱女子好不好?!"郭家希说:"眼下的弱女子应该是外婆,她的病咋样了?"傅曼说:"烧退下来了,但胸口仍然发闷,身上没有力气,握她的手凉凉的……应该就是心肌炎。"郭家希说:"既是心肌炎,就该听医生的去住院。"傅曼说:"医院出了规定,现在住院最多只有一位亲属可以陪护,这个名额只能给我妈。"郭家希说:"那也没关系呀,过些日子一出院你们又可以天天见面啦。"傅曼说:"外婆不这么想,她总觉得住进去就可能出不来了……这时候她眼前不能没有孙女。"郭家希说:"看来外婆挺宝贝你的。"傅曼说:"人家就是外婆的宝贝孙女好不好?!"

郭家希掏出一支烟插在唇间,想一想又掏出一支烟递给傅曼。傅曼竟接了,点上火后用劲抽一口,嘴里马上出来几声咳嗽,这让她把烟递还郭家希。郭家希只好两只手各夹一支烟,左手抽一口,右手又抽一口,样子有些伪潇洒。傅曼说:"郭家希,你怎么一点儿不替我着急?!至少给几句安慰嘛。"郭家希笑了说:"说的不如做的,我现在给你一个安慰的拥抱,可以吗?"傅曼说:"你怎么这样呀郭家希,一天下来我心里烦着呢。"郭家希说:"好吧,说说今天的烦心事,我听着。"傅曼说："其实不住院也行，医生说可以在家里静养，可外婆在床上躺着，一直很不安生，一看就知道心里装着事。"郭家希说："老人脑子里有什么念头吧？"傅曼说："我拐着弯跟她套了话才明白，原来她担心……在新房子里故去。"傅曼的舌头在"新房子"上加了重音，然后接着说："她怕自己坏了新房子的吉利，怕自己给新房子存下阴影……有了这些念头，身体怎么好得起来呢。"郭家希说："你外婆是个明白人，知道眼下这新房子的分量。"傅曼说："她当然知道。两年前为了买这房子，我们把家里角角落落的钱都掏出来了，包括外婆攒的养老费。那会儿还不兴摇号，得托关系打招呼，我妈费了洪荒之力才托到人。"郭家希说："那你得心理暗示外婆，既然她出了养老费，一定会多活几年把钱住回来。"傅曼说："暗示什么呀，我经常公开嚷嚷你长命百岁你长命百岁的。"郭家希说："长命百岁即使打个九折，也还有好几年吧，所以眼下她不用担心的。"傅曼说："好吧郭家希，你的嘴巴够贫的。"

郭家希将两只烟蒂掐灭，摆在小桌上。夜有点深了，游泳池的水卧在蓝色中，显着透明的安静。傅曼说："对了，昨晚你在地下车库接我们，表现不错，得表扬一句。"郭家希说："嘿嘿，我只是灵机一动。"傅曼说："老妈当时又生出感慨，说家里还是缺个男人。"郭家希说："让她再使出洪荒之力，给你找一个呗。"傅曼说："我嘴里没说，但暗中会给她加油的。"说着轻笑一声，这是今晚上她第一次开了颜。

傅曼的开颜是不可靠的，因为不好的情况并没有过去。

下一日晚上也是约十点钟，傅曼直接打来微信电话，说外婆感觉不好，认定自己快不行了。郭家希问："马上送医院吗？需要我做什么呢？"傅曼说："穿上厚实一些的衣服，马上下来到我家。"

郭家希赶紧套上羽绒服，将口罩裹到脸上，想一下又找出围巾绕了脖子，然后快步下了楼梯。801的门开着，进去一看，傅曼和妈妈一脸无措地站在那里，外婆则靠在床头闭目攒神儿。傅曼瞥他一眼，说："外婆力气少了挪不动步，你帮个手吧。"郭家希没有犹豫，上去两步将外婆抱起来。外婆的身子很轻，即使穿着厚衣服也没多少重量。进了电梯，外婆微微弹开眼睛，似乎认出了戴着口罩的他。她嘟囔一句杭州话，郭家希没听明白。傅曼说："外婆说小伙子有力气，谢谢你。"

　　下到车库，他小心地将外婆放入车子，然后等待傅曼发话儿。傅曼挪开一步身子，轻声说："你来开车吧，但不是去医院。"郭家希愣一下说："不去医院去哪里？"傅曼说："随便哪里，在街上慢慢转也行。"郭家希说："什……什么意思？"傅曼说："外婆反对去医院，也不愿意待在新房子里。"郭家希明白了，明白得心里似乎溅开一个浪头。

　　郭家希坐入驾驶座，傅曼和妈妈坐进后排，护在外婆的左右。郭家希看一眼时间，是十时十八分。他发动车子，驶出地下层进入地面，开到院子侧门。保安的防疫态度照例认真，拿着笔进行登记。傅曼在后面递上了疫情时段车辆出入证。

　　因为没有目的地，车子先在一条小道上慢慢行驶。两边黑暗，不见行人，也很少有车子从对面开过来，或者从后面超过去。如此的冷清会让这辆别克感到孤单的，他把方向盘一打，先左拐后右拐，驶入了莫干山路。这是条主干道，路上的灯光和人车显得多了一些，但跟以前的平常日子比起来，街面看上去是空旷又收缩的。又因为不见了堵车，红绿灯突兀出来，一会儿遇到一个，一会儿又遇到一个。

　　后排座位上许久没有声响，像是不敢打扰外婆的安静养神。后来外婆终于说一句什么，傅母的声音便跟了上来，傅曼的声音也跟了上来。她们讲的是杭州话，郭家希基本听不懂，又觉得不能老当外人，就顺势问了一句。傅曼说："外婆提起我小时候的可爱，我们一块儿回忆那会儿的趣事呢。"

过了片刻，外婆又说一句什么，傅曼便搭腔，讲着讲着抽泣起来，傅母随即压着声音说傅曼的不是。郭家希忍不住又问了一句。傅曼带着哭腔说："外婆讲自己没了之后，小车要直接往殡仪馆开，衣服也已经备好了……哪有这么说话的呀！"傅母批评说："小曼，你别哭哭啼啼，这样外婆会不高兴的。"

为了岔开话题，郭家希说："听点歌吧，我觉得现在听听歌比较好。"见后面没有反对，他拣起手机点开音乐库，播放近期听过的曲子。先是一首草原歌曲，再是一首校园歌曲，然后是那首英文歌曲《此情可待》。听一会儿，傅母开腔说："这首歌好听，不晓得唱的是什么？"郭家希说："阿姨，这是一首爱情歌曲。"傅母说："怪不得这男歌手嗓子里像塞着冰激凌……小郭，他具体说啥呢？"郭家希说："他说无论你在哪里你在干嘛，我就在这里等候你。"傅母说："噢，瞧瞧，人家外国人说话就是热情直白，不像咱中国人扭扭捏捏的太含蓄。"傅曼接话说："含蓄什么的是你们那一代人，别安到我们这拨人头上。"傅母说："你们这拨人热情直白不含蓄，那为啥不喜欢恋爱不喜欢结婚，还不喜欢生孩子……"傅曼说："妈，你又来啦……都什么时候了，说这些外婆会不高兴的。"傅母不吭声了，暂静中，倒是外婆说了一句杭州话。傅曼说："郭家希，你听懂外婆说什么了吗？"郭家希说："请现场翻译吧。"傅曼说："外婆说她没有不高兴，让你以后对我一定要好。"郭家希哦一声，想一想，又哑笑一声。他心想好在开着车，不用回头答话。

这么听着歌儿往前开，时间便过得快一些。待抬头细看，发现已近了西湖。过下一个红绿灯时，郭家希将车子拐进北山路，沿着湖畔徐徐移动。此时的西湖特别安静，打眼望去，远处的岸边灯光亮成一条长带，雷峰塔的顶部形成明亮的铜色，近处的断桥通体发光，岸上和水中抱成一团。

到达苏堤口子时，小车停了下来。此处是个不错的位置，车子可以在这儿歇一歇的。郭家希往后望一眼傅曼，傅曼点一点头，并递来一瓶矿泉水。郭家希打开瓶子喝了一口，听见傅曼又问："肚子饿吗？我这里有饼干。"郭家希摇摇头——今夜特别，不能又吃又喝的像一趟休闲旅游。

但经傅曼这么一提示，郭家希真觉得自己肚子饿了。他劝了劝自己没劝住，打开手机搜找一下，给傅曼发了一条短信：附近有肯德基还开着，可以买吗？傅曼回复了一个 OK 手势。

郭家希下了外卖单子，填的送址是苏堤北口。说实在的，在这个几乎全城禁闭的深夜，居然还有餐店肯送吃物，这让他有些惊讶。等了不多时，甚至比平时还快一些，送餐小哥打来电话，说自己到了。郭家希下了车，瞧见小哥靠着坐骑站在那里，全身捂得像赛车手。走过去未靠近，小哥用手在空气中一推，暂停了他的脚步，又从配送箱内拿出吃物搁在箱盖上，然后撤开几十米。郭家希这才前去取了吃物，往回走十几步转过身子，见小哥也已回到配送箱。他大声问了一句："兄弟，这个时候你怎么还敢出来赚钱呀？"小哥似乎嘿嘿一笑，也大声说："兄弟，眼下待在城市里不容易，有一份工作做着心里踏实。"又补一句："男人嘛，就应该对自己狠一点！"

这时傅曼也从车门里出来了，郭家希走过去将食品袋交给她，自己手里留了一个汉堡和一包薯条。傅曼说："郭家希，我看上去是不是很难过?"郭家希看了看她眼睛,不吭声。傅曼说:"不仅难过还有害怕,我心里慌慌的。"郭家希说:"你戴着口罩真看不出来。"傅曼目光一愣,差点要笑了。郭家希说:"多吃点东西吧,肚子填饱了心里就不害怕了。里头还有土豆泥,让外婆也吃几口……这一夜还长着呢。"傅曼说:"你这口气挺懂事呀……我妈说得对,家里有时候是需要一个男人。"

傅曼进了车子,郭家希踱到湖边摘下口罩,先大口吞下汉堡,又将薯条慢慢吃了,然后点上一支烟。此刻的空气真是好,吐纳之间,似乎把胸腔疏通了一遍。这时他还发现这片湖面上布着荷花枯叶——荷叶在秋天便过气了吧,在湖水里竟坚持至今,真还是难得。他探出手摘了一枝,放在鼻前嗅一嗅,已没有什么气味儿,打开手机电筒照一照,觉得枝叶的模样挺好看的。

郭家希回到车上,里边留有一丝肯德基特有的香味,但没有任何声音。外婆的脑袋靠在傅曼肩膀上,双脚则放在傅母的腿上。如果不是因为悲伤的背景,这样的相偎其实有些温馨的。郭家希抬手举起枯叶,又用电筒亮光打在枯叶上,说:"你们看,这是什么?"傅曼说:"是荷叶。"傅母说:"枯了的荷叶。"郭家希说:"这荷叶在秋天老去,过了冬天到了现在,得有一百岁了吧。"郭家希又说:"一百岁的荷叶待在水里,仍是西湖的一部分,进入照片也还是好看的。"傅母说:"小郭呀,你这是讲人生大道理吗?"郭家希说:"阿姨,这只是一点小道理。"傅曼说:"郭家希,汉堡薯条你吃了吗?"郭家希说:"吃啦。"傅曼说:"吃饱了撑肚子,是不是就容易讲些小道理?"郭家希不敢拌嘴,赶紧将电筒灯光打到自己脸上,嘴唇缩一缩表示自己不说话了。

车子内一下子又变安静了。

在暗色中,此刻的安静不是轻的,不是无内容的。换句话说,这种静默里像是放入什么有分量的古怪东西,因而显着不一样的重。郭家希让自己想点儿什么,却不知道想点儿什么好。他要动一动身子,又怕发出不恰当的声响。

过了片刻,手机轻轻"嘟"的一声,将他从寂静中唤出来。拣起手机划开一看,是傅曼的文字:这样的夜晚,不习惯,受不了。郭家希的手指摁动几下,问:外婆怎么样了?傅曼回复:应该睡着了。又跟上来一句:她会这样睡过去吗?郭家希:不会,你别这么想。傅曼:我也觉得不会,可我心里还是慌。又一句:心里不仅慌,还觉得憋。郭家希:对付心里难受的办法是让自己睡着。傅曼:我睡不着,我想下车透口气。又一句:不仅想透口气,我还想喊一嗓子!郭家希还没应答,已听见后面有了声响:傅曼在调整外婆的身体睡姿,然后拉开门下了车。

郭家希轻着身子也下了车,见傅曼抬着脑袋做呼吸状,神情比较不好。他凑上两步,想找一句安慰的话。傅曼先开了腔:"今天晚上,时间过得真慢。"他同意地说:"不快乐的时候,时间就过得慢。"傅曼说:"郭家希,我不光不快乐,我还很不快乐!"不等他说话,傅曼又说:"郭家希,我真的想喊一嗓子!"郭家希说:"这不好吧……大半夜的,会吓着别人。"傅曼说:"大半夜的,哪里有什么别人!"说着她一提身子,径直往苏堤方向走。郭家希瞥一眼车子,快了脚步也跟上去。

走了几分钟,俩人在湖边停下。夜色中湖面浩阔,展开一线线水波。又因为安静,水浪一拍一拍地发出轻微又清晰的声响。傅曼站在那儿朝着湖面,吸一口气说:"我要喊了。"她扯一扯嗓子试了两下,然后放声叫了起来:"我不要外婆死去!"停一下,又叫:"我不要所有不高兴的事情!"她的声音尖亮气足,但在水面上没跑多远便散掉了。

郭家希点评说:"喊的时候不要发话,一发话气势就不足了。"这么说着,他也想试一嗓子。他伸一伸脑袋,朝前方喊出长长的呼叫。这一声呼叫果然有力道,送出去远了不少。

不过旁观者清,傅曼也发现了其中的不足。她想一下说:"我明白了,我们只是喊叫不是吼叫。"郭家希点点头:"我们缺少声嘶力竭。"傅曼:"我们还缺少伤感!"郭家希说:"我们还缺少憋屈!"傅曼说:"我们一起吼一个吧!"郭家希说:"好,一起吼一个!"

两只身子靠近一步,同时猛吸一口气,同时抻直脖子,同时从嗓子里蹿出持续的凶猛的声响。这股合二为一的声音,真的含着憋屈又含着伤感,形成了颇有气势的声嘶力竭的吼叫。当两张嘴巴合上时,那吼叫的余音似乎还在湖面上滑行。

两个人喘着气相互看一眼,都从对方脸上见到了痛快。傅曼说:"这一嗓子不错,出了一口闷气!"郭家希晃一晃手机说:"我录下来了。"傅曼说:"你偷录呀,真狡猾。"郭家希点开屏幕,捏在手里听。刚才的长声吼叫重现在吼叫者的耳朵里,不但真切而且有穿透感,像是自己对着自己的内心发声。吼叫停止后,录音里还出现了几秒钟的浪水拍打声,轻轻地一哗一哗,听上去像是西湖的夜晚呢喃。

傅曼点一下头说:"结尾的水声挺好,让咱们疯狂的声音带点韵味儿。"郭家希说:"也不一定好,它让咱们的疯狂打了折。"傅曼说:"不管它了,把声音转给我吧,我要发朋友圈。"郭家希说:"这个也能发朋友圈?"傅曼说:"为什么不能?"

说话间,傅曼已收下录音,并传上朋友圈,配套文字是:西湖边的吼叫。郭家希平常比较冷落朋友圈的,现在被傅曼带动,手指也有些按捺不住。他先给傅曼点了赞,然后又摁摁点点几下,把录音送到了朋友圈。他的说明文字为:今天,我吼了!

两个人收了情绪，在旁边的石头上坐下。此时似乎需要安静，彼此就不搭话。过了一会儿，郭家希掏出烟盒，递给傅曼一支。傅曼接了，点火后使劲抽一口。这一次她没有马上反应，但她抽第二口时，还是咳嗽了。这让她又将烟递还郭家希。郭家希等着似的接过来，把这支烟继续往下抽。他每吸一口，暗黑中的红点就亮一下。

未等他的烟抽完，傅曼忍不住打开手机查看回应。显然，她得到了不少点赞——即使是这个时间，仍有一些不肯睡觉的人在朋友圈上游走。

郭家希摁灭烟蒂，也点开手机。他的朋友圈点赞区已集合了二三十个名字。这些名字属于熟悉或不太熟悉的人，他们路过时听了这二十秒钟的录音，心里也许只是奇怪一下或嬉笑一声。不过在评论区，放着几条有点意思的留言：

　　半夜一声狼嚎，什么情况？
　　这是你的声音吗？这女的又是谁？
　　好像在水边，小区不是还封着吗？跑哪儿浪着呢？
　　这算是玩情调，还是找痛快？
　　这日子憋屈，我也要吼一嗓子！

如此用掉一把力气，心里似乎舒通了一些。两个人慢慢走回去，坐入车子。

郭家希在椅子上安定了身子，让脑子里的兴奋渐渐回落。他能感觉到，此时傅曼也收着气息，又变成不语又不安的外孙女。

夜往深里走，车子内彻底静下来。外婆无力地睡着，脑袋滑下去来到傅曼怀里，双腿仍被傅母抱着——她躺在女儿和孙女身上，像是成了一个有安全感的孩子。

这样的夜,是一种等待。

郭家希似乎没有睡意,或者说不敢睡。但睡眠到底是不讲道理的,一点钟或者两点钟的时候,他掉入了梦区。

醒来的时候,天色刚刚微亮,郭家希直起身子往后一瞥——外婆睁着眼睛安静地坐在中间,两边的傅母傅曼则歪了脑袋一脸惺忪。郭家希以为自己还未梦醒,甩一下头,又甩一下头。

眼前的情景真实不虚,外婆好好的啥事也没有。

"现在几点啦?"傅母问了一声。郭家希看一眼手机:"六时十八分。"真是巧呀,在车上已整整八个小时,像上了一个夜班。

傅曼动一动脑袋,问:"外婆,你怎么样了?"外婆说:"嗯嗯,你不是看见了吗?我不肯死呢。"傅母说:"大早上的,别说死字。"傅曼说:"外婆,你是想做个死亡游戏逗我们玩儿吗?"傅母说:"我讲了,大早上的别说死字。"外婆说:"我的游戏在梦里呢……嗯嗯,我做梦啦,梦见参加小曼的婚礼。大家让我喝酒,我高兴,喝了两杯。"外婆又说:"有小曼的婚礼在前头等着,还有那两杯酒也没喝掉,嗯嗯,我不能死呢。"外婆的声音挺轻,但不含糊。郭家希这才注意到,外婆说的是普通话。

郭家希摇下一小截窗户,清洌的空气游了进来。往远处看,绿山和湖水连接着,湖水上又浮动着一层薄薄的雾气,雾气中的三潭印月若隐若现。

这时手机叫了一声,他点开一看,是傅曼的微信文字:西湖的早上真好,就是还有点冷。又很快发来一句:真希望有位男人给我一个安慰的拥抱!他轻笑一声,用手指送去三个拥抱图标。

七

小区的战时防御开始松动了。保安脸上没有了如临大敌的表情，你只要出示一下健康码，便能获得一个久违的请进手势。

江溢来了电话，说单位终于通知他来杭上班，不过为了避免意外失蹄，一家三口还得在屋内宅上一周。在手机里，江溢的声音有点兴奋，似乎带着一些逃离父母唠叨的解放感。

郭家希去了一趟商场，买回一堆吃物塞入冰箱，又简单清洁一下房间，让东窜西跑的东西尽量归位。那只有点老去的旅行箱被重新打开，他的衣服和杂物放了进去。做完这些，他给傅曼发了一条微信，说有空可到楼下走走。

过了片刻，傅曼仍没有回复。他决定自己先下楼，跟院子里的草坪和游泳池告个别。这会儿正是下半午时间，阳光还风韵犹存。他转了一圈，来到游泳池区域。池里的水依然蓝着，但不知怎么上面漂着几枚树叶。他找了找，在旁边见到一只长杆捞网。他没有迟疑，举着捞网探出身子，将树叶们捉了上来。

之后他坐到小憩区抽烟，抽了几口，手机轻叫一声，拿起一看是傅曼的回话。傅曼写：今天得令去上班啦，一堆事扑面而来，加倍的忙。又写：单位里分了不少口罩洗手液，下班分你一些。

噢，原来上班了呀。他笑了笑，回复一行字：不用了，我的行李箱已收拾好，塞不下新东西啦。

傍晚时分，郭家希拖着行李箱回到出租房。推开门，一股霉味儿浪头般地打过来，让他后退了一步。才一个多月不见，屋子憔悴了许多，不仅地上长出一层尘灰，墙纸也像是泛黄了不少。

他进屋推开窗户，让新的空气进来，又用抹布过一遍那张仿皮沙发，安排自己的身子坐上去。不知怎么，这个时候他有点懒，不愿意马上提着劲儿擦擦洗洗，像一个勤奋的家务青年。

天色有些暗下来，他伸手摁下开关——上方的日光灯管亮了，但一晃一晃地似在挣扎。他只好起身找来扫把，用杆头去敲灯管，敲了几下，灯光居然稳住了，只是亮度不够痛快，仿佛戴了一层口罩似的。

他坐回沙发，掏出一支烟想点上。这时沙发扶手一侧探出一枚红底黑斑的小身子，一溜烟儿的近到跟前——原来是一只甲壳虫。这只甲壳虫懵懵懂懂又自信爆棚，竟抬起脑袋打量眼前的陌生人。他盯着它，眼睛一眨一眨的；它盯着他，前翅一摇一摇的。他尽量友好地"噗"了一声，它一闪身子退后几步，似做思考状，然后掉转脑袋镇定而去。

他把烟点上，使劲吸了几口，心里透亮了一些。确实，大约因为视觉的落差，眼中的出租房更不堪了，但经过这一个多月的特别时段，他多少明白了生命可承受的轻与重，心里至少是不沮丧了。不管怎样，不轻松的日子得重新拣起来，洗洗刷刷后再过下去。一只甲壳虫尚且如此淡定，他没必要在生活中慌慌张张的。

这样想过，他掏出手机点开备忘录，思思索索，写下最近准备要干的事：

1. 给求职简历化点妆，近日投送至少三家公司。
2. 与房东联系续租1—2年，要求不提高或微提高租金（以疫情为理由）。

  3. 去 polo 店一次，买几件打折衬衫和 T 恤，马上转暖换季了。

  4. 头发太长了，拜访理发店一次。

  5. 半个月至少看一本书，减少电脑和手机时间（NBA 球赛除外）。

  6. 不管价格如何恐怖，买茅台年份酒一瓶。

  7. 昆城暂时回不了，近日向父母报一次平安，并求寄鱼蟹海鲜若干。

  写到这儿，他突然想，今日也属于近日，干吗不马上给妈妈打个电话呢?！他手指一动摁出号码，然后耳边响起妈妈的声音。妈妈说："怎么样了儿子？我不给你打电话，你就不记得给我打呀？"他说："我这不是记着给你打了嘛。"妈妈说："哦哦，这次是你打过来的……情况好了些，该上班了吧？"他说："是的，马上就上班了……我也从同学家搬回出租房住了。"妈妈说："儿子呀，房子的事你别太愁心，我跟你爸一直攒着力道，你那边也留意着。"他说："留意什么？"妈妈说："留意房价呀，万一哪天一不留神降下来了呢。"他说："今天不说房子好不好？今天的重点是，我的嘴巴有点馋海鲜了。"妈妈说："知道啦，你的心思我还能不知道……不用你提醒，海鲜年货今天上午就寄出去啦，快递现在已经正常了。"他嘿嘿一笑，想说句表扬的话，忍住了。

  妈妈声音低下去，问："对了，小菲回杭州了吗？这几天你们俩在一起吗？"他咬一咬嘴唇，马上说："她回杭州了，马上被单位召去上班啦。"妈妈说："噢，好些天你没说她的消息了。"他说："她忙着呢，加倍的忙。这么多天攒下来，她说一堆事扑面而来。"他的口吻显然让妈妈放心了，她说："年轻人是该多干点事儿，古人说得好，天降大任于斯人也，什么什么，很长的一句。"

他呵呵笑了，终于送去一句表扬："不错嘛妈，这句话你也知道呀！"

补

十一月上旬一个周末下午，郭家希上门造访江溢。他不是空口去的，手里拎着一瓶茅台酒。

这瓶茅台酒他花了两千多元买下，一直想找个机会还给江溢。住在别人家，不经过批准擅自干掉重要藏酒，这是不好的，必须补上。之前约过江溢两次，不是出差就是在饭局，便拖到了现在。

此时天空气色不错，有白云有阳光。进了小区大门，见院子里铺着长长的红地毯，一个花架子贴着"囍"字，上面系着一堆飘空气球。郭家希走过"囍"字和气球，进了电梯。

江溢嘴里对他的还酒行为进行了抨击，同时以轻描淡写的态度接过他手中的茅台。之后俩人在客厅聊了些闲话，便踱到阳台上抽烟。江溢瞧着楼下的红地毯说："今天是个吉日，有人把茅台送出去，也有人把自己嫁出去。"郭家希笑了笑，"哦"了一声。江溢说："就是这楼下801的姑娘，不过我还认不准脸。"郭家希点点头，又"哦"了一声。江溢感叹着说："现在这年头呀，楼上楼下一辈子也不一定能成为熟人。"

江溢留同学用晚饭,不过声明因为夫人孩子不在家,只能弄一些简单的菜品。郭家希没有推辞,在客厅里等着。过了一些时间,楼下突然有了动静,郭家希急忙又走到阳台上去看。之前挺寂静的红地毯上,现在冒出许多穿戴漂亮的男女,走在前面的是双手相牵的新郎新娘。新娘今天穿着白色拖地婚纱,头戴一只银色水晶发冠,脸上化了精致浓妆,远远望去,像是一位广告模特儿隆重的出场。待走到地毯中部,电子鞭炮声响起,各种颜色的气球得到解放,飘向了上空。郭家希的目光拨开新郎和伴郎伴娘们,只停留在新娘身上。因为是从后面望去,见到的只是新娘的背影。其间新娘回转过一次身子,但距离有些远,捉不住她脸上的细部表情。

三天之前,傅曼在微信里的表情也不是清晰的。当时她告诉他,自己到底把自己嫁出去了,婚礼定在周六。他吃了一惊:哇,终于遇到心动之人啦?赶紧说来听听。她没有被他的好奇缠住,而是绕开了说:今天联系你,既是送一个通知,也是讲一声对不起。他说:什么意思?她答:我的婚礼相当简约,邀请赴宴的人比较少,其中就不包括你。他手指停顿一下,回复:当然,我不是你的亲戚,也不是你的同学。她说:但我会想着把重大消息告诉你,只有重要的人才有这待遇哟。他给出一个调皮的表情:嘿嘿,看来我出息啦,终于成为一个重要的人。

晚饭启动时,江溢拿出从温州捎来的杨梅酒。两个人从小时候吃杨梅说起,聊了一些儿童记忆,又讲了大学岁月的一些趣事,完了算一算年头,觉得日子在流淌,时间过得不知不觉了。江溢还掉了书袋,用庄子一句话表达自己的感叹:"人生天地之间,若白驹过隙,忽然而已。"

郭家希记起大半年前，也是在这张餐桌前，他跟傅曼面对而坐，端起"盗"来的茅台酒，为疫情解闷，为寂寞干杯。彼时的情景在脑子里即使鲜明，可丢在时间里，也是"忽然而已"。这么想着，他心里像打了一个结，又很慢地叹了一声。

饭后饮过一杯茶，便告辞出来。到了楼下，他不想马上离开，便在院子里走一圈。走到草坪旁边，突然发现一棵桂树的枝叶上卡着一只粉色气球，应该是傍晚气球们升空时它掉了队。

郭家希脚尖一蹬爬上树杈，伸手取了那只气球跳回地面。他走到开阔处，把气球拿在眼前看了看，友好地往上面吹一口气，然后手指一放。气球晃晃悠悠地上升，不多一会儿，隐在了夜空中。

他望着夜空的时候，突然想到了什么。他划开手机往收藏里找东西，很快找到了，是一段录音。他点了一下，把手机近到耳边，一段男女合音的吼叫从远方穿空而来，那么愤怒又那么伤感，像是一颗石头挣脱手掌后的激动飞行。

当然啦，长长吼叫的结尾处，是轻柔的湖水拍岸声。此刻听在耳里，这湖水拍岸声挺有韵味儿。没错儿，真的含着韵味儿。

发表于《十月》杂志 2022 年第 2 期

两个人的电影

一

我是个平淡的人，周围的人都这么认为。记得儿子刚上高中时在作文里说过这样的话：跟许多过气的人一样，爸爸对日子没有狼子野心，每天所干的都是对昨天的重复，他身上几乎没有故事。时间过得快，现在离儿子说这句话已经有不少年头了。我知道，儿子可能忘了自己的话，但他对我的看法没啥改变。

如今，儿子已到了拎着野心到处晃荡的年龄，而我不仅过气，还一天天往老里走了。有时静下心来想一想，自己这大半辈子的确过得粗糙，既没有攒下可以说得出口的产业，也没能把自己的身份弄得有派头一些。我的所有经历往履历表上一放，只能变成简单的两行，一行是小学教师，一行是报亭店主。小学教师是五十岁以前干的事，到了五十岁，我已拿不出精力去对付一教室的孩子，就提前退了休。我找了份不费心思的活儿，卖起了报纸和杂志。我整天安静地坐在一间小屋子里，看着周围摆着的报纸杂志被别人一份一份取走。我觉得，过去教书也好，眼下守着报亭也好，都算是跟书本文字打着交道。因为这个，我好歹给自己拣回一点安慰。

不过，再没出息的人也是攒着年头的，有了年头就有了历史。用书上的一句话说：每个人的心中都收藏着一部自己的历史。有时我坐在报亭里，看着某个路人平静地买走一份报纸或者一份杂志，正常得什么事儿也没有。可我偏偏想，别看这个人一声不吭，也许心里装着许多事呢，只是不说出来而已。

现在我攒了一大把的年龄，不需要一声不吭了，我愿意把有些话说出来。这些话不是说给儿子或者别的什么人，而是掏给自己听的。我挺乐意对自己说：老昆生呀，你知道你并不像儿子说的那样，身上找不到一点儿故事的。我还乐意对自己说：老昆生呀，你的事一截一截地接起来，得往前伸出去很远呢。

我的意思是，我的事儿不大，可也够自己跟自己说上一阵子的。

我想了想，得从三十六年前说起。三十六年前，我拿着二十二岁的年龄，生活在一个叫昆城的镇子里。镇子不小也不大，往街上一走，很难遇到什么稀奇事儿，容易遇到的倒是一些不认识的熟脸。那时候我在镇子上的一所小学做代课老师，教孩子们认字儿。每天上午，我得在上课铃声响起之前赶到学校。到了下午，我的脚步会闲下来，松着身子慢慢回家。

我家住在镇子西门外的一个院子里。院子上了点年纪，搁着一堆还算干净的木瓦房，住了十多户人家。因为近着郊区，住在院子里的人物就比较杂，拎开我不算，有做工的，有干农活的，还有当兵的，拿当时好听的话说，工农兵全齐了。

当兵的是大奎。大奎曾是院子里令人头疼的小子，喜欢到处串门蹭东西吃，还喜欢硬着脖子骂人。他初中毕业晃了两年，因为捏着贫农的成分，被送到了部队上。以后遇着过年什么的，都会有人上门跟大奎他爸妈握手，再把光荣之家的红纸贴在木门上方。这样过了好几年，突然传来消息说，大奎踩到大运了，提干当了排长。排长显然是个了不起的角色，《奇袭白虎团》里的严伟才是排长，《智取威虎山》里的杨子荣也是排长，他们背着驳壳枪，脑袋里尽是智慧。大奎的智慧全扒拉出来，可能还不够他们的零头，但拿别的一比，大奎却多了一样东西，那便是女人。杨子荣严伟才到电影结束还没娶上媳妇，大奎在一年半前便拿着假条回家迎了亲。

大奎结婚那天是个星期日，院子里摆满了宴桌，大人小孩发出的各种声音停不下来。中午时分，一群姑娘伴着新娘过来了，院子门口响起鞭炮，又燃起一堆稻草。按着习俗，新娘从稻火上跨过，算是踏进了红火的日子。然后新娘往空中撒了两把糖果花生，那些糖果花生落下来，引得孩子们在地上扑来扑去，闹成一团。在新娘就要走进新房时，她的衣角被一个小孩紧紧攥住了。那小孩挺小，没抢到地上的吃物比较苦恼。新娘回过脸轻轻笑一下，再次往空中扬了一把，又弯了身子把两颗糖果塞到那小孩手里。

我得承认，新娘的回脸一笑让我心里多跳了几下。这是我第一次见到若梅。很多年过去，每回我去想若梅时，第一个抢着跳出的总是这个镜头。那天她穿着粉红色的袄衣，脸上也是粉红色的。就在这粉红色中，她咧嘴轻轻乐了一下。

结过婚，大奎在家没待几天，又回了部队。新娘新郎有啥话没说够，只能在信纸上说了。接下来的日子，若梅除了学着如何跟公公婆婆相处外，常做的一件要紧事儿便是琢磨写信。看得出来，若梅是个念过几年书还喜欢讲究的人，她很想把信写好，或者说，她很想把日常话儿变成好听的词句放到信纸上。这样一来,隔上几天若梅就会走到我跟前,拿一些疑难的词儿来问我。

若梅看中我,不是因为我有啥学问。我的学问全掏出来赶在一起,也就是一小堆儿。我跟别人不同的是,我有一张纸物,就是镇图书馆的借书证。过个十天半月,我会从图书馆借回两本书来看。我说的书是小说,《金光大道》《大刀记》《矿山风云》什么的。那会儿我家人丁多,屋子不够用,我的睡床被升到了楼阁上。楼阁虽有一只小窗户,但不是宽敞地方,待久了会觉得憋,所以只要不是大冷天,得了空儿我喜欢拎一把竹椅坐到院子的砖墙旁看书。我看书的样子不光进入邻居们的眼睛,有时也会进入他们的嘴里。邻居们说,你瞧瞧,外头那么乱,咱这院子还是好的。邻居们又说,毕竟是当老师的,总还知道读书的好处。

现在,新邻居若梅用着了我。好些次我刚在竹椅上捧起书,她就轻着脚步走过来,把脑子里恍惚的词儿拣出来问我怎么写,譬如说"尴尬"啦、春意盎然的"盎"呀、吃二遍苦受二茬罪的"茬"啦。我也没有谦虚,合上书本,把封面当作黑板,用手指在上面画来画去。开始时若梅还有些不好意思,问了几回,慢慢就随便了。随便了以后,她问的词儿似乎浪漫起来,譬如"邂逅""憧憬"什么的,有时还会要去一句毛主席的语录。

说实在的,我喜欢若梅的出现,喜欢她站在我的跟前看我写字儿。当我手指准备在书本上走动时,若梅的脑袋会近过来,脸上沾着认真。待我一撇一捺写明白了,她就发出"噢"的一声,然后给我一个表扬的目光。有时我写完一个词儿,顺便送出一句解释,那解释要是幼稚或者有趣,若梅会开心地"咯咯"笑起来。在笑声中,我能闻到她身上跑出来的淡淡香气。这香气不仅让我鼻子受用,也让我心里快活。

又过些日子,若梅向我提出借本书看。若梅是另一个镇子上的人,嫁过来后暂时没地方上班,平常除了做家务、织毛衣,就是半个月写一封信,一个月去邮局领一笔大奎寄回来的汇款。这样一算,她空余的时间还是不少。我反正每回借两本书,一本看着另一本就闲着。我把闲着的那本匀给若梅,不过定了归还的时间。两天后,若梅按时把书还给我,说看了一小半,不好看。那是一本《向阳院的故事》,的确不好看。

我对自己有些不满意。那时候我的楼阁上除了一张床,还有一只小木箱。木箱里躲着几本私家书,一般不肯也不能出去见人的。我想了一想,又想了一想,决定这回破个例。第二天,我拿出一本《林海雪原》借给了若梅。我想大奎是部队里的人,《林海雪原》讲的是部队里的事,若梅应该不会说不好看的。只是这本书比较宝贝,离开了自己,我心里不太踏实。

几天后的傍晚,我坐在竹椅上一边翻书,一边在心里猜想若梅会不会过来还书。这时若梅的家突然热闹了起来,那门里先出来一团声音,再出来一团人——原来是大奎他爸和大奎他妈一边叫骂着一边扭打在了一起。大奎他爸虽出身贫农,个子却比较小,平常受大奎他妈管理。有时大奎他爸喝了点酒,就不服管理。不服管理便容易拌嘴,拌嘴多了,免不了也会打个架摔点东西。若梅有一次跟我提起过公公婆婆,意思是他们人还不错,就是力气太多了没地方用。

现在大奎他爸又把多出的力气用来捶打大奎他妈的身体,大奎他妈也不甘示弱,拿两只手揪住大奎他爸的头发。若梅站在旁边使劲拉扯,哪里拉扯得动。吵闹声引来了好几位邻居,我也赶紧凑上去,大家用一用劲,分开了俩人。不想大奎他爸一见这么多邻居,觉得不应该马上歇下来,又往前蹿了几次,同时把拳头胡乱送出去。当时我正站在大奎他妈跟前，突然脸上一热，已挨了一拳。我用手摸一摸鼻子，摸到一巴掌的血。我这个人有点怕血，见手掌全湿了，身子一矮，软到了地上。周围的邻居一下子愣住，大奎他爸大奎他妈也傻了。若梅先反应过来，急忙蹲下身抱住我的脑袋，用手一下一下拍打我的额头。接着有人取了水来，用嘴吸一口喷到我脸上。我流的只是鼻血，被水一惊，很快止住了。

这天晚上，我躺在楼阁的小床上，鼻子里塞着一块棉花，脑子里却使劲去回想若梅抱住我脑袋的情景。要知道，她是把我的脑袋抱在她胸前呀，就是说，我的脑袋是靠在她身体最突出最柔软的地方呀。此时我觉得，自己全身最幸运的地方便是后脑勺了。我闭上眼睛，在回想中一点点还原后脑勺和那胸部接触的感觉，那感觉慢慢由虚到实，变成了电影里的近镜头。在近镜头里，后脑勺贴着的是一件碎花衬衣，衬衣里边是一件背心，背心里边是雪白的乳房。这么想着，我身子抖一下，鼻息变粗了。又因为一只鼻子堵着棉花，我不得不张开了嘴巴。

我的脑子停不下来，东拐西弯又想到了《林海雪原》。《林海雪原》里人物不少，但最重要的是少剑波、杨子荣和白茹三个人。如果把这三个人搁在眼下日子里做个落实，不用说，若梅最靠着白茹；大奎跟杨子荣不像，可因为都是排长，可以沾点边；至于少剑波嘛是团参谋长，自己够不着，可我现在愿意把他安在自己身上。一想到若梅是白茹，自己是少剑波，我的鼻息又粗了。

那个晚上，我伴着楼阁里那只昏黄的电灯，乱乱地想了很多。

第二天起床，我突然有点害怕见到若梅了。我担心对着若梅时，自己说话做不到镇定。说话一不镇定，心里藏着的不好念头便容易被瞧出来。接下来的几天，我不再拎着竹椅到院子里看书。进出院子遇着若梅时，也只是潦草地打个招呼。我为自己的匆忙样子做了个借口——马上期末考试了，当老师的当然不能闲着。

又过几日，期末考试结束，学校放了假。刚放假的日子，最躲不过的是热天气。每天吃过晚饭，最有耐性的人在屋子里也待不住，于是院子里乘凉的木凳竹椅多了起来，大家一边晃着蒲扇一边闲话。有人还搬出竹床，躺在上面跷着腿听收音机。收音机的主人喜欢听样板戏，尤其喜欢听李铁梅，所以调出的唱词经常是《我家的表叔数不清》《打不尽豺狼决不下战场》什么的。我对样板戏沾不住兴趣，但我愿意坐在那儿摆出爱听的样子，其实是让耳朵替眼睛打掩护。就是说，我耳朵听的是铁梅，眼睛瞧的是若梅。这时的若梅一般坐在自己家门口，因为没有灯光，她的脸面并不清晰，但我能觉出她的动作和她的神情。她的动作是不停地织着毛衣，她的神情则是闲闲的，像是安静中又有些懒散。

当然，日子不会老这么淡着，有时会插进来一点事儿。一天晚上，我照常来到院子里坐下，眼睛里却少了好几个人，若梅也迟迟不肯出现。拐着弯儿一打听，原来邻近的一个村子今晚放电影，若梅伴着两个邻居女人一块儿去看了。那时候近郊一些村子的晒谷场时常放露天电影，但放来放去都是那几部打仗的老片子，算不上稀奇。我心里奇怪一下，问什么电影，有人说是朝鲜电影《卖花姑娘》。《卖花姑娘》我听说过，知道是哭哭啼啼的电影，挺适合女人看的，怪不得若梅肯去钻黑夜凑这份热闹。我坐在那儿想稳住自己，没有稳住。我起身回屋拿上手电筒，出了院子往放电影的村子奔去。村子不算远，也不怕找不着，因为路上遇到不少赶电影的男女，他们中的一些人肩上还扛着凳子。到了那村子的晒谷场，电影还没放，一只灯泡亮着，满满一场子人一边喧闹着一边听一个人大声说话。那个人在说明为啥放这场电影，还讲了阶级斗争一抓就灵什么的。我提一口气，使劲往人堆里挤，同时让眼睛跑来跑去想捉住若梅的脸。但场子里的脸太多了，若梅的脸搁在里头，就像一本书塞到图书室的哪个书架上，一时不容易找到。这时那讲话的人把话刹住，电影开始了。

我站在人群中静了心看银幕上的故事。故事里的歌声很好听，可卖花姑娘花妮太苦了，她妈妈生着病在地主家做工，妹妹被地主家的药汤烫瞎了，哥哥也让警察抓去蹲了牢狱。当妹妹抚着烫伤的眼睛大哭时，我的身边响起一些抽泣声。接着哥哥被警察带走，花妮和妹妹跑过去扑到哥哥身上，我周围的哭泣声更多了。正伤心着，我脸上凉了一下，用手一摸，摸到一滴水。我以为自己也哭了，刚悄悄擦去，脸上又凉了几下，这才知道是下雨了。雨滴先是疏的，一粒一粒散着下。人群里一阵晃动，但还能扎住。再过一会儿，雨忽地变猛了，带着唰唰的声响，下得又密又冲。

其实那只是夏天的浪雨，下一阵便会收住。往日一般在傍晚时下，这天拖后了。再说大热天里浇浇雨水也没啥关系，起码还能赚个凉快。但人呀养着一习惯，遇上雨就想躲。有人发一声喊，场子便炸了营，所有的人都跑动起来，都不想让雨打着。可晒谷场周边是空旷的稻田，哪有躲雨的地方。场面一下子大乱，有人往回去的路上奔，有人跑向远处的一棵树，还有人在田埂上乱窜。

我就是在这时候担心起若梅的。我怕她迷路怕她跌跤怕她一不留神跑进稻田，我冲到场子中间，用电筒的光柱朝四周溃散的人群划了几下，然后大喊一声"若梅"，觉得不够，又连着喊了两声"若梅若梅"。但混乱中我的声音没有劲道，飘出去几米便被雨水打趴在地上了。我没了办法，只好傻乎乎地站在那儿，站了好一会儿。

那天晚上湿着身子回到家，我冲个澡就上了楼阁。睡过一夜我弹开眼睛，竟觉得昨晚的情形有些虚。站在雨中大声喊叫一个女人的名字，这对我来说真的有点不真实。这种不真实又让我相信，至少若梅不会知道这事儿。

这样忐忑着到了下午，我挑着两只木桶去院子后面的水井，却见若梅蹲在井台上洗衣裳。我没吱声，把水打满了准备把扁担放在肩上。若梅叫住我，让我帮她打桶水，我只好把木桶里的水倒进若梅的木盆里。若梅翘起头看着我说："昨晚去看电影啦？"我点点头。若梅说："我也去看了，看不到一半天就下雨了。"我又点点头。若梅说："你说卖花姑娘后来会怎么样？老那么苦着？"我摇摇头，表示不知道。若梅见我不怎么接话，就收回脑袋开始搓衣裳，搓了几下突然说："昨天下雨的时候，我听到有人喊我的名字。"我慌一下，脸上的肉一阵挪动。若梅顾自说："也许不是喊我，我听错了。雨那么大，谁这么傻站在那儿练嗓子呀。"若梅还说了几句什么，我乱乱地没听进去。好在这时又来了一位挑水的人，把若梅的话止住。

接下来的两天，我使劲让自己的心静着，但静着的时候，我仍有一个预感，好像要出点什么事儿。这天傍晚，我喝过一碗稀粥，便坐到院子砖墙旁看书。这时若梅从屋里出来，一步步走到我跟前，递给我一样东西，是《林海雪原》。我收了书，没有吱声。若梅也不说话，却指了指书。我翻开《林海雪原》，见里面夹着一张纸条。我大了眼睛，看上面的一行字：我想去一个远的地方看电影，你肯陪姐去吗？

我身子一热，觉得脸上渗出了一层汗。我合上书本，在封面画了两个字：哪里？若梅弯下身子，用手指写道：温州城。我又写：啥时？她写：明天。我刚要点头，她在我耳朵边悄声说了一句："我打听过了，那里的电影院在放《卖花姑娘》。"

二

很多个年头过去,我仍要说一句话,若梅那天向我掏出的是个勇敢的主意。那时候一个女人出远门去看一场电影本来就不平常,而让一个不是丈夫的小伙子陪着去显然是件危险的事儿。

当天夜里,我躺在楼阁上又睡不好觉了。我远远近近地想,想明白了一点,若梅去看电影不光是为了看电影,她还乐意跟我待一块儿说说话。从这一点想开来,我又肯定了两点,一是我平日里藏着的心思若梅早就瞧出来了,二是她跟家里的那位排长找不着话。这后一点我心里早有些明白。大奎如果脱掉军装,其实是个粗心又粗俗的人,身上没有太多若梅喜欢的东西。结婚一年半中,大奎回来探亲过一次,若梅似乎也没显出特别的高兴。对平常的通信,若梅的兴致也渐渐地淡下去。有一次她跟我说,自己花心思写了很长的文字,大奎寄回来的却是没香没味的几句话。我心想这不是大奎不肯说好话,而是肚子里缺着墨水,但这层意思我没说出来。

那晚在楼阁上我还一遍遍翻开《林海雪原》,看那张只有一行字的纸条。我一个字一个字看过去,又一个字一个字看回来。后来我注意到"姐"字。那年若梅二十四岁,大我两岁,不过平时她在我跟前从不自称姐的。我想,她在纸条上用了这个字,是想事先定下姐弟的关系,这样能让两个人心里都轻松些。

依着约定,第二天我起个早一个人先出院子,直奔北门轮船码头。那时候昆城通向外界有汽车和轮船,坐轮船比坐汽车省钱,但花时间。

从镇子到温州城，得先坐两个小时的河船，下船后乘江轮渡过一条江，再换一条河船坐三个小时，也就是说，从早饭的时间出发，到城里得是下午了。

我上了船等着，不一会儿船舱里的人多起来。人一多，声音也跟着多了。大家好像都在动嘴巴，一些人讲着话，一些人吃着东西，一些人吐着烟圈，还有一个小孩在哇哇大哭。嘈杂声中，我看到若梅走进来坐在船舱的那一头。今天她穿着白色短袖衬衫和碎花裙子，显得挺素静。我知道我不能走过去跟她坐在一起。一堆人装在船舱里，免不了有眼熟的脸，我们不能不小心些。

船开动了，船舱里慢慢静下来。一个戴着墨镜的瞎子词师敲一通琴鼓，拉开嗓子唱起鼓词。他在唱一个明朝故事，故事里有男女情爱。唱到调皮处，瞎子的声音里透出一些快乐。我远远望一眼若梅，发现她正扭头看着窗外，样子挺安定。我转过身，也开始靠在船窗边看河岸。河岸上有树，有刚插上禾苗的稻田，还有挑着担子或拎着篮子的人。他们的身子慢慢向后退去，越退越远，越退越小。我心里有了逃奔成功似的轻快。

那一刻我哪里知道，自己的轻快是不可靠的。我离镇子越来越远，可离灾难却越来越近了。

到达温州城已是下午两点多，这是个阳光挺猛的时辰，街上的人却不少，自行车的铃声和三轮车的喇叭声响成一片。我和若梅一路上一同上船又下船，下船又上船，不敢挨在一起。现在往陌生又热闹的地方一钻，才凑在了一块儿。我们先进一间饮食店吃阳春面，吃完了顺便向服务员问电影院。服务员说前边就有一家，叫五马电影院。走过去一瞧，那电影院挺气派，一块很大的宣传画躺在墙上，正是《卖花姑娘》。不好的是买票的队伍特别长，像草绳一样扭摆出去。我们站在队伍里一点点往前挪，挪了大半个小时才挨近售票窗口。买了票一看，两张中竟搭着一张站票，时间是晚上六时正。

此时离晚上看电影还差着一截时间。说实话，我对温州城一点儿不熟，小时候跟大人来过一次，早忘没了。现在既然拿着时间，就想到街上逛逛，只是太阳烤人，又怕被什么熟人撞见，一时有些茫然。若梅以前也只来过一次，不过挨得近，对城里还存着记忆。她使劲想一想，想到了一个去处，说："咱们去中山公园吧。"

我们拦下一辆三轮车，说好价钱坐了上去。三轮车的座位比较窄，两只身子放进去便贴在了一起。先前吃面条、走路、排队买票，似乎都在忙碌之中，不觉得有什么。现在静着身子靠在一块儿，我手脚便有些硬，心里压不住地多跳了许多下。好在三轮车夫比较有趣，嘴里吹着口哨，又不时按下怪叫似的喇叭，分走了我和若梅的注意力。

到了中山公园，我们走一圈，看到一些树木、游船和长椅。长椅都不空着，有的坐着人，有的躺着呼呼酣睡的汉子。当然，空气中还少不了蝉叫声和卖冰棍的吆喝声。吆喝声提醒了我们的口渴，我们买了冰棍，一边吃着一边去爬公园里的小山。小山真是小，沿着石阶走上去，冰棍还没吃尽，已到了山脖子。正要歇一下脚，忽然听到一声招呼，扭头去看，见树荫里坐着一位戴墨镜的瞎子，模样跟轮船上的瞎子词师差不多。我们走近了一瞧，瞎子并非瞎子，墨镜里面有一双打量别人的眼睛，原来是算命先生。那年头到处踢开迷信，街面上已见不着算命先生，想不到这里倒躲着一位。算命先生说："你们两位，嘿嘿，撞见我是缘分也是福分。"未等我们开口，算命先生又说："你们两位很快会遇着一件难事，若信，坐下来听，若不信，请随便。"不用说，这是算命先生并不高明的开场白，若梅拽一下我的衣角，我们俩撤回石阶继续往上爬。爬了一截，便瞧见山顶的一个亭子。

　　我们在亭子里坐下。从这里望下去，能看见城里一片接着一片的房子，一眼都到不了边。西落的阳光变得有些黄，铺在所有的房子上面。我心里豪迈起来，很想做点儿什么，譬如将若梅的手抓在自己手里。正走着神儿，听见若梅讲了句什么。我没听明白，拿追问的眼睛看若梅。若梅说："我是觉得，那算命先生说的其实没错，咱们接下来马上会遇着一件困难的事。"我说："什么困难的事？"若梅说："睡觉的地方。咱们不一定能找到睡觉的地方。"我赶紧从豪迈中出来，慌一慌脸说："咱们住旅馆，开……开两间房。"若梅忸怩一下说："我说的不是这个，我是说咱们没有介绍信，只怕不让住呢。"若梅这么一提，我才记起衣兜里确实少了介绍信，事先没有想到哩。即使想到了，因学校放了假，一时也开不出来。我想一想说："咱们就说介绍信丢了。丢钱是常事，介绍信为什么就不能丢？"若梅说："如果我是服务员，我才不信呢。"我说："那咱们多给点钱，钱是纸，介绍信也是纸，没准儿能顶上的。"若梅说："这话只有不出门的人才说得出来，幼稚呢。"我说："我就不信，人家卖花姑娘那么苦都能挺过去，咱们有钱还找不到办法。"这话把若梅说乐了。她点点头说："大不了睡澡堂，我知道澡堂不用介绍信的。"

　　时间差不多了，我们出了公园去看电影。那电影厅挺好，不仅干净，屋顶还挂下来许多吊扇，吹得满场子都是风。不好的是我们，只有一张票有座位。我让若梅坐了座位，自己站在旁边的走道上。过了一会儿，我才知道自己用不着沮丧的，因为卖出去的站票真是不少，站着的人差不多把两旁走道占满了。

　　灯光暗下来，电影开始了。随着银幕上苦难的展开，周围响起一些抽泣声，有人还用手帕使劲擤鼻子。看来这部电影在哪儿都是招人泪水的，只不过不包括眼下的我。我看过电影的前半部分，注意力就有些散。我的目光时不时从银幕上挪开，跑到若梅的座位上。淡光中若梅的脸一会儿暗一会儿亮，亮着时能依稀看见她专注盯着前方的样子。有那么一刻，我脑子里长出一个想法——走过去将她旁边的人一把拎开，让自己坐进去，然后悄悄捏住她的手直到把电影看完。这想法让我高兴又不高兴。我不高兴是因为这想法虽像电影里的镜头，却只能在脑子里放映。

电影快过去一半，我松闲的脑子才慢慢收拢，银幕上开始出现我还未看过的情节。就在这时，座位上站起一只身子走出来，近了一看是若梅。我以为她上厕所，刚要让身，却被她拽一下衣服，说："你去坐。"我悟过来，摇摇头表示不用。若梅说："你得去坐。"我还想摇头，旁边有人不满地嘟囔了一句。我只好横着身子走过一排大腿，坐到若梅刚才的座位上。

坐下后我马上觉得，这不是我喜欢的情形。我怎么能自己坐着而让若梅站着。即使若梅为了我愿意站着，那我也应该走过去待在她的身边。两个人站在一起看电影，比一个人坐着一个人站着要好许多。这么想着，我真的让自己离开座位，重新走过一排大腿来到若梅跟前。若梅在暗色中奇怪地瞧着我。我没吭声，迈一步站在她的身后。若梅明白了，也不吭声。过一会儿，她一只手往后伸过来，攥住了我的手。

这是我和若梅第一次拉手。先前我好些次在脑子里握过她的手，但只有现在这一次才是真的。我还知道，她的手一旦到了我手里，我会久久不放的。

那天晚上，我和若梅握着手看完了电影。

电影散场后，我们赶紧去找旅馆，还准备了要两个房间的话。我们先走进一家有点派头的国营旅馆，那服务员一听没有介绍信，脸立即懒了，像一块用了很久的手帕。第二家旅馆显得老旧，服务员的态度倒不错，笑眯眯地跟我们聊了几句，又笑眯眯地拒绝了我们。到了第三家旅馆，我们抢先说介绍信丢了，那服务员便怀疑着脸，问没有介绍信有结婚证吗？介绍信丢了结婚证也丢了吗？两句问话便让我们紧着身子逃出了门。

接着我们去找澡堂。澡堂也是要介绍信的，只是似乎可以商量。商量了一会儿，服务员勉强同意了，让我们每人领一张草席去睡觉的地方。所谓睡觉的地方便是歇了夜的洗澡堂子，一片水泥地上铺着两长溜儿草席，草席上坐着或躺着一批赤裸上身的男人。见我们进来，许多目光扑过来，落在若梅身上。一个穿着裤衩的矮胖男子大约刚方便回来，一边提着裤子一边扭过头瞪着若梅看。若梅愣了几秒钟，给我一个眼色，我们转身走了出去。

我们到了街上，茫然着不知该往哪儿走。若梅突然说："要不咱们去中山公园吧，那儿的长椅可以睡人。"我愣一下，马上觉得这是个不错的主意，至少比睡澡堂子好。我说："其实公园小山上的亭子也挺好，能睡觉还能看城里的灯光。"若梅就笑了："你这时候还想着掏些诗意。"我说："掏什么诗意呀，我琢磨着公园晚上到点儿肯定清人，待在山上就能躲过去了。"又说："只是山上那么黑，怕你害怕呢。"若梅说："不怕，在澡堂一堆男人中躺着才慌心哩。"

定了主意，我们急忙往公园方向走。到了公园门口买票，售票窗口里的女人提示说，再过半个多小时就关门了。她的话让我们加快了动作。我们走进公园按白天的记忆靠近小山，找着石阶往上爬。夜色暗淡着，但石阶仍是清晰的，爬了一刻钟便抵达山顶的亭子。

这时看看亭子还真是不错，围成一圈的木椅是有背靠的，躺下会觉着踏实。山上蚊子自然不少，但被风一吹，在我们身上应该停不住的。我们松了心，站在那儿看城里的夜色。白天一片片的房子现在变成了散乱的点点灯光，灯光里躲着看不见的内容，造出混沌的安静。这种安静到了天上，就显了干净，一眼望去，都是水洗过似的星星，还有半只月亮。我心里软软的，又跳跳的，像有什么东西要溢出胸口。轻轻看若梅，在暗色中没一点儿声响。我走到她身后，双臂一绕箍住了她。

若梅静着，一动不动。这不动不是空白，而是一种准备，准备着拒绝或者接受。我鼻子不够用了，从嘴里跑出一股股热气，喷到她的脖子上。若梅猛地一转身，双手扒住我的肩膀，用嘴堵了我的嘴。我的身体抖一下稳住。我的舌头一阵没头没脑地忙碌，忙碌中只觉得嘴里的热气出不去了，灌回到了身体内。我的双手开始迷了路似的到处乱窜，从她的后背到她的腰部再到她的胸前。她的胸前虽然柔软，但隔着一层衬衫，这让我双手傻傻的不知所措。很快我的双手醒悟了，解开一只纽扣，再解开一只纽扣，怯怯地按住她的双乳。若梅轻哼一声，身子硬住，硬了几秒钟，身子软了，后退一步跌坐在木椅上。我被她的身体一带，双手脱离乳房，跪在了地上。

现在，我的脑袋停在她的前面，离她的胸部很近。她分开的衬衫回去一些，只露出半只圆溜溜的乳房。半只圆溜溜的乳房颤颤地起伏着，像是要从衣服里挣出来。我双手一抟，让她的衬衫从肩膀两旁滑下，两只乳房跑了出来。我的嘴巴愣了愣，像是在两只乳房之间犹豫一下，然后扑住了左边的那只。若梅身子向前一弓，双手抱紧了我的脑袋。很快我感觉到了她身子的扭动，她的手将我的嘴巴向右边的乳房推去，在那儿停留片刻，又缓缓向下推去。我的嘴巴经过她扁平的肚子，到达了腹部。虽说隔着裙子，但我能闻到湿润的青草气味。我被那特别的气味差不多弄晕了，就闭上了眼睛。眼睛一闭上，若梅的喘息声明显响了,急急乱乱的,还带点儿颤动。

突然,若梅惊叫一声,喘息声停住。

我奇怪一下,睁开眼睛往上看。我瞧见若梅双臂使劲护住胸部,几团光柱同时在她的脸上晃动。我的眼睛一下子变大,猛地掉过身子,见亭子外站着三四个人,他们的手里都拿着手电筒。

三

人是有命的,以前不信,现在我信。

许多年以后,我仍会记起公园小山上那位算命先生说的话。他挺直接,说我们很快会遇着一件难事。当时我和若梅都以为难事的"难"是指"困难",不久才明白说的是"灾难"。那是个看上去有些窘迫的男人,眼睛躲在墨镜后面,不像是一位智者。但事后想想,他说得挺有准头。

遇着灾难的日子从此成了我一生中最特别的日子。把那个日子放在日历上,是一九七五年七月三十日。

七月三十日后的一些天,我们被许多人问来问去。先是堵住我们的公园查夜队,他们胳膊上箍着写有"纠察"的红袖套。他们问了一些话后,把我和若梅分别留在两间小屋子里。这样我们总算有了免费休息的地方,只是那一夜我们不敢好好合眼,连瞌睡都打得零零碎碎的。第二天,他们将我们俩转交了民兵指挥部。那些民兵胳膊上有红袖套,身上又背着手枪或者步枪。背着枪的人总是神气些,不光问我的话,还动不动朝我拍桌子。又过两天,镇子上来了一辆吉普车和两位穿公安制服的人。他们跟我说一会儿话后，就让我和若梅一块儿坐车回去。我们来时坐轮船，回去搭车子还不花钱，这是事先没想到的。

回到昆城后，我和若梅便分开了。我直接进了拘留所，在一间黑乎乎的房子待了不少天，其间好几次被叫出去问话，时不时的还能领到耳光。挨耳光不算什么，我只是担心若梅，怕她也被打了脸。不过还好，不久我知道若梅早回去了，在家待着。她是军属，在这件事里是受害人。不久我又知道大奎回来了。他让公安的人捎话给我，说我不是个东西，还说恨我。

天气转凉的时候，事情落了实，我拿到破坏军婚罪，得了三年徒刑。同时得到的是一次免费理发的机会，我的脑袋变成了发亮的光头。

很快，我被绑了胳膊去参加公判大会，地点就在人民广场。人民广场是昆城的热闹地方，平常镇上的人傍晚吃过饭到街上溜达，最容易去的便是人民广场，在那儿可以看篮球比赛可以散步扯闲话，如果遇上打架斗狠的，也能顺便瞧上一眼。当然，那地方因为能装很多人，比较适合开庆祝大会或者公判大会。我好几次参加过那样的大会，站在人堆里伸着脖子看主席台上的风景。

现在，轮到我站到台上被别人看风景了。不用猜也知道，观看我的少说也会有几千双眼睛。想到这一点我心里特别紧张，止也止不住。出发的那天早上，我吃下半份饭，却觉得肚子干燥、嗓子发紧，只好不停地讨水喝，惹得押送我的公安挺不高兴。公安说："人家马上吃枪子了都不知道怕，你捞了三年就吓成这样。"

我这才知道自己是陪衬，给枪毙的人凑一份热闹。到了人民广场往台上一站，我收起慌乱，慢慢稳住了神儿。我想反正跟我一样绑着胳膊挂着牌子的人有一长溜儿，我站在旁边也就是一配角。再说台下虽然有那么多的脑袋和眼睛，只要我不抬头看他们，他们就捉不住我的脸。人呀就是这样,不堪的事未来之前,容易魂不守舍,真扎进糟糕的场面,心里反而会放实,因为这时知道眼前已是最差,再坏不到哪儿去了。当然,我这么说不是指自己做到了平静——惊慌虽丢开了,换上的是伤心。我站在那儿,低头瞧着胸前牌子上自己的名字和罪名,心里是一阵阵的难过。我知道,台下黑压压的看客中,一准有我的同学同事,还可能有我的学生。他们此刻站在人群里,最兴奋的事就是一边指着远处挂下脑袋的我,一边惊喜地向旁边的同伴说,瞧见了吧,那个人我认识。

在我这么乱着脑子的时候,尿意出现了。我开始还有点傻,心想自己不紧张了怎么还来尿意,再一想才明白早上喝多了水。我心里马上有了着急,因为此时大会才起个头呢。为了分散注意力,我劝自己去想别的事情。一想别的事情我就想到了若梅,我不知道她现在怎么样了,但我知道她的日子也不会好过,因为她得应付邻居们的目光,更要应付大奎的恼怒甚至拳头。当然我还想到了父母,他们不光伤了心丢了脸,心里一定还揣着不明白。他们不明白儿子当着小学老师,又天天坐在那儿看书读字,怎么会做下这么出格的事儿。这么想了一圈,我的思维又不得不回到自己身体上,因为这时腹部的压迫明显加剧了。

主席台上的麦克风还在发出严正高昂的声音。声音数落着我们这一拨人的罪行,说完一个接着说下一个。我们的罪行实在是太多了,多得像膀胱里的尿水。我抬了抬头,想对旁边的公安说点什么。但显然我太愚蠢了,公安立即将我的脑袋压了下去。

我的额头慢慢渗出一层细汗,接着我的嘴巴慢慢往旁边扭动。我知道,我这是在跟自己的膀胱做斗争。斗争了一会儿,又斗争了一会儿,麦克风里的声音终于告一段落,随后响起的是占领整个广场的集体口号声。口号声中,我身子一松,一股温热的水流从裆部出发,淌过大腿和小腿,去了地上。

我的倒霉才刚刚开始。几天后,我被一辆囚车送到两百公里以外的一座监狱。住进号子的第一天,我便掉了一颗牙齿。收拾我的是一位鼻子很大、满脸胡子的男人。他见我一进来就默坐在墙角,有点不高兴。他和几个随伴凑到我跟前,踢踢脚让我起来,我那会儿刚坐了长途车,身子和心情都挺累,不愿意搭理人。大胡子男人就笑了,一把将我拎起来。我还没反应过来,已被升到空中转一圈,然后像一只破袋子飞到了地上。我甩一下脑袋醒醒神儿,发现地上多了一颗带血的牙齿。我想这颗牙齿是我的,就伸手去抓,还没抓到,已被大胡子男人拣在手里。他捏着牙齿细看一下,又拿到鼻子跟前闻了闻,然后一甩手扔到屋子铁栏外的走道上。接下来的时间,我傻乎乎地坐在那儿盯着走道上的牙齿,盯了很久。我没想起去叫看守帮我拣回那颗牙齿。

第二天大胡子又给我一个见面礼。他问我喜欢"看镜子"还是"开飞机",两样选一样。我下意识地觉得"开飞机"太危险,便选了"看镜子"。很快我知道所谓"看镜子"便是把鼻子放在便桶上方一尺的地方,往里看五分钟。我走到那只内容丰富的便桶跟前,改变了主意。我说我要开飞机。大胡子吼了一嗓子,说现在不行了。我只好咬了牙低下头去。我先瞧见一颗圆溜溜的脑袋,然后鼻子里塞满了怪异的气味儿。我赶紧闭上眼睛同时停住呼吸。但眼睛可以不打开鼻子怎么守得住呀,不一会儿我的肚子便闹腾起来,一股东西爬上来被压下去,压下去又爬上来。当漫长的五分钟到达终点时,我晃着身子离开便桶,一头栽倒在地铺上。

第三天大胡子还要玩花样,他说自己是个感情细腻的人,心里喜欢被别人弄出点感动。他这样说的时候,屋子里的其他人不停地点头。大胡子说:"你给我唱个歌吧,革命歌曲也行。"他扬一扬手说:"唱得歪腻,我会送你巴掌,唱得好,你就是咱这儿的人了。"他这样说的时候,屋子里的其他人又不停地点头。我有点明白了,号子里的人平常活得太没味了,一有新人进来,自然要寻个新鲜,瞧个热闹。问题是我不会唱歌,我的嗓子要是搁到歌曲里,马上像患了小儿麻痹症,一脚高一脚低地走路。但不做点事显然是不行的,我缩缩脸说:"我不会唱歌,要不……要不我讲个故事吧?"大胡子眯一下眼说:"你他妈还讨价还价——行吧,反正用的都是嘴巴!"

　　我先想几分钟,然后讲了一个故事。因为心里放着紧张,讲得有点干巴,不过故事是从一本小说中取过来的,带着一些离奇,又夹着一点男女情爱,听着还算有趣。大胡子听完了,"咕咕咕"笑起来,说:"还行,有点意思,给你的巴掌省下了吧。"又说:"想不到你小子肚子里还存着干货!"

　　以后日子里,我们白天去干活儿,就是在工场里踩鞋帮。晚上在屋子里待着,遇到大胡子心里想"弄出点感动"时,我就得讲一个故事。很快我发现,大胡子们虽是从社会上混过来的,但脑子里的文化知识比小学生只少不多。我给他们讲故事,就像是在教室里给学生们说课外趣事。慢慢地他们对我佩服起来,因为我每次说的故事都不一样,从东北剿匪到武松鲁智深,从赤脚医生到朝鲜战斗,有时候还能讲到苏联去。大胡子为了奖励我,偶尔会拿出一点东西让我分享,譬如一片肉干一杯白酒什么的。我嚼着肉干呷着白酒,心里既难过又纳闷。我难过的是自己以前看的小说居然在这儿派上用场,还换来一杯白酒。我纳闷的是大胡子怎么能存着白酒,这显然是一件有难度的事。

后来我才知道,白酒是大胡子的一位朋友来探视时借助罐头送进的——他在水果罐头铁盒上打了小孔,用针筒抽出汤汁再注入白酒。

我的心情渐渐平静下来。心情一平静,号子里的日子也不算太难挨,只是有些单调。单调中我除了讲讲故事,也拿许多时间用来回想。我想家里的事想学校里的事,当然想得最多的还是若梅。我一遍遍在脑子里寻找有关若梅的点点滴滴,包括她的笑,她说话的语气,她看别人和被别人看的神情。有时想久了,她的脸会模糊起来,好像要从我的脑子里逃开。这时我就赶紧晃晃头,把她重新找回来。

又过一段时间,我改了主意,决定不再去想若梅。我觉得再记着若梅显得太傻了。既然事情已走到这一步,最静心的办法是把她忘掉。我试着把若梅赶到脑子的某个角落,然后安上门贴了封条。好些次若梅悄悄地打开门要出来,都被我挡了回去。

不过我也知道,自己再有决心仍管不到睡眠的。睡眠里会跑出梦,梦里的若梅轻易就能溜出来站在我跟前。我们面对着面,有时不说话,有时说一些话。说的话应该是伤心的,或者疼人的,待醒来却记不得一句,只觉得心里攒了一堆难过。

在这种对若梅时近时远、时远时近的纠缠中,日子一天天的过去。其实我明白,无论近着若梅还是远着若梅,都只是让脑子受些累。到了脑子外,到了生活里,我和她不可以再接上一丁点关系了。

日子到了服刑最后一个年头的初秋,眼瞅着离出狱不远了。一天我正在工场里干活,突然被告之有人来探视。在此之前,我被人看过两回。一回是父亲,送来一些过冬的衣服,还送来一脸的失望和沉默。另一回是一位中学同学,他在运输公司开卡车,跑长途时顺便拐个弯跟我见面,半小时里说了一堆天南地北的碎事。我想这第三回该是母亲或者哥姐了。

我被狱管带到探监室。进了门，见桌子上放着两摞东西，后面的一张脸被挡住一半，只露出一双眼睛。我愣一下，边看着那双眼睛边慢慢走到桌前坐下。不用说，这双眼睛是属于若梅的——仿佛在突然之间，我和若梅面对面待在了一起，像梦中经常出现的那样。不同的是梦中没有其他东西，现在桌子上却搁着一摞书一摞吃食，无意中砌起了一条通道。透过通道，我们相互瞧着对方。

如果说若梅脸上有什么变化，那就是明显添了一些清瘦，也添了一些憔悴。她盯着我，嘴巴动了动没说出话。我想打声招呼，嘴巴动了动，也没发出声音。慢慢地，她眼睛里有了泪水，只是忍着不肯掉下来。过了半响，她说："昆生，我对不住你！"她一开口，泪水也跟着掉了下来。

对我来说，这是一次没有准备的见面。若梅的泪水让我不知说啥好。也许我该掏出一两句安慰的话，也许我该问些她的近况，可我什么也没说。我们就这么不吭声地隔桌而坐，一边是无声泪水，一边是不知所措。差不多过去五六分钟，若梅才歇了泪，开始跟我搭话。她说："大前年那天，是七月三十日对吗？"我点点头，说："对。"若梅说："今年的这天，我又去了。"我说："去……去干什么？"若梅说："在中山公园的小山上坐一会儿，现在我知道了，那小山叫积谷山。"我说："噢。"若梅说："我又去电影院看了一场电影，那电影院叫五马电影院。"我又说："噢。"若梅说："那电影挺好，可我没看进去，想着你待在这地方，我坐在电影院里，我心里很难受。"我说："你这么做……会让大奎不高兴的。"若梅说："我不会让他知道了，再也不会。"我说："大奎对你还好吗？"若梅说："嗯。"我说："嗯是啥意思？"若梅说："就是还好，我对他也没啥不好。"我沉默一下，说："这就好，我想过了，以后出去我不联系你了，这样对你对我都不再伤着。"若梅说："我知道。"我说："你心里别放着对不住啥的，你并不欠我什么，往后你好好过自己的日子。"若梅说："我知道。"我说："咱们没有缘分……"若梅说："我知道我知道。"我想了想，说："我要说的就是这些了。"若梅眼睛一红，泪水又淌了下来。

会完面回到工场，我心里空得要命。晚上归了屋子，我打开若梅送来的东西，书好像被狱管检查走几本，吃食倒留全了，有虾干糕点什么的。我问大胡子还有没有白酒。大胡子说干什么。我拿出些吃食，说跟你换点酒喝。大胡子不明白地看看我，找出酒给我倒了小半碗。我吸一吸气，几口把酒倒进嘴里。我酒量浅，还容易上脸，一喝完酒，我的脸热热的，脑子也跟着烫烫的。我把自己扔在了床铺上。

四

我从没有把自己的老事儿说给儿子。以前没有，是因为儿子还当着学生，怕他心里搁上一块石头，觉得家里凭空多出一个蹲过号子的爸爸。后来没有，是我不愿意拿过去的陈痛换取儿子的一乐，然后说，呀，原来老爸也是个有点故事的人。

说白了，我不相信儿子能弄懂我的老事儿。毕竟一代人有一代人的活法，一代人有一代人的甲乙丙丁。当眼下的年轻人把红薯看作甜口小吃、把饥饿视为减肥手段时，我便明白，自己的往事若端到他们跟前，只怕会变成一盘可笑的点心。

这种感觉也能用到眼下的昆城。昆城在温州的南边，我现在住的

宇宙里的昆城

地方在温州的北部。早年往昆城去，得赶一天的路。如今有了高速公路，一个小时就够了。有时坐在车上抽空想一件事，还没想透，车子已经到站了。可下了车往镇子上一站，街道是新的，楼房是新的，路人也是新的，忆想中的河水、石桥和青砖路道再也回不来了。这时我知道，眼下的昆城不是我的昆城了。我的昆城只能像一张老照片，存在记忆的相册里了。

当初我离开昆城的时候，便不打算回去了。这就是说，我从牢狱里服完刑出来，没有再回老家镇子。我很清楚，我回去了得一天到晚在院子里待着，这对我一家子和若梅一家人都是难堪。我应付不了那样的日子。

我给父母写了一封信，表示自己的意思。父母在回信中说了些担心的话，但没有反对我的想法，还夹寄了三十斤粮票和二十元钱。我拿着这些钱和粮票开始了漂流。那时整个社会刚刚松动，很少有赚钱的岗位等着你，尤其像我这种从号子出来的人。我只能东窜西走打些临时的短工，譬如在一个码头挑过担子，在一个街口卖过水果，还在一家糖厂满头大汗搬过甘蔗。后来有一天，我在小旅馆里听别人扯闲话，一位戴眼镜的瘦男人说，现在读书的人多了，各个学校都使着劲扩大自己，缺教师哩。我听了心里一动，脑子里马上跑出一个念头。我问戴眼镜的瘦男人从哪里来。他说了一个地名。第二天我收拾行李，就奔那地名而去。那地名就是我现在待着的县级市，以前叫县城。

我果真在县城郊区的一所公社小学找到一份代课教师的工作。有了工作，日子稳住了，心也安定了。我开始把心思放到教室里。我的学生大都是农村孩子，知道的事情不多。我每次用一半的时间说课本，另一半时间用来讲故事。这时我的嘴巴也算攒了些功夫，能把一个故事说得起起伏伏,让学生们一会儿睁圆眼睛一会儿咯咯直笑。不久,别的班级也都知道新来了一位会讲故事的语文老师。有的学生放学后还凑到我跟前,从书包里摸出一个鸡蛋或者一只水果,想换取我嘴里的一段故事。有时我出了校门到附近转悠,那些在河边洗衣裳的学生家长会远远瞧着我说:"那个上课爱说闲事的老师来了。"

又过些日子,天气热了,学校考完试放了假。我无处可去,便在学校待着。因住的小屋子太热,我到教室把书桌拼起来,做成一张很大的睡床。每天午后,我躺在大床上边摇蒲扇边翻闲书,翻着翻着便睡着了。这样的觉容易睡久,仿佛悠悠去了一趟远的地方。醒转后便有些发呆,发呆中听着满耳的蝉叫,觉得隐约有什么东西在招手。我知道,自己在惦记一个日子。

七月三十日这天,我起了个早,先徒步走到县城车站,再买票坐上一辆肥胖的旧客车,抵达江边码头后又转乘一艘木轮。这样倒腾几次,到温州城已是中午。我简单用点饭,随后上了一趟厕所。在厕所里照一下镜子,照出自己的白布衬衫旧得有些发黄。我找到商业小街,在几家店铺走进走出,最后换上了一件的确良衬衫。这让我看上去稍稍精神一些。

我来到中山公园,顺着小山石阶往上爬。四年前的记忆伴着一级级台阶伸进我的脑子。快到山顶时,我停住脚步往旁边看了看。我没看见戴墨镜的算命先生,他原来坐着的地方现在探出了两根竹枝。我又往上望一眼,看见了那座亭子的顶尖。我吸几口气,把呼吸调匀了,然后向前窜了几步。亭子在我眼里猛地露了全身,里边空无一人。

我松了身子走进亭子,背靠柱子抱了双膝坐着。从这里看下去,城里街道没啥大变化,只不过觉着多了一些热闹。但城里的热闹不热闹跟我没有关系。我闭上眼睛，蝉叫声明显起来。我脑子里跑出去年若梅探监时的情景。她说她一个人在山上坐了很久，又一个人去看了电影。她还说这座小山叫积谷山。

我不知道若梅今年会不会来。也许会来，因为去年来了，今年干吗不来呢？也许不会来，去年已来一趟，算是把伤心的往事凭吊一次，事情便了结了。这了结的意思，那次在监狱我也告诉过她。我对她说，以后出去我不会联系你了。是的，我是这样说的。

但不联系不等于不惦记。即使见不着若梅的面，我也愿意在这儿待上一会儿，然后一个人去看一场电影。若梅去年做过的，今年由我来做一遍吧。

我脑子慢慢静下来，脑子一静，午睡的困意倒上来了。我的脑袋晃了两下，靠住柱子睡着了。睡眠中我没闲着，顺便做了个有关积谷山名儿的梦。梦中我躺在一堆稻谷上，谷堆越攒越大，越抬越高，我躺在谷堆上，就像是躺在一座小山上。

不知过了多久，我醒了。我弹开眼睛，看见亭子里多了一个人。我有些不相信，因为眼里的人是若梅。我使劲甩一下脑袋，想把自己甩醒——可跟前的若梅没有消失。

若梅见我醒了，坐着的身子往我近了近，说："你睡得真香。"我让自己笑一笑，说："你来多久了？"若梅说："不大一会儿。"又说："上午起身挺早，车子抛在路上了，修了很久。"我说："噢。"若梅说："本来没记着来的，突然想到你没准儿要来，我也就来了。"又说："所以上了山一眼瞧见你，我不奇怪。"我看若梅一眼又收回来，说："我来，也是因为猜着你要来。"若梅说："你猜了吗？"我说："猜了。"若梅说："可你方才弹眼看到我，好像挺吃惊的。"我说："我又猜了猜，觉得你不会来的。"若梅轻笑一下，说："你的话等于没说呢。"

141

那天的见面就这样平常地开了头。随后时间里，我们说一些话沉默一会儿，沉默一会儿又说一些话。在若梅口中，我知道她已在一家纺织厂上班，今天是请了假来的。又因为肚子几年没有动静，她刚刚领养了一个孩子，是个不满周岁的小男孩。若梅告诉说，这也是为了她自己的肚子，一个孩子能招来另一个孩子，她不信自己不会生。若梅又告诉说，大奎在部队待不住了，准备转业回家，因为老这么分开也不是个办法。

听着若梅的话，我没有不高兴。若梅有了工作有了孩子，接着又有大奎待在身边，日子便像日子了，我该替她松口气才是。只是提到大奎时，若梅的语气变得小心翼翼，这让我又记起了自己，记起了刚过去没多久的灰色日子。沉默中我好几回要叹口气，想一想，忍住了。

那天晚上，我和若梅去看了电影。仍是那家五马电影院，只不过这次买到了两张坐票。我坐在若梅旁边，心里准备起些感慨什么的。但等了一会儿，没有等到，我内心比想象的要平静，暗色中拿余光瞧若梅，她的脸上也放着安静。又过一会儿，我的心思被引到了银幕上。那天放的是《小花》，故事好看，歌也好听，里边几个演员长得挺养眼。

看完电影我们去找住处。这回我早开好学校的一张介绍信，问若梅，也准备了一张。我们走进一家不大的旧式旅馆，站到服务员跟前。服务员将介绍信瞧一遍，抬起头看看我们说："一起还是……"若梅轻着声音说："不一起。"我点点头说："分开的。"服务员便取出两把钥匙，引着我们往楼上走。屋子是木质的，踩在楼梯上咚咚的响。到了二楼，服务员指着一间屋子说："这是女的。"又指着隔壁屋子说："这是男的。"

我进了门，见屋子里摆着两张床，一个胖黑男人已坐在一张床上。

我把背包搁在空着的床上，出去冲洗了身子，回来跟胖黑男人刚搭几句话，听到隔壁敲了一下壁板。我知道是若梅的招呼，便伸手在壁板上回应一声，然后走出房间。若梅已站在门口，手里拿着两把讨来的纸扇。我瞧一眼她身后的房间，也是两张床，一张床似乎空着，她的睡床挨着我房间的木壁。若梅分一把扇子给我，俩人一起往楼下走。

楼下有个小天井，几个住客坐在那儿乘凉闲扯，我们在旁边找了小板凳坐下。我们的样子像是听别人说话，其实只是两个人的默默相对。我从若梅的脸上读出了茫然和淡静，若梅一定也从我脸上看到了寂寞和淡静。就是说，在这样一个重逢的夜晚，我们两个人心里都装了淡静。淡静中我们慢慢摇着扇子，有时也看看天空，天空上有一些星子。

坐了一个多小时，住客们收起闲话散开。我和若梅也起身回了房间。

我的房间暗着灯，胖黑男人已睡下。我轻着手脚躺到床上，让自己闭上眼睛。眼睛闭上了，睡意却一点儿也找不着。我把这一天想一遍，心里有些高兴又有些不安。我高兴的是终于跟若梅见上面又一起看电影，不安的是两个人怎么可以这样平静，似乎缺了点什么。

我翻一下身子，靠在内侧的壁板上。我突然想到，我的床旁边正是若梅的床，两张床只有一板之隔。此时若梅的身子若也靠在壁板上，我们两个人的距离是一厘米。一厘米在很多时候是不起眼的数字，现在却把我们实实在在分开了。我和若梅，怕是再也迈不过这一厘米了。如此一想，我心里淌出了难过。

正这么伤着神儿，我依稀听到什么轻细的声音。声音好像出自隔壁。我把耳朵贴在壁板上，声音清晰了，是若梅的抽泣声。我愣了愣，赶紧敲一下壁板。壁板那边的声音停一下，马上变大了——抽泣声升级为放声地哭。

我把耳朵久久放在壁板上。那一刻我有些明白，原来今天缺的就是一场哭。

一九七九年的这次见面为我和若梅以后的关系定了调子：每年聚一次面，一起看一场电影，不做越界的事儿。

此后的一年中，我不跟若梅发生联系，既不打听，也不写信。有时忍不住记起若梅，我也会及时劝住自己，不让脑子跑出去太远。我把更多的时间花在学生身上，除了说故事，还开始讲作文，教他们如何把有趣的事情搬到纸上。不上课的时候，我在学校后面土坡上开出一块小园子，种上白菜和韭菜。傍晚吃过饭，我会沿着学校旁边的小河散步，有时也跟遇着的村民打声招呼。日子这样一天天的过着，我心里虽然有些萧条，但是比较安稳。同时我又知道，日子过去一天，便是往那个日子近着一天。

下一个七月三十日，我和若梅在温州城又见了面。这一次若梅的身条儿有变化，肚子凸出来一块。若梅有点得意地对我说："你瞧见了吧，用孩子引出孩子这一招挺管用吧。"我不吱声，心想这是大奎花了力气的。若梅似乎看出我的心思，轻声告诉说，大奎转业回来了，在打私办做事。她说："不管咋样，你不能恨他。"她用手摸一摸肚子，追了一句："昆生，你不恨他行吗？"我笑一下，然后告诉若梅，这几年不论在监狱内还是在监狱外，我脑子想的事不少，但就是没想到去记恨大奎。我这么说不是装谎，说到底，大奎在我入狱的事上也没做错什么。

那个晚上我们又坐进电影院，看的是一部男女恋爱的片子。看的中途，若梅凑过脑袋悄悄跟我说话。她说了好几句，因为被电影里的声音盖着，我听清楚了两句。一句是："昆生，你也该找一位了。"另一句是："昆生，你知道吗？你成了家我心里才会安生些。"暗黑中我扭头看看她的脸，看到一脸的认真。

若梅在电影院里的认真神情是我对那次见面的一个重要记忆。

接下来一年里，我的日子照进一点阳光。先是遇到一个新的政策，也因为我上课讨到一些称赞，我的身份从代课教师转为民办教师。又过一个学期，县城里的一个小学看中我，将我调了过去。我似乎摔了个跟头，现在慢慢从地上爬了起来。

那段时间给我说媒的人突然多了起来。我的眼光不敢太高，因为我在号子里待过，心里毕竟虚着。但我有一份固定的工作，又有若梅做比衬，底线就不愿掉下去。我看过两张照片，一张太胖，一张颧骨太高，反正都顺不了眼。遇到第三张时，我动了点心，原因是照片上的人有两三分像若梅。我跟她见了面，知道她的名字叫小秋。此后我与小秋开始一周碰面一次的交往。那些日子因刚换了学校，我上课挺用心，平常便容易忘了小秋，到周末才会记起她，赶去与她聊几句话加上吃一顿饭。那时吃饭并不真下馆子，只是去点心店吃碗面条或者粉干。有一回吃粉干，小秋坐在我对面，也许是因为太烫，她把筷子举得很高，然后张大嘴巴去接粉干。她脖子伸得那么长，下嘴唇使劲地兜出，鼻子还不停地扇动。在那一刻，我心里挤满了沮丧，我差一点马上站起来走开。我明白眼前这位女人压根儿不像若梅，别说两三分，百分之一都不像。

与小秋断掉不久，便到了跟若梅见面的日子。这次若梅剪了个短发，并带来了女儿的消息。她说女儿生下来七斤二两。她说女儿长得挺好看，眼睛大大的，整天装着好奇。她说女儿的名字挑了好几个，最后定下叫念念。

145

我给若梅带去的是转为民办、学校变换，还有相亲不成的消息。若梅该高兴的都替我高兴了，但只字不提相亲的事儿。我们照常度过平静而安慰的一天。只是第二天上午分手后，我发现衣兜里多了一张纸，上面写着若梅的字：昆生，你快找到女人结婚吧，这样才能过上正常日子。你日子正常了比什么都好，我才会真正高兴。

自打跟若梅认识，这是她写给我的第二张纸条。

五

若梅的那张纸条我没有收好。她的第一张纸条我夹在《林海雪原》里，就那么安全地夹着。这第二张纸条不知啥时丢了，丢得没头没脑的，我细找过几遍没有找到。按说一张纸条算不上什么，若丢在风中只是张碎片。可随着时间的推移，我才知道自己遗失的是一份回忆凭证。我的意思是说，如果那张纸条还留着，我隔些日子便会拿出来复习一遍，我可在复习中一次次找到温暖的东西。

记得一年前的一天，我闲坐在报刊亭里想事儿，想着想着想到了那张纸条。我心念一动取出一张纸，开始在纸上回忆若梅当年送给我的字儿。我重复着写一句话，差不多把那张纸写满了。

下一天的上午，一位小伙子在我这儿买走一本杂志。到了下午，他拿着杂志回来了，站在书摊前欲言又止地看着我。我说怎么啦，是收错钱还是杂志缺页了？小伙子慢慢打开杂志，里边夹着一张纸条，上面写着好几行同样的字：你快找到女人结婚吧，这样才能过上正常日子。我愣了一下，才明白昨天的纸条跑到这本杂志里去了。这时小伙子腼腆着脸，说了一句话："我也知道结婚好，可我没有房子。"我瞧着他，忍不住嘿嘿笑了。

那次与若梅分开后，我知道自己真的需要搭一个家了，为了自己，也为了若梅。

我又拿出不少时间来识别各种女人。不过这种事呀，只要把心放低放定，倒也容易做成。过了不久，我遇到一个叫阿秀的大龄姑娘，处了几个月，便把婚结了。阿秀在一家制革公司做出纳，长相平常想法简单，属于不爱惹事、喜欢过踏实日子的那类女人。我觉得跟她能过到一块儿。

不过跟阿秀待在一起，有时还是躲不开若梅。刚结婚那阵子。我在床上做欢事喜欢熄灯。暗黑中搂着一只女人身子，自然就是搂了若梅。若梅的头发、胸部、腹部、手脚，样样都能让我摸个遍。我闭着眼睛、喷着粗气，把用给若梅的力气和热烈都投放到身下的女人躯体上。这样过了一段时间，自己都觉得不好。阿秀是我娶的女人，她不亏欠我，我不能在暗中这么对待她。有一天行欢，我把台灯打开。阿秀有些不好意思，说你这是干什么。我说又不是旧社会，干吗老在黑暗中做事儿！我的话没把阿秀说乐，但她还是顺了我。其实刚开始我也不习惯亮着灯闹腾身子，但灯光中我看着阿秀，脑子就不容易飘到若梅那儿去。我觉得这样做是对的。

我结婚第二年有了儿子。给儿子取名字挺费心思，我把《新华字典》翻来翻去，一时找不到合适的字儿。有一回我脑子一跳，忽然想到了若梅的女儿。既然若梅把女儿唤作"念念"，我何不把儿子命名为"不忘"。只是"不忘"这俩字太浅白，得演变为"部旺""步望"什么的。我想了大半天，定下了"布望"。那年夏天跟若梅聚面，我

147

把儿子名字说给她，她咯咯笑了。她说这个名字好，把咱们凑在一起了，看来你没白做语文老师。她又说，有了孩子心里就踏实了，好好过日子吧，每年见面你都给我带点儿开心的消息。

若梅的话我能听进去，我也的确想把日子过好。我先报考电大的中文专科班，成了一名半拉子大学生。在班上，我是年龄最大的学生之一，可我学得认真规矩，每个周末都跑去学校上课，考试也不做弊偷看。这样学了两年，得到一张专科文凭。这时学校怂恿我们说，现在上头下了文件，谁拿到本科文凭便可以从民办转为公办。我这辈子没啥豪迈的念头，就是想当个公办教师，于是只好接着去读书，去应付每个学期的考试。说实在的，我不怕课程考试，一些题目别人使劲去死记，我则会掏出一点自己的分析，把分析好好写在考卷上，分数就低不到哪儿去。当然要把书读下来不能总顺当的，譬如一次考试前的晚上，我正复着习，儿子感冒发烧了，那体温跳上跳下的让人一夜睡不安生，第二天一早还是去了医院。等开了药挂上点滴，我来不及撒尿先赶去考场，结果还是迟了，至少一半人已交上试卷出来。那门课我补考了一回。

本科文凭拿到后，又费了些时间让学校记起以前说过的话。学校最终没有食言，让我填了表格转了公办。那一年把所有的事加起来，也没有这件事让我如此开心。紧接着学校放暑假，准备组织教师外出旅游，周折了一些天，最后定下去苏州。我把时间算一下，觉得不会耽误与若梅的见面，就跟着去了。苏州地方不大，可周边地方挺大，玩着一个景点容易扯出别的景点，额外的景点一多，预定的时间竟不够用。大家合计一下，决定再留两天玩个尽兴。我对大家的意见投了反对票，但是很不管用。他们说，放假了还在乎多这两天？要回你先回去好了！他们这么说也只是玩笑话，可我偏偏真要一个人回去。他们拦住我说，为什么呀为什么呀，难道多离开老婆两天就不行？我故意说，老婆倒不要紧，我得回去见另一个女人。他们都哈哈笑了。

他们当然不会想到我真的去见另一个女人。他们就是每人多给一副脑子也不会想到。

我先坐火车到金华。因为临时买不到票，我添了些钱从票贩子手里拿到一个硬座位子，在半睡半醒中挨过一夜。抵达金华已是凌晨，赶紧又转到汽车站去坐客车。那时候金华至温州只有一条绕山公路，汽车使劲跑也得跑上近十个小时，就是说早上从金华出发，到温州该是傍晚了。我坐在车上，过一会儿便点一点时间，一见汽车速度慢下来心里就着急。过了中午，我脑子里开始出现若梅等在中山公园小山上的身影。不用猜我也知道，此时的她除了不明白，心里一定还塞满了担心和失望。

到达温州城已是晚饭时间，好在是夏日，天还大亮着。我顾不上吃点东西，也顾不上找个地方洗把脸，跳上一辆三轮车就催着快走。到了中山公园门口，我急着脚步往里闯，被工作人员挡住了。工作人员说干什么干什么，想逃票吗？我这才省悟还没买门票呢。

我买了门票进去往小山上奔爬。近着山顶，我一眼望见亭子里坐着一团身影。我心里一阵快活，刚想叫唤，眼睛眨一眨，已瞧出那团身影不属于一个人——原来是一对恋人搂在一起呢。我愣在那里，身上的力气一下子泄掉许多。我不知道是若梅等不住了先离开，让这对男女趁虚而入，还是这对男女占住亭子，逼得若梅无趣地走开。反正现在亭子里只有一对恋人，而这对恋人不是我和若梅。

我沿着石阶慢慢往下走，一边琢磨着若梅的去向。我知道若梅不会轻易放弃等待的，在这儿候不着人，也许跑到电影院了。这个念头让我调快了脚步。出了公园，我小跑着往电影院方向走。走一阵子，身上出了大汗，正想歇口气，已觉出不对，好像已经过了地方。我用手抹一把脸，反身往回走，走了数十米，停在一排高大的广告牌前。广告牌上贴着一张告示：五马电影院改建施工，造成不便敬请谅解。

我站在广告牌前有点傻。我想今天真是不一样呀，不光亭子被人占了去，电影院也玩起了消失。这么一个有交情的电影院，早不拆迟不拆，偏偏在我要紧的时候拆掉。我又想，偌大一个城市，若梅把自己搁进人群里，就像把一个字放在一本字典里，字典里的字可以按部首或者拼音索找，若梅没了亭子没了电影院，到哪儿去找她呢。

天色渐渐暗下来，我肚子响起提醒的声音，但我知道不能一个人去吃饭，因为即使进了饭馆，这顿饭准也吃不安定。要给自己安定，还得将自己的脚步动员起来。

我无奈地又向中山公园走去。此时除了中山公园，我想不出更好的去处。到了公园门口，这回我没忘记买票。我掏出钱刚要伸进售票口，突然听到背后一声叫唤。我手一哆嗦，纸票掉到了地上，但我没去捡钱，慢慢把身子转过来。我看见若梅站在几步之外，脸上挪动着焦急还有惊喜。我心里嗨了一声，咧开嘴嘿嘿笑了。

若梅的声音有点干。若梅说："昆生，你怎么现在才来，我等得眼都发暗了，我以为你不来了。"若梅又说："昆生，你怎么这个模样，是被打劫了还是刚从什么工地跑出来？"我这才低头瞧瞧自己。经过火车汽车和汗水的加工，我的样子看上去的确有些暗旧。

这天晚上我们没找别的电影院看电影，而是把时间花在了饭桌上。我点了好几个菜和一碗面条。面条本来是两个人的主食，却被我呼呼呼全吞了下去。我肚子太慌张，也顾不上吃相了。待肚子填了东西，我才稳住神儿，慢慢与若梅说话。我说了一路上的火车汽车，说了在亭子和电影院前的着急，然后把转为公办教师的事拿出来。我认为这是一年中最痛快的一件事。

若梅也有话要说。她先掏些细事儿，孩子上学成绩、哪位老邻居去世什么的，完了她说出一年中最重要的事——纺织厂撑不下去，她下岗了。

若梅带来的消息把我的开心压了下去。我说反正今天也看不成电影了，咱们喝点酒吧。若梅没有反对。我要了好几瓶啤酒，不停地往两只杯子里倒。若梅酒量不深，喝一会儿脸就上了色。我瞧着她想说些安慰的话，找了几找没找到。若梅说："你想送我几句安慰的话对吧？"我嘿嘿笑了，说是。若梅说："我可没你想的那样难过，现在倒掉的厂子到处都是，再说难过有啥用呀！"我问她以后有什么打算。若梅说："不知道，还没想好呢。"停一停又说："也许我会开一间小杂货店，让自己有个坐的地方。在厂子里我老站着，站腻了，我得找份能坐着的事儿做。"我说："这个想法有趣，就是有些……安分。"若梅说："安分有啥不好，日子不是电影，用不着变来变去的。"

我想起电影院，说："可电影院也在变，拆了又建。"若梅就笑了，说："这电影院算是欠着咱们一部电影了，下次坐进新电影院得看两部。"我也笑了，说："咱们认着一家电影院看电影，够傻也够执着的。"若梅想起什么，说："咱们那个院子也要拆建，墙上已刷了拆字。"我点点头说："听说了，我父母给我来过信。"若梅说："拆了那院子也好，以后你可以多回去看看父母了。"

我不吱声了。我知道若梅的意思。这些年我很少回昆城，即使偶尔回去一下，也不去父母住的老院子。我一般会在哥哥或姐姐家住一宿，跟父母见个面吃顿饭。父母知道我的心思，也不会责怪我。那老院子有许多我不愿再见到的人，包括大奎、大奎父母和众多邻居，甚至我也不愿意在那个地方见到若梅。当初我从牢狱里出来时心里就暗誓，决不再迈进那老院子一步。随着时间的推移，很多事情很多想法都松动了，可我就是不肯去碰那伤心之地。如今院子要拆了，聚在一个地方的邻居将四散，老日子真的翻过去了。可是拆也好散也好，人的记忆能拆掉吗？我心里的隐痛能散去吗？

这天的晚饭因为几瓶啤酒的加入而让我们多出一点伤感，当然也多出一点激动。用完菜酒，我们出了饭店去找住处，这次我们丢开平常旅馆，选择了一家有点派头的宾馆。当我们站到服务台前时，服务员耸耸肩，告诉没有双人床了，只有标准间。她问："可以吗？"以前我们习惯分开睡散铺，这儿是宾馆，要省钱得同住一间呢。我愣了一下，看一眼若梅，点了点头。

进了房间，是两张干净的床铺。我没有多想，赶紧入卫生间冲澡。我太脏了，在水蓬头下站了好大一会儿才觉得把自己洗净。我把衣服穿整齐了出来，换了若梅进去洗漱。我躺靠在床上，看着另一张暂时无人的床铺，听着卫生间里传出的水声，心里有一种异样的感觉。但我又知道自己不能造次，不可以轻易去打破这些年我和若梅间的默契。这种提醒让我平静下来。也许是太累的原因，我竟然睡着了。

不知过了多久，或许只是小睡一会儿，我醒了。灯光暗着，若梅猫着身子睡在另一张床上。我身体不动，呼吸却慢慢乱了。乱了一会儿，我突然爬起来躺到若梅旁边，若梅似乎吃惊一下，又静在那里。我啥也不说，开始脱自己的衣服，接着又脱若梅的衣服。夏天的衣服很少，我虽然慌乱，还是很快完成了。我傻了几秒钟，才慢慢去抱若梅的身子。抱住她的时候，我心里像是有一张嘴唇抖动着要说话，说的是"天呐天呐"。然后我发现自己流泪了。这时候的泪水一旦开了头，就不容易停住，在接下来的时间里，我的泪水一波紧跟一波，随着身子的运动滴溅到若梅的脸上、胸脯上和肚皮上。那真是一场酣畅痛快地哭呀，只是没有声音。

那天夜里的事我不想讲得太多。我只记得自己没说一句话，若梅也没说一句话。如果说有声音，那是若梅的叫声。我得承认她的叫声很好听。

我和若梅说上话是在早上。天亮之后，我脑子也跟着醒了，此前我脑子一直迷迷糊糊的，好像老在做梦。我看一眼邻床，若梅已经醒着。

我们躺在两张床上，中间隔着一米的距离，开始安静的对话。若梅先开了口，她说："这次没看上电影，却睡在了一起，事先没想到呢。"我说："这样……好吗？"若梅说："又好又不好。"我说："好是什么？不好又是什么？"若梅说："好是你抱住了我，你的泪水滴在了我身上。"我说："不好呢？"若梅说："刚才我一直在想一件事，咱们这样做了，岂不是证明以前给你的判决是对的吗？"我愣一下，说："你知道的，那次咱们并没做什么。"若梅说："可现在做，等于把证据给补上了。我是指在咱们心里。"我说："这么说你后悔了？"若梅说："我不后悔！我怎么会后悔呢？"我说："可你口气里有不安呢。"若梅说："不是不安，是不踏实。"我说："不踏实就是不安。"若梅说："这么说也可以。"我说："那你说说怎么个不踏实？"

若梅想一会儿，说："我心里不踏实不是刚才说的什么证明，牢都坐了，还怕添啥证据。要是说这个，我反而早该把身子给你的。"若梅说："我是过平常日子的人，日子里掺着杂碎，这个烦那个恼太多了，隔一会儿就会遇着累人的事儿，可累人的事儿再多，也挡不住一个日子的到来。这个日子可以看电影,可以跟你待在一起说说话,这多么好呀,比过年还有味道。真的,一年中有这么一天在前头等着,我心里敞亮多了。"我插一句:"这种情况有个雅的说法,叫精神的透气孔。"若梅说:"你读过的书多,比喻得就好,是这个感觉。"若梅又说:"正因为你读过的书多,跟你坐在一起才有意思,跟你待在电影院里也才有意思。"我说:"有意思是一种好的感觉,怎么又变成不踏实呢?"若梅说:"要是以后一年中等着的不是看电影的日子,而是准备与一个男人上床的日子,我心里会别扭的。"我笑一笑说:"我是昆生,不是别的男人。"若梅说:"我说这些,就是要把昆生跟别的男人择开来。"我说:"咱们往后在一张床上待着,照样不会少了看电影,少了聊天。"若梅说:"那也不一样。"停一停,她又说:"我觉得还是不一样。"

我不吱声了。怎么说呢,若梅的想法虽然有点傻,可还是让我安慰。我是一个小学教师,读的书本和攒的学识都上不了大台面,但在若梅眼里,我已是一个沾着文化的人,或者说,应该跟别的男人不一样的人。她和我在一起,就是要让一年中的这一天变得脱俗一些,安静一些。这种对付生活的态度无疑有点特别——应该说,她在平淡日子里待着,心里那么的淡,可又比别的女人多了一点点东西。我想,这也是为什么她能吸引我的原因。

六

很多年后的现在,我仍清晰记得若梅的身体,她的皮肤她的乳房她的腰肢她的腹部，她闭上眼睛的样子，还有她好听的叫声。与若梅交往的那么多年里，我和她在床上只放开过这一次。一次也够了，它让我的记忆存入珍贵的情景，就像一只出远门的皮夹，若放一张照片，只需一张，已足矣。

这次以后的每回见面，我们保持着静心的状态。男女相处有时候就是这样，去了肉体的念头，心里反而变得轻松，有一种简单而干净的快乐。我们像情人，也像朋友，相互喂给对方淡静和舒服。如果说生活是重的，我们至少让这一天变轻了。

我们还守着一种固板的默契，不写信，不用电话，也不通过别的方式联系。BP机出现时，我们给了对方号码，但说好没急事不传呼。后来有了手机，我们一般也不通话。记得一次过年，那时还不兴发短信，鞭炮声中我特别想给若梅打个手机，后来想一想还是忍住了。我们心里有种感觉，要让两个人的见面长久保留下去，必须储存这一年的新鲜，而要储存新鲜，一个简单的办法便是不进入对方的日常生活。我们不知道这样的做法到底好不好，但就这么做了。

在之后的年月里，我免不了也回昆城。当然我不去见若梅，也不通过别人的嘴去打听她。但我喜欢到老院子的地界上走一走，那里已盖起鲜艳的楼房，楼房之间有小树和小道。我在小道上慢慢走着，同时也让脑子里幻灯片似的移过老院子的天井、围墙、水井，还有年轻时的若梅和自己。这么追想着，心里就有了沧桑感。

沧桑感这词儿好像用得有点大，其实就是觉得身上添了岁月。这种感觉不少时候也因为我头发的稀疏、肚子的凸起、皮肤的暗淡等等变化，当然，更因为孩子的长大。不知从哪年开始，孩子成了我和若梅见面时的重要话题。若梅除了女儿念念，还有一个领养的儿子，这种格局让她更操心些。不过她每次说起儿子女儿时，脸上会流过水一

155

样的温情。我呢顺着她的话头，也会搬出儿子的捣蛋事迹和捣蛋中的可爱。作为配合，我们说着孩子时，会拿出一两张照片。照片上的孩子不管咧着嘴笑还是严肃着脸，都小树似的透着往上生长的气势。

有一年，我们在中山公园小山上刚见面说了些话，若梅又拿出一张照片。这一次我在照片上不仅看到了她的儿子女儿，还看到了大奎。大奎老多了也胖多了，但脸上挺光滑，加上头发已半秃，脑袋就变成了一只大的蛋。我瞧着大奎，心里禁不住叹了一声。我不是叹过去的事，而是叹年月的不可停留。

这么感慨着，我突然冒出一个想法。我对若梅说："今天咱们也照张相吧，做个合影。"我又说："不知不觉就老了，得让现在的脸留下来，省得将来又后悔忘了以前的样子。"若梅笑一声说："这主意好。"停一下又说："好是好，可照片得藏着掖着，只怕心里反而搁了一个不放心。"我说："照片只是一张纸片，还怕没个躲藏的地方？"若梅说："我怕万一呢。"她想一想，忽然高兴起来，说："我有个办法，连万一也不用怕了。"我说："什么办法？"若梅说："咱们把拍好的照片埋在这里！"她指一指亭子外的树林，说："什么时候想看了再挖出来。"我说："你开玩笑吧？"若梅说："不是玩笑不是玩笑，我觉得真可以的。"

我沉吟一下，嘿嘿笑了。若梅的点子似乎靠不着谱，但一琢磨还是不错的，甚至有些好玩。

我们下山出了公园去拍照。在照相馆里，摄影师傅把几块背景推来推去，让我们选择。我们选了一块金黄色的夕阳树林，因为把装着树林的照片埋在树下挺合适的。我们坐到树林跟前，让两颗脑袋近在一起，听摄影师傅的口令。摄影师傅说别动身子，我们便稳住身板。摄影师傅说笑一笑，我们便咧开了嘴。

我们在照相馆等一会儿，拿到快印出来的照片。照片还不错，两个人紧挨着，看上去都挺开心的。我们到街上买了一把水果刀，顺便多要了几只塑料袋，然后回到小山上。这时已近傍晚，阳光涂在树枝树叶上，跟照片的背景还真有点像。我们在树林里转一圈，看中一棵水杉。这棵水杉树干笔直，枝叶一层层爬上去，像一座小塔。在挨着树干的地上，我们用水果刀挖开一个小坑，再用塑料袋将照片包好放进去，然后盖上泥土。

我们靠在树干上，看看地上，又仰头看看天空，心中有一种顽皮似的快乐。从现在起，这座小山的树林里存了一个属于我们的秘密。秘密虽小，却有意味。对了，这个秘密除了我们，还有老天知道。

这天晚上，我们携着不错的心情去看电影。心情一好，就容易遇到愉快事儿。我们买电影票时，得到两张抽奖券，说是电影院在做一个"看电影抽大奖"活动。我们以为是玩噱头，到了电影厅门口，真见着一只半透明的箱子，里边装着一大堆有数字的乒乓球。我按工作人员的指示，摸出三只乒乓球组成一个数字，啥也没对上。若梅跟着也摸出三只乒乓球，把数字一凑，竟凑出一个三等奖，奖金为一百元。一百元不算大钱，但能制造意外的高兴。我们拿着一张一百元的钱票走进影厅，就像是小孩子得到一只玩具一样欢喜。我记得那天看的是《甲方乙方》，属于暑假回放影片。

看完电影，我们想把额外得到的钱花掉，就去吃夜宵。走了一段路，遇到一家特色点心店，我们进去要了两碗猪脏粉，觉得花不完钱，又要了几样小菜和啤酒。这是我们第二次坐在一起喝酒，因为心里装着快活，胃口和酒量都开了，四瓶啤酒喝完，还认为不够，又叫了两瓶。待我们从点心店出来，已是满脸红光，思想飘扬了。

夜色中的街道布着橘黄灯光，灯光下行人已不很多。若梅笑一声说："我有点醉了。"我也让自己笑了一声，说："你没醉，你口齿清楚舌头不晃。"若梅说："我舌头不晃可脚步在晃呢。"她走了几步，故意显出身体不稳的样子。我乐了脸，赶上去扶住她。她把手臂绕在我的手臂上，两只身子挨在一起往前走。

走了一截，若梅突然说："昆生，我走不动了。"我说："那咱们打辆车？"若梅说："不用，我要……你背我。"我吃一惊，看看周围说："这是在大街上。"若梅说："我知道在大街上。"我说："你不怕别人笑话？"若梅说："我不认识他们，他们笑不着我。"我腼腆一下说："在街上背女人，这种事儿我没干过呢。"若梅说："没干过就赶紧干一次嘛。"

我扎个马步，半蹲在若梅身前。若梅双臂缠住我的脖子，上了我的后背。还好，若梅不是胖人，沾在背上不算太沉。我抖起精神，在人行道上静静地走。嘿嘿，这是个电影般的时刻。两个人暂时不搭话，但我能觉出她的快活，她应该也能觉出我的快活。因为走得慢，过一会儿后面就有路人赶上来，在旁边奇怪地瞧我们一眼，又超了过去。

此时的夜街仍然热，但时不时会遇着一阵风。当风跑过来时，我就停下脚步，让凉快从俩人身上滑过。

更有趣的是，隔几分钟便会有一辆出租车在我们身旁突然刹住，还摇下玻璃，见我们没有响应的意思，只好不明白地离开。看着车子们急急停住、又匆匆跑开的失望样子，我们忍不住笑出了声。

那天夜里，我一直把若梅背到一家旅馆的门口。我开了两间房，把若梅放进其中一个房间。若梅说："今天晚上高兴，再一起坐会儿吧。"我在椅子上坐下，若梅则和衣躺到床上。我们随意聊些远远近近的事儿。聊了片刻，若梅的声音小下去，慢慢停住，原来她睡着了。

她虽还够不着醉,但啤酒在她身上还是起了作用。

  我坐在她的床边,瞧着她睡觉的样子,听着她平静的鼻息声,心里禁不住生出些怜惜。尽管我们借着酒力和夜色在街上撒了个欢,让自己年轻了一回,可我知道,谁也挡不住日子的流失,我们在一年一年地老去。当然,老也不是一件可怕的事,因为谁都会摊上。可瞧着眼前的若梅,再一岁一岁地往前推,推到若梅年轻的样子,我还是有些难过。一年一次见面,我们不知不觉已经用掉了这么多的年头。

七

  日子逝去的想法现在也不缺少。我坐在报刊亭里,时常会生出一种奇怪的感觉。我觉得自己在卖掉一份份报纸一本本书刊的同时,似乎也把自己余下的年月和精力一点点出售了。

  这种感觉若放到回想上,便会对自己的记忆不放心。譬如每次追忆到那个喝酒撒欢的晚上,我便想,也许我的记忆不对,也许那个晚上的高兴并没有被伤感所接替。我能坐在她的跟前,瞧她睡觉的样子,听她平静的鼻息声,我应该感到愉快或者安慰才是。我记存的伤感八成是后来的,我把后来的伤感放在了那天夜晚。

  人呀经历的年头一多,就容易把时间记乱,尤其是遇到苦痛的事儿。苦痛如树,会长出许多枝叶,伸进本来不相干的日子和地方。

  不过我的记忆再恍惚,有一个时间是不会出错的。这个时间与憔悴、悲凉这种词儿有关,属于若梅五十岁那年的夏天。

  那年夏天特别热,能逼得人流许多汗。我见到若梅时,她显得有些弱，好像瘦了不少。我问她怎么回事。若梅开始还应付，说没什么，说这么热的天，流汗都把人流瘦了。我使劲问几句，若梅才说了。她说自己胃不舒服去医院抽血检查，结果查出一个指标不好。医生让做胃镜，照了一遍没发现什么。医生又让做前列腺磁共振，也没振出什么。医生就再开一张单子，这一回是做肠镜。做肠镜是麻烦事儿，得一遍遍喝药水一遍遍上卫生间，折腾一夜，终于把肠子清空了。第二天去医院一查，真在直肠里发现长着一样东西，是一小块多出来的肉。

我听着乐了，说："原来是块肉呀。"又说："医生真够损的，花这么多钱，就找到一小块肉……"还没说完，我突然傻了。我意识到什么，定定地看着若梅。若梅疲累地笑一下，说："不知怎么会摊上这种东西。不过也没你想的那么严重，医生说了，这种肠子里的病只要发现早，又赶紧做手术，能活很多年的。"我说："你算……发现早吗？"若梅说："算早的，说是早期。"我说："那你已做了手术？"若梅说："昆城医院跟上海一个医院有合作，过几天会有位上海医生来，等着呢。"我说："那你在医院等着嘛，干吗还跑过来？这么热的天。"若梅说："反正这几天闲着也是闲着。我想在做手术前见你一面，再看场电影，这样心里踏实些。"我鼻子一酸，差点流下泪来。

那天晚上我陪若梅看过电影，赶紧让她休息。我自己躺在床上，却久久入不了睡眠。我在脑子里东找西寻，想替若梅做点儿什么，但想来想去，我能做的，也就是为若梅凑点钱。

第二天上午，我去银行把卡里的钱全取出来，又把兜里的钱加上，交给了若梅。若梅不要，说家里有钱，即使不够也可以跟别人借些。我说："肯跟别人借钱，为啥不要我的钱，再说我这点钱又不是大钱。"若梅说："许多年前我就对自己说过，跟你见面时不能要你的钱要你的东西,我要让咱们待在一起清清爽爽的,这样事后想起来才会觉得好。"我说:"我知道你的意思,可这次你病了。你病了我总得做点什么,我又不能在医院伺候你,我又不能砍下自己身上的肉换你的病好。"我这么一说,若梅不吭声了。过了半晌,她眼眶里有了泪水,说:"就这一回吧。"

在此后一段时间里,我破了惯例,隔些日子就给若梅手机发短信探问病情。我问得简单,她答得也简单,总是说手术挺顺利、现在出院了、身体恢复不错一类的放心词儿。有一次我问:我能不能去看看你?她回复:不用了,我真的挺好。又过几天,她用电话打我的手机,我在上课,没接着。她又用别人的手机给我发一条短信,意思是自己手机丢了,不想再买,让我别惦记。从此我跟她又断了信息联系。

好不容易熬到下一年的夏天,见面这天我赶早去了温州城。怕若梅体弱力少,我准备不让她上山,就等在山脚下截她。由于心里搁了着急,我在一块石凳上等不安稳,中间因为担心若梅从另一条小路上山,便提起身子往山顶爬,看看那儿没人又赶紧跑下来。这样上下往返了两次才候着若梅。还好,只一眼若梅就让我松了心。她气神没丢掉,脸色也正常,似乎还胖回来一些。我上上下下把若梅看一遍,没看出大毛病来。若梅就笑了,说:"我做的是肠子手术,自然不会缺胳膊少腿的。"我说:"这些日子你知道我心里多不踏实!"若梅说:"我这不是好好的嘛,医生说我至少能活十年哩。"我心里又紧了,说:"为什么是十年?为什么只有十年?"若梅说:"是至少十年,也许二十年或者更长呢。"顿一顿又说:"其实十年也够了,我可不想老得不成样子,然后站在你跟前让你上下打量。"我说:"你老我也跟着老的,到时候我这双老眼呀,倒真想看看你老得不成样子的样子。"若梅轻笑一下，又叹口气说："不说那么远了，咱们一年一年地把日子过好。"

那天看电影前我拉着若梅逛街，逛着逛着把她引到通讯市场。若梅问到这儿干什么，我说了实话，要给她买一只手机。我说："刚才等你的时候我跑上跑下的，就是因为你没手机。"若梅摇摇头说："还是省了这钱吧！手机我又不是没用过，用过了才知道对我没啥用处，我白天坐店里晚上在家里，这俩地方都有电话。"我说："你的身体做过手术，平常总得让我问一下吧。"若梅说："我就是怕自己有了手机忍不住跟你发短信，发多了总会让大奎瞧见，那样就不好了。再说我们以前讲好平常不联系不打听的，不能因为我的病把原先的话推倒。"我苦笑一下说："你呀，真是固执，你不要一年里的三百六十四天，你就要咱们的所有心思都留在这一天。"若梅认真地瞧着我，说："对的，我不要别的，我就是在乎这一天。"

不知道是医生的判断失了准头，还是若梅自己的感觉出了偏差，她的身体稳定其实是个虚像。肠子里的癌细胞不是一刀能剪尽的。

但我不懂这一点。在随后一年里，我照常备课上课，操弄家庭，把这一年过得跟往年没啥区别。

当又一年的夏天到来时，我以为见到的是比去年进一步康复的若梅，她身上不会缺少上山的力气。不料见面那天下午，我在山上亭子里等着，忽然来了一位顺便捎话的游客，说山下有一女士让你下去呢。我赶紧出了亭子往山下走，还未把石阶走完，远远瞧见若梅坐在路边石凳上，样子弱弱的。我吃了一惊，紧着脚步近到她跟前。她的模样让我心里一下子乱掉——一张脸不光瘦了还黑了，衣领边的锁骨陷进去两个坑，身上的力气像是漏掉了许多。我慌慌地盯着若梅，半晌说不出话。若梅脸上浮起一个微笑,说:"怎么了你?看把你紧张得……"我稳稳神说:"你……瘦了。"若梅说:"没事儿,前些天吹空调感了一次冒,吃药又把胃口倒掉了,慢慢恢复就是。"我用双手捏捏她的肩膀,又顺着手臂慢慢捋下来,她的瘦让我心疼。若梅难为情地轻笑,说:"这儿游客多,人家以为咱们干嘛呢。"又说:"咱们不上山了,我中午没怎么吃,肚子好像饿了,你陪我去吃点东西吧。"未等我点头,又说:"你瞧瞧,见着你我胃口就开了。"

我陪若梅去了一家小吃店。因为是下午,店堂里人不多。我给若梅点了一碗馄饨,这是她爱吃的。若梅吃了两三口,歇住,看看我,又努力吃了一口。她的神情告诉我这碗馄饨不对她的胃口,我起身又去端来一盘炒粉干。若梅吃了一口,又停下了,抱歉似的瞧着我。我不吭声,又去点了灯盏糕、锅贴饺子和鱼丸汤。小桌上很快摆满了碗盘。若梅盯着桌子说:"点这么多,你把我吓住了。"我说:"你随便吃,爱吃哪样吃哪样。"若梅说:"你也得帮我吃。"我说:"我吃过中饭,这些东西是为你点的。"我把各种点心都拣一点搁她小碗里。若梅往嘴里夹一口,慢慢地咀嚼,嚼一会儿使劲地咽下,然后叹出一口气说:"我以为我饿了,可胃口还是没那么好。"她说话的样子让我难过。我想找一句轻松的玩笑话,没有找到。

晚上坐在电影院里,我一直握着若梅的手。她的手松软无力,像一只睡着的小鸡卧在我的手心里。那天的电影是《周渔的火车》,女主角巩俐不停地坐着火车,奔波于两个男人之间。故事有点晃,让人不太明白,但游动在影片中的迷茫和伤感还是传递给了我们。故事的最后,女主角在寻找男人的路途中遭遇车祸,灵魂飘向天堂。

电影结束后,我们走出放映厅。若梅慢下脚步,说咱们再看一遍吧。若梅的提议让我奇怪一下,但我一点儿也不想反对她。我点点头说:"特别喜欢这电影?"若梅说:"也不是,我就想再待一会儿。再说电影院拆建那年,咱们还欠着一部电影呢。"我笑了说:"你呀,记得挺远。"

我买了票,两人又坐回放映厅。因为不是最新片子,场次又晚,看的人稀少,厅子里只有寥寥几只身影。若梅在暗光中坐一会儿,累了似的斜过身子,把脑袋靠在我的胸前,我用手臂轻轻搂住她。若梅说:"还记得第一次在这儿看电影吗?那次我们只有一个座位,结果两个人站着看的电影。"我说:"当然记得,是《卖花姑娘》。"若梅说:"那么多年过去,看电影的人越来越少了。"我说:"少了也好,你看看这场电影,像是咱们俩的专场。"若梅轻笑一声,说:"电影专场,咱们真够排场的。"又说:"别人不爱进电影院了,可我仍喜欢在这儿待着呢。"

这么说着,若梅闭上眼睛静了身子,像是听银幕上的声音,又像是准备偎着我小睡一会儿。我低头瞧着若梅,光影在她脸上忽明忽暗。淡光中,她的皱纹和岁月似乎被掩去了——此时,她多么像一个忧伤又享受的孩子。

我抬头看银幕,上面有些模糊。我知道,我的眼眶里装了泪花。

八

对我来说,此后的日子搁进了一样东西,这样东西叫折磨。

我依着若梅的意思,不主动找人打听她的病情,但我知道自己每天都是惦记的。我想写信我想打电话我想邮寄补品我想帮着联系医生,可跟每一种想法一起绑着的总是犹豫和否定。有一次我拿起电话拨进若梅家里，对方一个男声音刚"喂"了两声，我已把听筒放下了。又有一次我买好一些健身补品，到了邮局踌躇半天，最后寄给了昆城的父母。说实话，我的犹豫不是不勇敢，也不是不急切，我是怕若梅不高兴。这么多年了，若梅坚持不让我进入她的日常生活，现在突然迈进一只脚，也许会碰倒什么东西。这对若梅是不好的。

我读了些书，算是懂得一点看人和看世界的道理，也相信在人和常规世界之外一定还存在尚不明白的神力，只是我偏偏没有机缘皈依佛教或者基督教。如果心归佛教，我愿意长跪大雄宝殿，苦求佛祖发发慈悲，给予若梅一些气力和快活。如果信奉基督，我愿意手捧圣经日日祈祷，祈求上帝赐予一柱亮光，专门打在若梅的身体上。可现在，当我心无依靠时，便只有做梦。我只能在梦中探听若梅的消息，并给她捎去安慰的话。

年底的一天，我做了个梦，梦中若梅昏迷在床上，闭着眼睛讷讷吐话，吐的是一长串的"昆生"。我冲进梦中扑到床前，若梅却不见了，留下的是没有内容的雪白床单。

梦醒之后，我愣了半晌，然后去学校向校长请假。校长说都快期末考试了，还请什么假？不能缓几天吗？我没有言语，只是将一张假条轻轻放在校长办公桌上。

我坐车去了昆城，先来到镇上唯一的一家大医院。我在住院部一个房间一个房间地巡走，又堵住一位护士打问。护士说近些日子没这个人住院呢。我又问最近医院里是否死过人。护士不高兴地说："死过一个老头和一个小孩，你问这个干吗？"

我稍稍安了心，又来到若梅家的住宅小区。这个住处是大奎单位分的福利房，若梅告诉过我具体楼层和房号，我好几次想往这个地址写信，终于没形成决心。现在，我仍不打算冒失地上楼，冒失地敲那扇门。我只想静静地在楼下坐一会儿。

我在院子中间小花坛边沿坐下。我盯着楼房数了两遍，认定了若梅家的两只窗户。那两只窗户一只闭着一只打开，说明里边有人。更要紧的是，那只打开的窗户挺安静的，没传出哭泣声或者哀乐声。我知道这种念头不好，可我当时就是这么想的。

我宽了宽心，心想一个梦当不得真，也许事情压根儿没想的那么糟，也许若梅一边养着身体一边正正常常过着日子呢。冬日的阳光移过楼顶，照在花坛和我的身上，我一点点暖和起来。为了不显出枯坐的傻样儿，我从包里掏出一本书翻看。当然，我看不进去。我的脑子在一行行的文字间散步。我想起许多年前自己坐在院子里看书、若梅来借书问字的情景，那是我们俩交往的开始。时间过得真快呀，快得一照镜子已瞧见自己的斑斑白发。这么多年里，周围的人和事似乎都在奔跑，流行下海啦，盛行离婚啦，又有金融危机、股票楼市、抑郁跳楼什么的。看看报纸，太阳底下每天都有新事儿长出来。不求变换的似乎只有我和若梅。我们每一年都守着同样的心思，我们把几十年过成了几十个相似的一年。这样的一辈子，不管算亏还是赚，我都认了。现在我不乐意变化，不乐意若梅发生什么不好，不乐意明年的七月三十日变得跟以前不一样。一句话，我对日子已经习惯了，我不乐意我的生活突然拐个弯儿。

那天坐在小花坛边，我捏着一本书对着楼上的窗户，就这么傻傻地想着。我坐了很久。

但是我又知道，不管自己怎么往好处想，我的担忧是真实的，我骗不了自己。若梅的身体也许一天天的差下去，拽也拽不住，用书上的话说,在一步步滑向黑暗的地方。这种判断像一把杂草,长久地塞在我的胸间。

我把这种情绪放在家里,便是没头没脑地向阿秀动脾气。这时儿子已去了省城读大学,我一不痛快,做靶子的也只能是阿秀。阿秀每天出门前在卫生间至少打理半小时,阿秀给朋友打电话要讲很多废话,阿秀看电视喜欢配套嗑瓜子。这些行为过去不算什么,现在落入我眼里便是缺点。我说:"别说半小时,你在厕所里就是待两小时也扮不出一张及格的脸。"我说:"省点电话费吧,废话多了对空气也是一种污染。"我说:"吃瓜子就吃瓜子,你还吃出声音干吗?我耳朵太小,装不下你这么多叭唧声。"此类的话说过,自己都觉得没趣。阿秀有一次说:"你是不是更年期呀,如果是先言语一声,我让着你。"

我把这种情绪放在教室里,嘴巴便容易犯错儿。我挑课本上的毛病,好几次跟学生说这成语用得不对,这个字是错别字,可回去一查字典,错的是自己,只好第二天到教室再说回来。我仍喜欢讲课外的故事,不过讲着讲着会突然停住,因为我忘了接下去的情节,想现编几句圆一下,嘴巴又没跟上。我还多了些急躁,一见学生上课走神或做小动作便大声呵斥。一次一位男生揪同桌女生的辫子,我把他发配到教室后面,鼻子嘴巴挨墙站着。一节课下来,墙上的贴纸都被呼气弄湿了。男生回家后向家长哭诉,家长又向校长报告,搞得我不停地解释和道歉。我觉得自己身上攒了疲倦。

夏天终于又到了。七月三十日这天,我准时把自己搁到中山公园的小山亭子里。我背靠柱子坐着,让自己把心神稳住。

时间在等候中总是过得慢,太阳好不容易从亭子的左边挪到了右边。小山上的游客始终不多,偶尔来几个人,坐一坐又走了。不好的感觉像一只摁在水里的皮球,好几次从水下蹿上来,在我的心头漂浮。但我仍盯着石阶小道,期望有个瘦弱的身影慢慢走上来,或者过来一位捎话的游客,说有个女人在下面等你。

大约三点钟的光景,沿着石阶上来一个游客,是位姑娘。她走得有些急,到亭子前才缓了脚步,边喘气边拿眼睛瞧我。我这时不想搭理人,就没吭声。姑娘先开了口:"您是昆生……叔叔?"原来真是捎信的!我心里一跳,站起身子急急地说:"我是昆生我是昆生,她在山下让我下去吗?"姑娘说:"什么山下?你说的哪个她呀?"我说:"你……不是若梅让来的?"姑娘说:"是,若梅是我妈,我妈让我来的。"我吃一惊,慢慢笑了,说:"原来是念念,长……这么大了。"姑娘说:"你知道我的名字?"我说:"当然当然,你不说是一陌生人,你这么一说,你跟你妈像着呢。"姑娘咧嘴笑了,露出一排很白的牙齿,说:"我妈让我捎一封信给你。"她从包里取出一只信封递给我,我吸一口气,故作镇定地撕开封口,刚要掏出信纸,心里还是先慌了。我看着念念,说:"你妈怎么样了?在家里还是在医院?"念念脸上的笑意不见了,说:"我妈的事你不知道?"我盯着念念的嘴巴,摇摇头。念念说:"我妈死了,半年前就走了。"我身子一轻,轻得似乎要飘动。我赶紧扎住脚步,同时使劲闭上眼睛。闭了好一会儿,我松开眼睛,吐出一口很厚的气。念念说:"叔叔,你很惊讶!"我说:"我知道她的病,我不惊讶。"念念说:"可你看上去还是很惊讶。"我说:"我这是难过。"念念点点头说:"噢,难过和惊讶有时候瞧着挺像的。"我说:"除了这封信,你妈还跟你说了些什么?"念念说:"她啥也没说,就说了你的名字和今天的时间。"我说:"还有这儿的地点。"念念说:"对对,刚才我爬上来,特别担心亭子里没人。"又说:"不光是担心,还有奇怪呢,我很想知道妈妈临走前仍惦记的人是谁。"

念念沉默一下，说："叔叔，您是什么人呀？是我妈的朋友还是同学？"我不接她的话头儿，说："你妈走的时候……身上痛吗？"念念说："你要是妈妈的朋友或者同学，妈妈又这么惦记你，你那时候该去看看她才是。"我说："我知道若梅，她死时即使身上痛，心里也装着安静的。"念念说："这半年里，我挺想撕开信封看看里边写些啥，终于没敢。"我说："若梅这辈子呀，活得不亏，至少比别人多了一点点东西，她一定这么想的。"念念说："信封里该不是欠条债单什么的吧？如果是那就太没趣了。"我说："死是平常事儿，谁都会遇上，我真不用惊讶的。"念念说："我一直觉得妈妈是个没有故事的人，最后还弄一个悬念放着，玩神秘哩。"我说："但我还是难受，别看我现在没有眼泪，可我心里还是难受。"念念说："看来即使有啥悬念，您也不乐意跟我说什么了。你们呀老说弄不明白我们，我们也弄不明白你们呢。"

两个人这种错位的对话让念念有些无措，可能还有些无趣。她瞧着我失了神的脸，不再言语。

过了半晌，我回一回神，发现念念已经离开，身影正往山下移去。我没有叫住她，因为我很想一个人静一会儿。

我坐下来，虚虚地靠在柱子上。茫然了片刻，我才想起还没看信。我乱乱地从信封里掏出信囊，只有一张纸。上面没有留给我或者留给世界一句话，只有一列长长的电影名单：

  1975 年 《卖花姑娘》

  1978 年 《刘三姐》（我一个人看）

  1979 年 《小花》

  1980 年 《庐山恋》

1981年　《大篷车》

1982年　《骆驼祥子》

1983年　《城南旧事》

1984年　《五女拜寿》

1985年　《红衣少女》

1986年　《芙蓉镇》

1987年　《二子开店》

1988年　（电影院拆建）

1989年　《百色起义》

1990年　《妈妈再爱我一次》

1991年　《边走边唱》

1992年　《警察故事》

1993年　《霸王别姬》

1994年　《唐伯虎点秋香》

1995年　《狮子王》

1996年　《风月》

1997年　《甲方乙方》

1998年　《一个都不能少》

1999年　《玩具总动员》

2000年　《过年回家》

2001年　《刮痧》

2002年　《我的野蛮女友》

2003年　《周渔的火车》（看了两遍）

2004年　（昆生，你替我看吧）

我累了，一种心里虚空的累。我仿佛一下子老掉了好几岁。

暑假过去，我递交了提前退休的报告。校长想留我，说了一些劝慰的话。不过他没能挡住我的去意。我对校长说："我已到了学生爷爷的年龄，再教下去会把他们也教老了。"

但实际上，我的年纪还算不上太老。儿子在上大学，我够不着吃闲饭晒太阳的岁数。离开学校后，我盘算了几天，觉得这辈子老在教室里站着，现在得找一份安静又能坐着的事儿。这个想法其实是若梅给我的，她说过这样的话。过了一些天，我盘下一间别人腾出来的报刊亭。

报刊亭的生意不算好也不算差，我已经满意。能坐在亭子间里，让各种报刊书本包围着，这是我喜欢的感觉。在这种感觉中，我慢慢去回想跟若梅在一起的日子。我的回想挺花时间，有点像一条小船在长河上漂流，从这一头漂向很远的那一头。在漂流过程中，我把快乐、有趣和忧伤的细节一点点打捞上来。

一些日子过去，我的心渐渐安定下来。

又过些日子，儿子大学毕业留在省城，在一家公司上班。他的生活不再青涩，周围似乎总聚着许多男女朋友。过年过节回家，他会讲些让人眼花缭乱的事情。有一回春节，他将女朋友领回家，让阿秀挺高兴。几个月过去他又回一趟家，带来的是另一个女孩。我提醒儿子，我的眼睛还没花，认得这个女孩不是上回的女孩。儿子说："嗨，老爸，别理我们别理我们，我们的事你哪懂呀！"

有时静下来想想也是，一代人有一代人的情爱方式，如果我把自己和若梅的故事说给儿子，他八成也不会相信。没准儿他会说："嗨，老爸，男人嘛都喜欢编点爱情故事给自己争个脸，但也不能编得太离谱呀！"

儿子当然不会想到，他老爸的故事还在继续。六年了，每到夏天的七月三十日，我一准歇了报刊亭，穿上一件整齐的衣裳，乘车来到温州城，爬上中山公园的小山。我会坐在亭子里，看城中高楼，看周边风景，看太阳往西边一寸寸落下去。如果眼前没人，我会窜到那棵杉树边，扒开土取出照片。照片上有我，还有我始终不能放弃惦念的女人。依着惯例，我把照片看一会儿又埋回去。

到了晚上，我会准时坐在电影院里。当银幕开始出现光影时，我变得平静而且投入。我很容易被银幕上的情节所打动，常常开心暗笑或者流下伤心的眼泪。当然，有时候周边的咀嚼声和低语声会让我分一下神。暗光中我能看到年轻的情侣依在一起，他们在边吃零食边咬耳朵。不过我马上会收回心，将目光投放到银幕上，因为我知道，我也不是一个人在看电影。

谢雨的大学

一

这一年的春天本来没有乱，该红的红了，该绿的绿了，人人都说好。那时谢雨还是大学二年级学生，爱把春天看成是自己的季节。但是有一天，谢雨突然被叫到系主任办公室。办公室除了系主任，还有一位军人。谢雨不知道什么事，心里有些跳。军人说，你是谢雨同志？谢雨点点头。军人说，知道南边的战事吗？谢雨又点点头。谢雨知道广西云南在打仗。系主任说，同学们都知道南方在打仗，就是觉得跟自己没有关系。谢雨心想是没有关系，自己又不是军校学生，又不是医学院学生。军人说，本来没有关系，但现在跟谢雨同志有关系了。谢雨睁圆了眼睛，听见军人又说，你认识一位叫周北极的战士吗？谢雨想了一圈，差点没想起周北极是谁。但后来她想起来了，是老家的邻居男孩。军人说，周北极胸部被打坏了，情况很不好。谢雨一时发了愣，不知说什么好。军人说，周北极想见你一面，见最后一面。谢雨忽然慌了，说他……他为什么要见我？军人说，你是真的不明白还是抹不开脸，要是抹不开脸眼下可不是时候。他这么一说谢雨有点听懂了，脸也跟着红了。她心想这是哪儿跟哪儿呀，嘴里却说不出来。军人说，小谢呀，周北极可是把你当亲人了。谢雨目光慢慢硬了，看一眼系主任，又看向地上，说，我没有谈恋爱，学校也不允许谈恋爱。谢雨这不仅是辩白，也是向系主任求援。谁知系主任说，这是特殊情况，可以例外。军人说，周北极是英雄，不然再例外我也不能大老远的跑来找你。又说，我没有时间了，只能让你考虑一宿，明天一早咱们就得飞回南宁。

在那个春日里，一件意外的事情就这样闯入谢雨的生活。谢雨的心情当时跌倒在地，半天爬不起来。回到寝室跟同学们一说，大家都乐了。同学们说，好呀，谢雨，处了对象也不言语一声，就顾了自己暗地里享受。谢雨说真的没有，那周北极还是个孩子，小了我三四岁，我差不多是看着他长大的。赵玲玲笑了说，孩子会变成大人的，人家现在已经成长为战士，战士能打仗，当然也能谈恋爱。朱古丽判断说，这种恋爱是擦边球，属于单相思。赵玲玲说，单相思怎么了，人家在前方流血流汗，咱们还不能让人家相思一下。巩莉说，再说了，好歹还可以在天上走一趟，上午在北京吃着早饭，中午就在南宁了，就跟女排出去打比赛似的。她们说来说去，差点把谢雨给说忘了。后来一扭头，见谢雨呆呆的坐在旁边，就静了下来。大家这才觉得不是玩笑的事。于是就有人用目光看向女生中的大姐马琴。马琴干过知青，做事扎实些。马琴想一想问谢雨，这事还有没有商量？谢雨摇头说，说是让我考虑，其实是决定了的。马琴说，那你就去。冲着那位周北极垂危时记起你，你就应该给他捎去安慰，这是积德的事。

这天晚上，谢雨躺在床上睡不着，脑子乱糟糟的像散了架。茫然中她竟生出一点诗意，要找一个词给这个别扭的日子做个标题。她想到了"垮掉的一天",又想到了"黑色幽默",这些都是新鲜词儿,可她用来用去没一个合适。当然,这个晚上想得最多的是周北极和家乡小镇。家乡小镇是江南水乡,虽然小,也有许多宅院。谢雨和周北极就住在一个宅院里。尽管在一个宅院,因为差着年龄,他们从小没玩到一块儿。她读初中时,他上着小学,她读高中时,他上着初中。她高中毕业了,他也离开了校门。那时候谢雨没事在家待着,周北极老在外晃悠,她很少见到他,或者说对他是很忽略的。周北极在宅院里的存在似乎就是冲澡。他们宅院里有一口水井,许多个傍晚,周北极站在井台边,穿着裤衩,双手举着水桶往身上浇水,一边浇水还一边快活的哼哼。春夏秋冬的井水,就这么被他用在身上,很少停下来。在谢雨的印象里,周北极的身子和肌肉是在白花花的水花里长起来的。谢雨到北京上学的时候,周北极长成了一个精瘦的小伙子。说是小伙子,却爱腼腆,不多说话,让人不容易注意他。如果把宅院里的年轻人点一遍,谁也不会把周北极点进有出息的名单。就这么个人,现在不但把英雄给做了,还把她跟他拽在了一起。

　　谢雨想来想去,把自己想累了,也没往下答应上想。不是忘了想,是知道想了也没用。不知过了多久,她昏昏睡去。第二天醒来,同学们已起床等在那里。谢雨坐在床上把双脚挂在空中,看着她们,突然就有了悲伤的感觉。同学们开始帮她收拾东西,完了又伴娘似的拥着她出门。一群女生加上一群声音,在楼道里引出许多脑袋,只是猜不透什么事。到了军人住处,同学们停住声音,一起把眼睛往军人身上瞄,还相互交换眼神。谢雨心里明白,她们不仅送她,还顺便要从军人身上挖掘出周北极的模样。其实这位军人姓白,却长得又黑又壮,哪里有周北极的影子。

　　谢雨随姓白的军人上路。她是第一次坐飞机,想不到军人也是,两个人的动作都有些陌生。军人告诉谢雨，他是团里的宣传干事，如果不是因为她，既上不了北京，也坐不了飞机。说着他嘿嘿地笑，把撑着的威严笑淡了。飞机上高空后，两个人都押直了脖子往窗外看。窗外是一片白云，连绵并且稳定，像冬天田野上的一垄垄白雪，看着真让人舒心。但谢雨的舒心并不彻底，心底的忧虑时不时会冒出来提醒自己，使进行着的高兴突然停下来。白干事看出谢雨的情绪，就找话来分她的心。他说了些闲话，说着说着觉得没意思，于是便提起周北极负伤的那场战斗。

那场战斗属于收复仗。周北极那个连打的是一个重要高地。先是我方从北坡攻上去，然后掉个头儿守着南坡。开始大家还高兴，觉得挺简单，坑道都不用挖。不久敌人玩命的反扑，动用整整一个加强连，一次一次地冲锋。每次都快冲上来了，被硬生生地打下去。所以敌人尸体丢得很近，一些未咽气的敌兵爬虫似的在眼前蠕动。后来敌人学聪明了，下撤时一部分人在一块凸地后面躲起来。那块凸地是山坡上的一颗痦子，猫着身不把脑袋探出来，我方打他不着。又离得很近，几十米的距离，时时是个威胁。有位高个子战士耐不住，跳起站在坑道沿上，要利用高度俯射敌人。不想敌人扔出一颗手雷，在他不远处爆炸，弹片横飞着竟切下他的一条胳膊。胳膊摔在坡地上往下滚了好几米。那战士一瞧胳膊没了，红了眼，扑出去要抢回自己的东西，别人拉都拉不住。他跑了几步，眼看要拿住那条胳膊，猛地被敌人一个点射打中了脑袋。

周北极在这时显示了灵性。他让步枪穿上军衣军帽，举起来吸引敌人的子弹，自己悄悄爬出坑道，在坡地上打几个滚，接近一棵橄榄树，猴子似的蹿了上去。这棵橄榄树在凸地的旁侧，敌人没注意到，周北极却注意到了。周北极在树枝上一站，敌人看不见他，他能看见敌人。他朝着敌人猛打，打得敌人堆里冒起一阵阵尘土。敌兵躺下去一片，死得糊里糊涂。活着的敌兵东张西望，好不容易才找到目标。他们端起枪把许多子弹打进树枝丛里，树叶被打得飞溅起来，又纷纷飘落地面。不一会儿，一滴滴血跟着树叶落向地面。周北极被打中了胸部。

白干事说要奋斗总会有牺牲，但事先谁也料不到战斗如此惨烈，打了一天一夜，撤下来时一个连仅剩下五十多人，包括周北极这样的重伤员。白干事还说那个阵地他后来上去过，一个山头都打废了，光秃秃的真难看。白干事的语言比较简单，或者说军人式的简练，但明显吸引了谢雨。这是谢雨第一次在天上听地上的故事，觉得又缥缈又神奇。

下了飞机，他们又坐军用吉普车走了四五个小时，到达一个叫宁明的县城。吉普车把他们直接拉到周北极的连队营房。谢雨在车上看到，营房门口排列着两队士兵，他们的上方是红布横幅：欢迎战友亲人！谢雨觉得全身热了起来，心里扑扑直跳。走下车子，一位军官跑过来向谢雨敬礼，又引着她向前走。两旁的士兵在不停鼓掌，一位士兵递给她一束花。花是新鲜的，还沾着水珠。谢雨不能再垂着眼睛，她抬起头，看见了一张张黑瘦的脸。他们的目光里全是温暖。谢雨鼻子一酸，差点没止住泪水。她觉得自己真的被感动了。这些都是刚从战场上下来的士兵，走过他们，谢雨就像走过了一场战争。

这个时候，谢雨不能再解释自己，说些让大家扫兴的话。她说的第一句话就是提出要见周北极。那位军官是指导员，他说你别太着急，先歇口气吧。这么说着，他还是马上安排她去医院。路上，指导员怕谢雨见面时受不了，就说些缓冲的话。他说周北极真是好样的，每次昏迷过去，每次都能醒转回来。他又说，这次昏迷时间最长，都三天三夜了。

　　到了医院，指导员领着谢雨直奔病室。进了门，谢雨看见一个人盖着被子躺在床上，周围摆满了氧气瓶、输液架一类的东西。指导员以为谢雨会冲动，护在她的旁边。谢雨拨开他，走到床前。现在她看清楚了周北极的脸。他的脸因为鼻子插着输液管子而显得变形，不是她原来想象的样子。医生见谢雨还算镇定，便掀开被子，露出绑着厚厚纱布的胸部。这胸部因为飞机上的故事做背景，就有些悲壮。谢雨站在那里，忽然有了恍惚的感觉。她觉得眼下的她和周北极都不真实。真实的她应该在学校的课堂里上课。真实的周北极应该站在家乡的井台上奋力浇水，身上四溅着透明的水珠。这种感觉使谢雨的眼里有了眼花，慢慢的变成泪珠掉了下来。

　　谢雨悲伤的样子看上去比号啕大哭还让人心动。指导员和医生一人一只握住了她的手，嘴里说不出话。过一会儿，医生见谢雨平静了，才告诉一些情况。他说周北极的休克是胸腹联合损伤引起的，子弹贯穿了肝肠，导致大量出血，同时还发生胆汁外溢，胆汁流入腹腔引起了严重炎症。医生还说了些别的，他的话谢雨听不太明白。

　　晚上，谢雨一个人坐在床边，看着周北极的脸。看久了，这张脸不再变形，倒有些稚气。谁能想到这稚气的脸与一个秘密有关，那秘密又与她有关。在高考前那些寂寞的日子里，谢雨常常坐在家里的窗前发呆，一阵风吹过，一只鸟儿叫了，都会让她动心和伤心。可她却不知道自己被别人暗地里研究了，而且研究她的是一双少年的眼睛。事情错得真大呀。

　　谢雨轻轻握住了周北极打着点滴的手。他的手在她的手里显得无力，还有些冷。但他的手真大，谢雨的两只手合在一起才能真正握住它。谢雨想我得让周北极醒过来呀。他醒不过来，就不能看我一眼，我也就算白来了。

　　谢雨把脑袋伏到周北极的耳边，轻轻叫着他的名字。周北极，周北极。叫了两声看看没有反应又接着叫，不知不觉她的声音高了起来，又单调又茫然。一位护士闻声赶过来，她看看谢雨，留下一声叹息，回去了。

　　谢雨有些难过，但没打算放弃。她想我得找找其他办法。她想了一会儿，想到了生姜。她起身离开病室，出了医院大门，在一家饮食店要到一块生姜，让切成片，握在手里走回病室。谢雨掰开周北极的双唇，看到了一排紧咬着的牙齿，同时也闻到了一股腐臭的气味。谢雨顾不上许多了，开始捏住生姜片往牙齿上擦磨。谢雨记得，小时候听大人说过这样的办法。

　　一片生姜在谢雨手里慢慢变小。快变没了，又用一片续上。周北极的嘴里涂满了姜汁。谢雨手里有六片生姜，当剩下一片的时候，谢雨想，周北极，我手里只有一片生姜了，你该醒醒了。这样想着，周北极的嘴巴真的动了一下。谢雨以为自己看花了，定住眼睛，周北极的嘴巴又动了一下。谢雨一下子慌了，还没想好怎么办，声音先叫起来，周北极周北极，你醒醒。周北极没有醒。谢雨赶紧用剩下的姜片再擦，擦了两下，周北极的眼皮弹了弹。谢雨喊道，周北极周北极，我是谢雨呀，你为什么不醒醒？周北极的睫毛使劲颤动着，张开了眼睛。他失神半晌，然后盯住了谢雨，像是看她。看了一会儿，无力地合上。谢雨刚要唤他，周北极眼睛又慢慢睁开，嘴巴跟着张合几下。谢雨把耳朵往近贴了贴，听见周北极说，我在哪里？我死了吗？谢雨说，你没死，你醒过来了。周北极说，你是谢雨？谢雨使劲点头，说我是。周北极涩涩地笑一下，说，我肯定死了，我死了才能见到谢雨。谢雨说，周北极，你睡了三天三夜，你真的醒过来了。谢雨说，周北极,我从北京过来,我是专程来看你的。谢雨说,周北极,你说要见我,我就让你见到了。说着说着,谢雨觉得自己眼睛模糊了,模糊中看见周北极眼角滑出了泪水。

谢雨想起了医生。谢雨对周北极说,你等着,我这就去叫医生。她跳起来跑到值班室,先叫了护士,护士叫了医生。医生护士兴冲冲的随着谢雨走进病室。他们看到周北极一如既往的闭着眼睛。谢雨急忙坐到周北极跟前,摇着他的手,一声声叫唤,周北极周北极周北极。周北极没有反应,嘴巴也不动一下,眼皮也不弹一下。医生不说什么,安慰地轻拍谢雨的肩,然后携着护士走了。谢雨眼泪掉了下来,冲着医生背影讷讷地说,他刚才真的醒过来了。

谢雨在病室守了两天,周北极再没有醒转。第三天,部队决定将周北极送南宁治疗,让谢雨先回北京。谢雨说,我要先送周北极。就又待了一天,将周北极的救护车送走。

谢雨临走的时候,白干事和连队干部都来送行。他们挨个儿握了谢雨的手,把谢雨的手都握痛了。

二

谢雨回到学校,也就回到原来的生活。谢雨没有想到,自己很快成为一个故事在校园里流传。流传广了,形成多个版本。版本不同,故事梗概是相同的,即中文系有位女生跟前线战士进行一场生死恋。故事说,中文系的学生就是不一样。

开始谢雨并不在意。有一天她在图书馆自修,正认真着,忽然手臂被人碰了一下。抬头一看，一位男同学举着一支钢笔说，对不起，我的墨水没了，能把你的匀一点给我吗？谢雨把钢笔递给他，看着他的钢笔抽了她的钢笔。过一会儿，又一位男同学碰她的手臂，说借橡皮擦一用。谢雨说我哪里有什么橡皮擦。那男同学就走了。待第三位男同学引她抬头的时候，谢雨的脸上有了警觉。男同学说对不起对不起，认错人了。说着后退转身，谢雨盯着他走回座位，与原先的两位男同学会合在一起，轻声说些什么，并制造出零星的笑声。

中午在食堂打饭，谢雨排在长龙的尾部。窗口还未开启，有人等的不耐烦，敲起了饭盒。饭盒声中，龙首部位走出一位胖子男生，大踏步向龙尾走去，在谢雨面前站定了。胖子说，我能帮你打饭吗？谢雨吃惊地瞪着他。胖子说，不行咱俩换一下位。谢雨说，我不认识你，我为什么要跟你换位？胖子说，你不认识我我认识你，你是中文系的谢同学。我要向谢同学表示敬意。谢雨冷了脸不吭声。胖子说，我就想做一点点好事。谢雨说，如果你不想失去我对你的敬意，就从哪儿来回哪儿去。胖子两手一摊，说好吧，又大踏步向龙首走去。

过了几天，班级举行优秀团员评选。这种评选既要民主，又得不到重视，就放在上午第四节课后。下课铃声响起，非团员拿着餐具走了出去，团员们留了下来。留下来的团员们心不在焉，认为应该速战速决。选票发下来，又很快收上去。黑板上出现了团支书的名字，支部委员的名字，接着出现了谢雨的名字。这时，谢雨正埋头看着什么，听到自己的名字，抬头看一眼，知道是有人搞的恶作剧。这个人可能是赵玲玲，也可能是朱古丽或巩莉。谢雨有些后悔刚才没写上她们中的一个。正想着，她的名字又一次响起，并且不愿歇息似的，一次接着一次。她的名下生出一系列"正"字，看上去浩浩荡荡。如果黑板是块田地，所有的人都认定团支书会破土而出，结果长出来的是谢雨。

这样的结局颇为喜剧，有人发一声喊，同学们涌出教室。谢雨坐在那里呆了几秒钟，忽然气急败坏。她跳起来追出教室，截住团支书。谢雨说，这次评选是……无耻的。团支书说，你怎么能这么说！谢雨说，不是无耻也是无聊。团支书说，别人都以为我不高兴，想不到你也不高兴。谢雨说我真的不高兴。凭什么选我，我怎么能是优秀团员？团支书笑了说，你为什么不能是优秀团员？你是众望所归呢。谢雨说不要不要不要！

整个下午谢雨都不高兴。傍晚时分，谢雨在寝室里闲聊，敲门走进一男一女两位学生，自称是校广播站的记者，要采访谢雨。房间里的眼睛望向谢雨。谢雨赶紧说，不在不在，谢雨她出去了。记者笑起来说，谢雨在，你就是谢雨。俩人就坐在她的对面。谢雨说，你们要问什么？男记者说，你的事迹打动了许许多多的同学，大家都想知道你们的恋爱经过。女记者说，听说你们是青梅竹马，感情是从小时候开始的吗？男记者说，这次你到了前线，心里有什么感想？女记者说，你那位战士伤情如何？什么时候康复？康复了还会上战场吗？谢雨说，你们问完了吗？男记者说，你先说也行。谢雨说，反正我说什么你们也不相信，这样吧，你们在这儿待着，我从这儿出去。女记者说，我可以理解为你谢绝采访吗？谢雨说你的理解完全正确。她站起身走出了寝室。

第二天傍晚，谢雨从图书馆回宿舍的路上，听到了喇叭广播。喇叭里说着采访侧记什么的，声音高亢而浑浊，似乎与自己有关。谢雨为了听明白些，放慢步子。她听清了一个句子，又听清了一个句子，这些句子说着前线、爱情和谢雨的名字。谢雨心里忽悠一下，像飘过一阵雾。她想这是怎么回事呀？一定要说我吗？不说不行吗？她又想这破喇叭多么难听，是不是刚从浑水里捞出来呀。她停住脚步，要找出那只喇叭的所在,但喇叭的声音来自前后左右,像从每个方向涌来,每个方向又似是而非。

谢雨走进楼门时,喇叭里响起配套的苏联歌曲《小路》。歌曲抒情悠远,有着战火里的忧伤。谢雨伴着乐曲走上二楼阶梯,穿过走道,一把推开寝室的门。这时正是饭前时间,同学们都在房间,她们看见谢雨挺着身子站在门口,大声宣布:今晚我要请客!她的态度看上去那么坚决,不像虚晃一枪。大家欢呼起来。

谢雨们来到校对门一家小餐馆。这家小餐馆开张不久,但很快盖过旁边的国营餐馆,餐厅里总是热热闹闹的。谢雨们围住一张快吃完的餐桌,盯住就餐者的筷子伸出伸进。就餐者不为所动,忙完了筷子,拿着牙签剔牙缝,剔舒坦了,才起身离去。大家坐下来,七嘴八舌讨论菜单,最后说以饺子为主,兼点小菜。这时巩莉问,谢雨你为什么请吃?是因为生日吗?赵玲玲摇摇头。巩莉说,是因为选上优秀团员吗?赵玲玲又摇摇头。巩莉说,赵玲玲又不是你请吃,你摇什么头。赵玲玲说,饭桌上嘴巴是管吃喝,不是用来问话的。大家笑起来,都说是。

饺子端上,大家吃了起来。谢雨说,我可以喝酒吗?几双伸向饺子的筷子停顿一下。赵玲玲说,谢雨今天你做东呀,你想喝啥就喝啥。马琴说,又不是男同学,不喝酒了吧?赵玲玲说,马姐这话不对,酒又不是胡须刀,怎么成了男士专用产品。巩莉说,朱古丽能喝,你就陪谢雨喝一点。朱古丽想一想说,那就来一扎啤酒吧,咱俩分着喝。谢雨说,朱古丽你别替我省钱,咱们一人一扎。

两只装着生啤的大杯搁在朱古丽和谢雨的面前。谢雨端起大杯倒入碗里。碗里升起泡沫,又低了下去。谢雨瞧着碗儿,双手把住一口一口喝完了。她抬起头,看到朱古丽也喝完一碗,同时脸上浮起颜色。

谢雨摸摸自己的脸说，朱古丽你脸红了，我脸红了吗？赵玲玲说谢雨你脸没红，想不到你藏着酒量呢。谢雨说，那我再喝一碗，看看能不能红起来。她倒了酒又很快喝下去。大家有些吃惊地看着谢雨。谢雨说你们干吗这么看我？是因为我还不上脸吗？马琴说，谢雨你别喝了，这不好玩。谢雨笑一下说，刚才大家问我为什么请吃，现在你们看出来了吧，我今天晚上就是为了喝酒。

一小时后，女学生们走出餐馆。谢雨左右挽着赵玲玲巩莉，挺亲热的样子。天黑了，马路上的车灯晃来晃去。谢雨要过马路，走了几步被左右同伴拉回去。一辆货车尖叫一声刹住，停在谢雨们的旁边。司机愤怒地探出脑袋，说姐儿们，手挽着手逛王府井哪！

大家继续往前走。进了校门，抄小道过操场。操场空旷，马琴几人走在前头，三人组合被谢雨拖来拖去掉在后面。一阵风吹来，吹得谢雨胃里有些冲动。谢雨说，你们放开我。两位同伴不但不放开，挽得更紧了。谢雨还想说什么，脖子伸了伸打出一个饱嗝。赵玲玲巩莉松了手同时跳开。但谢雨没有呕吐，她只是感到脚太轻，好像不是自己的。又一阵风吹来，把谢雨吹坐在地上。前边的同学闻声返回，一起围住了她。谢雨抬头看见周围竖起一圈人墙，圈口是一块圆圆的天空。天空没有月亮也没有星星，但映着淡淡的红。谢雨眼里一阵热，要说什么，嘴巴张了张没说出来。她忘了要说什么。她使劲想了想，原来自己要用"我有一个秘密"这个词。谢雨就说，我有一个秘密，我恋爱了。好几个声音说，知道了，是周北极。她们的声音在她的上方，像是掉下来似的。谢雨气愤地说不是周北极！你们为什么要说周北极？为什么不说别人？一个声音说，别人是谁？谢雨说，北岛，他的名字叫北岛。谢雨说，你们吃惊了吧？你们不知所措了吧？谢雨说，你们能让全校的人都跟你们一样吃惊吗？

同学们把失态的谢雨架回寝室。谢雨睡了一夜，酒醒了，身体却发起烧来。到校医院打了一针，回来后仍是昏睡。同学们都上课去了，留下两暖瓶开水。谢雨睡醒了，就喝一杯水，再接着睡。她喝了一杯又一杯，同时也把梦境切割成许多个片断。这些片断充塞着不同的颜色和不同的内容，显得那么的没头绪。

中午同学们回来，见谢雨还是昏睡，起了怜惜。有人要给她打洗脸水，有人要替她买点心。马琴说，你们先别忙乎。还记得昨晚上谢雨说的秘密吗？赵玲玲说，那算什么秘密，那是酒后的傻话。马琴说，傻话有时是真言。赵玲玲说，你的意思是谢雨真的恋上那位叫北岛的诗人？巩莉说，为什么不能？谢雨能被别人恋也就能恋别人。赵玲玲说，两回事呀，人家可以穿着军装捉了谢雨去，咱们上哪儿去找那个北岛？朱古丽突然说，我能找到北岛。就在床头一堆杂志里找，果然找到了北岛。马琴叹口气说，咱们给谢雨念首诗吧。巩莉就捧着杂志念北岛的诗，念了一首，又念了一首。其他人凑过脑袋一起跟着念，一边念着一边看谢雨会不会弹开眼睛。谢雨眼睛不弹开，但嘴巴跟着动起来——她轻声加入了朗读。大家的声音越读越大，隔壁寝室听到动静，要跑过来串门，被堵了出去。

经过这一闹，谢雨心情平静了许多。心情一平静，一些事儿搁在眼里就不算挑衅。同室们知道她的心思，也不随便捡起敏感话题。倒是谢雨自己觉得没意思，周北极都那样了，自己还要讲究泾渭分明，未免太小心眼儿了。这样想了，心里就很空悠。晚上寝室熄了灯，大家不愿意马上睡着，便开卧谈会，说些没头没脑的话儿。以前谢雨也是卧谈高手，积极地说，积极地笑。现在不一样了，多是听别人说，再跟着笑。听过笑过了，思想又很快滑到其他事情上，譬如她想，不管怎么样，我总该惦记周北极的伤势呀。大家都说谢雨卧谈的风格变了。

　　秋天的时候，一封信忽然来到谢雨的手里。拆开一看，是周北极的。周北极开口便说自己胸部取出一颗子弹，把死神吓走了，现在已经好了许多。谢雨想，好了许多是多少呀？再往下看，原来他刚刚好起来，信还是躺在床上口述的，意思是先递个平安。谢雨高兴之余不免惊讶。先前她也认定周北极不会死，现在真的来了消息，还是觉得突兀。她想周北极又不是保尔·柯察金，怎么说好就好起来了呢？！惊讶过了，便赶紧回信。给回信定调子时，谢雨费了心思。这信既要显出高兴，又要节制感情，不能让差错一点点攒起来，所以写起来曲里拐弯的。

　　过些天，周北极又来信了。这次笔迹不一样，是周北极自己写的。信里的话比前一封透明，似乎带着南方温湿的气味。周北极说，我真的好起来了，一天比一天好。医生护士夸我挺神，其实我知道与你有关。上次你来看我，我想不到，真跟做梦一样。后来我老做这个梦，做一次身子就挣扎一次，挣扎着要从昏迷中爬出来。周北极还说，战友们都说你是位好姑娘，以后不管你怎样待我，你对我都是很重要的。谢雨看着信，心里一阵热一阵凉。她想我能怎样待你，只要不再来人把我押去见你，送几句好话我还是舍得的。

　　以后日子里，周北极一封一封的来信。每来一封信，谢雨就搁置几天，再懒懒的回信，有意把间隔时间拉长，仿佛时间拉长了，也能把周北极的热情拖淡。但周北极太长时间不来信，谢雨又会以为反常，觉得上一封信太淡太硬，怕伤了周北极的自尊心。于是不安，希望早点等到来信。真来信了，看着周北极满纸的热情，她又高兴不起来，又为接下来回信的用词发愁。谢雨就是这样进进退退，找不到分寸感。好在山高水远，躲在信纸里说话总是安全的。直到有一天，周北极的来信装进了他要来北京的消息。

在这封信里,周北极告诉谢雨,大约开春之后,他就要随战斗英雄事迹报告团到全国各地巡回报告,北京自然跑不掉,据说还是第一站。周北极傻乎乎地说,做报告我不会,站在台上说话不如在高地上打仗,但听说能去北京,我心里乐得停不下来。现在我真想马上把自己填进炮膛里,一炮打到你跟前去。

三

新学期过了一个多月,战斗英雄报告团抵达北京。到北京后,先在人民大会堂说了一回,又分成若干分团到有关单位和大学现场报告。周北极所在分团会选择,第一场报告会放在了谢雨学校。这时期,经常有报告团来学校说一些着过色的故事,唤起学生们的掌声。掌声拍多了,学生们对这类报告会不再稀奇。但一些知道底细的同学觉得这次不一样,他们认为该报告团光临学校应该与谢雨有关。

谢雨不这么认为。报告会那天,她和同学们一起坐在礼堂里。报告团来了,顺着坐席走道走来,同学们站起来,谢雨也站起来。两旁的掌声夹住了军人战士。穿过纷乱的脑袋缝隙,谢雨看到了一身戎装的周北极。这是几年来她第一次见到健康本色的周北极,站立着的周北极。站立着的周北极并不高大,在一行人中显小。他走在人群和掌声中间,似乎有些紧张,目光怯怯的,脸上存着稚气。这落在谢雨眼里,仍脱不了邻家男孩的底色。

报告团在主席台上落座。按程序,有三个人报告。周北极是第二个。轮到周北极时,他挺直站起,像一根柱,行一个军礼。台下掌声响起来。掌声中周北极不老练地按住麦克风,不拿稿子,却像讲着稿子。显然他的话事先被规范过。规范过的话虽然清楚,却不生动。周北极说起了出发前的心情,打死第一个敌人的感觉,子弹在身旁飞来飞去的场面,战友们牺牲的情景。当战友们一个个倒下时,周北极的话悲伤了,不规范了,生动了。他的眼里远远看去闪着亮光。听众席先响起零星掌声,很快扩展为一大片,掩盖了周北极的声音。待静下来,周北极开始讲起自己的受伤。他说子弹打进他胸部时,全身的感觉猛地停住,世界突然变得又寂静又凉爽,像一下子躺进了水里。

谢雨这时起了慌,她怕周北极带出自己。她瞥一下左右,同学们都在认真地听,有的还张开了嘴巴。谢雨想部队真会培养人,像周北极这样都能上讲台,还说得有模有样的。又想,部队准备稿子时千万别学了小说电影掺进爱情故事,在这个场合把爱情故事和她的名字甩出,至少会有一千双眼睛看过来,不把她烤焦,也会把她烤熟。这样想着,谢雨身子就热起来,双手虚出了汗。谢雨乱了心等着,等了许久,终于没听到自己的名字。

报告会接近尾声时,谢雨起身出来,等在礼堂外侧的一棵树下。在这里可以盯着正侧门出口。会散了,人群像水流一样涌出,浪花花的。谢雨的眼睛不够用。水快流尽时,淌出几个军装身影。他们被学生包围着,一边走一边说。谢雨的目光找到人堆中的周北极,她紧了几步,随在人群后面。人堆往前移了一会儿,停下来,周北极周转着脑袋张望,但他没看见谢雨。谢雨这时真想跑进人群,又觉得应付不好场面。送客车子喇叭响了,人堆又往前移,一直移到车门前。人堆稍稍有些激动,把战士们一个个拥入车内,就像往炮膛里填进一颗颗炮弹。然后,车子一溜烟射了出去。

晚上，谢雨在图书馆看不进书。满眼是字，串不成意思。开始她还坚持着，后来就气馁了，允许自己想些课本外的事情。她想着时，手指不经意地在桌面上敲打。很轻很轻，几乎没有声音，但还是干扰了邻座男生。男生伸过脑袋，盯着她的手指一上一下，终于说，你能不能停止这种多余的动作。

谢雨放弃了看书，夹着书本往回走。走到宿舍楼前，远远看见一个人站在昏暗的灯光里，身影又陌生又熟悉。谢雨让自己猜猜那是谁。她猜该不是周北极吧？走近一看，果然是。他穿着蓝色便装，样子有些生，看上去很像大一新生。

周北极没看清她，身子静着，好像不是等人而是站岗。待谢雨走进灯光里，周北极一下子活了，脸上跳起惊喜来。谢雨说，等好一会儿了吧？周北极嘿嘿笑着，不回答。谢雨说，你干吗不上去？周北极说，上去了，没人。谢雨想一想说，咱们现在不上去了，在校园里走一走吧。

校园里除了图书馆和教学楼，到处都是幽暗。两个人在幽暗里走。谢雨听到了喷着粗气的呼吸声。谢雨心里一沉，赶忙说，下午的报告会还是不错的，那么多同学围着你们。周北极不吭声。谢雨说，可是你一走了之，我想打电话找你，就是不知道往哪儿打。周北极还不说话。谢雨说，周北极你为什么不说话？周北极停一下脚步，说我第一次……这样散步，我有点紧张。谢雨禁不住笑了。

谢雨引周北极到一树荫处，坐在一张长木椅上。周围仍然幽暗，上方的天空仍然淡红。周北极的话慢慢多起来。他说，这几天我准备了一些感激的话，现在见了面，反而说不出了。又说，在你眼里我一定是个傻大兵，做事没有根据的。谢雨说周北极你先别说这些，你看这天，跟家乡真不一样，家乡的天总能找到一些星星。谢雨的话让周北极抬起了头。他沉默了一会儿，忽然激动起来。他说，谢雨你知道吗？几年前，在有星星的晚上，我常常会蹲在树上观察你。谢雨吃一惊，笑了说，我又不是军事目标，你怎么观察我？周北极说，那时候，我爬上院子里的玉兰树，躲在树叶里，透过开着的窗户上格看你。你把自己关在屋子里复习功课，你坐着，走着，有时也靠在床上。你的一举一动全进了我的眼睛。那时我特别希望你走来走去，多一些动作，可是你很多时间都是坐着看书，很安静。这使我待在树上挺单调。谢雨说，单调了你就下树呀。周北极说，我不，我用东西扔你的窗户。你听到响声，就会站起来听动静，有时也会打开窗户看看外面。这时我就会很兴奋，心头咚咚直跳，就会忘了拍打身上的蚊子。现在心头咚咚直跳的是谢雨。她说，你是说那是夏天？周北极点头说，那一年我从春天一直看到夏天。谢雨的脸在黑暗中渐渐红了。谢雨说，那时候你还小。周北极说，我不小了。我身子已高出你一寸，可在你眼里，我还是小。谢雨说，那时我确实没注意你。周北极说，你没注意我，可是我伴你过了很多个晚上。

周北极说话的时候，脸上布满光亮。他的眼睛仗着夜色的掩护，更直直地看在谢雨的脸上。谢雨的心软一下，又弹直了。她已明白身旁坐着的不再是邻家男孩而是一名军人，他有能力将谈话引向危险地带。

谢雨说，几年前我远远的在屋子里，现在我就坐在你面前，你觉得有什么不一样？周北极嘿嘿一笑，说不知道。谢雨说，这时候是真的，那会儿是假的，假的东西是不可靠的。周北极愣一下，老实地说，我不明白。谢雨说，有件事早该告诉你了。开始是不忍，后来听说你来北京，就留着了。周北极盯着谢雨，不说话。谢雨说，我有了。顿一顿，进一步说，我有男朋友了。周北极说，我还是不明白。他说着这话，心里其实已经明白，于是眼里的光泽慢慢淡灭，要与夜色混为一体。他喃喃说句什么，低下了头。过一会儿，他像记起什么似的，抬起头问，他是谁？谢雨说，他是诗人。周北极便沉默了。又过片刻，他再次抬起头说，我恨诗人！

周北极的样子让谢雨的心变成小草，虚虚地卷了起来。但她不吭声。她知道沉默是此时最好的缓解办法。不管借诗人或其他什么人一用，她拒绝的意思总归要说的。以前写信时一次次的要说，但记起周北极躺在病床上，她预备的决心就会一点点泄掉。现在坐在一起，又躲在夜色里，就容易说了。容易得连她自己都觉得是不是太突兀。但说了，到底是轻松了。

似乎过了很久，谢雨站起来说，时候不早了，咱们回去吧。周北极不动弹。谢雨说，我们女生楼会关门的。周北极说，其实我早该料到的。谢雨又说，我们女生楼会关门的。周北极说，料到了又有什么用。谢雨说，我们女生……周北极说，你先回去吧，我再坐一会儿。谢雨说周北极，你这样我不放心的。周北极脸一动，抬眼看看谢雨，站起了身。

俩人往女生楼走。两只影子在地上黑成两团，像被拖着走。到宿舍楼门口，谢雨说，你走吧。周北极不走，站着。谢雨只好先进去。大门已经关了，谢雨叫门，叫了几声，门卫室里响起苍老的嘟囔声，又响起拉动铁栓的哗啦声。谢雨进了大门，轻着身子回到寝室，同室们都睡了。她洗漱一遍，脱衣上床。上床前像是意识到什么，抻长身子，把头伸出窗外。她看见周北极挺直站在原地，孤零零的像一枚钉。

谢雨不敢睡了。她要等十分钟。十分钟后他还不走，她就睡下。谢雨在黑暗中静坐着，静得满耳都是同室们的呼吸声。十分钟过去了，又十分钟过去了，周北极仍钉在那里，不挪动半步。谢雨探出窗外的身子忽然软了，心里出现了慌乱。不仅慌乱，还有些气急败坏。

谢雨溜出寝室，又来到门卫室交涉。门卫老头一把年纪了仍喜欢愤怒。他一遍遍地呵斥谢雨，把谢雨的声音批得很小。这样磨了五分钟，老头儿才把铁栓拉开。谢雨出了楼门，走到周北极跟前。周北极脸上亮了一下，又干干地笑了一下。

谢雨领着周北极回到原来的长椅。四下一望，像是更静了。谢雨坐下，说你也坐呀，站了那么久。周北极不坐，仍硬硬地立着。谢雨说，我们能不能不这样？又说，你知道吗，你这是在吓我？！又说，看来你我真的还不够了解！周北极像是没听见，慢慢解开领口纽扣，双手一扯，露出精瘦胸膛——胸膛上有一只铜板大小的伤痕。周北极说，你那位诗人有这个伤疤吗？他有吗？谢雨想说什么，眼睛已被那只伤痕挂住。她研究似的看一会儿，站起身，想替他合上衣裳，递出的手却糊涂地伸向伤痕，抚摸了一下。周北极抖一下，一把攥住谢雨的手。谢雨的脸忽然热了，一边要抽回自己的手。她不但没有抽回，还被周北极往里一拉，顺势钳住了腰。谢雨慌了，身子扭动几下，变成弓形往后挣，两只手忙来忙去。但周北极一动不动，神情和力气都像是凝固的。谢雨恨恨地说，我要叫人了。她嘴巴张了张没叫出来，手却扬起来给出一掌。

周北极松了手，谢雨跌在长椅上。但周北极马上又扑上去。一记耳光似乎激发了他的力量。他压在她的身上，脑袋挨着脑袋，呼吸又短又粗。这样僵持一会儿，周北极还不知道自己要干什么。接着他从谢雨眼中读到了愤怒和不屑，这种目光提醒了他。他知道自己该干什么了。他开始解谢雨的衣服。他的手摸到一颗纽扣时，立即遭到谢雨的手的抵挡。两只手绞在一起，抢来抢去，像是在争夺一个制高点。一个制高点拿下，又同时扑向下一个制高点，但每一回总是周北极占得上风。随着纽扣被一个一个解开,谢雨的意志也在走向崩溃。谢雨说,周北极我还是学生!周北极缓一下,没有停手。谢雨又说,周北极我还是学生我还是学生!声音近乎哀求了,同时泪水泛上来,在眼眶里晃来晃去。周北极仍不说话,眼泪却也被引出来了,亮闪几下,一滴一滴溅在谢雨脸上。

在泪水中,周北极解除了谢雨所有的纽扣。他的脸因为激动变得明显的苍白,呼吸更加杂乱无章。他的手经过一番忙乱,爬上了谢雨的乳房,随后又掉头探向她的腹部。谢雨渐渐失了力气,连扭动的力气也失掉了。她的双手倒腾出来了,挂在那里。挂了一会儿,举起来往周北极的脸上打。打了几下,又奔拉下来,挂在那里。泪水盖住了她的视线,使她看不清上面的动作。她的意识都像是累了,找了半天,才找到飘然下陷的感觉。在下陷过程中,她听到自己痛楚地叫了一声。

四

谢雨的变化是从许多细节开始的。先前她挺能吃,四两米饭不在话下。有时怕人说,才打成了三两。别的同学每月能省下粮票去换鸡蛋,她怎么也学不会。现在好了,她的吃饭态度很女孩了,对着一碗饭菜能磨蹭半天。先前她上课并不精神,课间倒挺活跃,会缠住老师问这问那,让老师觉得自己的课引起了反响。有时也跑到教室外的小操场与同学们围成一圈垫排球,垫飞了就咯咯大笑,那笑声都能追着排球跑。现在这些都收了起来。周末的时候,班里兴起学跳舞,慢三快四的。谢雨原是积极分子,大家都说她学得快。但学了半截,再不见她的影子。"五四"节那天，教室里开舞会，同学们把生的熟的舞姿都端出来，一屋子的喧闹。谢雨跳了一圈，便坐在一旁看。同学说你怎么不跳呀。谢雨就指了脚腕子说，脚崴了，一跳挺痛。还提起裤管，让别人看贴着的风湿片。

谢雨的这些变化是点点滴滴匀在日子里的，同学们一时看不出什么。要说不一样，是谢雨比以前用功了，有更多的时间手里拿着书本。

其实谢雨现在看不进课本。她手里拿着的经常是小说什么的。一天下午，谢雨在教室里看一个悲情故事。故事中一个小姑娘挺着肚子，手挎一只竹篮，忧伤地走在回乡的小道上。她走呀走呀，突然走出了谢雨的视线。原来谢雨的眼睛脱离文字，去想其他一些事情。她从小姑娘想到私生子，再想到自己的"随身朋友"。她把时间算一遍，吓了一跳。再算一遍，又吓一跳。她不相信似的起身直奔厕所，慌慌地自查一遍，什么也没有。然后又不相信似的走回座位，坚持着再掰算一遍。算着算着，她终于散了脑子。她觉得自己太大意了，这些天一味地伤心，却忽视了身子的隐患。一整个下午，她眼前搁着小说，思想却气喘吁吁地跑在 Yes or No 之间。伴着这种来回奔跑，她的身子一会儿扔进火里，一会儿又扔进水里，辛苦极了。同学们一个一个走了，教室里只剩下一只孤单的身影。接着暗色来到教室，把她罩住了。在暗色中她一动不动，都忘了开灯。

她的糟糕心情一直持续到晚上洗脚上床。洗脚的时候，她看见了伤湿片。根据常识，伤湿片会搅乱秩序，而她已经打了好几天了。这个额外的发现让她稍稍心安，不至于躺在床上一头扎进噩梦里。

过几天，谢雨独自在水房里洗水服，洗着洗着胃里起了恶心。她想我怎么啦？我感冒了吗？我吃脏东西了吗？这样想着，心里已经慌了。她双手撑住脸盆，想让自己缓下来，但胃里一股气冲上来，顶得她伸长脖子，发出一串呕叫的声响。这声响在水房里最容易放大，嗡嗡地振动着。谢雨被自己的声音吓住，身子一下子虚了。她愣了半天，忽然提起双手往肚子上拍打。一下二下三下。手上的肥皂沫在拍打中变成众多泡泡，在她身前飞舞。泡泡灭了，她的手也没了劲儿。最后，谢雨在恍惚中觉得要做一件事情。她想一会儿，想起来了。她要让自己大哭一场。

谢雨去了澡堂。水龙哗哗流下，冲到她脸上，冲到她扁平的肚皮上。谢雨闭上眼睛，在水的冲溅中大哭。她哭得没有声音，也没有泪水。不是没有声音，声音只在她胸腔里撞来撞去。也不是没有泪水，泪水一出来即被更大的水流合并了。她哭了一会儿，弹开眼睛，再次看到自己的肚皮。她想象着这肚皮慢慢隆起，变成一只球，然后伴着她走在忧伤的路上，就像小说里的小姑娘那样。谢雨又哭了起来。她哭哭停停，在水流里不知待了多少时间。

这天夜里，谢雨睡不熟。第二天醒来，她决定找一家校外医院做一个化验。为了不引起同学猜疑，她还去上了两节课。临走时，正赶上教室里分发信件，其中有她的一封。她取过信封一看，竟是周北极的。她把信塞进衣兜，心想他怎么还敢来信。一边走一边愤怒，愤怒得脸都红了。因为光顾着生气，出了校门她还没想定去的地方。一辆公共车来了，她无所谓地跳上去，坐到最后一排。她掏出信拆开，见着半张纸。纸上没有称谓，没有署名，只写着一句话：我对不起你，我又上了前线。谢雨恨恨地想，你上吧，再挨一颗子弹吧，最好把那玩意儿打掉。

到西直门，谢雨下了车。她茫然站了一会儿，想逮一个人问话。但那么多人在跟前来来去去，竟没一个看着合适。说到底她心里有点虚。后来她堵住一位研究人员模样的人问了。那人停住自行车，很量化地给她比画：往前多少米，往右多少米，再往前多少米。谢雨松了口气，原来附近真有医院。她按着指点走了十多分钟，远远见到标有红十字的医院大楼。大楼是灰色的，大门又矮又宽，奇怪得像一张嘴。谢雨顺着这张嘴走进去。

　　一小时后，谢雨被大楼的嘴吐了出来。她看上去淡淡的，仿佛经过灰色楼一过滤，全身都暗了颜色。她的脚步也是淡淡的，用半个小时才走完刚才十多分钟的路。她站在大街上，慢慢移眼看天空，天空上有一只太阳。太阳晒下来，让人感到有些热。旁边有卖冰棍老太太的声音响起，谢雨听到了，就走过去要了一根。她给的是整票，老太太复杂地清点零票，清点完了找她，见她已经吃完。谢雨塞回一张零票，又要了三根冰棍。她举着三根冰棍，边走边吃。她吃得挺快，走到公共汽车站，已吃掉两根。她上了车，继续吃冰棍。冰棍在她嘴里久久不出来，一出来就小掉很多。如此一次次的小着，直至完全消失。她的手空了出来，无所事事地伸进兜里。伸进兜里的手触到了纸物，取出来，是一张化验单。再伸入取出来，是一封信。她把化验单和信叠在一起，一下一下撕成片，然后伸到窗外放了手。纸片马上在她手里没有了。这时，她听见一个陌生的声音在背后说，女学生，你这样乱扔东西是不文明的。

　　谢雨开始跑步。每天晚自习回来，她去操场上跑圈。夜跑的人比她想象的要多，在暗色里若隐若现。她跑着的时候，经常有身影超过，跑到前边去。有几个身影她还认得，是校运动会上的人物。同样是夜跑，她知道她跟她们是不一样的。跑累了，跑大汗了，她才停下来，慢慢走回宿舍，然后去水房擦洗身子。这时她多么希望洗着洗着在下身洗到一把血，并惊喜地叫出声。每次这样希望着，每次没能叫出声。于是第二天再去跑圈。

谢雨的夜跑逗起了同室们的兴趣。赵玲玲说谢雨你真跑呀,我还以为闹着玩呢。不是暗练运动会吧?巩莉说,练什么运动会,运动会都开过了。她是练身材!朱古丽说,要说练身材,谢雨还真有效果,不仅瘦了,还苍白了。赵玲玲说,跑步能跑白,我还是第一次听说,我想准是月光给照的。大家都笑。笑声中谢雨不吭声。马琴就说,谢雨锻炼身体有什么可说的。你们早上赖出操,晚上闹失眠,只怕四年下来耗成了黄瓜婆。大家又笑。

过一天,马琴悄悄找谢雨说,你这些天确实不对劲儿,我看出来了。谢雨说,没有呀,我挺好的。马琴说,你看上去总是那么累。谢雨说,可能是跑步太过了吧,我减下来。马琴叹口气说,要是这样就好,你可别突然扔出个事儿吓我一跳。

这天晚上,谢雨跑步时,天下起细雨。跑步的人四散,操场上更黑更静了。谢雨麻木地坚持着,雨水很快湿了她的脸和身子。在冰凉的感觉中,谢雨向前头的黑色跑去,一段又一段,一圈又一圈,似乎永远也跑不出黑色。这种情形几小时后进入她的梦境。梦中她困难地跑在一条黑洞洞的隧道里,孤单无援。她想找到一个亮点,这个亮点越来越大,最后变成出口。但她跑呀跑呀,却始终看不见这个亮点。

次日醒来,谢雨以为自己会患感冒,结果没有,只是心里慌慌的。上午课间休息,谢雨叫住马琴往外引。到一僻静处,俩人站住。谢雨说马姐,我真的有件事要吓你一跳。马琴不言语,等着。谢雨说,我怀孕了。马琴迷茫盯着谢雨,盯了一会儿,相信了。她说,谁的?谢雨说,周北极的。马琴跺一下脚说,你也太大胆了!你不知道这会挨处分吗?你不知道这会让咱们当不成同学吗?谢雨泪水滑了下来,说我不是愿意的,我是被迫的。又说,马姐马姐,这些天我过的什么日子呀。马琴说,我明白了。你跑步也是为了这个?谢雨点点头。马琴说谢雨你真傻，这不是树果子，摇一摇就能掉下来，你得去医院。谢雨咬着嘴唇说，我害怕。马琴说，害怕也得去。谢雨想一想说，我还是害怕。马琴说，那你留着吧。谢雨不吭声了。

谢雨把隐秘交出来，气有些薄，但心中的痛仿佛被除以二，缓了许多。两天后，马琴悄悄跟谢雨说，我给你找了家医院，在北太平庄。又说，你别太紧张，那里有我一位熟人。谢雨吓一跳说，我不要熟人！马琴说，为什么呀？谢雨说，我有医院，在西直门。马琴说，不论西直门还是北太平庄，都是医院。有个熟人总可以照应。谢雨犹豫着不说话。马琴说，我知道你的担心。北京那么大，你的事是一滴水，落下去就没有了。再说我可以把你讲成农村来的表妹，叫春妮什么的。谢雨笑起来说，我像农村表妹吗？我像叫春妮的吗？马琴也笑了说，那换名儿叫红牡丹或者白玫瑰，刚从三十年代的上海滩过来。

说归说，真做手术，得有一些准备。首先要找一理由，使谢雨事后在寝室安心躺上几天。想来想去，还得借着感冒。又拿了粮票去魏公村换鸡蛋，再买些红糖。马琴还弄了一只"热得快"来。临行前，谢雨把换洗的衣服洗好。

星期六上午，谢雨和马琴一起出门。马琴跟那位熟人说好，请一位最好的医生。熟人说什么最好医生，这种手术你来人就是了。马琴不从。熟人就真找一位资深医生，约定了时间。按该时间，她们计划坐公共汽车去，打"的"回来。

俩人挤上公共汽车，人很多。马琴抢得一个座位，让谢雨坐。谢雨不肯，被马琴按下身子。谢雨想我成什么了，还要人家让座。又想着马上来临的手术，心中的慌慢慢放大。马琴见着谢雨的脸色，就拿手去安慰她的肩膀。这时车到一站，下一些人，上更多人，马琴安慰的手把持不住，随着身子被挤到后面。人多了，车子似乎也吃力了，快一阵慢一阵，中间还夹着喘气式的声音。又过一站，已在郊外，车子忽然抖几下，跟着一个趔趄，停住了。司机一边嘟囔，一边揭开厢盖，一团大的蒸气腾起，散到车厢里，一下升了温度。司机研究片刻，取来工具，把脑袋和手一齐埋下去。售票员把歉意的话重复几遍，说车子马上就会修好。大家就等着。司机不时把脑袋抬起。每次抬起，大家都准备舒一口气。但他只是擦擦汗，又埋下去。有人失了耐心，要求下车。车门一开，仿佛溃了缺口，人跟着人都下去了，在路边站满一片。一些人准备步行到前面一站，想想又不舍。后面的公共车来了，被拦住，一批人挤了上去。又一辆车来了，又挤上一批人。马琴谢雨努力了几次，收获的只是狼狈。有一次马琴都上去了，见谢雨没上来，又奋力挤下来。这样混乱了一阵，原来的车子竟然修好了，余下的人又坐上去。一路上大家的心伴着身体摇晃，生怕车子再发脾气不肯走。

赶到医院，已经迟到。熟人一见面就抬着手表说，说好九点半，现在都几点了？马琴一迭声的解释。熟人不听解释，却拿眼睛瞄谢雨。谢雨目光无处可放，只好看向地面。熟人说，有点儿意思。马琴不高兴说，你这话什么意思？熟人赶紧笑了说，没什么意思。又说，刚才到点了你们不来，李医生就上了另外一位。你们先等一会儿，做完了那位做你们。俩人便在手术室外坐等。她们的对面坐着一位黑胖汉子，有些不安的样子，时不时站起来踱步。有几次踱到她们跟前，有搭话的意思。俩人忙勾了头不理。

手术室内安静，偶然有护士进出。有一阵子里面显出忙乱，脚步也繁了。一位护士伸出脑袋招去黑胖汉子，说几句什么。黑胖汉子返回坐着，只是更不安。马琴谢雨正等得着急，熟人出来了。熟人说，一个小手术，又是李医生，那女的竟然出大血了。你们还得再等。谢雨忙看黑胖汉子，见他一动一动，原来是抖着身子。谢雨心一滑，也想抖起身子。马琴忙用手握住了她的手。俩人镇定住，再等。过一会儿熟人再次出现，说今天恐怕做不成了，你们下周一再来吧。

五

星期一上午，谢雨被通知去系主任办公室一趟。捎来通知的是一位年轻教师，神色严肃。谢雨以为自己的事露了。她想一想，认为是那医院熟人干的好事，就对马琴说，你那位熟人真不是东西。马琴也愣了，不知说什么好。

到了办公室，见系主任候在那里，脸上干着。谢雨不敢看他，低下了头把十只手指绞在一起。系主任说你坐吧。谢雨坐下。系主任说，你近来好吗？谢雨不知道怎么回答，就不回答。系主任说，你看上去瘦了。谢雨仍不吭声。系主任说，不跟你绕圈子了，叫你来还是那位军人的事。他叫周北极对吗？谢雨说对。系主任说，你最近跟周北极联系多吗？谢雨说不多。系主任说，他过二十岁了吧？谢雨说老师你到底想说什么？系主任说，部队来电话，让我转告你……他停一下。谢雨淡淡地说，是不是又受伤了，让我去安慰他。系主任说，不是。谢雨说，那他想干什么？系主任说，他牺牲了。顿了顿又说，他死了。谢雨不明白地看系主任，慢慢站起来。看了一会儿，又慢慢坐下来。系主任以为谢雨会放声大哭，便等着，等一会儿没等到，就接着说，部队的意思是你可以过去一趟。谢雨说，我不去。我去干什么？我去干什么？系主任说，谢雨，你要冷静。

谢雨回到宿舍，马琴正在等着。马琴考察着谢雨的脸说，那事露了？谢雨摇头。马琴不相信地说，真的没露？谢雨点头。马琴说，你摇头点头什么意思？谢雨说，没露。马琴松了一口气说，那咱们还去医院吗？谢雨说去吧。

马琴携着谢雨出宿舍楼，向校外走去。谢雨走得有些慢，不时让马琴掉头催着。经过操场时，一帮男生在踢足球，一个足球远远冲过来，停在谢雨脚下。谢雨看着足球，不知道自己应该干什么。男生们喊，踢过来呀。谢雨醒了似的，捡起足球抛出去。足球在地上弹跳几米，停住了。一位男生气急地跑过来，对准足球狠狠踢出一脚，又回头瞧一眼谢雨说，怎么跟傻子似的。

俩人出了校门，在车站等着。马琴看着谢雨说，你的脸真白。谢雨摸一下自己的脸。马琴说，害怕了几天，怎么还没锻炼出来呀。还想说什么，车子来了。马琴拽着谢雨挤上去，占得一前一后两个座位。车子动了，车上的几缕阳光也跟着晃起来。晃动的阳光中有尘埃在活动。这时，马琴觉出站着的乘客里有一双目光看过来，接着又一双目光看过来。马琴怔了一下，明白过来，回头看向身后。她看见谢雨闭着眼睛，两行泪水挂下来。马琴吃了一惊，说谢雨你怎么啦？谢雨不弹开眼睛，泪水却下快了，几乎跳跃着。

车到一站，马琴赶紧拉谢雨下车。马琴说，你不想去医院啦？谢雨仍默默流泪。马琴说，你这样哭着什么意思？也不怕难为情！谢雨说马姐，周北极死了。马琴说，谢雨你这么咒人家不好。谢雨呜呜哭出了声：周北极他真的死了！马琴想说什么猛地刹住，嘴里张着，半天没合拢。她听见谢雨在抽泣中说话。谢雨说，我是不想去医院了。谢雨说，周北极是因为我再上前线的。谢雨说，我想把孩子生下来。

谢雨没去部队。她躺在床上断断续续地睡。睡了两天起床，苍白却固定在了脸上。同学们知道周北极的死，都来说一些安慰的话，说得不着边际。只有马琴盯着事情的重点，催谢雨把要紧的事办了。谢雨说，马姐你以为那天我说着玩的？马琴说，说归说，做归做，那东西在肚子里装久了可不好。谢雨说，装久了才好呢，现在我倒怕不小心掉了。马琴说，你以为你泡制药材？你装的是一颗种子，会长大结果的。谢雨说，我知道我知道。马琴说，你并不知道后果。我可以举出一百种不良后果，每一种后果都够你受的。谢雨说，我不怕。马琴说，我记得你说过这件事你是被动的、不愿意的。谢雨说马姐，一个人的死都不能改变一些事情吗？

谢雨说的话其实不扎实。她不知道自己到底改变了什么，但有一个想法从迷茫中突围而出。她认为一个人死去，是随着风飘去，融入空中就没有了。但周北极不一样，他留下了东西。这是周北极与现存世界唯一的联系。此联系是在对她侵害中完成的，就更显出冥冥之中的力量。她不能把这联系的绳索一刀斩断。谢雨知道自己的想法幼稚而且愚蠢，还沾着下作的气味，但就是抵挡不住诱惑。

以后日子，马琴变着路线又说了几次。谢雨主意已定，不为所动。马琴只能眼睁睁看着谢雨一步一步走向不可收拾的境地。

一个月过去，又一个月过去，新学期到了，谢雨的体形也开始走样。好在秋天已至，可以穿上宽松衣服，但她的动作明显迟缓。过去她是一条鱼，轻轻摆动尾巴，就游进了寝室，又游出了寝室。现在她走路更像一只拖把，拖来拖去的。铺位早已换过，马琴升到上铺，谢雨降至下铺。一回到寝室，她就喜欢把身子扔到床上，拿一本书做掩护，懒懒地不愿动弹。每天吃过早饭，她比别人早几分钟出门，却迟几分钟到达教室。路上，总有几位同学啃着包子一阵风似的刮过，把她甩在后边。上课时，老师在做分析：首先其次再次最后……谢雨的思想便在中间开小差。小差完了，觉得不踏实，又向同桌打问其次再次是什么。课间铃声响起，教室里活了。她坐着，静得像一枚图钉。同学们认为，周北极的死，让谢雨散了精神。

肚子的发展比想象的要快。一日，谢雨买来两条毛巾拼接起来，两头缝上搭扣，紧紧绑住腹部。这样看上去平整多了。不几天，腹部顽强地膨胀，搭扣把守不住，就撤后半寸。腹部大着，搭扣便节节败退着。退撤之前，总要坚持一些时日，所以谢雨腹部始终是受困的，委屈的。有时真难受了，就躲到厕所的隔间里松一会儿绑。这时她瞧着毛巾，比着先前的腰围，禁不住会发呆。发呆过了，又默默地将毛巾重新裹上。等到晚上躺进被窝，她的腹部才真正得到解放。此刻的被窝呀，既松软又安全，是她的自由空间。在这空间里，她的双手抚摸着腹部，蜷着的心会一点点张开，迎进柔柔的暖暖的感觉。这时谢雨就想一些事情，腹内的温度胎儿的姿势什么的。

冬天来了，暖气还没来。这个时间段最冷，同室们也最喜欢串被窝。谁迟了上床，对着自己冰冷的被子，一转身就会钻进别人已焐暖的被窝。别人受到冷惊，便呵斥。呵斥声引来求饶声，笑闹成一团。经常也有人钻谢雨的被窝，总被连推带骂地赶出。有一天谢雨刚睡着，赵玲玲钻了她的被窝。谢雨一激灵，赵玲玲已抱紧她。谢雨说你滚你滚你滚。赵玲玲正受着温暖，哪里肯滚。推搡几次，谢雨静下来。赵玲玲高兴了，身子动来动去，手碰到谢雨肚子。她愣了一下，很不明白，又用手去抚摸。这一次她惊叫起来，还腾地坐起身。有人拉亮灯，看见赵玲玲大着眼睛，久久说不出话。

这个夜晚，谢雨把同室们吓住了。她们的惊讶加起来，足以挤满整个房间。回想着这些日子谢雨的种种可疑之举，她们大悟了。大悟之后，就小心翼翼提些问题，其中最想知道的是孩子生下来怎么办。

谢雨告诉大家，我会送人，我要找到一个军人家庭。其他再问什么，便不搭腔了。

从此谢雨成了寝室里的特殊者。同室们知道了秘密，又要共同维护秘密，这多少有些让人激动。她们不允许谢雨再干任何力气活。谢雨拿起饭盒，饭盒马上飞到别人手里。谢雨要找脏衣服，脏衣服已变成干净衣服晒在外边。上午去教室，大家陪她一起慢走。到教室时大家一哄而进，觉得如此可以掩护谢雨的身形。下课回寝室，也有同学陪着。谢雨现在上楼梯正像做文章，走几步便要点停顿的逗号。作陪的同学也跟着不停地点逗号。

这个冬天，谢雨一穿上大衣就没有脱下来。她的大衣是军大衣，宽松臃肿，最容易模糊人的体态。她的脸因此被比得又小又瘦。不但又小又瘦，还透着浅浅的白。苍白之中，又隐着蝶斑。蝶斑轻易看不出来，却能感觉得到，好像什么东西没有洗去似的。她的脸和军大衣就这样搭配在一起，一日日的出现在别人眼中。同学们想起以前的她，禁不住地替她怜惜。只有谢雨知道，自己心里是多么的安静和清明。

进入期末考试复习阶段，谢雨的肚子达到显著的形状。课不再上，同学们三三两两去了图书馆或留在教室里。谢雨整天待在寝室闭门不出。她不知道自己能不能挨过考试，但仍然该背的背，该记的记。有时正认真着，肚中的孩子会踢出一脚或打个哈欠什么的，使她的背记不得不停下来。这时谢雨便歪着脑袋听肚子里的动静。她耐心听着，慢慢就听到肚中羊水哗哗流动的声音，婴儿在水中欢快扑动的声音，甚至嫩嫩的呢喃自语的声音。这些声音似有似无，需要一点点地去感应。当她觉得感应到了，便抿嘴一笑，好像拿下了一道难题。她的复习因此变得不再枯燥。

六

  谢雨到底没有挨过考试。剩两门课时,她还要坚持,肚里的东西不坚持了。去医院时,同室们纷纷要跟去,被马琴劝住。马琴护着谢雨上了"面的",向北太平庄而去。到了医院,熟人出来接应,将谢雨搀进分娩室。马琴办过住院手续,在分娩室外等着。这时她看见了那对夫妇。

  这对夫妇跟马琴谢雨见过一次面,是熟人安排的。见过之后,双方都没有意见。男的沾着军人的边儿,是转业军人,在一个小机关上班,似乎还本分。女的高高瘦瘦,眉目清楚,不知道为什么生不出孩子。见面前谢雨对马琴说,我最讨厌唠唠叨叨的女人,只要那女人不唠叨,我就答应了她。见面时,那女人不但不唠叨,还懂情理。她说,男孩女孩都成,是女孩我比对男孩还好。

  现在,这对本来毫无关系的夫妇赶过来一起着急。女人说,那小母亲不知吃饱东西了没有?不吃饱就没有力气。过一会儿,女人又凑过来说,那小母亲会不会紧张?这时候紧张特别不好。马琴说,你别小母亲小母亲的,她还是学生。女人哑了口,收回身子继续着急。此时马琴记起大半年前在这里见到的情景。她想,流产都会大出血,生孩子就更玄了。又想,可别生出一个有毛病的孩子,弄得这夫妇掉头就走。她一边骂着自己,一边无根据地瞎想,想得心里发慌。

  天色暗下来,那男人起身出去,很快买回几份煎饼。马琴有些饿,就接过来要吃。刚咬一口,忽然听到一护士探出脑袋在叫谢红谢红。

谢红是临时给谢雨起的名儿，马琴一时没反应过来。护士又叫，谢红谢红，谢红的家属哪儿去了？马琴悟过来，嘴里叼着东西奔过去。那对夫妇也赶紧跑过去。护士看着他们说，生了。马琴咽下东西，刚要问什么，护士把脑袋缩了回去。马琴松口气，与那对夫妇走回椅子。他们想要高兴，又不很踏实。又等了片刻，熟人出来了。三人起身围住熟人。女人说，都……好吗？熟人说，挺好的。女人说，男孩女孩？熟人说，男孩。一道亮光掠过夫妇俩的脸，又觉得不能太露，就腼腆地高兴。熟人说，不过孩子得跟妈妈待两天，两天过后让你们抱走。夫妇俩忙点头说，应该应该。

两天里，谢雨和孩子待在一起。说是一起，其实每天只有几次喂奶的接触机会，其余时间孩子集中在婴儿室里。每天清晨，婴儿室里推出两辆装着众多婴儿的推车。在此起彼伏的啼哭声中，婴儿们被分送到各个床头。谢雨倚在床上，看着白衣护士抱着婴儿快步走来，心里就生出奇妙的错觉，觉得护士背后照着一缕阳光，阳光伴着护士和婴儿向她走来。在这种新鲜的感觉中，一个新鲜的婴儿轻轻来到她的身旁。这是一个小东西，真正的小东西。他是丑陋的，又是美妙的。他肤色粉红，头发却特别的黑。眉毛淡淡的几乎没有，有的是两道深深的双眼皮。眼皮下眼睛闭着，偶然一弹开，便慌慌地合上。他的双手露在包布外边，紧紧地握成拳，静着。静了一会儿，忽然动了，动得肆无忌惮。原来他哭了。他的哭声脆脆的，凄凄的，似乎透着哀求的意思。谢雨抱起婴儿，塞给乳头，哭声立即止了，代之以急迫的吮吸声。他的吮吸无师自通，一下一下，显得霸道。同时他的手不安分地在乳房上划来划去，痒痒的酥酥的。吃饱之后，小东西进入休闲状态，安心地有依靠地闭着眼睛，鼻翼一动一动，呼出有些甜味的气息。他睡着了。

很快孩子被接走。谢雨意犹未尽。她想，我要给儿子起个名字。一想到儿子这个词，谢雨的脸红了一红。她还有些不习惯。一天之前，她仍坐在寝室里看考试习题，脑子里塞满各种答案。一天之后，隆起的肚子一下子没了，身旁多出一个精致的小东西。这个小东西叫儿子，她的儿子。现在，儿子离她很近，考试离她那么远。

谢雨在急切中等来了中午。一缕阳光又伴着护士和婴儿走来。在那一刹间，谢雨有一种久违的感觉，这感觉让她鼻子一酸，差点涌上眼泪。谢雨坐起身子，接过儿子举在眼前。她觉得几个小时不见，孩子有了新的气象。他的四肢活跃地弹动，像是挣扎又像是欢乐。他的胎毛绒绒的，发出好看的颜色。尤其他的眼睛，当抵近她脸部时，忽然张开了，闪着亮亮的惊奇的光。作为配合，他还打开嘴巴拨动一下小小的舌头。这个近乎扮鬼脸的动作把谢雨逗笑了。她端详着儿子，轻轻地说，儿子，你是我的每天，我给你起个名字叫天天吧。

过一日，同室们集体来看她。大家瞧着她的颜色，放心了。朱古丽说，谢雨你胜利了，过几天回去，你还是以前的你。赵玲玲说，用这样方式向学校的规定叫板，真刺激。我想写进日记里，又怕被人偷看，泄了秘密。巩莉说，你的日记谁偷看？还不是男朋友。赵玲玲说，我哪里有男朋友？巩莉说，谁知道呢？一边说着向学校叫板，一边不敢把人亮出来，二律背反嘛。赵玲玲说，别说我不敢，我是不知道把谁亮出来。你指一位让我高兴高兴。她们还想说远，被谢雨截住了。谢雨说，你们就不想见见我的儿子。大家静了一下，立即欢呼起来，说儿子在哪里在哪里。谢雨说在婴儿室里，你们得等着。大家便坐着，一边七嘴八舌猜想孩子的五官和四肢。谢雨静静听她们说话，心里一句一句纠正着她们，一点差错也不放过。她想她们是多么的没经验呀，不知道儿子的眼睛鼻子，还有紧握的小手。同室们说笑过了，看看时候不早，便说先回去，还有一堆复习题乱着。谢雨就不留大家。同学们出了医院，心里都想，这谢雨，怕是跟以前不一样了。

  第三天中午，谢雨等着孩子。护士出现了，抱着孩子一步一步走来。与以往不同的是，她的后面跟着熟人和一男一女。谢雨恍惚一下，明白了。她接过儿子，抱紧在怀里。熟人笑了一下，轻声说，两天了。谢雨不甘心地说，两天了？熟人肯定地说，两天了。谢雨便点点头，侧过身子给孩子喂奶。比起前两天，孩子的吮吸老练多了，不慌不忙，底气十足。这顿奶喂得有点久。喂完了，孩子被移到熟人手里，又很快传到那女人手里。女人抱着孩子，脸上激动得有些怪异，眼睛久久不眨。男人在旁边嘿嘿地笑着。谢雨看着他们，身子慢慢下滑，滑进了被子。她把被子往上拽了拽，盖住脑袋。周围暗下去，也静下去。谢雨想，帷幕拉上了，一切都结束了。她很快会无牵无挂地回到学校，在寝室的床上度过一个安心的寒假，寒假过完，她的"月子"也坐完了。接着她会收拾收拾自己，准备对付最后一个学期。她将补考两门课，然后写毕业论文，然后开毕业典礼……可是，她突然想，这些都不妨碍她把孩子多留一天的。孩子是她的孩子，她有权利选择两天或者三天。

  谢雨重新坐起身。别人以为她会从被子里带出两挂泪水，不想带出的是一句让人吃惊的话。谢雨说，我想把孩子再留一天。熟人脸色暗了暗，说这不合适吧，都说好的。谢雨说，孩子是我的孩子。她这么一说，别人就不太好说了。熟人征询地看夫妇俩。男人说，应该应该。女人说，那就再留一天吧。女人说话的时候眼睛仍不离开孩子。

  谢雨的坚持为自己赚得了时间。她把这些时间用作发呆。一整个下午，谢雨拥着被子傻傻地想。傻想最无条理，容易学着时钟上的分针，嗒嗒嗒走完一圈，又嗒嗒嗒走完一圈，最后回到原来的位置。谢雨想累了，合上眼睛慢慢进入睡乡。睡乡是自由的，解放的。她做了一个梦，梦中长出一个决定。决定让谢雨醒来。醒来的谢雨心里悠悠的，仿佛有忧伤一点点渗出。她望向窗户，窗户闭着窗帘，仍有余光透入，白得厉害，仿佛在下雪。她知道，外面很冷。

傍晚，护士按时把孩子送来。谢雨草草给孩子喂过奶，便自己吃饭。吃了两口，撂下了。她开始用毯子包裹孩子，试几次才包严实了。她看了看门口，然后把大衣挂在手臂上，抱起孩子走出病房。没有人注意她。在走廊里遇到一位护士，护士瞥她一眼，走过去了。谢雨出了住院部，来到医院门口。外边的景象吓她一跳。雪是打住了，但地上积着雪，一个白晃晃的世界。谢雨套上大衣，把孩子往怀里紧了紧，一边候着出租车。不一会儿，雪地上出现一辆出租车，驶近停住，下来几位脸色发绿的人。谢雨上了车，告诉要去学校。司机是一位愉快的中年人，一路上总想找个话题铺开。他从天气出发，驶过物价，又拐上知识分子待遇。显然他把谢雨认作年轻的大学教师。谢雨虚应着，不搭腔，司机的话势便渐渐弱了。

车子停在学校门口。谢雨用围巾蒙住脸，下了车。尽管是雪天，校门口依然人来人往，她没有因为怀里多出一个孩子而招来更多的目光。进了校门，跟往常一样抄小路过操场。操场现在变成了一块平整的雪毯，在晚色中泛着亮光，看着特别舒服。几位学生跑来跑去并夸张地扔着雪球，瞧样子就知道是低年级新生。谢雨正踩雪走着，忽然跑来两位男女学生，把她当作隔体相互追逐。俩人在她身前身后躲闪着。男生跑向身后，女生就跑向身前。男生跑向身前，女生又跑向身后。这样绕了几圈，女生甩开谢雨向远处奔逃，男生在后面紧追不舍。雪地上留下一溜脚印和一串笑声。谢雨望着他们跑远，继续往前走。她走进楼门，踏上楼梯，穿过走道，推开寝室的门。没有人以为是她。

当她打开围巾时,所有的人大吃一惊。大家把她拥进屋内,不停地问这问那。谢雨把孩子放在床上。孩子立即引走了大家的注意力。她们望着这么小的小人儿,不禁笑了起来。

马琴把谢雨拉到一边,问怎么回事。谢雨说我不想送人了,我想自己养。马琴说你尽胡说,你没发烧吧。谢雨说,我是认真的。马琴说,谢雨你已经让我惊讶了几回,我是越来越弄不懂你了。谢雨把马琴拉到孩子跟前,说马姐你看看孩子吧,看看孩子你就明白了。大家随了马琴再看小孩,这次看得有些静。静了一会儿,响起几声叹息。马琴说,那你接下来怎么办?谢雨垂了眼睛说,我不知道。马琴说,有一点我先让你知道,明天到这儿参观孩子的会有一百人,后天会有三百人,大后天会有五百人,大大后天……马琴没有说完,大家眼里已经出现声势浩大的场面。大家眨了眨眼,把目光投向谢雨。谢雨说,你们别这样看我,反正我不会把孩子送回去。正说着,孩子哭了,哭声响亮绵长,大家有些心慌。赵玲玲说,我有一个主意,可以让大家不再心慌。

一刻钟后,谢雨赵玲玲们出现在学校门口。天色进一步黑暗,但未暗透。谢雨还在犹豫,被赵玲玲从怀里抱走孩子。赵玲玲看一下周围,把孩子搁在旁边无雪的台阶上,然后离远了看着。谢雨望着孩子,觉得凉意从踩着雪的双脚开始,一截一截的往上爬。当爬过胸部时,她按捺不住要扑向孩子,被同伴们一把拽住。好在这时孩子哭了,哭声很快引起注意。一位教师模样的人走了过去,几位学生走了过去。随后谢雨赵玲玲们走了过去。

教师咦了一声说,谁把孩子搁在这儿?这么冷的天。他把孩子抱起来看了看,又抬头问,是谁把孩子搁在这儿?他的周围站着那么多学生,但谁也没能回答这个问题。教师打开毯子研究一下,说还是男孩呢，怎么就舍得搁在这儿。这时有一位男生说，老师你的意思是换了女孩便可以搁在这儿。老师说现在不讨论这个问题，现在讨论的是父母问题。男生说，父母问题没什么可讨论的，我建议把孩子送派出所或福利院。围观者中响起吱喳声，吱喳声中又响起啼哭声。老师说，我有办法不送派出所，也不送福利院——我有一位邻居急着抱养孩子，这孩子正是雪中送炭哩。这时谢雨慌乱地说，这不行。老师说，这很行，我现在就去打电话。他把孩子交给凑到跟前的谢雨，挤出人群打电话去了。赵玲玲环顾周围说，不能让孩子在雪地里待着，我们先把孩子抱回去吧。原先的男生说，孩子不是玩具，你们抱回去干吗？赵玲玲说，你以为我们闹着玩儿？我们这是献爱心。男生说，你又不是妈妈，还能养孩子？赵玲玲，你怎么说话呢！我们献点爱心都不行？男生说，你们是哪个系的？赵玲玲说，你什么意思？我们可不图表扬什么的。男生说，敢出这种馊主意的，不是外语系就是中文系。外语系喜欢浪漫，中文系喜欢别具一格。俩人正说得投入，有人突然指出，你们俩别抬杠了，孩子已经抱里边去了。

七

谢雨刚回寝室，中文系女生捡回男婴的消息已在宿舍楼里传开了。几位女生半信半疑，打上门来看望。她们看到床上真的睡着一个婴儿。他的手露在外边，手指又小又白，像几条伏着的蚕。女生们没见过这样的小手，禁不住感叹一番。她们刚离开，另一拨女生来了。这一拨女生看过小孩后，要给他起名字。她们建议亮亮强强笑笑或丢丢，说一个评议一个,一时没有结果。谢雨喝住她们,说孩子的名字已成定局,叫天天。她们咂摸一下,说天天也不错,就心满意足地走了。她们走后,寝室同学赶紧制作一张告示贴在门外:谢绝探望,保持安静。

这个晚上,寝室里洋溢着新鲜的气氛。同室们在狭小的房间里转来转去,想为孩子干点什么。谢雨怕耽误她们的复习,将她们一个个赶走。寝室里空了,谢雨坐在床边,心里飘过一阵茫然。没容她多想,孩子哭醒了。她抱起孩子喂奶,喂过了仍是哭。她打开尿布,看到一泡屎。她撤下尿布,擦净小屁股,换上一块尿布。然后去水房洗脏尿布,洗净后不知道晾哪儿合适。她想了想,回到寝室,将尿布铺在暖气片上。这样忙过,肚子浮起一阵饿意,空空泛泛的。她到公用柜子里翻找一遍,找到两包方便面。她将两包方便面一块泡了,不等泡透,就吃起来。还没吃完,同学们回来了。她们轻着手脚进门,先往床边凑,见孩子醒着,嚷动起来。两个小时不见,像久别重逢似的。很快孩子被抱起,在几双手里传来传去。谁抱得不像,便受到抨击。谁抱得太像,也得到一份讥笑。

闹过了,大家上床睡觉。睡觉前,有人还想抛出话题卧谈,被谢雨"嘘"的一声止住。寝室暗了静了,像是没了内容。暗静中其实还有内容,那是谢雨的思想。谢雨在想眼下的局面,想明天怎么办,想尿布奶瓶电炉蛋花鸡汤小衣服小鞋……正想得没有头绪,下身传来一阵凉。她知道今天太累,下边出血了。她不敢开灯,黑暗中摸探着把裤子换过,然后躺直身子,一点一点睡去。

半夜,一声啼哭将谢雨唤醒。迷糊中她撩起衣服把孩子揽在怀中。孩子没止住哭声,反而将乳头吐出。谢雨一摸孩子的脸,有些烧。她吃一惊,清醒了,再摸孩子,摸到一手的烫。她拉亮电灯,看见孩子闭着眼睛张着嘴巴奋力地哭,小脸都涨红了。她心颤一下,忙叫马姐马姐。马琴已经醒了,脑袋从上铺探出。谢雨说,孩子发烧了。马琴也没有经验,只好说多喂点水吧。谢雨忙倒水取勺,给孩子灌水。孩子的嘴太小,灌进去一点,马上被哭推出来,在脸上漫流。试了几次,开水没下去多少,哭声更嘹亮了。全寝室的人都被吵醒,抬起身子看谢雨的忙乱。谢雨突然灰了心,说不行,我得去医院。马琴从上铺下来,说现在只好去校医院,不知能不能看得婴儿的病?赵玲玲说我也去。巩莉朱古丽也说要去。马琴说你们都别去,别把什么事都闹得轰轰烈烈的。

俩人抱着孩子往外走,在楼门内遭到门卫老头的阻挡。门卫老头不开灯,只把不满的声音从屋内传出来:都什么时候了,还进来出去的?马琴说大爷,有人病了得去医院。门卫老头说,我怎么听到婴儿的哭声?难道我耳聋听错了吗?马琴说,您没有听错,是小孩的哭声。门卫老头说,我管的楼里怎么多出一个小孩?这是怎么回事?马琴说,这事儿一句两句说不清楚。门卫老头说,说不清楚怎么能出去?别以为我那么好糊弄。马琴说,大爷,孩子发着烧呢,孩子很小经不起烧。屋内静了静,铁栓往屋里抽进一截——门可以开了。但门卫老头坚持道,明天得空儿给我说清楚孩子的事儿。

出了门,外边出奇的冷。白天的雪地被踩出路后,在夜间冻成冰道。俩人搀扶着走,打滑的脚步跟不上着急的心。平时五分钟的路,这时走了十多分钟。进了校医院,俩人赶紧敲值班医生的门。医生在睡梦里被拽出来,本来不高兴,见病人是婴儿,更吃一惊。医生说,这儿不是儿童医院,你们带一个婴儿来算怎么回事?医生说,婴儿又不是学生,怎么能跟着你们享受公费医疗?医生又说,我不是赤脚医生,不能够大人小孩还有牲畜都可以治的。医生一边不停说着,一边给小病号注射药水,又开了几样药粉。谢雨马琴一迭声的说谢谢,把医生严肃的脸说缓和了。他把药粉的喂法讲解一遍，然后迷茫地看着两位女生抱着孩子离去。

　　回到寝室，谢雨给孩子喂药。孩子觉出药水不是奶水，便用哭声来抗议。哭声自然又把同学们吵醒。这次同学们听到的哭声不仅是愤怒的，还带有新的花样：先发一声响，然后停顿片刻，再发出更猛烈的声响。中间像是休息又像是攒劲，把哭声割成一截一截的，让人直揪心。这样折腾好一会儿，孩子才安静睡去。

　　第二天上午，同学们起床了，谢雨还在沉睡。这时敲门声响起，响得比较文雅。有同学拉开一道门缝，见是昨晚校门口的老师，忙说等等。把谢雨拽起，穿好衣服，将门打开。老师小心翼翼地进来，后面跟着一位同样小心翼翼的男人。老师看看眼前的同学，又看看床上的小孩，高兴地对身后的男人说，找着了。男人满脸的皱纹蠕动起来，说谢谢谢谢。同学们相互望望，心里明白了。赵玲玲说，谢什么呀，我们又没做什么。男人说，你们做了你们做了。赵玲玲说，我们做什么也是为自己做的，不是为你做的。男人吃了一惊说，这孩子是张老师先捡到的。老师说，是的是的。男人说，听到消息我立马赶过来，不想被你们暂时收留，急得我呀一夜没睡好。赵玲玲说，不是暂时收留，是长期抚养。老师笑笑说，你们开玩笑吧，这是大学，不是托儿所。赵玲玲说，大学更要做好事献爱心，从中培养我们的高尚情操。大家说是啊是啊，老师你不会反对我们这样做吧。老师说，我不是这个意思……他还想说什么，那位满脸皱纹的男人已凑到孩子跟前，对着孩子咧嘴笑。谢雨一把推开他，说你干什么！男人说，我没干什么，我就想要这孩子。谢雨不说话，生气地站到他面前。其他同学也纷纷站到他面前。大家一齐往前走一步，男人和老师就往后退一步。进一步退一步，又进一步又退一步，男人和老师退到了门边。忽然男人眼眶红了，抖着嘴唇说，学生们你们……你们行行好吧。他未说完，门被"砰"的一声关上。同学们站在门内，沉默不动。过了半晌，有人吃吃笑起来，说挺像阶级斗争的。

因为这一插曲，谢雨有了警觉，担心节外生枝。不想越怕越有事，午饭时，同室们急急跑进来，让谢雨瞧一眼楼下。谢雨见她们气急的模样，赶忙起床，将身子移到窗边。她看见楼下门口拥着一群人，几个人叫着什么，更多的人挤进挤出的动着。谢雨转过头，眼里闪着不明白。赵玲玲说，她们在给天天募捐，她们打的口号是：伸出你的手，让天天成为我们的天天。谢雨的腿一下子虚了，慢慢坐到床沿上，问，这是什么意思？巩莉说，是昨晚来探望的那拨人搞的，大概见我们先拔头筹，也不甘落后想做点好事吧。朱古丽说，她们说钱跟粮票都行，奶粉鸡蛋也欢迎，挺可笑的。谢雨挣起身子再看楼下，团着的人群已经抻开，变成了长队。在白的雪地里，长队仿佛一条细虫，慢慢地向前爬动，后面则不时添加着尾巴。谢雨觉得滑稽之极，想放声大笑，忍住了，慢慢移动身子走回床上。

这天晚上，孩子还有些烧。谢雨怕惊吵大家，早早喂了药。熄灯后，大家似乎都粘着倦怠，懒懒的不说话。不一会儿，房间里响起细细粗粗的鼻息声。谢雨睡不着，睁着眼睛看黑暗。暗色看久了，便显出亮色。眨一下眼，亮色不见了，又恢复暗色。谢雨在暗色和亮色的来回间不知待了多少时间。夜半，孩子不出意料地哭了，哭势很猛。谢雨抱起孩子出了房间，待在走道里。又怕哭声干扰两旁的寝室，便沿着走道慢慢往前走。走到尽头，又慢慢走回来。孩子的哭声那么顽强，没有休息的意思。谢雨不停地晃着孩子，最后把孩子晃进了水房。水房里有回音，孩子的哭声更显悠长。为了控制孩子哭声，谢雨开始哼曲子。哼着哼着，她发现哼声走样了，中间杂着抽泣声——她哭了。

意识到这一点，她不打算制止自己。她任自己的泪水一个浪头一个浪头的涌出，在脸上泛滥。她的脸因此变得水淋淋的。

次日谢雨起得早。大家起床时，见谢雨已坐在床边，脸分明的苍白。正想说什么，敲门声响了。有同学说别是昨天那位傻男人吧，就警惕地开门。门外站着系里的年轻教师。年轻教师说，系主任有要紧的事找谢雨，让她去一趟。同学说什么事？年轻教师说我也不知道，转身走了。大家担心起来，说准是抱养小孩的事传到系主任耳里了。有人说不对，要是抱养小孩的事应该让我们全体都去。有人想一想说，没准儿又是南方前线的事。这样一说，大家心里紧了一下，拿眼睛看谢雨。谢雨慢慢地说，你们不要猜了，不管什么事，我都不会去。顿一顿又说，今天我得离开学校了。她的话把房间说静了。赵玲玲说，你要去哪里？谢雨说，回家。赵玲玲不相信地说，你带着孩子回家？谢雨说，这是没办法的事。我想过了，待学校里总不是长久之计。赵玲玲说，待学校里至少还有我们帮着。大家说是呀。谢雨摇摇头，不吭声。大家把这几天的情形想一遍，也觉得帮助的话很虚弱。马琴摸摸孩子的额，不烧了，就说，你先回去也好，在这里确实不是办法，弄不好把身子累垮了。回去把月子坐好，下学期开学再回来。大家回味一下，觉得有道理，就高兴起来。高兴了一会儿，又想起谢雨抱着孩子走进家乡小镇的情景，大家又有些心酸，那高兴也慢慢地抽去。

整个上午，大家帮着谢雨收拾东西。又有人上街买了火车票回来。吃过午饭，谢雨让马琴送站，其他人别送。大家执意要送。有人先拿了行李，又有人抱起孩子，拥着谢雨出门。校园里的雪还没化净，一片白一片黄的。大家走在湿漉漉的校道上，有些沉默。有人想说什么，一时找不到话头。这时襁褓里又响起哭声，汹汹涌涌的。有人就说，这孩子真爱哭，一点儿也不像战士的后代。这话一出，大家都觉得不好,因为很久以来,谢雨不再提周北极了。果真谢雨淡了脸说,别提周北极,我恨他。

送走谢雨回来,大家心里都存了一个预感,只是相互不说。考过试,同学们回乡过年。过完年,又纷纷返校。见面时,大家自然一阵欢闹。欢闹过后,同学们点来点去,只少了谢雨。大家心里想,果然果然。同时不甘心,暗中留着一份等待,每次回寝室都觉得会突然多出一个人来。再过些日子,谢雨终于没有回来。

附录:

在那时
——与《读者周报》记者伍中的谈话

伍中(以下简称"伍"):读过你的《谢雨的大学》,发现你选择了一个不太好写的题材。你为什么要回到二十年前的大学?

钟求是(以下简称"钟"):大学生活一直是我特别珍惜的一段经历,也是我可以期待的"资源"。这些年我收藏它,不轻易动用它,为的是给它足够的时间。事实正是这样,经过时间的过滤,以前的一些东西开始在我的脑子里闪闪发亮。

伍:你认为闪亮的东西,也可以比喻成穿行时间隧道时看到的出口亮光。朝着这亮光走出隧道,你看到了什么?你能说得清晰一些吗?

钟:在二十年前的大学校园,我的周围到处都是诗人和理想主义者,大家对许多事情都表现出没有经验的好奇和冲动。一场关于战争和牺牲的演讲会让许多同学流下眼泪,一句"谁是最可爱的人"的口号会让许多同学改变思考的方向。在那个英雄主义盛行的时代,我们不知不觉中付出了代价。

伍:难道"谁是最可爱的人"这个提法有错吗?

钟:没错。但无论英雄也好,最可爱的人也好,都应回归到"人"上。不然,所谓的英雄就会被放大变形,成为政治的调味品。而去品尝这种调味品的人,往往会进入迷茫甚至悲剧的通道。

伍:小说中的谢雨有原型吗?

钟:是的,她是我们班的同学,江苏人。她的故事在校园里曾经轰动一时。

伍:我想,把二十年前的事件转化为小说,应该是需要机缘的。

钟:写这篇小说缘起于不久前的一次同学会。这是毕业后我们班第一次完整的聚会,很多同学请了假从全国各地赶到北京。那么长时间没见面,同学们的身份和思想都变得很复杂,但谁都愿意装出很有派头、生活得很滋润的样子,提着劲儿说自己的事。说着说着,有人提到那个女同学的名字。当时大家静了下来,等着别人通报那位女同学的信息,可谁也没有吭声,谁也不了解那位女同学的情况。自打二十年前带着孩子离开学校后,她似乎在人间蒸发掉了。

在这次同学会上,那位女同学意外成为大家感兴趣的话题。大家你一句我一句说着她,说出了许多感慨。

伍:如果你觉得不方便说出那位女同学的名字,就管她叫"谢雨"好了。

钟:好的。同学会后,我回浙江的途中下了火车,来到"谢雨"的家乡小镇。离这个小镇二十公里的地方是一个叫周庄的镇子,号称中国第一水乡,每天都有许多人前去参观。不过"谢雨"的小镇还算安静。我费了些周折,找到"谢雨"居住的宅院——这个宅院在读书时经常被"谢雨"挂在嘴里。但不巧的是,宅院刚被推倒,成了一片待建的废墟。

我站在废墟上,有些不甘心这样离去。后来,一位老伯成了我打听的对象。老伯说,是有一位叫"谢雨"的女人带着一个孩子在这里住过,不过是好些年以前。那时,她把宅院的屋子打开,对着小巷开了一间杂货小店。小店的生意并不好,但"谢雨"愿意整天坐在小店内。有时下雨了,小巷里空无一人,"谢雨"就茫然地仰头,看着雨丝从小巷上空飘下来。

伍:再后来呢?后来"谢雨"去了什么地方?

钟:不知怎么,那会儿我脑子里反复出现"谢雨"仰头看雨的情景,我想她的眼神一定透着长长的忧郁。我突然觉得,再去追究她的去向已经不是十分重要了。

伍:我同意你的这种感觉。截下一个人的一段历史,看上去不够丰富,但往往是最有力量的。只是这对你那位同学来说有些残酷,因为很显然,她希望别人忘掉她。

钟:这正是我想借助这篇访谈的目的所在——我想表达一种歉意。其实作为同学,我仍然很想打听到她的近况。假如她能看到这篇小说,然后突然给我打一个电话,我会很高兴的。

未完成的夏天

一

王红旗十岁的时候，被父母打发到一间单独的屋子里睡觉。睡屋不大，四周板壁贴满了报纸。一天他半夜醒来，发现板壁上有一只淡淡的亮点，卧在那里久久不动。迷糊中他想了想，没猜透这只亮点的来路。第二天起床后，他把脑袋凑到板壁前，再没找到那只亮点。他只看见大大小小的黑字在板壁上挤来挤去，像是在看一场露天电影。大一点的字是标题，写着"我们走在大路上"，还写着"深挖洞，广积粮"。在深挖洞的"洞"字下边，显着一小块凹痕。轻轻一戳，报纸破了，露出一个小洞。王红旗想，原来是这样。

小洞有拇指甲那么大。往小洞里看过去，是大真小真的房间。这一天是星期日，可以拖觉的，但大真小真已经起床，穿着花布汗衫和裤衩，站在衣橱镜子前互相扎辫子。她们一前一后，后一位的双手攀着前一位的头发忙来忙去，一边忙着还一边说话，说话轻轻的，却引出脆脆的笑声。笑声中她们一人捅了另一人的腰眼，另一人便乱了身子左右躲闪，手中未完成的辫子被拽得笔直。

  这样嬉闹着，辫子很快扎完，然后一个身子走出屋子，跟着另一个身子也走出屋子。她们向门口移动时手脚是轻的，像是悄悄向王红旗走来。王红旗身子一缩，让脑袋离开洞口。他怕她们瞧见自己的眼睛。但她们很快走了过去，谁也不去留神旁边小小的洞孔。

  对王红旗来说，大真小真是一道费脑子的作业题，因为她们长得太相像了。在宅院里，住着十多户人家，每天晃来晃去的有几十张脸，但王红旗心里自有条理。很小的时候，他经常蹲在院子大门口，遇到一个人就响亮地叫上一声，从来没有喊乱。唯一例外的是大真小真，每次瞧见她们，王红旗都闭上嘴，只用眼睛看过来又看过去。他眼睛里不仅装着惊奇，还有些恼怒——他恼怒的是她们老让自己犯糊涂，像一个不聪明的孩子。后来长大一些，他才明白她们是孪生女，允许长得一模一样的。后来再长大一些，他开始练习在她们的身上寻找小的差异。只是这种寻找并不可靠，在许多时候，他会吃上一惊，然后知道自己又出错了。王红旗觉得，识别她们就像识别两只燕子或者两只鸡蛋一样吃力。

  在这个夏日的早上，王红旗仍然没能认出谁是大真谁是小真，不过这次跟往常不一样，他心里冒出一些快意。他对自己说，我把她们偷偷瞧了，可她们什么也不知道。这种异样的感觉一直保留到吃完早饭。随后，太阳蹿高了，屋子里闷热起来。王红旗甩着拖鞋走出家门，来到宅堂上。今天不是上班日子，宅堂上坐着一群人在纳凉闲话。

  王红旗坐到旁边角落里，这才发现闲话的全是女人，其中有大真小真。女人们手里做着零活儿，嘴里东一搭西一搭的说话。说到要紧处，就勾出一批笑声。笑声有时浓有时淡，起起落落的。王红旗还发现，大真小真坐在她们中间，织着一截毛衣，不多说话，只是随着大家笑。王红旗想,她俩笑起来也是一模一样呢。王红旗又想,让她俩猜八遍也猜不到早上的事哩。

正分着神,一个女人留意到了王红旗。女人说:"王红旗,你支着个耳朵想听什么呢?"王红旗说:"我什么也不要听,我不理你们。"女人说:"你不理我们我们得理你,你过来!"王红旗不情愿地站起身,走到女人们跟前。女人说:"你看看,我们都挺忙的,你两只手却闲着,你得帮我们干点儿什么。"王红旗摇摇头说:"我不喜欢做女人家的活儿。"女人说:"嘿,他说他不喜欢做女人家的活儿哩。"大家咯咯笑起来。笑声中有人说:"王红旗,这么说你是男人喽?"王红旗瞪着眼不说话。那人又说:"是男人都要喜欢女人的。你倒说说看,你喜欢我们当中的哪一个?"马上有人搭腔说:"男人嘛都爱吃嫩的,王红旗一定只喜欢大姑娘。"另一个人说:"正好大真小真是大姑娘,你们俩让王红旗挑一个吧。"大真小真抿了嘴,望着王红旗吃吃地笑。王红旗见大真小真不仅不脸红,还看着自己笑,就有些生气。有人又说:"王红旗,跟大真小真一起睡觉,同搂着你妈睡觉不一样哩。"王红旗说:"呸!我现在一个人睡觉。"王红旗又对大真小真说:"你们不要脸就找别的男人睡去!"

周围静了一下。大真小真脸上的笑定住,僵在了那里。这时一个声音说:"这小子这么小就学坏了,得整治整治他。"有人把嘴巴一噘,冲着天井里的水缸说:"把他丢进去泡个澡。"那只水缸是防火用的,常年盛着雨水,雨水里还游着些蝌蚪什么的。大家哄地笑了,都把眼光递给大真小真。大真小真就真的站起身,一甩辫子,四只手拾起王红旗的四肢,乱着脚步往天井里走。王红旗嘴里嚷着,身子在空中扭来扭去。到了水缸边,大真小真一用劲,将王红旗甩上缸口。王红旗身体一下子挣直,脑袋脖子和脚脖子卡在缸沿上,屁股悬在空中不肯落下。大真小真也不着急，按住王红旗的双手在旁边等着。等了一会儿，王红旗的屁股坚持不住，一点点向水面贴近。很快，王红旗便感到屁股上的冰凉，这种冰凉又慢慢向四周扩大，爬上他的裤衩和背心。这当儿，王红旗愤怒地看到，大真小真抖动着肩膀，眼睛笑成了一条缝。

王红旗没有想到，上午的事一下子窜到了晚上。

吃过晚饭，王红旗来到后院的玉兰树下，同邻家伙伴们凑在一起，听阿福布置游戏。阿福是他们的头儿，脸长得又黑又糙。因为这张脸，原先他的地位并不扎实，大家对他的态度有些犹豫。后来电影院上映越南电影《阿福》，影片里阿福偷走美国鬼子的衣服让大家特别痛快。伙伴们就整天阿福阿福地叫唤着，把电影下的阿福叫唤成了说话算数的人物。

现在，阿福站在树下，一只脚支着，另一只脚在地上划来划去，眼睛虚望着周围。这种懒洋洋的样子让大家多了几分期待。大家看着阿福，忍住了不说话。过一会儿，阿福把涣散的目光收回眼中，说："知道最近电影院在放什么片子吗？"一听他说这个，大家释了一口气，有的说知道有的说不知道。知道的人说："是一部越南电影。"阿福说："对，又是一部越南电影，叫《森林之火》。"知道的人又说："《森林之火》好看，是一部打仗的电影。"阿福点点头说："电影里最有趣的是游击队员在山上跑，几个敌人在后边追，当追累了趴在地上喘气的时候，游击队员故意喊话了。游击队员喊没有子弹啦没有子弹啦。敌人一听子弹没有啦，满脸都是高兴，傻乎乎地往上爬，结果被游击队员一枪一个花了脑袋。"阿福顿一顿说："今天我们玩的就是这个。"

天开始暗下来，暮色中大家纷纷挺直了身子。看得出来，大家都不愿意扮演敌人的角色，白白让自己的脑袋开花。阿福眯着眼睛，左右扫了一遍。他先在一张猴脸上停住，说："你算一个。"猴脸一下子矮了身子。阿福眼光慢慢移过来，搁在王红旗脸上，说："你也算一个。"王红旗跳一下脚说："为什么？"阿福淡淡地说："今天你屁股在水缸里蘸了水，裤裆都湿了。"大家嘻嘻笑了，纷纷说屁股蘸水了当敌人最合适。

这个晚上，王红旗当了一回敌人。他握着一条木棍做步枪，和猴脸一块儿弓着腰往前走。先走得畏畏缩缩的，像一个胆小鬼，后来听到"没有子弹啦没有子弹啦"便加快脚步。然后"枪声"响起，他身子摇晃几下，一头栽在地上。由于用力过猛，他的手都摔疼了。

第二天，王红旗要去看电影《森林之火》。他首先想到废品收购站。为了看电影，每次他都要卖掉一些东西。上次，他卖掉了废瓶子。上上次，他卖掉了废牙膏。更早的时候，他还卖掉了废铜丝。现在，可卖的东西越来越少了。他在房间里转了一圈，又转了一圈，脑袋上冒出许多汗珠，可什么也没找到。

本来王红旗可以向父母讨钱的。问题是有一回，他见父亲的长裤趴在椅子上没人管，就自作主张从裤兜里摸出一张钱票来。那天他不仅看了电影，还买了一堆零食边看边吃，把一个晚上弄得挺自在。下一天，父亲发现自己少了钱，就去问母亲，母亲赶紧摇头。又去问王红旗，王红旗也摇头，但摇得慢了些，被看出破绽来。父亲怒眼吼一声，王红旗便招了。结果他得到一记耳光，并失去讨要零钱的权利。

满头是汗的王红旗在一张竹椅上坐下，手里举着一把扇子往脑袋上扇。凉风中，他的脑袋似乎开了窍。他想，我不能跟父母要钱，但可以向别人借钱呢。这个念头一起，他随即在脑子里找人。他先找到一个人，马上放了过去。再找到一个人，又放了过去。然后，他找到了邻居五一爷。五一爷跟别人有些不一样，他是个搬尸工，常年与死人们打交道。因为这个，宅院里的人不太愿意接近他。王红旗有时出于好奇同他搭几句话，他便高兴。有时向他借点钱，他也没有不高兴。

王红旗起身出门，穿过天井走到五一爷家门前，叫了几声。屋内没人应声，再一细看，门扣上挂着锁。王红旗知道自己着急了。他返身坐在五一爷家门前的石阶上，眼睛远远盯着宅院大门。

宅院大门进进出出一些人。有人见王红旗坐在那里，就打一声招呼。王红旗嗯嗯应着，声音和表情都有些淡。他想，别以为我闲着，我心里装着事呢。

不知过了多久，大门口出现一只弯驼的身影，沉着脚慢慢移过来。王红旗等那身影挨近了，站起身唤一声五一爷。五一爷抬起脑袋说："原来我家门口待着一只兔崽子。"王红旗说："五一爷，我在等你呢，我已经等了好久。"五一爷说："我得猜猜，兔崽子等着我要干什么。"王红旗说："你猜吧"。五一爷说："兔崽子要让我讲一个死人的故事。"王红旗摇摇头。五一爷说："兔崽子想看看我兜里掏出什么好吃的东西。"王红旗又摇摇头。五一爷瞪着眼说："反正兔崽子想占我一点什么便宜。"王红旗点点头说："五一爷，我想跟你借点钱。"五一爷乐一下脸说："小子，上次你跟我借的钱还没还呢。"王红旗说："我有一个打算，下次一块儿还上。"五一爷说："你这个打算是只毯！"王红旗伸出手指说："我们可以拉钩。"五一爷说："拉钩有个屁用！"王红旗想一想说："我借钱也不是白借的，我可以让你看一件稀奇东西。"五一爷说："什么东西？你拿出来瞧瞧。"王红旗说："不能拿出来的，你得上我家去看。"五一爷说："我可不会上兔崽子的当。"王红旗跺着

225

脚说:"我要是骗人你一枪花了我脑袋。"五一爷说:"这话说得挺狠的。你爸妈在家吗?"王红旗说:"还没回来呢。"王红旗父母在一家远郊化肥厂上班,每天回家比别人晚一些。五一爷说:"我还没进屋,就让兔崽子拽了去,这说得过去吗?"王红旗使劲点头说:"说得过去的。"

五一爷玩心被勾起,转过身随王红旗往家里走。天还明亮着,进了屋子,眼里有些暗。王红旗招招手,将五一爷引入自己睡屋。五一爷说:"兔崽子的破东西在哪里?"王红旗指着板壁上的报纸说:"在这里。"五一爷凑近身子说:"这上面全是字儿,兔崽子唬我呢。"王红旗说:"你细看看,字里还有东西。"五一爷定定神,果然看到一样东西。五一爷说:"这是一个小洞。"王红旗说:"洞里还有东西。"五一爷歪了脑袋,把眼睛贴上去。

在这时,五一爷才知道自己遇上了重要事情。他看到小洞里有一间屋子,屋子正中搁着一只挺大的浴盆,浴盆里立着一只白的身子,白的身子上跳着两只翘的奶子,翘的奶子上颤着红的圆点。

五一爷喉咙里很响地咕了一声,身体定在那里,一时没了动静。他的怪异神情让王红旗暗暗高兴。王红旗想,这一下你该掏钱了吧。

二

在许多人眼里,五一爷无疑有些神秘,因为谁也弄不明白他的来历。大家只知道他是从五一河上游漂下来的。

五一河是当地的一条主河,贯在镇子中间。河不算宽,却挺舒展。往上看,它伸向很远的地方。往下看,它也伸向很远的地方。那时候,河里的水据说比现在要猛。每年春季，暴雨甚欢，河水便趁机骚动起来，气势汹汹的。这时一些闲人便手握绑着铁钩的竹竿在岸边巡走，一边走一边盯着河里的各种异物。如果运气好，他们能捞到一截木头、一张旧椅或者一只锅盖什么的。这些东西可能属于上游的某个镇子，也可能属于更上游的某个村子。在打捞过程中，自然是谁最早发现河里的目标，谁就获得抢先下手的机会。所以岸边的人们一次次相互超越，将拦截的地点挪到比别人更上游的位置。最后，在镇子的郊外远处，也晃悠着手持竹竿的人影。

一天，一位打捞者在城外游走，忽然见河中央浮着一件怪异东西。那东西黑乎乎的，模样粗壮，有点像敞口的大箱子。打捞者吃了一惊，心中大喜，无奈城外的河段宽大，竹竿太短，又无小船，一时无法得手。眼看那东西随着水流向前移去，打捞者急了，撒开腿跑起来，跑了一会儿，遇上另一个打捞者。另一个打捞者也弄不懂河中东西，只是心中不舍，就跟着跑起来。很快，又遇上第三个打捞者，他没有多想，低了头便跑，跑得比其他人还快。不多时，河岸上跌跌撞撞跑着一群手握竹竿的人，不知道的人还以为看到了械斗的场面。

河道拐进镇子，水面瘦了些。一个打捞者眼尖，突然喊道那是一只棺材。一句话让大家缓了脚步。棺材是不祥东西，搁在家里不好，却可以换钱的。这样一想，大家的脚步又快了。

那口棺材漂到镇子西门时，终于被一只小船截住。站在小船上的两位打捞者刚把竹竿伸出，猛地停住了。他们看见棺材里躺着一个老头儿，像是已经死掉。慌乱中他们收起竹竿，要把小船划开。想想不妥，只好把棺材推向岸边。

岸边已站着许多人。看着棺材里的内容，大家静了身子，都不吭声。有个胆大者走下台阶，抻长脖子往棺材里端详，端详一会儿，大声说:"是个活人!"大家赶紧凑近脑袋细看。他们看到棺材里的老头儿弓着身子,眼睛不弹开却拼命蠕着嘴巴,周边的须髯被带得一动一动的——果然是个活人。

这个有点驼背的老头儿后来被人们唤作五一爷。

五一爷被人送到医院,挂了一瓶盐水,吃过几顿饱饭,就缓过劲来。那两天里,他对医院留下了好的印记——有床睡,身上还盖着白净的被子;有饭吃,到三餐的点儿护士会把饭菜送来。五一爷想不出还有比这儿更好的地方。后来医院让他走人,他很不乐意。医院说,这两天的钱都掏不出来,你还想住下去?五一爷说,我出了你家的门就没地方可去,最后还会饿死,饿死了别人还会把我送到这儿来。医院说,我们真是倒霉,遇上你这么个说话的人。五一爷说,你们行行好,给我一个活儿干,我做什么都行。医院考虑一下,刚好太平间里缺人,便把他留了下来。

从此五一爷把许多时间花在太平间里。在这儿,他见到了各种各样的死人,也学会了听各种各样的哭声。一阵亢亮的哭声传来,那是下辈在哭一位上岁数的老人。一阵揪心的哭声传来,那是一个女人在哭自己的男人。还有一种哭声,被剪成一段一段,不能一气到底的,那兴许是一个小孩死掉了。每回外面哭声响起后,很快会送进一具尸体搁在水泥台子上,由他稍加收拾,譬如擦一把脸、换件衣衫什么的。这些尸体待不了太久,便会被亲人取走,放在家里吹打热闹一番,然后被送到更合适的地方长眠。也有的尸体一时不领走,静静地躺着与他为伴。这时五一爷便会坐在凳子上,取一支烟点上,让烟雾在幽凉的屋子里蹿来蹿去。在烟雾中,五一爷有时会想起些远远近近的事儿,有时什么也不想。

后来，外面闹起了运动，动静越来越大，死人的事也越来越多。五一爷不能老待在尸房里了，他得拉着板车出去拣尸。他拣过被揍死的，拣过自杀的，还拣过被枪毙的，这样他就见过许多不一样的脸。被揍死的脸一般扭来扭去的，身子还缩得很小，不容易抻开。被枪毙的脸色大多白灰灰的，看上去平静一些。有一次他遇到一具被枪毙的身体，腰部裂开一道长口，说是被掏了肾子和肝子，但他脸上仍是平静的。不平静的总是那些自寻短见的脸。他见过一具投河的，捞上来时身体已经发绿，肚子鼓鼓的，使劲一戳，口中竟蹿出很重的臭气。嘴巴周围的肉呢，使劲扭来扭去，眼皮还撑着不肯松落。还有一回，他遇到一具吊脖子的，说是刚参加了一个批判会，跪在地上，人们排着队往他脑袋上吐口水。他脑袋被剃光了，容易打滑，口水就淌到眼睛和嘴巴里。回家后他把脑袋挂在绳套里，还好几天不让别人发现，结果让老鼠拣了便宜，它们顺着绳子爬下来，在脑袋上咬出七道八坑来。等到五一爷去收尸时，那张脸已像揉成一团的破布。

五一爷干活的时候，少不了跟女尸打交道，也见过许多光身子的。他搬弄她们，收拾她们，有时也擦擦洗洗的，但从没什么念想。女人断了气，再好的身子也变成腐肉。这时真敢有什么念想，那是把自己往畜生堆里推。

如此一年一年的过着，五一爷习惯了一个人的独处，也习惯了别人异样的眼光。别人碰见他，有的会远远躲开他，有的会淡淡招呼一声。每回遇到这种情形，他就想用不了多久，你们会来找我的。果然不久，他们中的一个会哭丧着脸跑来求他帮忙，塞给他香烟，还塞给他红纸包。这时五一爷不多说什么，把该收的收了，把该干的干了。

五一爷知道这样的日子会追赶着往下走，直到自己彻底老去。他从没想到自己也能摊上一件意外的事儿。所以当他随王红旗走进屋子、把眼睛搁在洞孔里时,他真的吃了一惊,脑子也变得忙乱。他想,原来我眼神儿没有老掉呢。他又想,我有多少年没见过女人的活身子了?这么想着,他心里有些慌了。

接下来的几天,五一爷常常走神儿。他在尸房里听到外面的哭声,以为死了一个丈夫,结果抬进来的是个老太太。下一次听见哭声,料定是一位老人,不想送进来的是个年轻后生。哭声散去后,尸房里静了,他就坐下来抽烟。烟雾中,会出现一只白嫩的身子。那身子轻轻扭动,溅出许多水珠。

下班回到宅院小屋,五一爷自己给自己做饭。饭是简单的,一碗米线或者一碗杂菜泡饭,只要烧得烂一些,放在胃里舒服就行了。吃过饭,他脱了衣裳剩一条裤衩,自己给自己擦澡。擦澡的时候,他又记起那只白嫩的身子。他沉默一会儿,叹口气,对自己说:你就是想做点孽呢!

五一爷想再见见那只身子。

下一天五一爷傍晚回家,在院子里堵住王红旗。五一爷说:"兔崽子,想再看电影吗?"王红旗弄不清底细,就说:"没这个打算呢。"五一爷说:"我给兔崽子钱,兔崽子去看。"王红旗盯着五一爷,不吭声。五一爷说:"兔崽子拿了钱,还可以买零食吃,让眼睛嘴巴一起高兴。"王红旗仍不吭声。五一爷说:"然后我上兔崽子家,跟上回一样。"王红旗嘻嘻一笑,心里踏实了,引着五一爷往家里走。

进到王红旗睡屋,五一爷驼背的身子往前一蹿,一下子粘在板壁上。王红旗想,他的动作真快。又想,他的身体趴在墙上,有点像鞠躬呢。

这时外屋响起"吱"的推门声,王红旗没有听见。接着响起叫唤的声音，王红旗也没听见。随后，睡屋的门被轻轻推开。王红旗扭头一看，父母同时站在门口，身子钉子一般，脸上堆着迷乱的神情。

三

五一爷回到自家屋子，闩上门，准备做饭。他用的是煤油炉子，刚要点火，发现火柴盒是空的。转身另找一盒，却想不起哪里去找。他知道自己脑子有点乱。这时门外响起邻居们的说话声，相互搭着腔，越聚越多。随后门上响起一阵敲门声。五一爷稳住身子不动。门上的声音很快加重了，变成擂击声。五一爷迟疑着手脚，前去拉开门闩。门外扑进来一阵风，还没看清什么，五一爷脸上已挨了一巴掌。那巴掌还要再打，被旁人拿住，劝出了门外。

打人者是大真小真的父亲。他瞪着眼，气喘吁吁地说不出话。劝他的人说："你不能老打他，多打几下，他瘫在地上，你就不知道接下来怎么弄好了。"旁边有人说："不打人了，那你说说接下来怎么弄好。"劝架的人说："这我得想想。"旁边的人说："你想吧，你再想也想不到这老头儿如此混蛋。"又有人说："这件事不能便宜了他，得让他出钱。"有声音跟上来说："这叫罚钱。"一个女人声音说："罚钱是小事，要紧的是大真小真以后怎么做人呀。"另一个女人说："这老头儿八成摸准了大真小真的洗澡时间。姑娘家爱干净，一下班就要洗澡。他自己整天在死人堆里钻来钻去，倒可以不洗澡的。"

劝架的人说："你们先不要说这些。我觉得五一爷应该站凳子批斗，这种缺德事不批斗，咱们院子成什么样子了。"大家静了一下，纷纷说好。劝架的人说:"咱们得让他站三天,一天两天累不着他。"大家点着头说:"三天里除了吃饭睡觉,不能让他歇着。"

有人取了一张四方板凳放在天井里,又有人去叫五一爷出来。五一爷还没做好饭,不愿意出来。大家说:"你先站吧,站完了再吃饭。"五一爷还想说什么,被几个人架出门,扶上板凳。五一爷站在高处,有点不知所措。他看见那么多邻居站在那儿,一边说话一边看着自己。一些人手里还端着饭碗,扒一口饭抬一下头。随后,他看见一个邻居手里拿着一块纸板,走到自己跟前跺一跺脚,高喊了一声。另一个高个子邻居应声从人群里出来,接过纸板一抬手,挂在自己脖子上。五一爷不识字,低头瞧了瞧,认得纸板上有三个字。

天暗下来,邻居们散去大半,剩下的多是孩子。孩子们在天井里晃来荡去,舍不得就这么离开。那个叫猴脸的孩子走到板凳前,仰起头说:"五一爷,知道这上面是什么字吗?"五一爷摇摇头。猴脸响亮地说:"我认识,是'耍流氓'。上次考试我把耍写成了要。"大家嘻嘻笑起来。笑声中有口哨响起,那是阿福嘴里吹出来的。阿福说:"知道耍流氓是什么意思吗?"大家不吭声,有些兴奋地瞧着阿福。阿福说:"你们别他妈的瞧我呀,我又没耍过流氓。"大家又嘻嘻笑了。

五一爷站到天色黑透,才下凳子回屋。第二天上午,五一爷又被人叫出来站凳子。他先站在一个阴凉地方,后来太阳慢慢移过来,罩住他的身子。日光中,他脑袋上渗出许多汗珠,顺着身体往下爬,还没爬到凳子,已被晒干。他有些口渴,想下来喝口水,看看宅堂上几个女人,忍住了。那几个女人是闲人,坐在那里做着针线活儿,眼光不时瞟过来。

过去大半个上午,宅院大门突然跑进一个人,见到五一爷,哭丧着脸说:"五一爷,那边出人命了,你得赶紧过去!"五一爷摇摇头说:"现在我走不开呢。"那个人说:"死的人是我弟弟,我弟弟死了。"五一爷说:"现在我真的不能离开。"那个人说:"我弟弟是昨天死的,身体已经往外淌臭水了。"五一爷指指宅堂,说:"你得跟她们说去。"那个人就到宅堂上去说。五一爷看见那几个女人先是使劲摆头,后来不摆了,凑了脑袋说话。说了一会儿,女人们站起身,领着那个人走过来。女人们说:"五一爷,你先跟着他去吧,他弟弟身上冒臭水了。"女人们说:"五一爷,你下午不用站了,明天也不用站了。"女人们又说:"不用站了只好罚钱,这是没办法的事。罚来的钱不会乱花的,我们商量了,准备用来唱一场鼓词。"

过了两天,宅院里来了一位瞎子词师,据说唱功不错。吃过晚饭,大家在宅堂摆上一张方桌,又引来一盏电灯挂在高处。词师被人扶上桌子坐下,手捏木筷在牛筋琴和扁鼓上来回一敲,又抖开嗓子一试,果然了得。不一会儿,宅堂上和天井里已坐紧了听客,大门口还不断走进闻声而来的人。大家手摇扇子,远远近近地打着招呼。孩子们扎成一堆儿,嘻嘻嘿嘿地说话。

词师唱的是《林冲逼上梁山》。他唱过高衙内调戏林冲娘子,又唱过林冲误入白虎堂,忽然止了。原来已是场中休息。一些人起身走动,顺便上一趟茅厕。一些人继续坐着,扯些闲话。闲话从林冲娘子出发,很快来到大真小真身上。一个宅院外的人说:"光听说大真小真,还不认识。你们指给我瞧瞧。"一个宅堂内的人说:"刚才我看了一圈,没见着五一爷,也没见着大真小真。"宅院外的人说:"我这个人好奇心强,挺想知道眼下他们在干什么。"旁边几个声音说:"你这个想法我们也有。"宅院内的人就勾勾手,招来几个孩子,在他们耳边说几句什么。

几个孩子跑开去,不久又跑回来。一个孩子说:"五一爷开着窗户,可不开灯,八成躲在屋里听唱词呢。"另一个孩子说:"大真小真的灯倒亮着,我贴着耳朵听了半天,里边什么动静也没有。"还有一个孩子说:"我还看了王红旗,他被他爸关在屋子里,不准随便出来玩呢。"大家脸上的光就有些淡。宅院外的人说:"我这个人好奇心强,我还想知道五一爷看到的究竟是大真还是小真。"旁边几个声音说:"你这个想法我们也有。"宅院内的人摇摇头说:"谁知道呢,一笔糊涂账哩。"

鼓词唱得热闹的时候,大真小真确实待在屋子里。

不大的屋子,门窗都关严实了,但外面的声音一阵阵渗进来,使空气更热。一架电风扇呼呼吹着,冲得板壁上的挂衣一摇一晃。挂衣的旁边,那只惹事的小洞已被堵上。

她俩一个坐在椅子上,一个倚在床头,静着身子不愿意说话。因为不说话,耳朵就更虚空了。门外的唱声一会儿高一会儿低,把她俩的心揪得一会儿紧一会儿松。

这几天,她们过得昏暗。她们知道,自己遇上了以前从没遇到过的日子。

出事那天晚上,姐妹俩都哭了。她们料不到这种事会沾在自己身上。一想起有一双眼睛盯着自己脱衣裳、打肥皂、抚摸揩洗,她们的脸不禁一阵白一阵烫。在冷冷热热中,她们恨起了人。她们恨王红旗,恨五一爷,也恨父亲。父亲的脑子真是不够用,本来这种事可大可小的,但他没有把事情收住,反而让事情一路滑出去。现在,她们在宅院里的人眼中,只怕跟以前有些不一样了。

事情不仅仅这样。过了一些时间,两个人心里悄悄发生变化,长出了枝枝杈杈。大真知道，自己身子没有被偷看，被偷看的是小真身子。大真在一家小印刷厂上班，按件计酬的，所以她每天都要多做一些，下班比较晚。即使回家不晚，她也不会马上洗澡，一般依着习惯让小真先洗的。出事闹将起来的时候，她刚踏进家门不一会儿呢。对于这一点，她心里有数。她想小真心里也有数。

大真的心境得到了改观。早上起来，两个人照常相互扎辫子。大真站在后面望着镜子里的小真，几乎能从她的脸上看出虚慌来。大真试着跟往常一样，捅一下小真腰眼，小真不笑。她又捅一下，小真仍然不笑。大真就轻轻摸一下小真的脑袋。这一摸意味深长，有安慰的意思，也有不说出真相的暗示。

大真想好了，她情愿让别人猜来猜去，也不会把谜底抖开。小真已经够难受了，这时再说什么，等于使力把她往水坑里推。要对付那么多的眼光，两个人总比一个人好。

当然，有一个人大真不能让他蒙在鼓里。这个人就是许上树。她得赶紧告诉许上树，自己什么事也没有。

四

许上树属于脸上老禁不了青春疙瘩的那类人，长得有些壮高。大真和他认识是在电影院里。大真记得那是一部阿尔巴尼亚电影，托人只买到一张票，便独自去看了。电影刚开始，大真就觉得不痛快，因为她前排竖着一颗硕大的脑袋，而且左右晃动。大真不能从这颗脑袋上方越过去，便侧着脖子看。侧了一会儿，那颗脑袋歪过来，挡住她的视线。大真只好避向另一侧，不想那颗脑袋很快跟着移回来。大真拍一下前面肩膀，示意不要乱动。那颗脑袋扭后瞧她一眼，听话地静住了。静了片刻，突然又扭过头说："咱们换个座吧。"大真没有这个意思，却见那人已站起走出排座，停在走道上。大真只好起身走出来，在黑暗中与那人一交身，走向他腾出来的座位。接下来的时间，大真能感到背后一双目光在自己的头发和脖子耳朵上来回摩挲。大真眼睛盯着银幕，心里已漏了神儿。

电影放完，灯亮了。大真顺着人流往外挪步，挪到走道上，与那人挤在一起。两个人的腰部差不多贴住了。大真紧着身子，眼睛不敢乱动。很快人群松了，他俩的身子脱开，大真突然抬一下眼，她看见那张脸上有许多青春疙瘩。

第二天下班，大真出了厂门，见不远处停着一辆自行车，自行车上跨着那位青春疙瘩。大真心里一跳，低了头赶紧朝前走。走出一些路，后边追上那辆自行车，冲到前面猛地刹住。大真不说话，绕过车子继续往前走。走了一会儿，那辆车又赶上来超过她，远远停在前方。大真抿住嘴唇，一口气收在胸间，双腿迈动得有些硬。她知道，自己正一步一步走向那个叫作爱情的地方。

大真和许上树认识后，日子突然不一样了。先前下了班，她与小真基本上待在一起，形影不离。现在她把晚饭后的许多时间交给了许上树和他的自行车。许上树的自行车是新的，骑起来一片亮光，很是招眼。大真第一次坐上车子后座时，心里慌慌的。她还不习惯把自己与许上树一起亮在街上，她怕被别人看见。不过没骑多久，她便放松了，因为她瞧见路上看过来的都是羡慕的眼光。下南门坡街时，车子跑得飞快，一颠一跳的。大真的头发被风扬起，一只手紧紧箍住许上树的腰，脸上溅出了快乐。

这天晚上,许上树把大真带到五一河边,与一群朋友见面。这些朋友每人都占着一辆自行车,有的身边还站着一位女友。他们见了大真,没压住惊奇。他们说:"这不是双生女吗?是大的还是小的?"大真说是大的。他们说:"许上树,我们搞不清楚没关系,你可不能弄混了。"许上树嘿嘿地笑,他一笑,大家跟着笑了。

等人聚齐,大家沿着河岸往前猛骑,一边骑一边把车铃按得脆响。在镇子上,自行车还算是稀罕物,现在好几辆伴在一起哗啦啦骑过,就造出了气势。大真坐在后座,把腿跷起,伸长了脖子问许上树:"你的朋友怎么都有车子?"铃声中许上树大声说话。他说这些朋友本来就是因为车子凑一块儿的,一星期玩一两次。

不跟朋友们在一起时,许上树就教大真学骑车。许上树把住车子后座,护着大真摇摇晃晃往前骑。摇晃倒了,许上树一使力把车子连同大真一起扳正。这样学了两天,大真便嚷着要许上树松手。又过两天,大真把上下车也学会了。月光下的空地上,大真骑了一圈又一圈,快活得停不住。晚上回家,大真把学车的成绩一说,羡慕得小真使劲地眨眼睛。

下一天晚上,许上树把大真带到坡街,让她往下骑。大真不敢。许上树说:"坡街不敢骑,就不算学会。"大真大了胆子说:"那你得在旁边跟着跑。"许上树说那当然呀。这天大真穿着碎花裙子,她一展腿优美地上了车,双手攥紧车把往下骑。坡街很长,路面不平,坐在车上一路弹跳着真是又紧张又痛快。骑到一半,许上树已被甩在后面。就在这时,大真裙子忽然被风吹起,卷在胸前,下边露出粉红裤衩。大真慌了神,一只手丢开车把去按裙子,还没按下,车子踉踉跄跄地要摔出去,她的手赶紧又扑回车把上。眼下她仅用一只手根本把持不住车子。

在惶乱中，大真的车子冲下坡街，穿过许多行人的眼睛，终于收住轮子。车子停下，她的裙子才落下来。许上树喷着粗气追上来，吼道："你为什么不刹车？你为什么不让车子慢下来？"大真发着怔说："我没想到刹车，我真的忘了。"这样说着，她的眼睛已经湿了。

大真卷露裙子的事很快传到许上树朋友中间。下一次聚会时，他们见了他俩都不说话，脸上怪怪的。等大真走开，他们就对着许上树嘻嘻哈哈，一句话抢着一句话。大真知道他们会说些什么，心里很难受，像被车子辗过一般。

与裙子的事一比，这次洗澡的遭遇显然更重更大。大真起先想在许大树跟前压下此事，这种话题说起来多么多么没意思。但宅院里琴鼓一响，大真知道掩不住了，有关她们姐妹俩的消息会像风中的落叶越飘越远。

这天傍晚，大真决意向许大树说清自己。她来到许上树家的时候，许上树穿着裤衩，站在院子内水井边冲澡。大真唤了一声，许上树不回应，径自往身上和脸上涂抹肥皂。沉默中，他的身体很快被白花花的泡沫所占领。

许上树的态度让大真明白了什么。她也不说话，站在旁边看着许上树把水桶丢进水井，又拉上来，举到头上哗哗浇下。井水冲开泡沫，刷出一块块很饱的肌肉。那很饱的肌肉像是会动，挪来挪去的。大真想，做一个男人真好，站在哪儿都可以冲澡。

过了好一会儿，许上树仍在打水浇水，似乎不准备停下来。水珠在他身体上弹跳着，溅得很远，有几颗还落到了大真的脸上。大真觉得自己应该说话了。大真说："许上树，我知道你为什么不吭声。你一定是听到了跟我有关的什么传言，这传言有水有肉的，让你很难过。

你难过了还不能说话，只能憋在心里腌着，这就更不好受了。可是现在我告诉你，那些传言与我没有关系。"大真说："你最清楚我每天下班挺晚，比你要晚，比隔壁的王红旗父母也要晚。知道王红旗是谁吗？就是领着老混蛋干缺德事的小混蛋。他们干这种坏事，自然是趁着家里没人。王红旗父母一回家，事情就败露了，而王红旗父母嚷嚷起来的时候，我刚刚下班到家，还在仰脖子喝凉茶呢。"大真说："许上树，我这些话从没有跟别人提起，现在说给你，就算是水落石出了。水落石出了你就不准再难过了，不难过了你也不许把我的话捅出去，因为那样对小真不好……"

大真的话没说完，许上树已止住浇水，用毛巾把身子擦干，拎着水桶头也不回奔家里去了。不一刻，他从屋里推自行车出来，向大真勾勾手，大真走过去坐上后座。许上树推几步，身子一挺跃到车垫上。大真想，他脸上已经亮了呢。大真又想，他肯定要吹口哨了。果然没骑多远，许上树嘴里飞出一串哨声，又脆又飘，在空气中扭作一团。大真说："许上树，你别光吹口哨了，你还没跟我说话呢。"许上树收住哨声，说："你要我说什么？"大真说："说说你刚才的嘴脸。"许上树说："刚才我的脸怎么啦？"大真说："像阿尔巴尼亚的一只木瓜。"许上树有些不明白，说："木瓜也罢，为什么要扯上阿尔巴尼亚？"大真说："中国木瓜的皮上不长疙瘩，阿尔巴尼亚的木瓜兴许会长的。"许上树哈哈笑了："大真，你损我没关系，你这是给社会主义兄弟脸上抹黑呢。"大真说："人家的脸够不着，我倒想在你的脸上拧一把解解气。"许上树笑着一转脸说："你来你来。"大真赶紧把他脑袋拨回去："呀呀，你先拿眼睛瞧路吧。"

到了河边，车友们已聚了大半，正说得喧闹，见他俩来了，把话静下。许上树说："说什么呢，好像要阴谋诡计似的。"大家脸上的肉挪来挪去，一时找不到话。一个人就说："我们正说胡兵呢，每次就数他来得最晚。"几个声音跟上来说："是呀是呀，这小子准让傻胖给黏住了。"胡兵是个鼻眼端正的人，脑子也算得上灵活，不知怎么却有一个憨傻的胖弟弟。弟弟说傻也不傻，知道跟着哥哥玩得好，一得机会就追随他。这样说着，大家便伸长脖子朝路边看，仿佛真的很想见到胡兵似的。

不多时，远处暗色中出现一只影子，很快近了，是一辆自行车，驮着胡兵和他的傻胖弟弟。大家乐了，说胡兵你真带弟弟来呀。胡兵说这小子不知从哪儿弄来一条链子锁住我的车子，不带上他就不开锁。大家咂着嘴说，傻胖越来越聪明了。傻胖得了夸奖，脸上浮着喜色，转动脑袋看别人。他巡过几张脸，在大真脸上停住，说："我认识你。"大真笑着说："你说说我是谁。"傻胖说："你不是大真就是小真，你们的脸是一样的。"大真说："你知道的事儿还真不少。"傻胖说："我还知道你们被男人看了。"大家一下子静住。傻胖又说："你们不穿衣裳，光着身子让男人看了。"大真挣一下身子说："你胡说！"傻胖说："我没有胡说，我都听到好几回了。"许上树一步跨过来，说："傻胖，你再说说你听到什么啦。"傻胖说："她们光着身子洗澡，被人……"还没说完，许上树一记耳光捆在傻胖脸上。傻胖转半圈身子，愣了愣，哇地哭了。

胡兵抢上一步，将傻胖拨在旁边，说："别把力气用在一个孩子身上！"许上树说："我听到一遍就打一遍！"胡兵说："他是听别人说的，你怎么不去打别人呀？"许上树说："不会是听你说的吧？"胡兵摸一摸脸说："怎么着？也想朝我脸上来一下子？"许上树说："那得等你嘴里放出什么屁话来。"胡兵说："屁话我不会说，我只在脑子里想。我在想呀，五一爷真有福气，我要是缩成一团，变成五一爷的一只眼睛就好了。"

　　许上树一扬手,被胡兵两只手架住。许上树跟着甩出另一只手,打在胡兵脸上。胡兵叫了一声,举起一只拳头砸出去。大家围上来,要把俩人拆开,一时却不得力,只随着俩人拥来拥去。进退中,一辆自行车翻身倒下,拍出一声脆响。人堆里立即跳出一个人,嘴里嚷着我的车我的车。

　　混乱的旁边,大真呆立着。她看着眼前,紧紧抿着嘴巴,嘴巴一抿上,鼻息便粗了,呼呼响着,带得胸脯一起一伏的。

五

　　大真回到家里,对小真说:"许上树和朋友打架了,先是他给朋友一巴掌,朋友马上回他一拳头,其他朋友围上来拉架,拉了半天没拉开。后来拉开了,那个朋友半张脸肿成了球,许上树嘴角多出一个口子。"大真说:"回家路上,许上树沉着脸,不吹口哨,也不说一句话。到了咱宅院门口,他一掉车头便走了。往常他是看着我进了屋关上门才走的。"大真又说:"看着许上树这样,我心里很难过。他是为我打架,其实也是为你去打架的。"小真说:"许上树怎么会为我去打架?我又没跟他谈恋爱。"大真说:"你没跟他谈恋爱,但你的事让他憋屈。再这样下去,他还会打第二架第三架的。"小真说:"你跟我说这些什么意思?你好像要我去做什么。"大真说:"你得找许上树说话,把我说说清楚。"小真说:"这种事怎么说得清楚,要说你说去。"大真说:"我跟他说过,他信了我,可打架以后只怕又不信了。这时候你的话比我的话管用。"小真说:"我把你说清白了,等于把自己说脏了。你怎么能让我这样做!"大真说:"咱们就跟许上树一个人说。"小真说:"一个人也不行!这种话我说不出口。"大真说:"小真,你得替我想想……"小真说:"再说被看的也不一定是我。"大真说:"怎么不是你?那天出事的时候我刚刚下班回到家。"小真说:"可是那老头儿看了两次。第一次看的一定是我吗?"大真说:"小真你得摸着良心说话!"小真说:"我没说一定是你,但也不一定是我。"大真说:"你不跟许上树说清楚倒也罢了,怎么在我面前也想耍花招!"小真说:"我没耍花招。这事儿我想了许多遍了,我真的拿不准头一天是不是自己洗的澡。你说你能拿得准吗?"

这天夜里大真没有睡好。本来在这件事上,不管外面怎么传言,她心里总归是踏实的,能够在许上树面前撑着劲儿。现在经小真一点,她的自信打上了问号。细究起来,她下班常常迟归,但不是每天都迟归的。她洗澡一般在小真之后,但也不是每天铁定的。日子太平常了,她做不到把每天的细节都记在脑里。这样想着,她心里有些乱。先前看上去明摆着的事,竟一下子有了疑点。

第二天一早,大真踏进五一爷屋里。五一爷正在吃稀饭,见大真进来,身子站起来,手臂垂下来。大真说:"知道我来干什么吗?"五一爷说:"不知道。"大真说:"我想听听你那伤天害理的事儿。"五一爷说:"我已经交代好几遍了。"大真说:"你还得再说一遍!"五一爷说:"那我就再说一遍。那天王红旗这兔崽子想跟我要钱,就说家里有稀罕东西。既是稀罕东西,我就去看看。我不知道这稀罕东西是一个小洞,洞里装着你们……"大真说:"不是你们!你们是两个人以上,可你看到的是一个人。"五一爷说:"的确是一个人。"大真说:"那个人是谁?"五一爷说:"不是你吗?"大真说:"不是!如果是我,我会大清早的跑来听你说这种事?"五一爷想一想说:"你是大真还是小真?"大真说:"我是大真。"五一爷说:"你要是大真,这么说来我看到的该是小真了。"大真说:"我当然就是大真。我跟小真有许多不一样的地方,我耳朵后面有一颗黑痣,我说话声音没她的脆,我的头发比她长了一寸,我傍晚下班比她迟一个小时……"五一爷说:"你说的这些我一下子记不住。"大真说:"你记住我每天下班很晚就行了。"五一爷说:"我记住这个有什么用?"大真说:"记住了就跟许上树说去。许上树是我的男朋友,你得跟他说,你干坏事干了两次,后一次被人发现了,发现的时候我正拿着杯子喝茶。前一次你没被发现,那时候我正在回家路上,嘴里渴得要命。"五一爷说:"为什么要说你在回家路上,嘴里还渴得要命?"大真说:"我每天回家都很晚,凭什么要在这一天早早回家?凭什么呀?"

晚上,大真照常去见许上树。许上树嘴角肿起一块儿,用红汞一抹,像在脸上盖了一个圆印。大真说:"痛吗?"许上树不吭声。大真说:"嘴巴不太好动对吗?"许上树仍不说话。大真说:"嘴巴不好动就静着。你光听我说话,我会说些有趣的事儿。"

大真说:"你还记得吗?第一次在电影院里,咱们还不认识,你就让我吃了个亏。那部电影,我只看进去片头儿。我记得一个游击队员去偷敌人的什么东西,正在街上搬着,一个警察过来了,怀疑地盯着游击队员。游击队员就拿手枪在裤兜里使劲顶出去,把警察吓住了。往下什么内容,我一点儿没有捉住。那一个多小时呀,我眼睛里全是慌乱。散了场走在路上,我心里好一阵后悔。我想花了钱却没看成电影,还不如去吃一碗点心呢。"大真说:"说起点心,我脑子里跑出另一件事儿。有一回你请我吃面条，走了几家店不肯进去，说都是难吃东西，得另找风味儿。然后你驮着我骑了一小时，骑到五一河上头的一个镇子，咱们每人吃了一碗，嫌不够，又合吃了一碗。你说这镇子的面条就是别有风味。我说什么别有风味呀，是这一小时把我们熬饿了。"大真说："这不算你最重要的傻事儿。你最重要的傻事儿是有一次带我去看枪毙。刑车在前边跑，咱们骑车在后面追。刑车上的犯人临死了还要乐一把，仰着脑袋吹口哨，你也跟着吹口哨，两个人比着谁吹得更响。这样吹了一路，你没吹过那杀人犯。你说这小子吹得真好……"

这时许上树突然说话了。许上树说："一个晚上，你絮絮叨叨说那么多，我一点儿不觉得有趣。"大真说："许上树，你别这样。"大真又说："许上树，其实我只想说一句话，你明天得跟我去见一个人。"

第二天是个燥热日子，大真吃过中饭，打伞去找许上树。许上树也在一家工厂上班，被大真叫出来，不说什么，骑上车就走。大真坐在后面指指点点，很快指到了医院。许上树以为是探望哪个病人，刚要迈进病楼，被大真引到楼后面去。许上树明白了，说："你是带我去见那个五一爷？"大真点点头："他会跟你说些话的。"许上树说："不就是那些话吗？你已经说过了。"大真说："我就要让他说！我知道他说了才好。"

到了太平间，大真有些怕，让许上树先进去。许上树进去又出来，说他不在。大真就左右抓人打听，很快打听到了：北门埠头有人投河，五一爷收尸去了。许上树说："天这么热，还接着跑吗？"大真说："当然了，我请了假出来的。"

俩人骑着车往北门走。恰是正午时分，太阳罩下来，地上起了一层热雾。大真举着布伞，很快感到伞柄的烫手。街上明显地空疏，不多几个行人，早躲在两旁的阴影里了。只有一些瓜果和茶水摊儿敢扎在明朗地方。

抵达北门埠头，远远望见那里围了一圈厚厚的人。俩人下了车，挤入围观的人群，只见埠头石台上一个女人散了头发在嘤嘤地哭，声音很干。旁边立着几个穿的确良衬衫的男人，一边比画着手，一边七嘴八舌去指挥五一爷。五一爷立在水中，手里抓着一只大的包袱，一步步往台阶上走。走出水面，包袱变成了尸身，并且显得很沉。五一爷抱住尸身，挣力走几步，滑落在台阶上。女人的哭声高了一下，马上被一个男人止住。五一爷攥住尸身的手臂往上拖，尸身的脚上没有鞋，脚后跟在石阶上一磕一跳。女人刹住哭声，奔过去双手护着脚后跟。

尸身上了石台，被五一爷搁在板车里。围观人群蠕动一下，闪开一条道让板车出去。板车一出去，人群便慢慢散了。

五一爷拉着板车在街上走，后面随着那个女人和穿的确良衬衫的男人们。走了一段路，板车旁侧突然超过一辆自行车，在五一爷跟前停住。大真跳下车对五一爷说："你过来。"就引着许上树和五一爷往旁边走了十多米站定。三个人挨得很近，但大真手中的伞只遮住许上树和自己。大真说："你跟他说说。"五一爷说："我说什么？"大真说："说你干的坏事呀。"五一爷说："这个我不敢说。"大真说："我让你说你就说。"五一爷说："那我再交代一遍。事情是从王红旗这兔崽子开始的，他想跟我要钱，就说家里有稀罕东西。既是稀罕东西，我就去看看。我不知道这稀罕东西是一个小洞，小洞里装着你们……"大真怒道："不是你们！你看到的是一个人！"五一爷说："的确是一个人。"大真说："那个人是谁？"五一爷说："你是大真还是小真？"大真说：

"我是大真。"五一爷想一下说:"你耳朵后面有一颗黑痣吗?"大真说有,随即转过脑袋,亮出耳朵后面的黑痣。五一爷说:"你有一颗黑痣,那你就是大真了。"

许上树突然伸手搭在五一爷肩上,一用劲,差点把他提起来。五一爷说:"你的力气真大。"许上树:"你的眼力更好,连一颗黑痣都能远远瞧见。"大真脑子"嗡"了一下,说:"不是……不是这样的,我的黑痣他不是那时候瞧见的。"五一爷点着头说:"她的黑痣我今天是第一次瞧见。"许上树说:"老东西连说谎都不会!刚才你是第一次瞧见,可第一次瞧见之前就知道有一颗黑痣,还知道长在哪儿。你以为在跟一个傻子说话呀?!"大真说:"这颗黑痣是昨天我让他知道的。"许上树说:"昨天?你特地抽出时间让老东西看你的黑痣?大真,你说乱了。"大真说:"我没有乱,是你的脾气先乱了。"许上树说:"我他妈的脾气好着呢!"

这时那几个穿的确良衬衫的男人走了过来,脸上透着不满。一个男人说:"你们打着伞,没完没了地说话,却让我们晒着。"另一个男人说:"不仅让我们晒着,还让尸体晒着,尸体晒久了会发臭的。"一个声音跟上来说:"他的思想臭了,可以让我们批判。他的身子臭了,只能让人恶心。"他们还想说下去,忽然静了。一个矮胖的人走前几步,瞅着大真说:"这不是双生女吗?"大真不吱声。矮胖的人说:"你们在说些什么?我也想听一听。"其他人跟着说:"我们也想听一听。"大真说:"这跟你们有什么关系?你们走开!"有人指着矮胖男人说:"怎么跟我们没关系,他是我们厂里的队长。"许上树说:"他是你们的队长,对我们是个屁。"矮胖男人上下打量许上树说:"你这么说我不生气,因为你正在难受。"矮胖男人回过头说:"你们说对吗?"其他男人嘿嘿笑了,点着头说对。矮胖男人说:"遇上这种事谁都要难受,心里会堵得慌。"大真说:"你们滚开!你们回到死人那儿去!"矮胖男人回过头说:"她让我们滚开,她还让我们回到死人那儿去。"其他人又嘿嘿笑起来。笑声中有人说:"双生女这一位算是见过了,另一位还没见到。"另一个人说:"你真是百分之百的傻子!双生女的脸是不是一样的?"前一个人说:"是。"另一个人说:"双生女的手、双生女的脚是不是也一样的?"前一个人说:"是。"另一个人说:"那么,双生女的其他地方是不是也一样的?"前一个人说:"你的意思是看了一个人等于看了两个人?"另一个人摸摸自己嬉笑的脸,说:"这个你最好问五一爷去。"

他们这样说着,许上树已沉下脸走开,迈向那边的板车。他握住车把一掀,尸体滑出去,在地上打个滚儿。旁边的女人吃了一惊,把哭声升上去。

许上树低着脑袋走回自行车,跳上去一蹬脚,头也不回地去了。那些男人相互望望,收了兴致,回到板车旁边。五一爷犹豫一下,也弓着身子走回去,将尸体搬回车内。一帮人跟随板车,说着杂话走了。

剩下的只有大真。她看着许上树的车子越骑越远,一拐不见了。接着板车和那帮人出现在她视线里,慢慢向远处移去,一拐,也不见了。然后大真自己向前边走去。走了一会儿,她手脚有些用不上劲,头上像着了一把火。大真看看自己的手,手已垂下来,手里的布伞早没了。她回一下头,身后的砖道凹凸不平,在太阳里闪着水波似的白光。她想,伞子是什么时候丢的?她又想,伞子丢了,我该躲着阳光的。

大真往街边阴影里走,走了几步,身子一软,矮在地上。她挣一下,身子没站起,眼皮倒盖下来。近旁有人瞧见她,叫了一声。叫声招来几个人,他们站在大真跟前,一边打量一边说话。他们说:"她的脸色真白，像一张纸。"他们说："她不仅白，还冒着虚汗。"他们又说："她一定是中暑了。"

这样一说，马上有人去叫人了。不一刻，其他人被拨开，进来一位皮肤焦黄的男人。他看一眼大真，拣起她的手细瞄指甲。大真弹开眼睛，见是一张男人的脸，一缩手说："别碰我！"大家说："这是放痧师傅。"大真说："不不，你们别碰我！"

六

大真被人送回家里，在床上昏睡了两天。院子里的人都知道大真病了，在太阳里中了暑。

两天过后，大真起床了。她脸上的苍白还没有褪去，一看就知道泄掉一些气神儿。但院子里的人都知道，大真的病好了。

大真照常上班、加班、下班。下班的时候，她会在厂门口注意地看一圈，然后淡了眼光，慢慢走回家去。她不再主动去找许上树，也不再伴着自行车在镇子的夜色里乱窜。

晚上不出去，大真的时间就放在了房间里。先前她挺喜欢与小真搭话，你来一句，我往一句，再掺进一些笑，便造出了气氛。现在她没兴致说话，又不便独自发呆，就取了一本书打掩护，目光放在文字里，心思早已滑到别处。那小真本也是需要安慰的，见大真这样，先舍下自己，拿些贴近的话去活络她。大真却不回应，脸静着，嘴也静着，那神色里不只是郁闷，分明还存了对立的冷漠。弄懂这一点，小真心里长出一堆杂乱的草。

到了睡觉时间，本来两个人是躺一头的，合眼前还要吱吱喳喳说一会儿话。现在大真把枕头搬到另一头，身子卷到一边，一副马上要睡的样子。其实她睡不着，她的脑子总是从某个细节出发，一下一下地往前跳，有时跳到一处茫然地方，刚要歇息一下，脑子里又闪出另一个细节，催着她往别处跳。不用说，跳跃是累人的，仿佛一只篮球，满场子蹦弹着，却久久找不到要去的篮框。在这种辛苦中，她终于越过清醒和朦胧的界线，掉入睡眠里。在睡眠里她轻松多了，跳跃也改成散步。她一路走去，时常遇见熟悉或不熟悉的面孔。这些面孔喜欢停下来站在路边，等着她上去打招呼，跟他们说话。

大真在如此纷乱中睡了一夜。

第二天醒来，大真见小真挺坐在床上，拿眼睛守着自己。大真说："你这是干吗？我有什么可看的？"小真说："昨晚上你说梦话了。"大真说："我睡觉不说梦话，说我说梦话才是梦话呢。"小真说："你以前不说梦话，可昨晚上你说了！你好像在跟许多人说话，你说群众的眼睛是雪亮的，你说镇子里的人全瞎了眼，你说自己最不喜欢在别人眼前光身子洗澡，你还说在别人眼前光身子洗澡的一定是我……这种话你怎么敢说！"大真说："你说我跟许多人说话，那些人都是谁？"小真说："我怎么知道，只有你自己知道。"大真说："我也不知道。"小真说："不知道是谁就到处乱说，你怎么这样！"大真说："我乱说了吗？我觉着我说得对呢。"小真说："你说得不对！你说你不喜欢在别人眼前洗澡，难道我喜欢啦？"大真说："别老提洗澡这两个字，那件事我想都不愿意去想了。"小真说："可你在梦中不光想了，还说了。"大真说："我说了也是在梦中，又不在梦外，你急什么！"小真说："那我晚上也做一个梦，我也向许多人说去。"大真说："你会说什么？"小真说："我把你的话说一遍。"大真说："我知道你要干什么，你总想把事情搅浑。"小真说:"我也知道你心里想的什么,你总想打盆水把自己洗干净,然后把洗下来的脏水往我身上泼。"大真说:"你又往水呀洗呀这些字上靠!"小真说:"难道我说错了吗?"大真说:"我倒想打盆水来,但我能洗干净自己吗?我他妈的能洗干净自己吗?"

两个人吵过,各自去上班。晚上回家,彼此不再说话,把屋子弄得很静。这静中分明有内容,只是这内容像空气中的热,能感觉到却捉不住。两个人撑着劲儿,把眼睛和身体都躲开对方。小真靠在窗户上,一边看窗外一边织着毛衣。因为小真织着毛衣,大真便要不一样,又不能老拿着书做样子,就取了一张彩纸坐在桌前剪花样。沉默中,一只蛾子从窗外飞进,在屋内扑来扑去。大真看一眼蛾子,不动身子。小真瞥一眼蛾子,也不动身子。

大真剪完一张图案,轻叹一口气,丢下剪刀去睡觉。小真坚持一会儿,也收起东西上了床。床不算宽,两只身子卧在上面,中间竟分出一条道来。想着上午的话头儿,两个人都留了神儿,不轻易睡着。黑暗里那只蛾子仍不肯出去,不时在墙上撞出声音来。两个人就静了耳朵等那声音,等一会儿,"啪"的一声,再等一会儿,又"啪"的一声。终于有一次,她们什么也没等到。

俩人在无声的相持中有了睡意。小真因为要捉拿大真的梦话,硬拦住自己不睡。不久,她的努力得到回应。她先听到轻微的鼻息声,接着听到一阵磨牙声。小真翻一下身,细细听着。但大真只是吧嗒几下嘴,没有一点要说的意思,似乎要与她耗着。小真想,一定是上午说了她,她在梦里也拿着警惕。

小真困意越来越重,正要睡去,大真却有了动静。她突然坐起来,拉亮电灯,起身下床。小真以为她要小解,不想她在屋子里转一圈,走到衣柜前拉开抽屉找东西。很快她找到一张红纸,举到灯下细看一遍，然后坐在桌前拿起剪刀开始做事。小真不明白，又不愿意与她搭话，就眯眼瞧着。她看见大真的脸挺闲的，手里的剪刀也不慌不忙，仿佛正在打发一段空余的时间。小真心里一缩，有些害怕了。

大真把手中的纸剪好，撂在桌上，没事似的回到床上躺下。她忘了关灯。过一会儿，小真起身把灯拉灭，茫然着睡去。

第二天起来，俩人仍不说话。小真暗瞧着大真，大真收拾桌子时发了呆，然后把目光往小真身上溜。小真想，她以为是我剪了那红纸呢。一边想一边朝桌上瞧，桌上那张红纸剪出的是一辆自行车。

因为惦着这件事，小真一整天过得不踏实，吃过晚饭进到睡屋，心里便稳不下来。到了睡觉时间，两个人一前一后上了床。黑暗中小真竟紧张起来，摸摸胸口，跳得有些快。她想用手捅一下大真，再说几句话。她把要说的话想好了，手却伸不出去。在这个时候突然开口，又说一些不明不白的话，恐怕只会添大真的怒气。小真沉住气候着，身上慢慢渗出一层细汗。

过不多久，大真果真又起床了。她拉亮灯，先在屋子里踱步，踱了几个来回，在衣柜前停住，然后拉开抽屉找纸，然后坐在桌前剪起来。这情景等于把前一天的纪录片又放一遍。小真侧着身子，眼睛瞪得大大的，手脚不敢动弹。她知道大真是在梦中，一旦被惊醒，准会吓坏的。

大真不知道自己夜里做了什么，但知道自己白天很不高兴。在家里不高兴，在外面也不高兴。说到底，她没做错一点什么，可所有人似乎都要跟她过不去。没有一个人对她好。

现在她怕走在街上，街上好像总有人在指指点点。她怕待在厂里，厂里好像总有人在交头接耳。她也不愿意在院子里走动，在院子里走动总会遇到堵心的事儿。

这天傍晚大真下班回来，刚进院子，见天井里围了一圈孩子。他们凑在那只大水缸边，一边扭着身子一边使劲叫喊。阿福还把一只手伸到水缸里动来动去。

大真走过去探头一看，原来水缸里游着一只黄毛小狗。它明显有些害怕，前腿搭住缸沿要爬出来，被阿福一掌推下去。推下去的小狗一边挣扎一边哀叫。小狗一叫，众孩子也跟着叫。他们叫的是："母狗洗澡！光身子洗澡！母狗洗澡！光身子洗澡！"

大真猛叫一声。这一声又尖又亮，盖过了众孩子的声音。他们扭过头来，看见大真白着脸，嘴唇很快地抖动。接着，他们看见大真转过身奔到墙根下搬起一块石头。这块石头不小，差不多有他们的脑袋那么大。一个孩子慌慌喊了一句，大家抱着头四下散开。大真没有追谁，她一步一步走到水缸边站定，举起石头砸向水缸腹部。咣当一声，水缸破开，水流蹿出来溅了大真一身。那只小狗甩在地上打着旋儿。

这天晚上，大真没有剪纸。她占住小真原先的位置，倚在窗边。

窗外是菜园子，一片暗色，没什么可看的。不过天上有不少星星，星星之间还挂着一只大半圆的月亮。大真对着大半圆的月亮久久不动。她的头发没有扎住，散在耳边有点乱。小真从背后瞧着大真，心里虚虚的，仿佛一团卷紧的毛线在慢慢松开。

当晚俩人照常上床睡觉。半夜时分，大真又起床了。小真浅睡着，大真一动，她便醒了。她看见大真不再拉开抽屉，也不坐到桌前，而是出了屋子。小真想，这回她是真的小解了。

小解的去处是外屋的马桶间，但大真没有在马桶间停步，她拉开外屋门闩，走了出去。外面静悄悄的，整个院子都睡着了。她走过宅堂，来到天井场子上。场子空荡荡的，那只大水缸不见了。大真开始在场子上踱步，脚步轻轻的，走过去又走回来。伴着她走动的是地上一只淡淡的影子。后来她停住了，地上的影子也跟着停住。她抬头看一眼天空，上边有一只未圆熟的月亮。那月亮很白，向下撒着柔柔的银光，像水一般。大真忽然有一种要洗浴的欲望。她的手伸向汗衫衣摆，往上一卷，卷出了脑袋，然后她把花布裤衩向下轻轻一褪，丢在地上。

现在，大真用光溜溜的身子迎住月光。水一般的月光泻在她身上，让她有一种湿淋淋的感觉。她朝上张开手掌，似乎要接一捧月光。

就在这时，小真出现了。她弹跳着奔到大真跟前，朝那双张开的手掌使劲打下去。大真身子晃了晃，眼前飘过一阵雾，雾去之后，她瞧见了小真。小真正慌着手脚，把汗衫往她身上套。大真瞥一眼自己，脑子"嗡"的一声，眼睛瞪在那里，许久不眨。小真颤着声音说："你快穿上呀。"大真顺着小真的手穿上衣服，说："这是在哪儿？"小真说："你自己看。"大真望望周围，松一松心说："是在梦中呢。"小真"呜"地哭了，说："不是在梦中不是在梦中！"大真赶紧一拧自己的腿，收到一阵痛。大真呆了呆，突然一伸脖子，欲发出一声叫喊，但这叫喊似乎太尖锐了，只挤出一股气流，声音卡在了嗓眼里。

七

大真怕了自己，也怕了睡觉。

与小真倒开始说话，但到了此时，似乎又没什么话可说。夜来了，大真仍坐在桌前剪纸，只是剪着剪着会突然停住，双手与脸一起发呆。睡觉已乱了次序，小真先打着哈欠躺下，大真再拖一些时间才上床。上床后她用一根绳子捆住自己脚腕，另一头拴在床档上，这样一起身，就能把自己弄醒。又怕在梦中自己解开绳子，她把绳结系得很死。

　　灯熄了，大真仍不踏实，就让自己睁着眼睛。眼睛在黑暗中待久了，会看出白色的虚影。这些虚影晃来晃去，使人很不舒服，大真只好把眼睛闭上。眼睛一闭上，脑子马上活了，像一条小狗撒着欢儿跑起来。它跑到一片极大的野地里，东嗅一下，西吠一声，还在地上打几个滚儿。然后，小狗遇到一个黑色的洞口，犹豫一下，钻了进去。黑洞似乎很深，空荡荡的，小狗先是小心着走几步，然后提着劲儿跑。不知跑了多久，前方终于出现一只亮点。这亮点越来越大，变成一个出口。

　　出口的亮点是晨光。夏日天亮得快，大真不费很大劲儿就把早上等来了。这一夜，大真其实没有睡着。

　　失眠来了之后便不容易赶走。第二天晚上，她又没睡着。第三天晚上，她把绳子解开，松了手脚睡，仍睡不进去。几个夜晚下来，大真眼里爬出血丝，脸上像撒了一层灰。小真见她这样，害怕起来，说："你别去厂里了，白天在家补点觉吧。"大真木着脸摇摇头。她要去上班。

　　这天上班路上，大真正走着，旁边一串铃响，驶过一辆自行车。大真想这不是许上树吗？就追几步跃上后座。自行车吓一跳，扭了几下翻身倒下。骑车的人说着骂话爬出来，一看身后是个女的，便奇怪地瞧她。大真恍惚着扮一个笑脸，转身走了。到了厂里，脸还在虚虚地笑。

　　过了几天，厂里一个人送大真下班，对家里人说："大真很不对劲儿,这样没法在厂里做事的。"又说:"先别让她上班,歇几天再说吧。"大真父母又慌又急,却想不出好办法,只让小真盯着大真。小真对大真说:"我早说过的,你得在家歇着。"大真:"我好好的,也没感冒也没中暑,你们干吗不让我上班?"小真说:"你得睡觉,你知道吗?"

但大真认为白天不是用来睡觉的,她宁愿干一些其他事情。她先把这些天攒积的剪纸拿出来,一张张翻过,竟发现每一张都不顺眼,每一张都不好看,就拿起剪刀一一剪碎。剪乱的纸片被她捧到窗口,用嘴一吹,脱离手心飘到窗外去。然后她的眼睛左右一轮,停留在小真未织完的毛衣上。这件毛衣只有一只袖子,看上去多么别扭。大真拾起剪刀,对着那只袖子用劲铰下去。接着,大真想起另一样东西。她让身子贴着板壁移过去,很快在上面找到一块方形纸板,使使力把纸板揭下,出现一个小洞,小洞的那边是钉实的木板。大真用手摸摸洞孔,笑了一下。她想谁也不能拿这只小洞耍什么花招了。

这天下午,大真还做了一件事。她站在镜子前看自己,看一会儿,突然转身又找来剪刀,把辫子扔到胸前拦腰剪断。头发散开来掩住她的脸,使她看上去马上有些不一样。

傍晚小真回家见了她,吃一惊说:"你怎么把头发剪了?"大真说:"剪了好,剪了我就不是小真了。"小真说:"你本来就不是我,你是大真。"大真说:"本来我是大真,可许多人说我不是我。"小真说:"大真,你说什么呀!"大真说:"如果我不是我,就会是小真,可小真明明是你。"大真说:"你是小真,我不是你,那我应该还是大真。"大真又说:"现在我剪了头发,脱掉衣服也跟你不一样,就是五一爷都不会看错了。"

大真的神情把小真吓住了。小真走出睡屋,半哭着对父母说:"看来大真真的病了。"父亲跺着脚说:"你们是一样的人儿,为什么你就没事儿,她偏想不开?"小真说:"大真跟我不一样。"父亲说:"有什么不一样?"小真说:"她比我多了一个许上树。"父亲叹口气说:"得把许上树找来,兴许他能治大真的病,让她缓过劲来。"小真说:"许上树不会来咱们这院子了。大真这个样子,来了也会把他吓跑的。"父亲说:"这个大真,硬把我的脸给丢尽了!"

事情没有到此刹住。天黑下来后,大真溜出屋子来到五一爷家。五一爷正坐在竹椅上打盹儿,听到声响弹开眼睛,脸上惊了一下。大真说:"五一爷,我让你看看我的头发。"五一爷站起身,躬着腰看地上。大真说:"你看我的头发怎么样?"五一爷说:"好。"大真说:"现在你知道我是谁了吧?"五一爷想一想说:"你是大真。"大真高兴了,说:"你最好给我开一张证明。"五一爷说:"什么证明?"大真说:"认定我是大真的证明。我拿到厂里一印,见到谁都发一份。"五一爷糊涂着脸说:"这……这个证明我不会。"大真说:"不会没关系,你看看就学会了。"五一爷说:"我看什么东西?"大真说:"你门上有小洞吗?"五一爷说:"没有。"大真说:"那也没关系。现在你出去,站到门外去,我把门关上,留一条细缝,你从门缝里看我是大真还是小真。"五一爷缩缩身子说:"不用不用,你是大真我知道了。"大真说:"光这样知道还不算,我脱掉衣服你也得把我认出来。记住了,我现在头发比小真短,光着身子头发也比小真短。"一阵惊慌从五一爷脸上掠过,他知道大真在调理自己,便垂下眼睛不再说话。

但大真是认真的,她把五一爷推出屋外,掩上门,裂开一条门缝。昏暗的灯下,大真仰头想了想,进入洗浴的状态。她把布衫往上一掀,两只奶子跳出来,然后布衫离开脑袋落在地上……

五一爷站在门外瞪着眼,一口气憋在胸口,半天出不来。他在原地转了一圈，终于找到方向。他沉着脚步朝大真家奔去，不长的路，见到大真父亲已气喘吁吁。

小真和父亲随五一爷跑回屋子。大家推开门又退出来。父亲对小真挥挥手说："你进去。"小真就进去了。大真父亲和五一爷僵在门口，低了头不说话。沉默中，大真父亲突然一跳身子，向五一爷甩出一记耳光。

大真他们走后，五一爷坐在灯下，因为驼着身子，脑袋的影子到了膝盖上。他双手摸一会儿膝盖，站起身走到一个旧柜子前，打开柜门，里边挤着一堆脏乱的瓶子。他伸手摸几下，摸出一只剩着半截白酒的瓶子。他站在柜子边喝一口，走回椅子坐下来，马上又喝了一口。胃里窜上来一股气，让他打出一个响嗝。

五一爷垂下眼睛，对着膝盖上的脑袋说："一个好端端的姑娘，没花多少日子，就把自己的脑子弄坏了。这个孽造得真大呀！"停了停，他又说："她多大了？到二十了吧？二十岁可是个好年龄啊！你比她多活了四十多年，你的背已经驼了，你身上哪儿都是皱纹，你都活成这个样子了，可你的眼神为啥还那么好呀！"五一爷说："老天爷，是我做错了事，你该惩罚我才对。我老了，扔到哪里都是一堆不值钱的肉。"

五一爷捧起酒瓶，又往嘴里灌了一口。由于灌得太猛，酒汁从嘴角溢出来。他拿手擦一下，擦到一阵疼痛。疼痛来自大真父亲的巴掌，巴掌来自大真父亲的愤怒。五一爷想，他愤怒得对，换了我，也会扇你嘴巴的。你这个老东西，打你一次打不够。五一爷又想，我应该自己扇自己嘴巴，一次两次三次，我至少得扇自己三次呢。

这么想着，五一爷马上举起巴掌，拍在自己脸上。五一爷说："这

257

第一个巴掌是打你经不起哄弄,见了小洞就往上凑。"五一爷摸一下脸,又抬手重重打下去,说:"第二个巴掌打得狠了些,这是打你起了坏念头,歪着心思还往王红旗家里跑。"顿一顿,五一爷再次在自己脸上拍出声响,说:"这第三个巴掌打的是今天晚上,今天晚上你缺了心眼,没挡住大真脱衣裳。"五一爷最后说:"本来还要打你第四第五个巴掌的,只是你这张老脸,就是打一百回也不能把事情打回去了。"

经过晚上的折腾,这一夜五一爷没睡好。第二天起床,身子有些乏。吃过早饭,拖着手脚慢慢往医院走。走到街上,一辆自行车从远处飘过来,在他跟前猛地刹住。五一爷收住步,抬头一看是许上树。许上树说:"五一爷,我在等你呢,远远的我一眼认出了。"五一爷说:"我也认出了你,你是大真的那个……"许上树说:"你的眼神真好!"五一爷说:"你找我……有什么事吗?"许上树说:"昨天晚上……我待在井台上,浇了一夜的水儿。"五一爷明白了,说:"昨晚上不是我的错。"许上树说:"我身上那个热呀老浇不凉,我把井水都用浅了。"五一爷说:"昨晚上我真的什么也没做。"许上树说:"后来我上床睡觉,脑子里尽是梦。我梦见自己骑着车子,后座明明是空的,大真的说话声却跟着车子走。"许上树停一下,长吸一口气说:"她的声音弄得我心里很痛。真的很痛!"五一爷说:"你打我吧,你往我的脸上扇巴掌。"

许上树一只手搭住五一爷肩膀,另一只手攥着车把往前走了几步,说:"我不打你,我在这儿等你是告诉你一声儿,我想跟你聊聊话。"五一爷俯着头不吭声。许上树又说:"不过现在我不跟你多聊,晚上吧,晚上我上你家去。"

吃过晚饭,五一爷坐在竹椅上摇着蒲扇等许上树。屋外院子有人在乘凉，说些轻细的闲话。五一爷听不清那些闲话，就自己想些事儿。想着想着，他睡着了，蒲扇掉在地上。

不知过去多久，五一爷醒来，屋外已没了说话声。五一爷起身看一下闹钟，嘟囔着说，他今天不来了。正要上床躺着，门"吱"的一声。五一爷想，刚才我说的不对。

许上树闪进身子，眼睛盯着五一爷，背后的手将门闩上。五一爷说："来啦？"许上树说："我好像来晚了。"五一爷说："你再不来，我就上床睡觉了。"许上树说："我没办法，来早了会碰上院子里的人，我懒得跟他们打招呼。"五一爷点点头说："你来早了会碰上乘凉的人。"许上树说："你怎么不出去乘凉？外面比屋里肯定舒服。"五一爷说："我不太怕热，我用用蒲扇就行了。"许上树看看地上，地上有一只蒲扇。他捡起来递到五一爷手里，说："听说太平间挺凉快的。"五一爷说："不光凉快，跟死人待在一起，心里还踏实。"许上树嘿嘿笑了，说："别人见到死人怕都怕死了，你还说踏实。"五一爷说："不过干活的时候有些累。我老了，死身子又那么沉。"许上树说："可你的眼神不错。"五一爷说："眼神不是力气，我的力气不够用了。"许上树说："五一爷，我有一个办法可以让你好好休息，不再说累了。"五一爷睁大眼睛瞧着许上树。许上树从裤兜里掏出一枚钉子，又掏出一把榔头，说："这是一枚钉子和一把榔头。我的办法很简单，用榔头把钉子钉进你的眼睛。"

五一爷的脸扭了一下硬住，瞪大的眼睛干干的，久久不动。半晌，他慢慢松了身子，嘴里说："我知道会这样的，我知道的。"

许上树跨前一步，掐住五一爷的脖子，又迈几步将手中的脖子顶在板壁上。许上树说："不许乱动，你说过你的力气不够用了。"五一爷喘着气说："钉别的地方行吗？不要钉我的眼睛！"许上树说："你的眼睛留着还有什么用？你他妈的还想看女人的奶子吗？"五一爷闭上眼睛不说话了，眼眶周围一颤一动的，有几粒汗星儿渗出来。

许上树把钉子扔到嘴里，舌头一卷，钉子从双唇间长出来。五一爷弹开眼睛，突然说："你松手，这事儿我自己来做。"许上树狠着脸不吭声。五一爷说："你钉了我，要吃罪的。别让我再害人了。"许上树松开了手。

五一爷胸膛起伏几下，把气稳住，轻轻地说："让我再看点儿什么。"许上树说："你看吧。"五一爷慢慢转着身子，把屋子看了一遍，然后抬头望望窗外。窗外的视角不大，只有一小块天空，上面有几颗零落的星星。

许上树说："你还想看什么？"五一爷说："不看了，你把钉子给我。"许上树把钉子递给他。五一爷掂一下钉子，说："一颗钉子不够，我得再找一颗。"说着拉开桌子抽屉，翻了翻，没找到。再拉开一只抽屉，找到了。

五一爷缓缓走几步，让两只手搭在板壁上。两枚钉子从手指间钻出，对准了他的眼睛。五一爷回头看一眼许上树。许上树紧着脸站在那儿，嘴巴动了动，说："五一爷，我对不住你！"顿一顿，又说："五一爷，你不该看大真的！"

五一爷叹口气，转头用眼睛瞄准钉子，脑袋使劲向前磕去。

八

五一爷坏掉眼睛后，便不去医院做事了。不长的时间里，他学会了做饭擦澡和洗衣裳。邻居们的脸色已看不见，但他们愿意给他捎点菜什么的。而且眼睛一瞎，其他触觉倒清明了。譬如没有太阳影子，照样能拿准一天的时辰到了哪里。又譬如晚上追着鸣声，能一连拍死好几只蚊子。现在五一爷知道，整天待在黑暗里也能把日子过下去。

医院的活儿已被人替下，可外头出了死人的事，有人还会想到他。隔几天，就会有脚步声和呼叫声闯进他屋子，引着他去"见"尸体。尸体的旁边，总站着许多有力气的人，但他们不准备把力气花在死人身上，甚至碰碰死人的手脚都不乐意。他们只舍得费些口舌，指点他如何翻身搬运，指点他如何把尸体搁在板车上。在搬弄过程中，他能听到周围害怕的喘息声，这提示着死人的样子很难看。但现在对他来说，眼不见心不烦，再丑再脏的尸体也难不住他了。

办完尸体的事，五一爷就默默拉着板车回家。每次出门总有人领着，回来时别人便顾不上他了。好在镇子的路在他脑子里没有乱，偶尔乱了也能从行人嘴里问回来。只是快到宅院时经常会遇到一些捣蛋，先听到一阵想压住又压不住的笑声——那是阿福们作乱前的信号，然后板车一下一下重了。当重得拉不动时，五一爷就停住脚步，转身将车一掀，几只身子骨碌碌滚下车子，嘻骂着散开。五一爷心里一乐，也不说话，没事似的继续走路。这时他会记起王红旗。他静着耳朵，没能从旁边嬉闹里拣出王红旗的声音。他想，好久不见王红旗这兔崽子了。

一天下午，院子里很静，五一爷正要打个瞌睡，忽然觉得门外有点声响，细听一下，又似乎没有。他走过去拉开门，在门边站一会儿，说："是王红旗这只兔崽子吧？"门前石阶上站起一个人，说："咦，你怎么知道是我？"五一爷笑了说："你那兔子味儿我还能闻不出来。"王红旗说："我在这里已经坐了好一会儿。"五一爷说："你找我什么事？"王红旗说："我不找你，我只是坐一会儿。"五一爷说："坐在石阶上不如坐到屋子里呢。"王红旗说："我不进你的屋子，我爸我妈不让我跟你说话。"五一爷说："可现在你已经跟我说话了。"王红旗说："这不算，是你先跟我说话的。"五一爷说："好久没听到你的声音了，最近在做些什么？"王红旗说："老在家里待着呢。阿福他们不喜欢跟我玩，他们说我……"王红旗把话刹住，不说了。五一爷想一想说："你先回去吧，不然你爸妈又该说你了。"王红旗似乎迟疑了一下，慢慢把脚步声带走。

过了两天，五一爷的门被轻轻推开，一只小的身子停在门缝间。五一爷用耳朵听了听，说："又是你这只兔崽子。"王红旗走进屋子说："我爸妈说了，你现在是瞎子，可以跟你说说话的。"五一爷说："一定是兔崽子一个人在家里闷得慌，就跑我这儿来散心。"王红旗说："不对，我找你是问些事情的。"五一爷说："问事情得找老师去，老师的学问大。"又说："小孩子应该上学的，你为什么不去上学？"王红旗说："假期还没完呢。这个暑假太长了，长得像一泡尿。"五一爷嘿嘿一笑，说："一泡尿能有多长？这个比方打得不好。"王红旗说："那么像一条路，弯弯曲曲的路。"五一爷说："这个比方打得好，听上去有学问。"王红旗说："五一爷，你眼睛坏了，怎么还可以在外面走来走去呢？"五一爷说："你来就是问这事儿？"王红旗说："也算是吧。"五一爷说："我眼睛是坏了，可我还有耳朵鼻子，特别是还有脑子。"王红旗说："我不明白。"五一爷说："人的脑子能装许多东西，这路呀房子呀都可以放进去。我在街上一走，那些房子道路就跳到我跟前，这个时候呀，我的脑子像在放一部电影。"王红旗嘻嘻笑了："眼睛瞎了还能放电影，我是第一回听到呢。"五一爷说："脑子也是眼睛，脑子坏了才是真瞎子。"王红旗说："五一爷，大真的脑子算不算坏了？"

五一爷说:"坏了。"王红旗说:"那她是个瞎子啦。"五一爷点点头说:"她眼睛还在,可她瞎了。"

两个人不再说话。五一爷坐在竹椅上,能感觉到王红旗跳上桌子,坐在那儿把双腿甩来甩去。过一会儿,他听见王红旗说:"五一爷,我知道你心里很难过。"五一爷说:"我这把年纪,好看的不好看的都看过了,我看够了。"王红旗说:"好东西是看不够的。"五一爷说:"我眼睛不坏,整天看的会是死人的脸。"王红旗说:"可你也看过许多好东西呀,你说你最爱看的是什么?"五一爷想了想,没有吭声。王红旗说:"你怎么不说话?"五一爷说:"我眼睛坏掉前,最后瞧了一眼天空,上面几颗星星挺好。"王红旗说:"那是你看到的最美的东西?"五一爷说:"算是吧。"王红旗静一下说:"你说的东西一点儿也不稀奇。"

王红旗的出现给五一爷的日子添了些活气,隔上一两天,王红旗就会敲开五一爷的门。屋子里的东西乱了,他帮着摆好。五一爷要买点什么,他拿着钱跑出去,又满头大汗跑回来。更多的时候,他们是坐着闲话。王红旗问什么,五一爷就答什么,顺便还说些奇趣故事。五一爷说完了,也让王红旗讲点什么。王红旗便说些院子里的近闻。五一爷废了眼睛,不是什么事都知道的。

一天晚上,院子内响起一阵嘈杂声。两三个人从院门外进来,被更多的人围住,密密地说些话,许久才散开。不一会儿,王红旗溜进屋子拉开灯,说:"五一爷,是大真的事哩。"五一爷说:"大真怎么啦?"王红旗说:"她在电影院里找人,被人送回来了。"五一爷嗯了一声。王红旗说:"已经放影了,她满场子晃来晃去,还到处瞧别人的后脑勺。"五一爷又嗯了一声。王红旗说:"大家开始以为她在找座位,后来才知道不是。知道不是就生气了,就把她轰出来了。"五一爷说:"这个大真啊!"王红旗说:"五一爷,她干吗要看人家的后脑勺?"五一爷想了想,没想出来,说:"我也不知道。"

没过两天,院子里又响起嘈杂声。先是几个声音相互缠着,然后一只声音跳出来,哭诉着什么。五一爷料想又是大真的事,就等着王红旗来递话。果然,王红旗来了,说:"小真打了大真呢。"五一爷吃一惊说:"她干吗要打大真?"王红旗说:"小真不让大真出去,大真偏要出去,出去了还干些不着调子的事。"五一爷说:"大真管不住自己了。"王红旗说:"别人见大真这样,就起哄。起哄大真不要紧,下一次小真出去,别人也起哄。"五一爷说:"兔崽子,街上到处都是你们这些兔崽子。"王红旗说:"大家认不准大真小真呢,见了小真以为是大真,笑嘻嘻地凑上去摸她的头发摸她的脸。"五一爷甩甩头说:"作孽呀!"王红旗说:"小真回来就哭,还跟大真说你怎么不去死呀,你不去死我去死。"五一爷说:"大真说话了吗?"王红旗说:"大真说得有趣。她说死是大事,得跟许上树商量商量。她老惦记着许上树哩。"五一爷不说话了,但喉咙里慢慢渗出一种暗响。那是一声长叹。

下一天傍晚,天突然下起阵雨,空气里少了些闷热。五一爷听着雨声,一边打了个盹儿。等他恍然醒转,王红旗已坐在旁边。五一爷说:"我猜呀,你又带来了大真的什么事。"王红旗没吭声。五一爷说:"你为什么不说话?"王红旗说我点头了。五一爷说:"你点头我看不见。"王红旗就把新的消息说了一遍。今天下午,大真去了许上树厂子。厂子门卫见是大真,赶紧拦住不让进。大真说我有要紧的事要跟许上树商量。门卫说你说说看是什么要紧事。大真说是生与死的事,你不懂的。门卫就不理她了。大真也不闹,想了一会儿,说要给许上树写信。门卫很想打发她走,给了一张纸一支笔,大真就在纸上写字。

五一爷说:"她都写些什么呢?"王红旗说:"她写了很多字,一张纸都满出来了,其实就是三个字,许上树许上树许上树。"五一爷说:"随后许上树出来了吗?"王红旗说:"他没出来。"五一爷说:"那他得回信,至少也写张纸条出来。"王红旗说:"大真脑子瞎了,许上树怎么回信呀。"五一爷说:"可是大真心里,还是等着回信的。"王红旗嘻嘻笑了:"大真什么也没等到,就是等着了一场雨。她被雨浇了。"五一爷说:"大真应该躲雨的。"王红旗说:"她不躲雨,别人拉她也不走。她说我在等人呢。"五一爷说:"那么多人就看着她站在雨中?"王红旗说:"听说有人看不过,就送一把雨伞给她,被她扔掉了。"五一爷身子一紧,说:"她没……没把衣裳也扔掉吧?"王红旗说:"那倒没有,不过她对送伞的人说了一句没头没脑的话。她说怪不得许上树爱往身上浇水,原来在水里待着挺舒服的。真的,她就是这么说的。"

这一夜,五一爷没睡踏实。第二天吃过早饭,五一爷拎着竹椅迈出屋子,走过天井,把椅子搁在院子大门边的墙根下。上午的太阳斜着,不算很热。五一爷坐在那儿,脸上淡淡的,耳朵却觉醒着。他要守住院门不让大真出去。不让大真出去就是不让大真吃亏。

上班出门的杂闹已经过去,但仍有人走出走进。走进的脚步省去不管,走出的脚步得一一捉住。有时,其中的一个脚步声会停下,说:"五一爷,你坐这儿干吗?夏天还没过去,你就急着晒冬啦?"五一爷嘿嘿一笑,不说话。过一会儿,又有一个脚步收住,说:"五一爷,你坐的地方现在背阴,待会儿太阳一高就晒到了,你还是坐到宅堂上比较凉快。"五一爷又嘿嘿一笑,不吭声。这样说了几回,就没有人再为他停步了。

一个上午，五一爷没有等到要等的脚步声。午饭时，回来的人渐渐多了，五一爷拎着竹椅子走回屋子。中午过去，院子里静下来，五一爷又和椅子一起来到大门边，坐到墙外边的阴影里。此时的阴影还窄，坐在那儿仍沾着很猛的热气，好在现在五一爷手里比上午多了一把蒲扇。他摇着扇子，静下心候着。候了一会儿，他摇扇的手停住，脑子迷迷糊糊的要睡。还没睡着，耳朵里响起一阵轻软的脚步声。五一爷跳起来，朝脚步声追几步，嘴里喊站住站住。脚步声站住了，说："五一爷，你什么事呀？"这是一个姑娘的声音，但不是大真。五一爷缩缩脸，说没事没事，低头退了回去。接下去的时间，五一爷提了神儿，不敢再把脚步声弄错。

　　下一日，五一爷仍把上午和下午打发在院子的大门边。不过这一天他留了个意，把进出的脚步声攒起来。临近傍晚时，他攒了八十多次。八十多次由许多邻居凑成，但没有大真的份。五一爷对自己说，我得高兴才是呢。想了想，他又说，反正我有的是时间。

　　五一爷没有想到，自己的守候只能持续两天。

　　这天晚上，院子里再次出现纷乱。一个声音从大门外一路响进来，点燃了一群声音，然后一阵乱步向大门外奔去。五一爷站在窗边，使劲支着耳朵，一边等着王红旗来报告。不一刻，门猛地甩开，进来一个人，却不是王红旗。那个人说："五一爷，出事啦。"五一爷慌一下说："谁出事了？"那个人说："大真呀，她投河了。"五一爷说："她……她投河干什么？"那个人说："寻死呀，不寻死我找你干吗？！"五一爷喘一口气，眼睛睁了睁，像是要看什么。那个人说："你还愣着干啥？她家里人都去了，我得领着你去。"五一爷说："板车吗？"那个人说："板车板车。"

五一爷拉着板车随那个人走。到了街上，伴行的脚步慢慢多起来。这时候五一爷拉着板车去干什么大家都知道，知道了就喜欢跟着走，板车停下的地方正是他们可以看热闹的地方。众人的跟随显然让那个人感到自己的重要，他不停地向五一爷说话。那个人说："大真去河边是找许上树的。她找他好几回，这回找到了。她不光找到了许上树，还找到了其他人，他们都有一辆自行车。"那个人说："大真见到许上树的自行车就往后座上坐，许上树不让坐，推着车子要走。大真说你别走，我找你是商量事情的。有人说商量什么事情呀。大真说给我一句话，我要不要去死呢？很多人就哈哈大笑。许上树对着哈哈大笑的人吼了一声，跳上车子走了。他一走，其他人也一阵风似的走了，把大真一个人丢在那儿，然后大真就把自己扔进了河里。"那个人又说："这个大真呀，说她明白吧，已经不会说像样的话了，说她不明白吧，还懂得活着已没啥意思。"

到了五一河边，跟来的人群散开与原地的人群围在一起。有人说来了来了，众人让开一个口子让五一爷的板车进去。进去了才知道尸体还在水中。一个声音急急向五一爷说明情况：这段河岸较高，离水面有二三米。尸体仰在水里，已被竹竿戳住，不至于漂走。现在有几束手电灯光在尸体上晃来晃去，但没有一个人愿意下去，下去了一时也没办法把尸体弄上来。这个声音说："如果是上游漂下来的好东西，早捞上来了。可要对付死人，只有你手里有办法。"

五一爷不说话，探探手摸到板车把子，接着摸到拴在把子上的一束绳子。他把绳子取下，系在自己腰上，然后把另一头交给旁边的人。旁边的人立即明白了，好几只手攥住绳子，把他一点点往河水里放。有人还帮助叫："看手电看手电！"他忘了五一爷现在是个瞎子。

五一爷刚沾到水，便伸出手去。他触到了一只身子——身子还柔着，但已有些冷。五一爷吸一口气，探手去摸浮着的头发，顺着头发又去摸那张脸，顺着脸又摸及耳朵。在耳朵后面，他摸到一颗小小的黑痣。五一爷的手微微抖起来。

岸上催叫声响起。五一爷解下绳子，绕在大真的腰上。绳子往上一起，将大真脱离水面，她的头发垂下来，撩过五一爷的脸。绳子再往上一起，大真便上到岸上。一阵哭声掉下来，浮在水面上。五一爷用手搭住水边石头，默着脸，水中的身子像是不动，却一点点在蜷缩，差不多缩成了一团球。他突然想：我蠢呀，我守了两天没有守住，我以为晚上会有人看着的。

过了片刻，岸上的人记起五一爷，忙放下绳子把他提上来。五一爷松松手脚，呆站着听别人吩咐。别人递给他一块毛巾，说擦擦脸吧，他便擦擦脸。别人说搬上去吧，他弯腰揽住大真身子搁在板车上。别人说走吧，他握住车把慢慢往前走。他一走，把一大群人牵动起来。

走了一会儿，跟随的人群竟不减少。杂乱脚步声中，一个声音突然叫道："瞧五一爷，五一爷脸上有泪水呢。"另一个声音接上去说："不光有泪水，他的嘴唇一直在抖动哩。"

他们这么一说，五一爷便知道了自己脸上的动静，但他不准备制止自己。他甚至顾不上用手背擦一下脸。现在，他只留神脑子里慢慢浮出的一个场景，那是王红旗仰着头在提问题。王红旗说："五一爷，你看到的最美的东西是什么？"那天，他说是天上的星星。他骗了他。下次这兔崽子再问起时，他得告诉他：在他家小洞里瞧见的身子，才是自己这辈子看到的最美东西。

愿望清单

你不缺空气。
你享受寂静。
这种枯燥,就是你的古典风格。
——爱德华·勒维

一

对苏颐来说,厦门这趟差像是一次排队加塞。依着原计划,她在这个周末应该去郊外遛车。刚买了一辆蓝色小车,拴在家里比较憋屈,又是花草争宠的踏青日子,开出去撒个欢儿正是时候。为此她和几位玩友已约了出游地点,备好了放肆心情。

突然现身的一份差事挤进来，便乱了计划，不过她也不能不高兴。在公司做了四年，她已习惯临时加班、半路打劫的节奏，何况厦门不是个恶心地方，何况搭伴去的姐儿老徐先掏了暖语。老徐说："别让自己揣着不乐意，这是一轻活儿，见几枚脸吃一顿饭便OK了。"老徐又说："你呀，荒废的年头也不短了，趁着这趟闲差，我给你讲讲怎么捉住一个男人。"老徐是天秤座，喜欢把重的说轻。其实她们是去签一份艺术品展览合同，算得上硬事。

苏颐就这样坐上了杭州至厦门的高铁。这是三月末旬的周六，好天气加上放闲日，车厢里显得身影充足。苏颐的座位靠着走道，里侧挨着老徐。她坐下便知道，这一路上要听老徐讲许多话。老徐做人活络，嘴里存着不少公司消息和情爱道理，现在得了机会，自然要输送出去。不过因为周围都是耳朵，她只能轻了声音，开始深一脚浅一脚地往某个话题里走。苏颐则闲了心，支着耳朵一边听着，一边配合地点头摇头。

两个人正这么私语着，车厢里忽然出现了异样。随着一声招呼，前面几排站起好几只身子，其中两个人抖开一样东西，原来是一面蓝色旗子。他们走到车厢前头，将旗子铺在半边墙上，用胶带粘妥——旗面上明白写着一行字：火车诗歌朗诵之旅。车厢里一阵惊讶，目光们离开手机或窗外，一齐给了前边。两位女乘务员出现了，她们走到那几只身子中间，听他们的解释。解释显然是有效的，没有太多的话，便把女乘务员说服了。她们退到旁边，当起了观者。

苏颐和老徐停了聊话。在那一刻，苏颐心里生出小小的愉快，因为她并不愿意一路上耳朵旁边只有老徐的声音。跟老徐的絮语相比，眼前的这段插曲会好玩一些。

一位戴眼镜的长脸男子站到走道中间，大着声音宣布诗歌朗诵会开始。他用手掌在空中划了一下，说："这是三月二十六日的高铁，我们没有行李，我们只携带诗歌上路。诗人，请你打开嗓子，发出不愿意私藏的声音吧。"

一位黑皮肤的胖子首先亮相。他使劲眨几下不大的眼睛，朗诵了一首自己写的诗歌，题目叫《忧伤的铁轨》，不过他的脸上似乎没有忧伤，只有来路不明的生气。第二位是个长着半脸髯须的矮子，他跳上座椅，让自己高出周围一截，然后背诵了一首说是英国诗人写的作品。他的声音亢奋而模糊，只是在最后才出现清晰的诗句：

> 他从书页翻过站台
> 像是踏入白色的幸福时代
> 在朴素的宣告之后
> 获取了黑色的一束神秘

这几句诗虽然念明白了，但进入苏颐的耳朵，仍是不明白的。好在此时的朗诵内容并不重要，重要的是场面的有趣。接下来上场的是一位年轻姑娘，她明显有些害羞，所以手上的一本杂志成了掩护工具——她低着脑袋，拘谨地读着杂志上的诗句，只在段落的中间偶尔抬一抬眼睛，当看到好几只手机正在拍照时，赶紧又低下头去。

与姑娘的紧张相反，之后是一幕大胆的演出。一位坐在母亲旁边的小学生男孩本做着听众，这时显然被逗起了情绪，身子不安分地扭摆，表示着一种冲动。当姑娘一结束朗诵，他伸手抢过杂志，争取地说："我来一首我来一首。"这是意外的插入，但能促进气氛，戴眼镜的长脸男子点了点头。男孩高兴地捧起杂志，在上面随意挑了一首诗，举着脑袋大声朗读起来。他的嗓音纤细明亮，脸上也因为兴奋而变得鲜亮。不过周围的耳朵稍微留点神，便能听出这首诗的调子是悲凉的，其间不乏"雨水在蓄谋一场泪水""皱纹被时间卷起"一类的诗句。但男孩并不自知，一半得意一半认真的神情一直伴着阅读声，直到遇着一个陌生的字儿，才猛地刹住，抬手慌慌地挠一挠头。他的滑稽样子引起旁边一些笑声。他的母亲探过脑袋，帮助儿子读出拦路的字儿。

随后出场的是一位留着盖耳长发的小伙子。他似乎有点偷懒，未从靠窗座位移步走道，而是站起来将身子倚在玻璃上，然后从兜里掏出一张白纸，宣布说这首诗是自己早上刚写的，题目还没想好，或者叫《无语》，或者叫《那一天，我从你身上碾过》。他笑了一下说："我本来想叫《无语》的，但叫了《无语》，现在我就不应该朗诵而是沉默，所以想想还得叫后一个题目。"这样说过，他扬一下那张白纸又放下，平静着脸开始背诵：

> 假如那一天我买了车票，
> 我在车上你在车下，
> 双方相遇只需要春天的一条轨道。
> 自由的逻辑像一尾鱼游向你，
> 你挑选了一种彻底的仰躺姿势。
> 谈笑中我在你的姿势之上轰然碾过，
> 仿佛沸点的茶壶突然鸣响……

长发小伙子的嗓子有点沙哑，于是声音里像是沾了某种伤感。苏颐知道自己是不懂诗的，但再不懂诗也能听出诗句里的爱情，或者说情爱。她想，这个人刚从爱情的失败里逛出来吗？她又想，不过也不一定，写诗的人动不动就会装愁。正这么分了点神，火车驶入一个隧洞，车厢里忽地暗下来。长发小伙子仍然靠着玻璃，窗外的照灯在游动中一闪一闪，他的脸也跟着一闪一闪——这是一张清瘦的脸，即使在朗诵中也显得有些落寞，似乎挺累的样子。不过在暗淡的隧洞里，他的声音变得醒耳起来：

> 春天的火车开往冬天，
> 黑色的重量覆盖了你，
> 你与某种心念保持着默契，
> 我是千分之一的刽子手。
> 死亡是一种回家，
> 还是庞大的周游世界？
> 既然抓不住问号的重心，
> 我更等待放马南山。

一首诗念完，火车刚好跑出隧洞，亮光重入车厢。长发小伙子没有马上坐下，而是做了一个意外的收尾动作——他一下一下撕碎手中的稿纸，然后向上一扔，在空中形成纸片飞舞。那两位站着的女乘务员回过神来，嘴巴和手脚一并上去制止，已然慢了半拍，纸片们飘飘摇摇落了下来。一位女乘务员气急地说："你……你这是干什么？"长发小伙子耸一下肩说："我在完成自己的纪念。"这一幕让老徐乐了："不懂，不懂这种人。"又侧过脑袋说："你能听懂这种诗吗？"苏颐一边掸掉落在身上的纸片一边摇了头，听这首诗像是被蒙上一块黑布往前走，先以为双手探到的是爱情，很快又碰到了"冬天""黑色"和"刽子手"。她不喜欢这样的文字。

不喜欢的还有别人。一位黑壮男子突然站起来，朝长发小伙子勾勾手。长发小伙子不太明白，靠着窗户没有响应。黑壮男子又勾勾手，很坚决的样子。长发小伙子只好走出座位，站到走道上。黑壮男子一抬胳膊，亮出手指上的小纸片，说："啥字呀这是？"长发小伙子没吭声，他看到的是"死亡"两个字。黑壮男子说："我得大奖了，好好地坐在火车上，天上掉下俩字砸我身上。"周围响起一些零星的笑声。长发小伙子将双手一摊，说："这是一种意外，我道歉。"黑壮男子说："怎么道歉？"长发小伙子说："对不起！我替自己也替诗歌向你说声对不起！"黑壮男子叹口气说："你们这帮人呀，玩什么不好偏玩这个！"说着丢掉手上的小纸片，猛地一挥拳，砸在长发小伙子脸上。这一拳太突然了，长发小伙子趔趄两步，歪身摔向旁边座位。苏颐惊叫一声紧了身子，腿上已多出一颗脑袋。这时黑壮男子才真正开始了咆哮："干嘛把这纸片扔我身上呀！他妈的凭什么这么咒我！你这是往我心里添一个大堵知道吧？！"好几个人使劲拦住他，说没必要这样没必要这样，你看人家脸上都出血了。

长发小伙子的脑袋在苏颐大腿上愣了几秒钟，挣扎着爬起，鼻孔早淌出一条血水。血水让他的脸变得难看，也让他从理亏者变成悲壮者。他往前两步，似乎要与对方撕扯一起，但到底收住了，说："好吧，我让你沾了'死亡'，你打了我一拳，咱们扯平了！"对面的黑壮男子怒道："沾了死亡？他妈的你说什么屁话！"长发小伙子说："你给我听着，我诗里的死亡是一种光荣，还轮不到你！你再给我听着，我的手能写诗也能打架！"说着抬手擦一下血水，脸上立时红了一片。正紧张着，一位乘警大步赶到，嘴里发出一串勒令声。此时的他因为一身警服成为一个重要的人，只几句话便拆分了两个人的对峙，又叫停了诗歌的朗诵。几位诗人不甘收兵，说朗诵才进行一小半呢。乘警说："别玩了别玩了，稳定压倒一切！"又一指蓝色旗子说："你们跟这旗儿一起拍个照，就算是玩过啦。"

　　车厢静下来后，苏颐才发现裤腿上留着两滴血迹。因裤子色浅，血滴便有些鲜明，仿佛绣了两颗葡萄。苏颐指给老徐看，老徐就嚷起来，说这不是殃及池鱼嘛。不少眼光看过来，不光看她的腿，还看她的脸。苏颐赶紧止住老徐，轻声说算了算了。不算了又能怎样呢？总不能又扯出一个争吵场面让对方赔偿精神损失费什么的吧？苏颐看了一眼那长发小伙子，他已坐在座位上"休养生息"，脑袋仰着，鼻孔里塞了一块不知哪里弄来的药棉。

　　苏颐取了椅袋里一本杂志，翻一翻便放下搁在腿上，算是遮一下血迹；为了暂时不与老徐聊话，又懒了脸闭上眼睛。眼睛一闭上，脑子里跳出一颗男人脑袋，那脑袋携着长发从一米之外奔来，紧急停留在她的大腿上。她不知道那一秒钟自己脸上是啥表情，吃惊？气急？难堪？也许什么也没有，只是吓一跳后的肌肉收缩。这样想着，她忍不住在心里嘻嘻一笑，这些写几句诗文的人，这些脑袋随便乱放的人，要玩点有趣却讨了个无趣。

　　火车经过一个小站，停靠一下又匆匆启动。苏颐需要解放一下，便起身往后走过通道进了洗手间，轻松过后站起来，又看见了裤子上的血滴。这血滴若盯着看，挺醒目的。她撕了纸巾要擦洗，又怕洗出更难看的一块湿，只好放弃了。打开门出来，一眼瞧见那长发小伙子站在门口。苏颐未做搭理，要从旁边过去，被对方拦住了："我在等你。"苏颐给出一眼，他的鼻孔长出一块白里透红的棉花，有点怪趣。对方又说："一分钟前，我决定在这里等你。"苏颐说："有事吗？"他说："我得道歉，下一站就下车了，我不能什么都不说。"苏颐说："那你说吧。"他说："对不起，我替自己也替诗歌向你说声对不起。"苏颐说："词儿不新鲜，这样的话在一个时间段里说了两遍。"他笑了一下，

275

说:"同样的话,在不同耳朵里意义是不一样的。"苏颐说:"好吧,道歉我收下了。不过我顺便说一句,你刚才朗诵的诗歌我听不懂。"他说:"一下子让别人听懂不一定好,别人听不懂也不一定坏。"这有点耍贫嘴了,苏颐不觉得有趣,侧了身要走,一眼又瞥见对方脸上的药棉,便刹一下脚步:"我再顺便说一句,你的同伙不少,他们怎么不支援点拳头?"他说:"他们不太会打架,他们的力气在嘴上。"苏颐说:"那你呢?"他一指自己的脸,说:"你看见了,我虚张声势还可以,真打起架来也不行。"苏颐乐了一下,说:"下一站你们下车?"他点点头说:"下了车我们会去海边做第二场朗诵,车上没玩好,得补上。"下一站是一傍海小城,那里有著名的沙滩。苏颐想,站在沙滩上一边吃进海风一边吐出诗句,倒也有趣。

到下一站,那帮诗人站起身呼啦啦下车了。虽然在车厢里遭遇意外,他们的气似乎没泄掉,那面蓝色旗子举在一群脑袋之上。

车厢里稍稍宽松了一些。

火车继续向南,到厦门已近傍晚。苏颐老徐下了车,先找到住处,再电话约好第二天事宜,然后去吃简单的晚餐。所谓简单,是指没有上酒,吃程不拖沓,但海鲜并不省略的。厦门海鲜比杭州的好吃。

用过晚餐回到宾馆,老徐靠在床上追一电视剧,苏颐换了睡衣,准备去卫生间泡洗裤子的血迹。拿起裤子时,她发现裤兜里收着半张白纸,打开一看,竟是陌生的笔迹。她"咦"了一声,定睛去看纸上的字:

我的血有蓝色的冷静
溅到你身上演变成了红色

两行诗句下面是手机号码和一个叫"树井"的名字。苏颐静了脸，在脑子里细细巡找两遍，仍未发现那个名为树井的小伙子是怎样将纸片塞入自己裤兜的。又看那两行诗，让人懂又让人不懂，总之少了道歉的意思。苏颐迟疑一下，将纸片示给老徐看。老徐研究了片刻，说："这手机号码应该是杭州的。"又说："树井基本是一笔名。"苏颐心想这两点我也能猜出，嘴里便说："这两句诗又是什么情况呢？"老徐说："这个小鲜肉挑逗你呗。"苏颐说："怎么个挑逗？我看不出来。"老徐说："他的意思是见到你激动了，血都成了红色。"苏颐说："真扯！血滴在裤子上本来就是红色的，他讲了一个事实。"老徐说："你呀疏于这方面的练习，感觉缺失呢。"苏颐就笑了："不说我先说他——脸上挨了一拳，不去沮丧还趁机去泡妞，他能一下子凑起这种感觉？"老徐说："诗人不一样，这帮人看上去就不怎么靠谱！写几句诗就大声嚷嚷，还不让别人听懂，像一群装逼犯。"苏颐说："说他们装倒不如说他们二，在公众场合做私人陶醉，玩家家似的。"

如此说着，电视里的剧情告段落，开始播出广告。老徐取了香烟，示意苏颐到阳台上去抽。在公司女人帮里，老徐是老资格的烟手，苏颐熏陶其间，也培养了一点烟瘾。到了阳台放眼望去，灯光成群高楼接队，一时见不出海滨的姿色。两个人点了烟，将刚才的话题接上。老徐说："那小子留了手机号码，你会打吗？"苏颐说："我又不要赔裤子的钱，打他干吗？！"老徐说："我也不建议你打，这种男人我不看好。"苏颐说："是因为他写些不让别人听懂的破诗，显酸了？"老徐吐出一口烟雾，说："倒不是因为这个，主要是他的脸瘦而苍白，显着颓势。"苏颐说："他的脸又不是股票图，怎么就显着颓势了？"老徐说："我不说自己会看相，但我现在脑子里捉住了他的脸：耳朵有些单薄，说明福分不足；印堂不够明亮，气神就攒不住；山根似乎低了，心情容易败坏……"苏颐乐了说："徐姐你对男人懂得真多，还印堂山根什么的。"徐姐说："我的话你不信吗？"苏颐说："我信，山根不就是鼻子上方那部位嘛。他挨了一拳，山根受震鼻子流血，正好支持了你的话。"这么一说，两个人一齐哈哈笑起来。

二

以后一些日子里，苏颐一直以为那张白纸的作用只是逗了一次趣，最多证明一趟无聊的出差也可以留下异样的记忆。

出差回来后，照例扎进公司的展览庆典业务里，起草方案、布置场地、联络人员等等，反正是一日追着一日的忙碌，忙碌里又脱不掉固板。等稍稍松一口气，已到了五一假期。

五一假期苏颐是有一个打算的，即撮合父母一起吃个饭。父亲以前在一家印刷厂做事，上班相当拘谨，回家则松开脾气，对母亲不是暴言就是冷语，后来有几次甚至动了手掌。在高中阶段，苏颐能时时感出家里的东磕西碰，场面没有崩塌，只是因为她有个高考。到了大学二年级，她终于接到父母分裂的消息，这个消息似乎没让她太难过，但一学期下来，身子足足瘦了七八斤。学校毕业后，她跟母亲住了两年，住得有些憋气，就借口离公司太远不方便，搬了出去。之后遇到周末节日，她会穿过大半个城市去看母亲或父亲，这也是她提起劲儿买下一辆小车的理由之一。眼下以她的判断，父母俩人重新归好已不可能，但既然均未另组家庭，那么凑一块儿像朋友或熟人说说话儿总可以的，至少可消灭一些寂寞。这个想法一起，她心里甚至有些暗喜。节前两天，她推掉两位玩友外出旅游的怂恿，提前把三人聚餐的时间地点分别告之父母，由头是共议自己的婚恋之事，这正是他们俩平日最愿意念叨的。

五一晚上，苏颐开车提前到达餐馆，点好菜在包厢里等着。不一会儿，母亲准时现身。母女俩聊了几句碎语，父亲也兴冲冲赶到。苏颐注意到，今天俩人穿戴都挺整齐，见了面也没忸怩。苏颐串了几句导言，又替父亲叫了两瓶啤酒，三个人平静吃起来。吃了几口，母亲探问："你找到对象啦？"苏颐说："没呢，找你们来就是策划策划嘛。"父亲说："人都没有怎么策划？"苏颐嬉笑着说："我在公司干的活儿，就是把没影儿的事策划成一个有影儿的事儿。"这样搭过一些话，父母俩便明白今天聚餐与女儿的婚恋无关，是务虚的。苏颐又抻开话题，说起以前家里的一些趣事，把气氛说柔了。父亲起了兴致，伸出酒瓶给苏颐倒了一杯，又给母亲倒了一杯。苏颐因为开车，将酒挡了。父亲和母亲碰了杯子。

苏颐心里溜出一个念头，形势如此平和，何不让父母单独说说话儿。她做方便状，起身走了出去。她在洗手间拖沓好一会儿，又掏出手机看了几段微信文字，才慢慢踱回包厢。推门一看，却吃了一惊。父亲气呼呼地直着脖子，一只啤酒瓶在地上溅开，碎片们难看地躺着，母亲则木着脸一动不动。苏颐说："怎么啦怎么啦？你们这是怎么啦？"父亲握拳一砸自己额头，说："不吃了，我不吃了。"说着猛地脱开椅子走出门去，中途还划了一下苏颐拦阻的手。苏颐走到母亲旁边坐下，迷茫地说："这也就上个洗手间的时间呀。"母亲丢口气没有搭腔。过了片刻，她站起来将手中的筷子慢慢搁在桌上，说："我也不吃了……这里太闷，我到街上透口气。"

包厢里剩下苏颐一个人。服务员打扫了碎瓶，仍然将菜一个一个端上。苏颐盯着桌子，觉得嘴巴里渗出一种苦味。她掏出一支烟点上，一口一口吸着，又一口一口将烟喷到菜盘上。抽完了烟，她打开手机找玩友，未拨出号码已想起她们在外地。

摁了拼音的通讯录还捎带显示另一个名字：树井。她恍惚一下，想起了那张白纸和白纸上的诗句。她不记得白纸丢哪儿了，但记得当时存了这个号码。

苏颐迟疑了几秒钟，将手机里的名字送出，耳朵边很快响起有点沙哑的声音。她只说了两句，对方便知道她是谁了。之后她告诉对方："我也不是没有朋友玩，可她们今晚不在杭州。"对方的声音说："今晚我在杭州，跟红酒在一起。"

树井用餐地点在南山路的一家海鲜楼。跟他在一起的不仅有红酒，还有六七位年轻男女。苏颐进去时，一群目光拥过来裹住了她。局促之下，她有点担心自己认不准人，但稳一稳神，便一眼逮住了长发的树井，也认出了戴眼镜的长脸、黑皮肤的胖子，髯须脸的矮子和害羞读诗的那位姑娘。看来这伙人是经常团在一起的。

苏颐在树井旁边的空位坐下，心里备好的见面语还没说出，一只红酒瓶子已伸过来，往她前面的杯子添酒。她的酒量并不好，但此时不打算拒绝。树井正一正脸，提议为新来的朋友干一个，一群杯子便举向她。她拿起酒杯先呷一口，再将杯中的酒倒入嘴里。树井研究地看她，说："你的酒量看来不错。"苏颐说："你的判断错了，不过今晚我想喝点酒。"她的态度似乎兴奋了周围，一只杯子接着一只杯子伸过来，轮流跟她碰杯。她没有抵挡，每次都扎实地喝上一口。

一巡下来，才有人提醒说："树井，你还没介绍这位美女呢。"树井耸耸肩说:"如果我说这位美女的名字我还不知道,你们信吗?"一个声音说:"信与不信,在于你的后续解释。"树井就简单说了一个多月前车厢里的事,并配合做一个淌鼻血的动作。好几张脸顿时明白过来,有人还乐了一下。戴眼镜的长脸突然说:"树井,今天是倒数多少天?"树井说:"44天。"戴眼镜的长脸说:"我有一个预感,今天是个重要的日子,对你来说。"树井说:"对我来说,现在的每一天都是重要的日子。"黑皮肤的胖子"嘿嘿"了一声说:"你真的打算将游戏进行到底吗?"树井说:"为什么不……我会遵守游戏规则的。"苏颐说:"你们又讲些我听不懂的话,你们Stop。"树井说:"那我说一句你听懂的话,你叫什么名字?"苏颐说:"苏颐,颐和园的颐。"树井说:"好吧,现在不说别的,只关心苏颐。"苏颐说:"准了,你关心我一下吧。"树井瞧着苏颐说:"我知道,今晚你一定遇到了什么特别的事。"苏颐说:"一个姑娘允许自己贪杯喝点酒,这算不算特别的事?"树井说:"这个可以不算!"苏颐说:"我突然给你打一个电话,又屁颠屁颠地跑过来,这算不算特别的事?"树井说:"这个也可以不算!"苏颐举起杯子,说:"回答得大气,我敬你一杯。"树井咧嘴一乐,拿起杯子跟苏颐碰了一下。黑皮肤的胖子借势追问:"我有一个问题,你为什么突然给树井打一个电话?"苏颐想一想说:"一个多月前的车厢里,还有我一同事徐姐,她善于给人看相打分,那天对树井的脸有过点评。掉链子的是,当时我跟树井照了好一会儿面,却什么也没看出来,这让我对自己不满意。这么说吧,今天我跟树井见面的一个动力,就是想验证一下她的点评。"树井说:"嘿,我倒想听听别人的点评,对一张被揍了一拳的脸。"苏颐说:"她忽略了你的鼻血,她说你耳朵有些单薄,说你印堂不够明亮,说你山根比较低矮……她还说你脸色苍白。"树井说:"那你验证一下,她说对了吗?"苏颐盯着树井的脸说:

"她说的没有全对。"树井说:"不对在哪儿?"苏颐认真伸一伸脖子,打出一个酒嗝:"现在你的脸被红酒占领,暂时没了苍白。"树井摸一摸自己的脸,笑了说:"看来我还没有一衰到底,再说既然红酒可以占领苍白,也可以占领耳朵,占领印堂。"戴眼镜的长脸似乎想引开话题,插进来说:"我喜欢占领这个词,被红酒占领是一件愉快的事。"他拍一下手说:"来来,让红酒占领我们身体的一个一个阵地吧。"一群声音响应而起,黑皮肤的胖子说:"让红酒占领脖子!"髯须脸的矮子说:"让红酒占领乳房!"然后传递下去是:

"让红酒占领心窝!"

"让红酒占领肚脐!"

"让红酒占领腹部!"

"让红酒占领腹部的那一亩玫瑰!"

苏颐朦胧记得,当晚餐桌上占领行动进行得挺晚,待从包厢里出来,自己的双脚已抓不住地面,只好把身体搭在树井的身上。到了餐馆门口,身旁响起高高低低的告别声,然后耳边出现树井的问话,意思是你怎么回家。她让自己指了一下手,说:"我有……车子。"树井说:"那我给你叫个代驾吧,你先给个地址。"她说:"你说的是什么情况?"树井说:"我是问你家住哪儿?"

苏颐听明白了,舌头滚动几下,声音却哑在嘴巴里——不是说不出来,而是那地址有点虚飘,一时竟捉不住。她觉得这很可笑,也有些不好意思,然后就使劲地想。想了不知多少时间,反正是好一会儿,她的脑子里跑出原先一家人住着眼下父亲住着的地址,接着又跑出她曾经住过眼下母亲住着的地址。她嘟囔了一声,连自己没有听懂。她认为自己应该难过,因为有了两个地址却不能说给树井,这好像进不了道理。她让自己的身体离开树井，说："你不要管我了，我去一个地方静一静。"树井说："什么地方呀？"她说："切，我有车子……我去车里……"话未说完，她发觉自己像一块布又挂在树井身上。之后呢，树井的身体一移动，她的身体也跟着移动，树井停下来，她也停下来。完了她快活地发现，自己嗅到了车子里的香水味儿。

在香水味儿中，她看见自己的手脚灵活起来，开始在一条马路上跑步。跑了一会儿，遇到一扇门，进去是一个院子。院子里有雾，雾里有许多东西。教室。黑板。一条短信。离婚消息。考试试卷。一个男人在楼下站着，站了很久。寝室里的笑声。泪水掉在地上的声音。排队等待面试。一米高的文案纸。一个男人站得很近，嘴里有口臭。香烟在暗色里一亮一亮。加班的闹钟响起。她从床上爬起来，从院子里奔出，继续在马路上跑。她看见一个女人躺在路边草坪上睡觉。她靠近了去看女人的脸，原来是自己。她坐在旁边，守着睡觉的自己。

不知过了多久，苏颐弹弹眼皮醒来了。凌晨的微光侵入车里，她瞧见自己躺在后排沙发上，脑袋枕着别人的腿。她慌了一下，坐了起来。她的动作带动树井，他也醒来了。苏颐说："我怎么在这里？"树井说："你不在这里在哪里？"苏颐静一静脑子，记起了昨晚的一些片断。她说："你陪了我一夜，还做了我枕头？"树井说："瞧你昨晚的丑态，抱着我的腿不放，好在我不是坏人。"苏颐不好意思地笑了："我从不这么喝酒的，昨晚算是特例。"树井说："我也从不这么和女人同居，你的特例给了我一机会。"苏颐警觉地缩缩身子："怎么是……同居？"树井一乐说："我说的是车马跑的'车'（jū），同车。"苏颐也笑了，说："看来你还是个心存歹念的坏人。"

说话间，窗外的晨光又亮了一些。树井提议一起去吃个早饭，说被酒泡了一夜的胃需要一碗热粥。苏颐说："时候还有点早，再聊一会儿话吧。"树井说："聊什么呢，这个大清早？"苏颐说："那就再聊聊昨晚……昨晚酒桌上说你在做游戏，什么游戏？"树井说："一个挺大的游戏，不过没啥娱乐性，你最好别知道。"苏颐："没趣没趣，这种遮遮挡挡的的话我不爱听。"树井说："这个游戏说出来怕你不相信。"苏颐说："你还没说怎么知道我不相信。"树井说："好吧，我先说一个小故事。我以前有一小学同学，不知怎么揣着一副异类心思，别人是巴望着长大，他呢给自己划了八十岁的线，整天在算术本上计算离死亡还有多少天。"苏颐说："那一定是一种奇怪的感觉，往后他至少得长成一个悲观主义者。"树井说："小学毕业就散了，我不知道他后来成了怎样的人，不过他的这种倒计时躲入我的记忆，然后在一个多月前的车厢里重新冒头。"苏颐说："切，又是那个车厢……"树井说："你当然记得那场纠纷是由一张写着'死亡'的纸片引起的，我虽然挨了一拳，可也看到了对方怕沾上死亡的那种恐惧。就是在那一刻，我产生了好奇，好奇又逼出一个重口味的想法。下车以后，我向诗友们宣布自己要做一个死亡倒计时的游戏，用时是八十一天。在这八十一天里，我要认真品尝一步一步走近生命终点的滋味。"苏颐说："这种滋味又不是没人尝过，那些癌症患者不就是……"树井打断说："不一样！你闭上眼睛想一秒钟便知道，一个健康人像等待约会的钟点一样等待死亡日的到来，那心境跟绝症病人是不一样的。"苏颐说："那为什么是八十一天？有讲究吗？"树井摇摇头说："没有讲究，既然是游戏，就得有个日期，我觉得九九八十一天做时间长度挺合适。"

　　苏颐不能不承认，眼前这个清瘦男人的想法虽然离谱却也有趣，不过她马上觉得游戏里躲着一个缺陷。她说："这个游戏好像是个伪游戏，因为你到底是安全的，怎么去体验死亡心情？"树井点点头说："这是个问题，所以我得用最逼真的行动去接近事实，譬如我辞掉了工作，本来我在一家报社做编辑。"苏颐吃了一惊："为了一个游戏，扔掉一份工作？"树井说："呵呵，一个进入生命倒计时的人，还会不舍一份谋饭的差事？"苏颐说："算你狠！那你还有哪些逼真的行动呢？"树井说："假如是你，某一天有了世纪末情绪，会想着做些啥？"苏颐说："无非吃喝玩乐呗，或者到哪个村子找一屋子安静等待，顺便思考宇宙。"树井轻笑一声说："你说得不算错，到了这个时候，想做的事儿很多，又觉得做了也没意思。我发呆一夜，给自己列了一份愿望清单。"他掏出手机，示意互加微信。过了片刻，苏颐手机"嘟"的一声，出现了一块文字：

读 20 本书

写 20 首诗

吃 20 次美食

走一趟有意义的旅行

谈一回有味道的恋爱

做一次重要往事的清理

干一件让父母开心的娱事

找一处让自己安心的坟墓

苏颐研究着文字说："这一堆事还挺费劲的，等这些列项一行一行划去，最后可以留下来的是诗歌，这就是你做这个游戏的目的吗？"树井说："这个问题别人也给过我，我的回答是，过程产生目的。"苏颐说："感觉这个回答有点装……好吧，八十一天的时间已过了小一半，这份清单的完成度呢？"树井说："我不着急也不拖沓，譬如昨晚的聚餐就被我视为第九份美食。你要知道，在我宣布游戏开始起，这一帮诗友哥们就成了天然的监督者。"苏颐一笑说:"那么现在去知味观喝一碗清粥吃一根油条,要是很合胃口,算不算第十份美食?"树井耸耸肩说:"还是觉得我离谱是吗?我开始就说了,这件事你不会相信,因为不符合生活逻辑。"

苏颐不吭声了,眼睛看向车外。天已大亮,行人多了起来。她忍不住想,自己和这个叫树井的男人见面才跨一夜,却说了这么多话。

她从包里掏出小镜照一照自己,然后起身换到前座,发动车子去吃早餐。

开一小截路,遇到第一个红绿灯时,她刹住车扭头对树井说:"不就是一个号称诗人的男人的游戏吗?为什么不能相信?我相信了!"顿一顿又说:"监督者里添上我一个吧。"

三

苏颐出演监督者是在三日之后。这天下午,树井来了微信,约晚上喝茶。苏颐问什么情况,怎么突然有了闲心?树井打出一句话:不仅你我,还有别人。苏颐问别人是谁。树井送来三个字:前女友。苏颐愣一下,撷出一只不高兴的表情:你跟女友叙旧,让我做一只灯泡?树井:不是女友是前女友,不是灯泡是见证人。苏颐:见证什么?树井:先打个埋伏,来了便知。苏颐只好妥协:好吧,说是喝茶,其实你在消费我的好奇心。

见面地点在西湖边一家还算闲静的茶馆。苏颐到时,树井已等在包厢里。包厢不大,但有一扇能望见一角湖水的窗户,树井就站在窗边看外面的晚景,样子有些落寞。苏颐"嗨"了一声说:"不错的地方,挺适合与前情人会晤的。"树井说:"你迟到了十分钟。"苏颐说:"又不是上班签到,你那位前情人还没来呢。"树井说:"我跟你早约了半小时,现在只剩下二十分钟了。"苏颐说:"什么意思?你想先酝酿酝酿情感?"树井耸耸肩说:"我总得交代背景吧,不然你怎么看懂接下来的剧情。"

两个人坐到桌子前。树井给两只杯子斟了茶水,开始介绍自己的这段男女故事。故事里倒也没什么狗血桥段,无非是从大学校园起步,一路走过四五个年头,其间少不了看电影泡酒吧赴诗会等日常细事,并无特别之处。直到开始谈论婚娶时,女方改了主意,收下另一男人递出的鲜花和房子,很快嫁为他人妇。这个转折的出现,让故事掉进庸俗的收尾中。苏颐说:"是第三者挤入吗?失败的情事一般都会有这一情节。"树井摇摇头说:"主要是我的问题,因为到了后面阶段,我盘点一下自己,什么也给不了她。"苏颐问:"你是指鲜花还是房子?房子一时没有,鲜花多送她几回嘛。对了,你还可以送她诗歌什么的。"树井说:"对一个浪漫够了的女人,鲜花和诗歌已经送不出手啦。"苏颐不吭声了。

树井喝了一口茶,继续往下说。他承认分手是件让人不安的事儿,毕竟两个人共同消费了重要的年轻时光,许多记忆已粘在一起。确定分开那天,他和女友无语并且伤感。沉默中女友取了一张纸,先写"承诺书"三字,又写了不长的一行字,然后将这张纸认真搁在他手上。

树井记得,那天他很想写一些文字,但看着这一行字,自己什么也写不出了。"这句话太重了,把我脑子里的诗句比下去了。"树井说着,从衣兜里掏出一张折叠的白纸。白纸打开,在"承诺书"三字之下，写着一句话：我承诺，一到来世就嫁给你！下面署名小米。

苏颐眨了眨眼睛，有点稀奇又有点迷离。她问："她叫小米？"树井点点头。她又问："你真的相信人有来世？"树井说："这是眼下不能肯定也不能否定的事情，所以我相信50%。"苏颐说："呵呵，这就是说，你的前情人有50%的概率会成为你的后夫人。"树井说："你觉得有点虚幻是吗？即使沾着虚幻，这张承诺书也让我感到不适。你想呀，我是个即将从现世踏进来世的人。"苏颐禁不住一笑："你的确有很强的游戏精神。"树井说："我想了很久，决定将承诺书交还本人，就在今天。"苏颐说："你不乐意来世娶她？"树井将白纸收起，慢了声音说："来世一定有来世的规则，现在谁也不知道。我马上要去那边，她在这边还待很久。在很久的时间里，让她扛着这样的承诺，连个反悔的机会都没有，这对她不公平。"苏颐说："我只问你一句，你此刻心里还有她吗？"树井说："没有了，我觉得已经没有了，但我疼过她，那种疼过的感觉还在。"苏颐说："可你把承诺书还给她，等于把以前残留的感觉也删除了，而这么做，仅仅是为了完成你所谓的游戏……"树井打断说："虽说是利用游戏，但也是顺势做一个了结。现在她已有稳当的家庭，不愿意节外生枝，今天如果不是你来作陪，她都不肯赴这个茶会。那么在以后日子里，有这张纸潜伏着，只怕她心里不能安生，至少心里不能清爽。"

正这么说着，木门被推开一半，一位穿着蓝色长裙的女子站在门口。她探望一下，轻着身子走进来，目光给了苏颐一秒钟，马上转向树井。树井起身拉开旁边椅子引座，一边将两位女人介绍给对方。苏颐朝这位叫小米的女人点点头。

小米看上去是个有点傲冷的人，不过此时她的脸上浮着一些不安。苏颐想，这是因为她不明白前情人突然约见的意图，一边又坐着不认识的女人。树井抬手给小米倒了茶,歪过头打量说:"你好像有点胖了。"这句话显然不讨好,小米说:"有啥要紧的事吗?我在这里只能待半个小时。"树井说:"我们有两年没见面了吧?"小米说:"三年了……我的孩子已经两岁。"苏颐插进去问:"男孩女孩?"小米说:"女儿。"树井说:"时间快得没道理呀……女儿像你吗?"小米说:"比较像吧,别人都这么说。"苏颐笑了说:"我也是别人,让我看看。"小米看苏颐一眼,掏出手机点开,屏幕上待着一个卖萌的女孩,她的嘴巴向前嘟起,在做一个调皮的吻状。苏颐说:"漂亮漂亮,的确比较像你。"这话把小米的脸说柔了。树井则不吭声,过了半晌才"嘿嘿"笑了。小米说:"你笑什么?"树井说:"我想起一个典故,咱们文字社一次聚餐时的典故。"小米的脸微微一红:"今天找我来,是和这位美女一起回忆往事吗?你别忘了,我已不是文学青年,我是孩子她妈。"苏颐赶紧说:"我提示一句,我今天来只是蹭一口茶喝,你们可以无视我。"树井端起茶杯说:"好吧,咱们先喝几口茶。"

包厢里出现了暂时的安静。苏颐突然觉得自己应该避开一下,就掏出香烟和打火机,示意要出去抽烟。小米伸手拦了,说:"可以不走,我不在乎旁边多一个人。"又转向树井说:"诗人,能像诗一样简练吗?我真的没有太多的时间。"树井说:"那说一句诗一样的话吧,今晚我不是来回忆往事而是来结束往事的。"小米说:"我不懂!"树井不再拖沓,从兜里掏出那张白纸递给小米,说:"还给你!"小米迟疑一下,伸手接了。

打开白纸之时,小米的脸没有稳住,惊讶和疑问几乎同时出现。她说:"你……这是什么意思?"树井说:"放在我这里,我怕保管不好。"又一笑说:"我不想让这张纸变成一张欠条。"小米似乎不知道怎么应对,眼睛迷茫了几秒钟,瞥见苏颐桌前的烟盒。她伸手取了一支,自己给自己点上。也许是久不练习,她抽了两口,便猛烈呛咳起来,脸使劲朝向一边。苏颐发现,伴着咳嗽,小米的眼里有泪水渗出。

咳完了,小米平静下来。她将长长的烟头在烟灰缸里摁灭,又将那张白纸在手里一卷,另一只手拿着打火机凑过去,啪哒一声,形成一朵火团。火团从小米手中移至烟灰缸内,蹿升一下,很快熄灭。

在燃烧过程中,树井一声不吭地严肃着,仿佛面对的是一次祭祀仪式。等到那朵火团矮下去,他才重重丢了口气。

小米说:"我可以走了吗?"树井点点头。小米拿起茶杯喝一口放下,礼节性地摇摇手,取了挎包往外走去。

以苏颐的好奇,这场承诺书移交的戏略显简单,同时她觉得树井没有把自己的好意表达清楚,为什么归还的问号也许留在了小米心里。这么想着,她起身说:"我送送吧。"便随着小米出了包厢,一直走到茶馆门口的小桥边。小米说:"我看出来啦,你好像还有什么话要说。"苏颐说:"知道树井为啥把那张纸还你吗?他是为了你好!"小米说:"我懂!虽然是虚幻的事,但他挺较真。"苏颐说:"我怕你有错觉,以为他还掉这张纸是为了他自己,譬如为以后的恋情减去心理负担。"小米摇摇头说:"他不是这样的人,我知道。"苏颐说:"嗯,这就好……我还有一个问题,不过有点冒昧。"小米说:"我们第一次见面,我不知道你是谁,但感觉告诉我,我可以不躲你的问题。"苏颐说:"你来世肯嫁给他,那为什么今世要离开他?"小米沉默一下说:"你的问题也有点像诗人。"苏颐说:"是因为他给不了结婚所需要的东西吗?"小米吸一口气说:"不光是这样……你了解他吗?"苏颐摇摇头说:"不算很了解。"小米说:"他表面随和,最多看上去有点另类,但实际呢,他心里装着不少荒凉的或者叫绝望的东西,这让人……"苏颐说:"能举一例子吗?"小米说:"譬如,他在杭州生活了这么久,仍说自己没有故乡感。"苏颐说："这是诗人的矫情。"小米说："也不完全是，他是被人抱养的……反正你跟他走近了，会发现他心里堵着东西。"苏颐说："那你没试着把他堵着的东西捅开？"小米黯然一笑说："问题在于那些堵着的东西太虚飘了，我摸不透。"苏颐一时接不上话了。她想小米也许说得没错，因为只有心里塞了堵物的人，才能想到去做死亡倒计时的体验游戏。愣神之间，她扭头去看，见小米已经走开，一只背影往暗色中移去。

苏颐回到包厢，树井又站在了窗边。夜的湖水平静幽隐，相伴的是岸边淡淡的照灯。苏颐看着湖水说："刚才我向她问了几句傻话。"树井说："我知道你是拎着好奇心跟出去的。"苏颐坦白地说："她说你没有故乡感，她说你是父母的养子……"树井截然说："在我的清单里，父母的事下一次才办，今天是清理往事。"苏颐一笑说："好吧，今晚只谈你的往事。你说你们有一次聚餐出了一个典故，什么剧情？挺好玩是吗？"树井说："称为典故，是因为那是我们俩第一次情感交集。当时我们学校文学社集合了一群人，周末时常搞些活动。有一回活动后聚餐，十来个人坐了一桌其中男生居多，吃着吃着气氛起来了，小米主动端起酒杯绕桌子敬酒索吻，她每敬一人，对方在喝掉杯中酒之后获得在她脸上一吻的权利。这激动了不少人，地面挺闹的。走了大半圈她来到我跟前，杯子一碰我喝了酒，然后她侧了脸闭上眼睛噘起嘴巴，那样子有点可爱。"苏颐说："你不会吻她的嘴巴吧？"树井说："哪里敢呀，我只用嘴唇在她脸上点了一下。事后她告诉我，她那天绕桌子拼了一圈，为的是得到我的一吻。"苏颐说："切，这不仅好玩还有点疯狂呀！"

几天后，苏颐知道了树井的身世出处。他的出生地是一个村子，那村子属于离杭州八十多公里的诸暨，诸暨是个出美人的地方，以西施故里自称。但树井根据自己的脸貌，不认为母亲会是位美女。三十年前，可能不是美女的母亲生下了他，可是没有一个男人来出任父亲的角色。当时在村子里，这是一件让人费解又让人嚼舌的事情，不过暂时没影响到幼小的他。他在懵懂中长到两岁多，母亲得出嫁了，男方勉强要下女人，却不乐意将孩子一并接手。经一位远房亲戚的牵线，又借一根棒棒糖的相陪，他被送到了杭州一户人家。依着口头协议，这户人家补偿给母亲一笔钱，母亲带着这笔钱嫁到他村，从此不通消息。树井很快顺应了修改后的生活，与新父母相处挺好，脑子里留存的村子记忆也像错别字一样被橡皮擦擦去。这样过了一年，或许是因为心情的宽松，多年不孕的养母怀孕了，她的肚子在他眼中神奇地隆起来，又神奇地瘪下去。父母中年得子，一边加倍喜欢一边小心爱护，把注意力一股脑儿给了幼子。当树井对此表示不满时，父母就给他讲一堆似通非通的道理。之后的日子过得平淡，每日总是一会儿白天一会儿夜晚，他也习惯了处处让着弟弟。十三岁那年，他偶然获知自己被抱养的信息，就气呼呼地向父母求证。父母没法躲闪，便说了诸暨两字，别的就一脸真实的茫然。在那段沉默的日子里，树井脑子里不时出现一棵大树，大树又将根须挂入旁边的方口水井——这是他对幼时追捕到的唯一记忆。

那年暑假，树井毅然离家去了诸暨。他在凶猛的阳光和嘹亮的蝉声中走过一些村庄，见到了许多大树，又见到了不少水井，但没有一棵大树的根须刚好垂到水井里。十多天后，他以黑瘦的面目回到杭州家中，让父母吃惊加上恼怒。此后他熄了冲动想法，将心思搁在课本里。上大学后，他开始写诗，自赐"树井"笔名，且时不时把故乡、远方一类的词儿嵌在文字里。大三寒假的一天，已是退休工人的父亲将他带到一处工地旁边，默默站在那儿看垢面乱发的工人在寒风中劳作。他一时没猜透父亲的用意：是提示儿子，依其出身本也可能是农民工中的一员？还是提醒儿子要好好读书，父亲在用一生辛苦来供他上学？不论哪种意思，他都被弄得挺难过。

大学毕业树井幸运地找到一份差事，在一家报纸社会版做记者。他白天跑现场、写稿子，晚上要么与小米一块儿去看电影、逛西湖，要么独自找一家咖啡馆写诗和发呆，然后在夜色中踩着自己的影子回到父母家睡觉。后来，他与小米分手了。再后来，他发现弟弟进入恋爱模式，一阵子疲惫一阵子亢奋，原来是在两个女人之间做选择题。大半年前，弟弟做妥了选择题，并认为得有一套房子来安放新的生活。这时的父母没有犹豫，让出了现住房子，迁入另一处狭小旧屋。树井在旧屋猫了一个月，便借口离单位太远搬了出去，在铁路边租下小套房子。

上述个人简史是树井在车上花半个小时告诉苏颐的。三十个年头半小时，相当于一年一分钟。他不会开车，嘴巴就卖力一些。

此时是周六午后，苏颐按约驾车到铁路边一个小区接上树井，然后去他父母家打麻将。当然，这也是树井愿望清单中的列项之一。树井认为，从倒计时的角度回看，尽管在家里时常憋屈，他从父母这儿还是取多还少，欠着一屁股债。这些天他一直琢磨着送父母一次开心，想来想去选择了麻将。

他打电话约苏颐时，苏颐问："为什么是麻将？又为什么是我？"树井就一一解释，父母俩不炒股不旅游，却是麻将爱好者，时常结伴去棋牌室过手瘾，前些天母亲崴了脚出门不便，俩人一腔的麻将热情被堵塞，正憋闷着呢。对苏颐的第二问，树井说："你的微信里有打牌记录呀，一看就是麻将高手，再说带一个女孩子去，老人瞧瞧你的脸

293

就高兴。"苏颐说:"这是什么破理由呀!"完了马上翻看自己以前的微信相册,果然有一个视频段子:激战正酣的麻将桌上,有人已杠掉四张"七万",一位女子"八万九万"听叫,绝境中纤手一抓竟是张"十万",胡倒!苏颐就笑了,心想能抓到"十万"的人,不是高手是神手。

现在苏颐开着车子穿过中心区,向城北方向而去。路上她一边听树井说话,一边在心里攒起一些不安,这倒不是因为凑一场犒劳性质的麻将,而是马上要遇到别扭的场景:跟一个男人去见他的父母,这算什么级别的玩笑呀!不过听到树井搬出去租房时,她微笑一下,心里似乎有了同类相怜的轻松。她问:"为啥要租在铁路边呀?"树井说:"那儿房租便宜些,离单位也不远……我说的是当时。"她问:"不嫌吵吗?"树井说:"习惯就没事了。我住的是九楼,往下能看见铁轨。空闲时候,我会站在阳台上,等着火车轰隆隆地开过。"她说:"切!轰隆隆的声音中,嘴巴闲不住还朗诵诗一首吧?"树井"嘿嘿"笑了。

这么聊着话,车子过了一座小桥,在一条小巷边停住。树井下了车,手里拎着一袋吃物。苏颐跟着他走进小巷——小巷依着小河,有点江南旧时的姿色,却无可挽回的衰老。一眼望去,两旁一溜儿木质矮房。

因为事先打过电话,俩人在一间屋子前刚按一下铃,门便开了。两位老人站在门内,嘴里说着欢迎的话,眼睛使劲往苏颐身上放。苏颐忸怩一下,赶紧稳住态度。那母亲一张胖脸,声音竟有些嫩,先问了苏颐名字,又拍着自己的腿说:"我这脚出点差错,倒把你们招来了,只是屋子小,将就着玩吧。"

房子确实小,里头有一间卧室,旁侧为局促的厨房和厕室,进门这间便算是客厅兼饭厅,现在四方饭桌已清空碗盘,铺上了一张麻将毯。看来两位老人憋着牌瘾，有些迫不及待了。苏颐站在临时的麻将桌边，猜想着这屋子如何摆放两张床。她的心思似乎被树井捉住，他将吃物搁在茶几上，一指旁边的沙发说："我在家就睡这儿。"又说："你今天是客人，先坐一下喝口茶吧。"苏颐一笑说："我今天不是来做客的。"

她的口气挺合时宜，四个人便凑到方桌前。那母亲掷了骰子，排定座位。苏颐上家是母亲，下家是父亲，树井坐在对家。绿皮的麻将在"哗哗"声中被码好，只剩下母亲跟前还散着。母亲说："还没说好玩多大呢。我在外边玩的是三角，在家里也不能糊涂账。"父亲说："什么三角，怎么也得五角！"母亲说："你倒不怕大，输了可别跟我要。"树井说："老爸赢了归自己，输了算我的。"母亲说："哟，你挺大方，也不瞧瞧自己的脸瘦成怎样。"苏颐心里暗笑，看来这母亲是家里退休金的严格掌管者。

四人开始起打。走了几圈，苏颐便知道两位老人的牌风，父亲勇直，母亲谨慎，出牌均熟练但不精到。苏颐大学时代入的门，上班后偶尔练手，牌技并不扎实，但此时牌费薄轻，心情便松弛，好的牌张纷纷来报到，不一会儿她手一推，胡了个七对。树井笑了说："麻将头胡，到底吃苦，别以为是好的开张。"这话说得无赖，苏颐刚要回应，想起今日的慰问任务，便不吭声了。

依苏颐的判断，在这个家里让母亲高兴起来是很重要的。两三圈过后，她开始给母亲放小水，时不时打出可餐的生牌。可惜母亲手气不顺，吃下两摊三摊，仍未听叫的意思。倒是父亲连着胡了两把，其中一把听牌时，杠牌杠出一张财神，他咕咕咕地笑。随后母亲似乎有些心急，出牌少了讲究，抓牌的手也仓促起来，别人的牌未打出，她的手已在抓牌的路上。有一次她抓了牌丢出，回一下神赶忙又捡回来。

这是犯规动作，在牌桌上是不允许的，所以她心虚地扫一眼左右，见无人反对，才稳住了慌张。这一把她胡了。

有了这一转机，母亲的手风顺起来。抢到庄后，她胡了一把平牌，又胡了一把暴头，到了第三把，她似乎上牌挺快，脸上却一点点发紧。苏颐一手衰牌，也不看住母亲，树井打出一张三万，她没有必要地碰了。母亲跟着探手抓牌，神色一松，嘴巴呀了一声。她胡了个豪华七对。

房间里顿时春暖花开。只有父亲瞪了瞪桌上的牌，起身去上洗手间。母亲乐着脸说："看来你爸不服气哩。"树井说："你别光顾着高兴，这么坐着脚不疼吧？"母亲说："麻将动手不动脚，没事的。"又说："你这是第几次陪我们打牌？"树井说："每年过年不是都陪着嘛。"母亲说："除了过年，这是第几次？"树井说："好像是第一次。"母亲扭头对苏颐说："他说这是第一次。"苏颐安静着不吱声。母亲又问树井："有第一次还会有第二次第三次吗？"树井说："这话问得像贪嘴的孩子，吃了一只甜饼马上想着第二只。"母亲扭头对苏颐说："你听听，他说我像个孩子。"苏颐脸上出现了微笑，仍不吱声。她想树井做完了体验游戏，只怕没有这种陪玩的兴致了。

父亲从洗手间回来，四个人继续打牌。母亲的手气在走弱，父亲的牌势起来了一些。苏颐看得出来，树井也在喂父亲的牌，但父亲不轻易吃牌，一副闷头做大局的样子，不过效果并不如意。几圈下来无风无浪，形势总的比较平淡。

意外出现在最后一圈。树井胡了一把坐上庄家，然后很当回事地做起牌来。从打出的牌看，他应该在凑筒子一色。母亲也认了真，警惕着不放筒子。不过树井好像抓得挺顺，已经露出听叫的神态。父亲不管不顾，打出一张八筒。这是一张生牌，苏颐觉出了危险，等一等不见动静，才伸手抓牌，手还在半途，树井猛地推倒跟前的牌。母亲沮丧地嘟囔一声，低头去看树井的牌。她的眼力不差，一看竟看出问题："你怎么多了一张牌呢？"树井赶紧数牌张，数了两遍，真的多出一张。母亲脸上跳出转折的惊喜，父亲也跟着咕咕咕笑起来。

苏颐突然觉得没意思起来。坐了一个下午，她的烟瘾悄悄冒了出来。好在此时天色渐淡，已近晚餐时间。按事先商定，晚饭四个人一起吃，只将树井带来的吃食热一热，再做一碗面条便可以了。

麻将撤去，桌子又变回饭桌。树井推荐自己去烧面条，让母亲歇着。苏颐借口去车里取东西，躲出了门。她走到巷口小桥边点上一支烟，一边吸着一边看夕色中的河水。这是一截瘦窄的河水，水面平静且平庸，连轻轻的皱波都没有。不过因为两边是木质老房，看上去还有点旧时光的味道。苏颐想，城市里还残留着这样的角落，也算稀奇。又想，这种地方要么收拾一下化些妆，弄出点儿老街区的模样，要么等待一个好的拆迁机会，就像等待一把转机的好牌。

抽完了烟，苏颐慢慢往回走。走到那房子门口，觉得有树井母亲的声音传出，好像还有点小激动。她迟疑一下刹住脚步，从兜里掏出手机举在耳边，听的却是屋内说话声。母亲说："别以为我老糊涂了！带着一个姑娘来，陪打麻将，哄我们俩高兴，这里头的小九九我一眼就瞧出来啦。"父亲说："别说了。"母亲说："不就是向我们俩丢压力嘛，弟弟得了房子，你也想要一份，可我们哪有法子呀。这屋子做婚房你不嫌小，我们搬出去好了。大不了我们住老人公寓去，那里也有麻将玩。"父亲说："你别说了！"母亲说："三十岁的人了，独自晃来晃去，我不高兴，领着一个姑娘来，我还是不高兴。这日子怎么这样那样都让人堵心呀？！"父亲说："你他妈别说了！"

苏颐愣在那里，不知道该不该马上推门进去。她给树井发了一条微信：我在门外，里边什么情况？树井很快回复：老人不懂我，今天慰问行动失败。还附一个苦笑的表情。苏颐问：我能进来吗？树井回答：你先抽根烟吧，我缓一缓局势你再进来。

四

苏颐有时候会自问，参与到树井无厘头的日子里，为的是啥？自己是喜欢上了树井的游戏，还是游戏中的树井？若喜欢上了人，那离爱还有多远，是一尺还是一米？

苏颐将这些天回想一遍，自己对树井并无身热心跳的感觉，他对自己似乎也无发情动春的症状。但两个人显然又有着情感的默契，那种允许对方把木桶扔到自己心井里并拎走一桶水的默契。这种糊涂的情况面对面不好说，晚上闲静时在微信里倒是可以探讨的。譬如苏颐在手机上调皮打出一句：有个牛掰的问题请教一下。树井回复：准了，你请教吧。苏颐问：我们在一起看上去像一对恋人吗？树井沉默一下回来一句话：嘿嘿，还是不够像，除了我父母觉得像之外。苏颐：你父母为什么觉得像？树井：他们还生活在过去的经验里，他们有时候不懂。苏颐：我有时候也不懂。树井：不懂什么？苏颐：不懂你，不懂我自己。树井：这话有点诗意。苏颐：我也不懂诗意，就像不懂那天你在火车上朗诵的诗句。树井：你不懂的时候，也许已经懂了。苏颐点出一个出汗的表情：我懂了的时候，也许更加不懂。

到下一天晚上，苏颐又没事找事地发去微信：突然发现，我对你知道的那么多，你对我知道的那么少。树井回复：你是指什么？苏颐：

譬如我的父母，我的前男友。树井：这些是你的私房菜，想让我知道吗？苏颐：不想！树井：你把菜谱递过来又收回去，这不厚道！苏颐：好吧，你可以点一个菜。树井：你有几位前男友？苏颐：马马虎虎算两位，一位在大学时，一位在工作后，他们跟你不一样。树井：有啥不一样？苏颐：他们只对我感兴趣，你只对自己感兴趣。树井：所以我还没资格成为你的男友。苏颐：他们对我感兴趣，双方已经分开了。你对自己感兴趣，我们还在一起。树井：能让我知道为什么吗？苏颐：因为我对你还保留着一点兴趣。

又过一天，苏颐下班后在住屋里吃简单的晚餐。她一边吃一边打开微信问树井：我在吃饭，你在干什么？树井：我在阳台上喝啤酒呢，一颗花生一口啤酒。苏颐：此刻铁轨上有火车通过吗？树井：按我的计算，平均十分钟就有一辆通过。苏颐：守着火车通过，你觉得挺有意思？树井：也谈不上有意思，但我的眼睛会跟上火车跑上一段，可惜只是九楼，跑不了多远就没啦。苏颐：跑得再远也不过是一个一个的站台，然后是终点站，就像一个人的一生。树井：嘿嘿，你也这么想。苏颐：我是学着你的思维懂吗？！对了，你的倒计时还有多少天？树井：十六天。苏颐：哈，还剩一些事没干完吧？加油吧，兄弟！树井：眼下我得去找找坟墓，一处可以安心的坟墓。苏颐：这事儿好玩，需要我陪你去吗？树井：太阳沉落时永有赶路的人，痴望一席归享自己的卧榻。苏颐：切，又写上诗了。不过你找卧榻，总不能靠脚丫子去赶路吧！树井：我这是借别人的诗一用。好吧，到时候我也借你这个司机一用。

树井给自己坟墓设定的落脚点是诸暨。按他的解释，死亡就是一种回家，魂念故土嘛，坟墓自然要卧在家的附近。

诸暨不是个小地方，百度一下地图，密密麻麻布着太多的村子。哪个村子曾有过他当年的家，这是个问题。树井年少时携着委屈在诸暨行走了好些天，既没找到跟自己有关的村子，也没遇到传说中西施模样的村姑，脑子里存下的只是饥渴的滋味和阳光里的蝉叫声。

这回寻找不能复制上次的乱窜，至少得备些可用的线索。他在微信圈里发布了一个求助，问：谁在诸暨乡下见过一口树根悬在水里的水井？这种求问有点奇葩，很容易被人认为是一个叫树井的诗人对田野小村的向往。

不知是因为微信的繁殖能力，还是因为诗人圈里闲人较多，他的求助很快有了回应。有像模像样的信息，也有飘飘忽忽的指点。梳理一下，竟拣出五条靠点谱的线索，且有具体的方位或村名。当树井把这些情况告诉苏颐时，她能感觉到，树井没有太高兴，因为他不相信自己的运气这么好；当然他也有些高兴，因为这使得黑色游戏挺像一次寻根之旅。

去诸暨是在一个微热的周末。不用说，苏颐仍做着司机的角色。

上高速后，八九十公里的路程让人松心，听几首歌再聊些闲话，便看到了出口，然后依照设计好的线路，先向一个叫棠里的村子开去。已是春夏交接的日子，阳光照下来有些晃眼，不过进入一条小路后，两旁的树枝夹住视线，似乎有了乡村的幽静味道。

幽静是暂时的，小路的尽头出现一个房屋相挤、打扮鲜亮的村子。村委会是一幢新楼，周边刷着不少标语口号。不远处还有几根烟囱，冒着婀娜摆动的白烟。苏颐将车子停在路旁，两个人边走边向村人打问，然后拐过两条细道，便望见一棵挺拔的樟树。走近了看，旁边果然有一口方井。把眼睛伸进去，里面的水仍活着，能照出两颗男女脑袋。

苏颐说:"是这口井吗?"树井绕着水井走一圈,一边摇着头说:"不会是,这树离井十几米,树根儿没法悬在水里。"苏颐说:"树根儿顽强着呢,十几米算什么,使劲伸一伸就够着了。"树井说:"存在我脑子里的画面,是一条树根儿从井边斜出来,像鞭子一样挂在了水里。"苏颐说:"那会儿你才两岁多,也许记忆走样了呢?"树井咧嘴笑说:"两岁的我记忆走不走样,得由现在的我说了算,现在的我不认可这口井。"他走到旁边一块凸起的石台上,抬眼望向前方的烟囱,说:"这个村子的味道跟我对不上,我以后怎么能把自己身子交到这个地方呢!"

这么说过,两个人便不耽搁,顺着原路返回车子,设好导航,向下一个村子开去。下一个村子名儿好听,叫入甜。入甜在导航地图上显着只有十多公里,但因为渐入山地,车子在窄路上拐来拐去,竟花了不少时间。

到达目的地已近中午。与前一个村子相比,这个村子似乎一点也不甜,屋子陈旧,村人也不多。两个人在村子里走来走去,很快找到一口水井。井旁确有一棵大树,树冠张开像一把伞护住水井,但井口是圆的。树井瞧了一眼便说:"不对不对,我要找的是一口方井。"苏颐又提醒:"两三岁的小屁孩,真记那么准?"树井说:"再屁孩也能分清方的和圆的吧?"苏颐说:"那先不说方井圆井,你看看这村子背靠的山峰,往两边走得很远,没准儿就连着你要找的村子。"树井说:"这话什么意思?"苏颐一笑说:"既然这座山连着你出生的村子,那么把自己葬在这里也算得上魂归故里。"树井说:"喔,这么说也有点道理。"顿一顿又说:"不行不行,我跟这个村子有什么关系?我为什么要葬在这里?"苏颐手臂往前一指:"这座山树多叶绿,那边还有个口风,你将来在此待着,每天都能听到树叶哗哗的声音,就跟诗歌朗诵一样，难道不好吗？"这话说得树井松了身子。他拍拍苏颐的肩膀，呵呵笑了。

两个人肚子饿了，往村子里找吃店，兜了一圈，没有点心店只有一家杂货店。杂货店也有吃的，只是保质期有些可疑。这时候计较不得，俩人胡乱买些糕饼将就着吃了，便回到车上研究下一站的线路。按方位顺序，下一个村子叫走山沿，也有十几公里的路程。

车子再次出发。正是午后的慵懒时间，树井怕苏颐犯困，扭开了音乐CD。这是一盘城市民谣，一个声音在一点点爬高，到了高处又缓缓下滑，恰似车外的路况。车外是山路，不时遇到有坡度的山地，车子一会儿爬上去，一会儿又滑下去。

开了大约四十分钟，车子抵达这个叫走山沿的村子。村子以木屋为多，基本傍着山脚边沿而筑，有些蜿蜒的样子，一看就有不短的年头。要找的水井在村子腰部，井旁不仅有树，且是左右两棵大树，一眼望去有些好看。歇了车走近，是口方井，井台上有两个妇人在洗一摞叠高的蒸屉。两个人正口渴着，取过木桶打上水。苏颐先喝几口，树井再凑上嘴巴，发出咕噜咕噜的声响。那两个妇人一胖一瘦，脸上同时浮起一些好奇。胖的妇人问："你们从哪儿来？"瘦的妇人问："你们来干什么？"苏颐说："我们是无所事事，找个村子随便逛逛。"胖的妇人问："啥叫无所事事？"苏颐说："就是吃饱了撑的。"两个妇人咯咯笑起来。

蒸屉洗好了，两个妇人用扁担抬起，走了几步停住。胖的妇人说："村子里做白喜事，你们无所事事嘛就来看看。"瘦的妇人说："白喜事有流水饭，你们可以来吃饱了撑的。"苏颐看树井，树井在看水井。苏颐说："是这口吗？"树井摇摇头。苏颐说："那别粘这儿了，咱们跟着去凑个热闹吧。"

树井苏颐随了两个妇人走，走了一截路，先听到一阵喧哗声，然后进入一个大院子，见到一片散杂的繁忙。左边走廊坐着一些人在念经，右边走廊聚着一些人在打扑克，天井里摆着两溜儿餐桌，几张桌已经散去，另几张桌仍在吃喝。两个妇人指导地说："你们随便坐，多喝几杯酒。"说着不停步地去了厨间。

两个人穿过天井，先走到堂厅的灵堂前。几只花圈之间，摆放一张黑白遗像。逝者是位长须老人，活了九十加八。这样的享年岁数，确是引不起悲伤的。两个人对着遗像鞠了一躬，然后来到天井，拣了一张餐桌的空位坐下。桌上的人正在兴高采烈地边吃边聊，见了生人来，停歇一下。树井给大家打了招呼，说明只是路过坐一坐。有人就说："来的都是客，倒上倒上。"树井苏颐的杯子里便升起啤酒。苏颐驾车不敢沾口，树井端起酒杯与桌上的人干了。

餐桌恢复了热闹，嘴巴们说出高高低低的声音。同时制造热闹的还有几个小孩。他们在餐桌间跑来跑去，其中最小的一个也就两三岁的样子，一边跑一边乐着，撞在了一位黑胖喝酒者身上。黑胖一把捉住小孩，搁在自己腿上，说："跑渴了吧？伯伯给你点饮料喝。"就取了一只杯子塞在小小孩手里，小小孩饮了一口，摇头说不好喝。黑胖说："你傻呀，怎么不好喝？这一杯喝完，伯伯给你钱买棒棒糖吃。"小小孩一听有棒棒糖，嘴巴便勇敢了，一口一口将杯子喝完。周围好几个人哈哈笑起来。黑胖说："还来一杯吗？再喝一杯多一支棒棒糖。"小小孩不乐意了，从黑胖腿上滑下，加入孩子们的嬉闹。不一会儿，有小孩叫起来："小宝脸红了小宝脸红了！"另有小孩喊道："小宝不会走路了小宝不会走路了！"苏颐扭头去看，见那小小孩摇晃着脚步走来，红红的脸上有些惊恐。这时孩子们又喊："叫小宝爸爸叫小宝爸爸！"大概听到爸爸这个词儿，小小孩嘴巴一扁哭了。苏颐这才省悟，黑胖给小小孩喝的是啤酒。

小宝爸爸正在走廊里打扑克，大概到了一把牌的紧要关口，听到叫声仍不回头，坚持把手中的牌打完，才起身过来看个究竟。一瞧儿子红光满面又害怕难受的样子，他一下子火了，嚷嚷道："他妈的谁给灌的酒？"好多双目光看向黑胖，黑胖承认地说："我只给他喝了一杯啤酒。"小宝爸爸说："这么小的孩子，一杯啤酒相当于大人四五瓶！"有人插嘴说："你怎么算出来的？"小宝爸爸说："这还用算吗？用半只脑子想想就差不多。"黑胖一挥手说："四五瓶啤酒有什么，我现在已经喝了十几瓶。"小宝爸爸说："你十几瓶没事儿，我四五瓶就晕头，你他妈不知道吗？"黑胖站起来说："娘的，你酒量差还好意思咋呼！"小宝爸爸说："老子酒量差关你屁事！我告诉你，老子酒量差不等于力气差！"黑胖说："娘的！我好心给你儿子喝杯啤酒解解渴，你不知好歹还想动手？"小宝爸爸说："你敢动我儿子老子就敢动你！"黑胖说："娘的！你要这么说我的拳头也不高兴了！"两个人越说越激昂，身子不断靠近。那小小孩被两张嘴巴的争斗所吸引，已经忘了泣哭，现在一见真要打起来，"哇"地又哭了。几位吃者站起身拉开两只恼怒的身子。小宝爸爸说："这事儿不能这样过去，你至少得向我儿子说一句话。"劝架的人问："什么话？"小宝爸爸说："我犯浑，对不起！"黑胖："你说这话是跟我认错吗？"小宝爸爸说："不是老子向你认错，是你得向我儿子认错！"黑胖说："娘的！我会向你儿子认错吗？我肯定不会！"小宝爸爸又逼上去，黑胖也不后退，缠斗双方再次被众人隔开。

苏颐觉得不能再待下去了，看树井一眼，从对方脸上获得同样的意思。俩人悄没声儿地离开桌子，往院子外面走。一出大门，喧闹便丢在了身后。正松一口气，见路旁站着一位拄拐杖的老人，似一个人在默想。俩人不在意地走过去,被老人抬起的拐杖拦住。俩人纳闷地瞧老人,老人说:"年轻人呐,你们从外乡来的吧?我要给你们讲一讲道理。"苏颐说:"阿公,你要讲什么道理?"老人说:"阿文是我表哥呢,大我十一岁。"苏颐说:"您说的阿文是谁?"老人用拐杖指指前头院子,说:"阿文走了,两天前走了。"苏颐明白了,说:"他活了九十八岁,好福气哩。"老人说:"阿文活得太久啦,他大儿子活不过他,两年前没了,他二儿子硬朗不过他,一年前病了。"树井起了好奇,问:"阿公,你想说什么?"老人说:"做人要讲道理。这帮孙子不孝呀,嫌阿爷活得久,占了阿爸寿数又占着一间房子,就一天天拿气话喂他……阿文被孙子们气话喂得饱饱的。"树井说:"这丧事办得挺热闹的,看不出孙子们不孝嘛。"老人说:"这丧事算是阿文自己办的,他在枕头下留了钱。年轻人呐,这帮孙子吃着喝着还吵斗,不是阿文喜欢的热闹。"苏颐说:"阿公,你耳朵真好,站在这里都能听到里头的热闹。"老人说:"我手脚没力气了,耳朵还有点力气,我替阿文听着呢。我想让阿文知道他躺下后的事情。"树井说:"一个站着的人和一个躺下的人,真的还能说上话吗?"老人说:"谁说不能?我在心里一讲话,阿文能听个八九不离十呢。"他蠕动一下嘴巴,又说:"年轻人呐,我说这些你们不一定听得懂哩。"

离开村子的当儿,日光显著西斜,已凑不起时间找下一口井了,两个人开着车子往县城赶,正好在天色收暗时踏入住店。树井刷卡要了两个房间,又领着苏颐去吃传说中的次坞打面。这种面条是棍子打出来的,挺有劲道,咬在嘴里四处奔逃,两个人吃得额头冒烟。肚子喂饱了眼睛还有些饿,又在街上散散漫漫逛了一圈。回到住店,两个人说了晚安各自回屋。苏颐洗过澡,靠在床上看电视,看了半天捉不住剧情，原来脑子有点飘。正散着神儿，手机"嘟"了一声，打开一看是树井的微信短语：我过去跟你说句话，可以吗？苏颐胸口轻轻一跳，似乎一抬手接住了什么——本来嘛，这个晚上就这么简单过去是不对的。她回复了OK的手势。

不一会儿，树井穿着睡衣过来，将身子搁在椅子上。两个身裹睡衣的人凑在夜晚的房间里，感觉与白天便不一样，苏颐不让自己心慌，等着树井开口。树井说："本来明天还有两个村子，可我不想找了。"苏颐说："为什么？到了这里，总得再碰碰运气。"树井摇摇头说："运气大不过命定，其实我早就知道，所谓故乡，于我是没有的。"停一停又说："我的故乡是存在记忆里，眼下在现实里找，怎么能找得到呢。"他说着话儿，脸上有一种淡的寂寞，仿佛一天的倦意在此时渗透出来。苏颐说："是因为下午吗？"树井说："这个下午并没什么，日子里到处都是这样的下午……但我又怕明天还遇到差不多的下午。"苏颐说："那你的坟墓呢？"树井说："我的坟墓我做主，这是有故乡的人说的，我暂时没有资格。"苏颐说："有点伤感嘛，看来这是你此次体验的结语了。"树井一耸肩笑了笑。

苏颐抿一下嘴说："你洗了个澡过来，就是通知我这句话？"树井说："嗯，不当面说怕说不明白。"苏颐说："我现在突然记起一句话，也想当面跟你说。"树井"唔"了一声，表示听着。苏颐说："我的血有蓝色的冷静，溅到你身上演变成了红色。"树井静住脸，眼睛似乎去了远处又回来，说："这句话很久了，你还能记下来。"苏颐说："这句话啥意思？是挑逗吗？不是挑逗吗？"树井不语。苏颐叹口气说："我不懂的事总是太多。"树井站起身子坐到床边，从身后搂住苏颐。苏颐紧着身子，觉出树井的呼气轻轻喷在脖子上——是的，那喷气柔细而伤感，没有激动的意思。她默着脸静了耳朵，听见树井轻着声音说:"对不起,很不巧你赶上了我的死亡倒计时,一个往终点赶路的人,没有理由拽住一个女人使劲爱在一起。"苏颐嘴巴动一动,在心里说:"跟你在一起,你总是在游戏中,你入戏太深。"树井又说:"那年我被送人的时候两三岁,跟今天下午被喝酒的小小孩一般大。"苏颐在心里说:"我也有两三岁的时候,知道那会儿我在干什么吗?那会儿我开始听到了父母的争吵声。"

五

诸暨回来不久,气温一天天爬高,出门走到街上,得躲着阳光了。

正是阳光灿烂的一天,苏颐发现树井失联了。拨号码不在服务区,短信不回应,微信打了几回招呼也无复语。苏颐想了几想,认为树井坏了手机或者丢了手机。这年月,人的日子是靠手机打理的,手机没了日子就哑了。可过了两日,树井仍没动响,仿佛不是丢了手机而是丢了人。苏颐眨一眨眼睛:这次树井玩的什么?

这天上班,苏颐在做一个汽车公司庆典策划,打电话、列议题、算场地,照例忙得无趣。到了茶歇时间,老徐走过来敲一下桌子,示意出门抽支烟。她跟着走到门外的休息区,与老徐对坐着抽起烟来。老徐说:"最近忙什么呢?"苏颐说:"不是做汽车公司庆典嘛,一地鸡毛。"老徐说:"我是说你的周末。"苏颐说:"周末嘛就是变着法子玩儿,上班这么干燥,周末总得湿润一下日子。"言语里她绕过了树井。老徐将烟从唇间拔出来,问:"你恋爱了吗?"苏颐一撇嘴说:"没有呀。"老徐说:"你好像。"苏颐挺一挺脖子说:"你再看看。"老徐研究地看苏颐的脸："好像又不像。"苏颐笑了说："恋爱得有对象，你送我一个。"老徐说："你若真闲着，我就真送你一个。"便把一位青年男子的年龄身高单位家庭说了一遍，苏颐这才明白老徐今天聊话的立意确是牵线。苏颐退缩地说："算了吧，这些日子我过得没有不好，不想见一次面让自己心里添堵。"老徐说："怎么会添堵呢？你瞧瞧这张脸，一整个足斤足两的小鲜肉。"一边说着一边在手机里调出照片，一张端正光亮的脸自得地微笑着。老徐说："怎么样？"苏颐说："看着挺吊的。"老徐说："见不见？"苏颐说："我好像还是不想见。"老徐说："你不着急我着急。这样吧，我替你做回主，正面去见反面不见。"她从兜里摸出一枚一元钢镚，在手里掂一掂然后往上一扔，钢镚在空中挣扎一下跌落在地，"1"字朝上——这是她们做决定时常玩的把戏。苏颐说："徐姐，你这是设我的局。"老徐说："局里也许有缘分呢。"

傍晚下班，苏颐依着徐姐的安排去见那位小鲜肉。两个人在一家小咖啡馆碰面，那小鲜肉不光脸长得白净，嘴巴也顺滑，从中学说到大学，又从电子游戏说到 NBA 球星，然后在马尔代夫沙滩停下来。他说："你怎么不接话？"苏颐说："我耳朵听着呢。"他说："我在找你感兴趣的点，一路过来没找到。"苏颐说："我对马尔代夫沙滩感兴趣。"他说："你去过吗？"苏颐说："没去过。"他说："好吧，那我就说说上次我们家去马尔代夫旅游的事儿……"

就是在这时，苏颐的手机叫了一声。她低头一看，微信上出现了树井的头像，并且打着一行字：我在德令哈，一个人的旅游。苏颐吸一口气慢慢吐出，问对面："德令哈，你知道德令哈吗？"对面想了想说："没听说马尔代夫有一个叫德令哈的地方。"苏颐说："你是对的，我也不知道德令哈，但肯定与马尔代夫没有相干。"她将"德令哈"送入百度，跳出有关青海和海子的一堆文字。对面说："奇怪，我说着马尔代夫,你为什么一下子丢出这个德令哈?"苏颐说:"因为我一个朋友现在到了德令哈。"对面说:"什么朋友?很重要吗?"苏颐说:"很重要,这几天没联络到他,我有些纳闷。原来一个人在旅行……我应该想到的。"对面说:"德令哈到底在哪里?"苏颐说:"青海。"对面松一口气说:"青海我旅游过,看看寺庙瞧瞧青海湖,也没啥大稀奇。"苏颐说:"旅游和旅行是不一样的。"对面说:"有啥不一样?"苏颐说:"旅行至少比旅游多一些无厘头。"

其后几天,树井的手机时开时断,仿佛嗜眠的婴儿一会儿醒着一会儿又睡去。苏颐在微信里问为什么会这样?树井回复:手机里太闹了,只要一打开,就不是一个人的旅行了。苏颐说:我算闹吗?树井给一个笑的脸谱:你不算。苏颐说:那为啥不通知我一声?为啥非得一个人旅行?树井:这趟旅行有些远,我不能老拉上你,你有你的事情。苏颐:我的事情不如你的事情有趣,总是打打电话做做文案,偶尔还搭一次相亲。树井:你最近相亲啦?苏颐:在咖啡馆见了一位小鲜肉,听他说一箩筐的碎话。树井:有感觉吗?苏颐打出一个调皮的表情:你希望我有还是没有?树井:有时候坐得很近,你觉得很远,有时候离得很远,你觉得很近。苏颐:你认为我在惦记你?树井:至少你会惦记我的游戏。苏颐送出一个捂嘴窃笑的图案。

下一日树井手机醒来已是夜晚,苏颐又发微信:还在德令哈吗?在玩什么?过了片刻,树井回复两个字:挨饿。苏颐:什么意思?被丢在路上找不到饭啦?树井:一种体验!我已经一天半没吃东西了,我在品尝饥饿的味道。苏颐:不懂!饥饿的味道不就是肚子空虚吗?拽什么酷呀!树井:我现在坐一空地上看天空。饭饱酒足看天空和肚子空虚看天空,我认为感觉是不一样的。苏颐做一个流汗的表情:饿着肚子举起脑袋,即使天空没有星星,眼前也会冒出许多星星吗?树井:此时天空的星星是确实的,坐在星星之下,身体好像披上了一种不错的感觉。苏颐:什么感觉?树井:心里安静,这一刻我真的不想关心人类。苏颐:我知道了,你在用这种方式向那位死去的海子致敬。树井:你会觉得我这种方式有点装×吗?苏颐:一个体验死亡的人,再装×也不是装。树井送出一个小孩大笑的图案。苏颐补上一句:在海拔那么高的地方看天空,一定觉得星星很近,替我看上一眼。树井:好吧,我替你看一会儿。

第二天趁树井手机醒着时,苏颐问他吃东西了吗?树井回复:遇到一位外省诗人,他拉我吃了羊肉、血肠还有啤酒。苏颐:在哪里,经常遇到外省诗人吗?树井:当地人说六月往后,来的诗人会多起来。苏颐:我查了百度,海子并没有真正到过德令哈,他只是火车路过。树井:那有什么关系呢?这是遥远的一座城,在此能找到孤独和陌生,这就够了。苏颐:你那么需要孤独和陌生吗?树井:孤独是对喧闹的背叛,陌生是对日常的反动,没有一个写诗的人愿意靠近喧闹和日常。苏颐给一个嬉笑表情:诗人们喜欢聚在一起吃喝,这不是混入日常吗?你们在火车上聚众朗诵,这不是制造喧闹吗?树井:这就是诗人们的内心分裂之处,一边约在日常的喧闹里,一边希望自己走开。苏颐:呵呵,你们写诗的人好复杂呀,捉迷藏似的心思。树井无语,贴出一个搞笑图案,仿佛他的耸肩动作。苏颐:对了,百度还让我知道,你们那天在火车上的诗歌之旅,正是海子卧轨的忌日。树井:是的,那天是三月二十六日。苏颐:就是从那天起,你试图去深度理解海子,我可以这么说吗?树井:嘿嘿,也是从那时候起,你试图来深度研究我,我这样说对吗?苏颐扮一个笑脸:是你把我扯进了游戏——你在时间里看别人,我在日子里看你。

六

之后两天，树井手机仍是睡睡醒醒，不过昏睡的时间居多。他似乎跟日子玩起了躲猫猫。

周六上午，苏颐在床上正懒着，抓来手机点开微信朋友圈，竟跳出树井推送的一张照片：他盘腿坐在戈壁上，飘乱的长发被风送到脸上，一只手伸出镜头之外。苏颐有点诧异，因为树井平常很少玩朋友圈，这趟旅行又不希望被人打扰。

苏颐点了赞，又写上一句：玩嗨了，啥时回来？几分钟后，树井回复：已经回来了。苏颐惊喜地坐起身眨眨眼，觉得这一天的活动内容有了方向。她撇开那张照片直接发了私微：回来了就见见我呗。见无回音，又补上一句：我想听你挨饿看星星的故事，我想听你坐在戈壁上的故事。过了片刻，获得回复：我累了，太想睡觉，明天联系你吧。苏颐：你会睡多少时间？树井：睡到醒来为止。

苏颐稍稍有点失意。几天不见，她心里冒出跟树井见面说话的冲动。树井的旅行见闻如果摆放出来，应该有长长的一溜儿，这会让闲懒的一天变得活碌一些。可他要睡觉，把一堆枯燥的时间丢给她，苏颐往后倒下身子，让脑袋撞击一下枕头，然后嘟囔了一声。她在说："好在明天也不远。"

第二天上午，苏颐果然收到树井的微信，是一个有点匆忙的通知：中午在我家集体聚餐，你过来吧。苏颐问：算是接风吗？树井：我请大家。苏颐：可以在餐馆呀，为什么在家里？树井解释：诗人们混在

311

一起喜欢放开了玩，譬如在我家阳台朗诵诗歌。苏颐想想也对，星期天在家里玩，可以更随便一些。

苏颐洗漱过了，将自己周身简单打理一遍，然后出门启动红色小车。周日的街道有点疏松，不到半小时便到了树井租住的小区。苏颐进入大门把车停好，又怕自己来得太早，就打开CD听一会儿歌。她边听边看窗外，楼房有些旧色，车子们占领了地面各个部位。她记起之前自己在小区门口接送树井数次，却一次也未进来上楼过，好像每次都有一个匆忙离开的理由。或许进入一个男人住处逗留，需要一个恰到好处的机会。

现在，她仍未觉得恰到好处，因为跟一堆人聚饭相比，自己更愿意一个人进入树井的屋子。这个想法让她在歌声中暗自一笑，伸手闭掉开关从车里出来。

她找了一找，很快找到楼门，然后坐电梯上到九楼。一扇门微开，里边传出说笑的声音。她推门进去，见里边已有一群人，那几位认识的诗人基本都在。树井迎出来，很家常地说："来啦？"又说："屋子有点小，不过比包厢要大一些。"几天不见，树井显黑了，脸上多出一些粗糙。她不便多看树井，眼睛移开打量屋子。屋子一室一厅，厅子的确不大，一张沙发加上一张长条桌子组成主要内容。当然还有个小厨房，里边两只身影在忙碌，其中有那位容易害羞的女诗人。苏颐说："我能帮着做点儿什么？"树井说："厨房挤，你就帮着倒点水吧。"苏颐就拎着水壶给几只茶杯续水。

现在她仍叫不出这几位诗人的全名，只知道他们叫老何、小巫和坐夫什么的。诗人们似乎在谈论一个涉及情杀的电影故事，黑皮肤胖子小巫说了句什么，髯须脸矮子坐夫便反驳，戴眼镜的长脸老何随后加进来分析。一具尸体和一把手枪在他们嘴里变得扑朔迷离，仿佛一个连电影导演也想不到的阴谋正在形成。

苏颐无法参与他们的讨论，便踱到了阳台上。阳台挺清爽，没有挂晒的衣服，只有一盆未开花的君子兰。往下看，是白色的水泥地，几辆黑色轿车懒散地停着。往左边看，是几条平行的铁轨，铁轨在阳光中晃着亮光，一头扎进绿色树墙，另一头伸向前方的拐弯处。正这么闲望着，旁边一声轻咳，已多出树井的身子。树井说："这个阳台不错吧？当初我肯租下这套房子，就看上了这阳台。"苏颐说："站在同一个地方看风景，再好的风景也会看腻的，何况这里也没啥好风景。"树井说："对我来说，好的风景不一定是好山水，譬如铁轨，譬如戈壁……"苏颐说："说说你这次的戈壁吧，我想听。青海、德令哈、戈壁，这些词儿总得带出一些特别的事儿。"树井说："你还记着我发朋友圈里的那张照片吗？"苏颐点点头说："坐在戈壁滩上……怎么啦？"树井说："没见到什么异样？"苏颐想一想说："没有呀，好像就是装酷。"树井说："我的身体没有影子。在太阳底下，我的身体居然没有影子。"苏颐吃了一惊，掏出手机摁开——果然，照片中树井坐在那里，身后的地上没有影子。苏颐傻了一下，目光离开手机往旁边看，此时的地上有树井的影子。苏颐说："你逗我吧？"树井说："后来我又发现，我看别人时，从对方的瞳孔里看不见自己的影子。"苏颐侧过身子，盯着树井的眼睛，树井也瞧着她的眼睛。明亮的阳光中，她看见自己的脸映在对方的眼眸里，对方一眨眼，自己的脸也跟着晃动一下。她一时忘了初意，只觉得此时的对视是树井使出的一个小小阴谋。这个阴谋有点调皮也有点调情，像是分别数日后的一次亲近，她心里蠕动着，几乎要响应地伸出双手搂住对方的腰。但在这时，一列火车出现了，在呼隆隆的声响中很有气势地驶过。火车声响里，树井说："我找不到我的影子，你的眼睛里没有我的影子。"苏颐说："我才不信呢。"树井说:"我的影子丢了,丢在你的眼睛里,我倒也愿意。"苏颐乐了说:"树井,这也是你的死亡体验吗?还是一种抒情表达?"

屋里传来开饭的招呼,树井苏颐回到房内。一帮人在长桌前坐下。桌子上摆满了颜色不一样的肉鱼蔬菜,各种香味相互渗透。一瓶红酒被打开,伸向几只杯子;一瓶饮料也被打开,伸向另几只杯子。随后一声吆喝,一群杯子升到空中,集体碰撞一下。

大家边吃边聊。黑皮肤胖子小巫问树井:"你的八十一天倒计时差不多了吧?"髯须脸矮子坐夫抢先回答:"这事得认真,我替他攒着日子呢,今天刚好攒够了。"戴眼镜的长脸老何说:"从理论上说,今天是你的死亡日,发表一下体验结束语呗。"树井摇摇头说:"可以不着急,在死亡到来之前,一切都还是体验。"黑皮肤胖子小巫说:"体验得融入角色,一个人临死时应该紧张、恐惧或者茫然,你似乎过于冷静了。"髯须脸矮子坐夫说:"那也不一定,当死亡真的逼近时,激烈的情绪会撤退下去,宗教的想法会悄悄按摩你,让你安静下来。"戴眼镜的长脸老何呵呵笑了:"你们讲这么多,好像你们是体验人似的……得让树井说!"树井笑一笑说:"我只能说这八十一天,时间很长又很短。"容易害羞的女诗人插了一句:"我不相信八十一天是随随便便的数字。"树井说:"你的不相信是对的,我把体验死亡的终点定在今日,是为了一个简单的理由。"容易害羞的女诗人说:"什么理由?"树井说:"许多年前的今天,我从诸暨小村被送到这个城市,从此丢掉了故乡。"黑皮肤胖子小巫:"你来的时候那么小,这个城市为什么不能成为你的故乡?"髯须脸矮子坐夫说:"你回诸暨找来找去,就没找到记忆中的东西?"树井说:"故乡其实是一种感觉,我没找到那种感觉。"戴眼镜的长脸老何说:"这句话不稀奇,但也算是一句体验结语,还有吗?"树井说:"那天晚上在德令哈,天上有许多星子,我抬着头看，旁边有个小孩也抬着头看。我就问小孩，你干吗要看星星？他瞧我一眼说，这是秘密。然后他又问，你干吗也看星星？我说，这是秘密。"容易害羞的女诗人说："什么意思吗？"树井说："我当时忽然有点明白，从小孩到死亡，一个人的一生其实就是一场秘密的战争。"戴眼镜的长脸老何说："这也像体验结语，我给你算上。还有吗？"髯须脸矮子坐夫说："还有该是关于女人的了——德令哈的晚上，你不关心人类，但总得想想哪位姐姐吧？"树井不言语，端起酒杯呷了一口。黑皮肤胖子小巫说："在那个边远地方，那天晚上树井应该在想：姐姐，我穿过大半个中国去体验你！"一群声音哄笑起来。

笑声回落后，诗人们认真起来，开始讨论树井以后的日子。他们的意思是，玩也玩了体验也体验了，树井接下来得找份像样的差事。戴眼镜的长脸老何说："你丢掉一份工作，肯定赚回一些诗作，算是扯平了，然后呢，然后还得回到往常的日子。"髯须脸矮子坐夫说："生活就是一个局，我们拳打脚踢一下，或者天马行空一下，然后拐过一角，又被生活绑架了。"黑皮肤胖子小巫说："很多时候，对于生活我们只能取得嘴巴上的胜利，譬如诵诗，譬如议论，譬如饮酒。"他拿起酒杯狠狠喝了一口，脸上调动出胜利者的表情。大家呵呵笑起来。树井沉默一下，扭头问苏颐："你怎么老不说话？"苏颐说："我嘴巴也没闲着……东西好吃。"树井说："我想听你说点儿什么。"苏颐想一想说："我记得你说过要吃20顿美餐，在倒计时的时间段里。今天这是第20顿吗？"树井说："美餐不美餐其实是相对的，譬如在青海饿上一两天，一块牦牛肉就是一顿妙食……我是说在20顿美餐这件事上，的确有些模糊。"苏颐说："那么恋爱呢？你还说过要谈一回有味道的恋爱，谈了吗？"树井愣了一下，轻笑一声说："恋爱这件事……也是模糊。"苏颐说："其实同样模糊的还有死亡和生活，当我们老是谈论死亡和生活时,我们到底想谈论些什么?"苏颐的话似乎有点突兀,众人静了静。戴眼镜的长脸老何说:"是呀,我们说了这么多,我们到底想谈些什么,其实还是模糊。"髯须脸矮子坐夫说:"既然模糊,咱们就不谈论了。"黑皮肤胖子小巫说:"既然不谈论了,咱们朗诵诗吧,朗诵比谈论好。"

黑皮肤胖子小巫第一个走向阳台。阳台双门拉开,像个小的舞台,只是显得平视。黑皮肤胖子小巫拎过去两捆废报纸扔到地上,站上去高出地面一截。他清一清嗓子,煞有介事地说了几句开场感言,然后朗诵了一首自己的诗。由于一边朗诵一边回忆诗句,过程有点磕绊。接下来是戴眼镜的长脸老何,他比较快地进入严肃语境,背诵了里尔克的一首《豹》。在他的声音里,一只豹在铁笼内走来走去,"强韧的脚步迈着柔软的步容,步容在这极小的圈中旋转。"之后出场的是髯须脸矮子坐夫,他端着玻璃杯走到阳台踏上报纸,仿佛真的登上一个隆重的舞台。他用温柔的语调朗诵了一首爱情诗,中间情浓之时,还呷了一口红酒,似乎表示女人跟红酒一样可口。

苏颐瞟一眼树井,他明显有点走神,目光定定的像在脑子里挑拣哪一首诗。髯须脸矮子坐夫返回座位时,树井才定下主意似的抬起眼睛,取了酒杯喝一口放下,然后走到阳台站在报纸上。他没有开场白,直接朗诵自己的一首诗,题目叫《最后的知道》:

> 在城市的瞳孔里,
> 我看不见自己的身体,
> 仿佛乳房是记忆中的故乡,
> 我找不到小时候的水井。
> 命运和我,

相互不向对方敬礼,
把我葬在诗里吧,
就算这是一次和解。
太阳底下,
丢掉最近的影子,
那是有了新事,
我听到远方的通知。
用死来思考死亡,
不失为一种可靠的方法,
就像不愿醒来,
是为了梦想在梦中兑现。

  朗诵过程中,树井的脸一直显着安定,仿佛诗句里的激动已被提前过滤掉,剩下了冷静的表达。倒是一阵风吹进阳台,将他的部分头发撩起,也让他静淡的脸有了动感。

  朗诵完毕,树井没有马上走下报纸。他轻轻松一口气,眼睛望向屋子里的人,脸上浮起一丝微笑,同时身子往后挪动一下。在此一刹那,苏颐脑子里闪过一道惊恐的电光。可是显然晚了,树井的身体使劲向后仰去,以一个并不优雅的姿势跌向天空。

  天空留不住内容,仍是空的。

  苏颐胸腔内爆出一个声音,卡在了嗓子里。她带着这道搁浅的声音扑到阳台上往下看,在两辆黑色轿车之间,一只身影一动不动躺在白色水泥地上,像一个字写在了一张白纸上。

  在几秒钟的空寂之后,苏颐终于发出了长长的尖叫。

七

树井是和一些玻璃渣子一起躺在地上的。他向后坠下去时,身子盲目而准确地砸中了一辆小车的挡风玻璃,然后甩到水泥地上。也许是冲击力太大,钢化玻璃竟溅出少许碎粒。

救护车到来时,树井手脚打开静卧着,脸色苍白,嘴角渗血,只有睫毛还在微微颤动。这微微的颤动让苏颐没有完全掉入绝望。

苏颐一脸虚汗追着救护车到了医院,候在手术室外。等在那儿的还有一群诗友和匆匆赶来的树井父母。树井母亲坐在椅子上抖着身子,不停地问:"摔得重吗摔得重吗?"

差不多五个小时后,一位白大褂医生从手术室出来,用节约的口气介绍了树井伤情。随后,苏颐看到病历上的文字:脑部未受明显损伤,意识基本清晰;脊椎骨第五节与第六节、第九节与第十节之间发生脱离,神经束断裂;前胸以下躯体完全失去知觉,肌力降至零级;发声器官未见异样,但出现暂时性失声。

树井没有轻易死去,不过他的躯体和嘴巴一起,在这一天熄了火。

树井在医院待了两个月,因抵挡不住昂贵的医疗费,只好拉回父母家。其间几位诗人同伴曾计划在文学圈发起捐款或众筹,被树井拒绝。树井的拒绝方式是定定盯住他们的脸,一下一下地摇头,摇了许多次。大家只好放弃行动,自己几个凑了些钱,添到树井已不多的余钱里。树井的租住房刚好到期,也已退掉。

树井的回来让父母陷入困境。他们将客厅的茶几撤走,摆上一张床。问题是床上的儿子需要太多的照料,他们的体力已难以应付了。苏颐每天都来一下,但也无法担任服务的角色。过几日,苏颐自己掏钱从介绍所带来了一位保姆。保姆是个山村农妇,看样子能吃苦肯出力,并说自己是诸暨人。苏颐听着心里一动,便挑定了她。

保姆的到来并未让情况变得晴朗。她能够解决树井的大小便失禁、翻身擦洗等要事,但让狭小的屋子更显拥挤——她就睡在旁边沙发上。同时,她也带来了山村的不卫生习惯。没有多久,与树井有关的脏物在屋子里随处可见。更不好的是,树井的皮肤难以避免地出现了溃烂,接着又出现腐臭。苏颐每次来,都能接收到不好闻的气味。

树井父母的心情几乎崩塌。树井父亲整天一言不发。树井母亲则喜欢用碎语指责保姆,常常弄得保姆不知所措。一日,保姆接了一个方言电话,然后提出要走。这个要求来得突然,树井父母有些着慌,马上通知给苏颐。苏颐下了班赶紧过来,问保姆怎么回事。保姆说:"儿子来电话催了,要我回去照顾孙子。"苏颐说:"以前怎么没听说你要照顾孙子?"保姆说:"儿子在外打工,现在想把孙子送回家了。"树井母亲低了声调说:"你走了我们怎么办呀?"保姆没听出这话的幼稚,想一想说:"我看你们也是好人,有一个办法不知行不行?你们给我工钱,再加一份饭钱,我把病人拉回去照顾。反正在这儿是照顾,回家里也是照顾。"

保姆的话让苏颐和树井父母同时发愣,但不能说话的树井有了态度,他嗓子里不断发出呼呼声响,大约是说一声:"好!"显然,保姆的这个主意将树井的暗色日子捅开一个口子,射入了一点亮光。

苏颐开着车再一次将树井拉到诸暨。此时已是初秋,风景有点好。不过树井只能躺在后座上,无法打量一路上的山色和溪流。

在保姆的提示下，车子花了不少时间到达一个叫天岭村的地方。村子不大，散散落落的显得有些旧败。汽车的喇叭声招来了一些村民，他们的脸上装满了兴趣。当树井特殊的形体从车内卸下时，他们的表情转变为惊奇。他们一时不明白这辆车子为什么带回如此一位城里人。保姆也不急着解释，但她的凯旋态度让村里人相信捎回的是一副战利品。

保姆把树井安置在一间低矮的木屋里。这间木屋显然已有些年头，光线暗淡，屋角堆着杂物，房门甩来甩去的。保姆有些腼腆地说明，她家房子不太争脸，这间屋子是眼下还算拿得出手的。她说话的当儿，没注意到苏颐正认真地盯着屋顶看，那里有一张硕大的蛛网。

苏颐离开时放不了心，对保姆说："有啥事你随时打我手机。"保姆说："我每顿把他喂饱，没啥事的。"苏颐看看树井的眼睛，又用手摸一下他的脑袋，说："过些天我再来看你。"

回到杭州的苏颐照常上班，做各种无趣的杂事。但她心里是没法踏实的，忙碌中得了闲，就主动拨保姆的那只简易手机。

第一次通话，保姆告诉她，一切都好，就是昨天夜里出了点小意外。她问："什么小意外？"保姆说："他的小腿和脚趾被老鼠咬了。夜里老鼠出来找东西吃，吃到他身上了，他不知道赶。"

第二次通话，保姆说："他身上有几块腐肉，都变紫色了，不去掉会越来越大。"苏颐问："怎么个去掉？"保姆说："这事儿也不能叫别人干，我自己把刀磨快了，试着割几下，挺顺手的。他看着我的刀，也不叫痛。"

又一次，保姆在手机里说："现在最不好的是我不懂他的意思。饭够不够，菜淡了还是咸了，啥时出大便，这些他都不想让我知道……

当然也不怪他，他不会说话了嘛。"苏颐说："那他平时咋样？老在睡觉吗？"保姆说："不爱睡觉，他喜欢睁着眼睛想事儿，我看他老在想事儿。"

保姆的口气每一次都挺轻松，但每一次都让她难过，并催动她脑子里的许多猜想。

为了稳住心神，白天她时不时地抽烟，她的烟瘾明显见长了。晚上回到住处，她就让自己看电视，什么七头八脑的节目都不躲，不求内容，只求看累。

有一天苏颐看一个休闲节目，电视里的人在玩一个娱乐游戏。她看着看着脑子暗去，竟睡着了。很快，一个梦来到了她的眼前：树井躺在木屋的床上，苏颐坐在旁边。屋子里挺安静，他们眼睛看着眼睛。苏颐说："你的身子被老鼠咬了还被刀子割了，知道吗？"树井眨一眨眼。苏颐说："我明白，你是说你活在两次死亡之间，肉身已经不重要了。"树井又眨一眨眼。苏颐说："我懂的，你想瞧瞧一个丢了身体的诗人到底还有怎样的思想，你在等待自己的谜底。"苏颐叹了一口气，说："可是你这样太苦了，而且这世界没一个人真正懂你，我也只是懂你一部分。"树井轻动一下嘴巴。苏颐说："你想让我离开你，对吗？这个我不会答应。"苏颐又说："我会继续赚钱给保姆，让她好好待你。既然是多余的日子，那就一直多余下去好了。"树井脸上出现了一丝笑意。苏颐也轻笑一声说："现在我知道，从咱们相遇的那一天起，我的日子和你的日子已绑在了一起。"

梦醒了。屋子里的气息有些恍惚。

苏颐愣一会儿，感到口渴，便起身去桌子边倒了一杯开水。开水有点烫，她就站在那里，端着杯子静静地等。寂寞中，她突然想：刚才，我看见了他的笑，百分之一浓度的笑。